Mary Ann Marlowe
Triff mich auf der letzten Seite

PIPER

Zu diesem Buch

Vor sechs Monaten wurde Maddie Hanson von ihrem Verlobten verlassen. Seitdem hat sie der Liebe abgeschworen, nicht aber ihrer kleinen Heimatstadt und ihrem Buchladen. Maddie ist wild entschlossen, die Menschen von Orion zum Lesen zu animieren. Sie schreibt sogar selbst: Gerade ist unter Pseudonym ihr erster Roman erschienen. Gleich die erste Rezension allerdings ist zu Maddies Entsetzen vernichtend. Der Rezensent Silver Fox kritisiert ausgerechnet die gefühlvollen Szenen und unterstellt, dass die Autorin keinerlei Erfahrung in Sachen Romantik hat! Auch wenn Maddie zugeben muss, dass ihr letztes Date Jahre zurückliegt, kann sie diesen Vorwurf auf keinen Fall auf sich sitzen lassen. Kurzerhand beschließt sie, bei ein paar Rendezvous ganz praktisch Nachhilfe zu nehmen. Und es diesem Silver Fox zu zeigen ...

Mary Ann Marlowe hat in zwölf Staaten und drei Ländern gelebt, Französisch und Deutsch unterrichtet, als DJ für ein College-Radio und als Webmaster für diverse Musikerfangemeinden gearbeitet. Wenn Sie nicht gerade schreibt oder als Programmiererin tätig ist, macht sie mit ihren Kindern Karate. Sie lebt mit ihrer Familie in Virginia und schreibt bereits fleißig an ihrem nächsten Roman.

Mary Ann Marlowe

TRIFF MICH AUF DER LETZTEN SEITE

Roman

Aus dem Amerikanischen von
Babette Schröder

PIPER

Mehr über unsere Autoren und Bücher:
www.piper.de

Wenn Ihnen dieser Roman gefallen hat, schreiben Sie uns unter Nennung des Titels »Triff mich auf der letzten Seite« an *empfehlungen@piper.de*, und wir empfehlen Ihnen gerne vergleichbare Bücher.

MIX
Papier aus verantwortungsvollen Quellen
FSC® C083411

Deutsche Erstausgabe
ISBN 978-3-492-31530-2
September 2020

Titel der amerikanischen Originalausgabe:
»Dating by the book«, Kensington Books 2019

Vermittelt durch Kensington Publishing Corp.,
New York, NY 10018, USA
Lektorat: Kerstin von Dobschütz
Umschlaggestaltung: FAVORITBUERO, München
Umschlagabbildung: shutterstock.com/Verock
Satz: Satz für Satz, Wangen im Allgäu
Gesetzt aus der Scala
Druck und Bindung: CPI books GmbH, Leck
Printed in the EU

Für die Lektoren:
weil sie unseren Texten den letzten Schliff verleihen
Für die Buch-Blogger:
weil sie unsere Werke bekannt machen
Für die Leser:
weil sie unsere Welten bewohnen

1

Die Vandalen hatten wieder zugeschlagen. Mit einem großen *K* und einem *S* hatten sie den Namen meines Buchladens, der auf der Scheibe stand, von Orion Bookstore in Orion Koks Store verwandelt.

Sehr komisch.

So etwas hatte es in der Weltstadt Orion früher nicht gegeben – »der kleinen Stadt mit dem großen Herzen«. Doch in den letzten Monaten hatte ich dreimal Farbe vom Fenster gekratzt, die dort nicht hingehörte. Der letzte Versuch war wenigstens pfiffig gewesen. Da waren alle *O* zu Fratzengesichtern verschandelt. Wie Kürbisse zu Halloween. *Kinder.*

Ich zog die Visakarte hervor, deren Kreditrahmen ausgereizt war, und schabte an der Schmiererei herum. Zum Glück hatten sie nur die Scheibe besudelt. Wenn sie auf das Holz gemalt hätten, hätte ich gnadenlos Jagd auf die armseligen Knalltüten gemacht.

Nachdem ich das Problem mehr oder weniger beseitigt hatte, angelte ich die Schlüssel aus der Tasche, doch die Eingangstür ließ sich nicht öffnen, auch nicht, als ich mit der Schulter dagegendrückte. Na toll! Noch ein Problem, das ich lösen musste.

Ich stieß beherzt mit der Hüfte gegen die Tür, und endlich konnte ich eintreten. Sofort überkam mich ein heimeliges Gefühl. Andächtig atmete ich die friedliche Atmosphäre ein.

Jeden Morgen, wenn ich die Schwelle zu meinem Heiligtum überschritt, sprach ich zwei Gebete. Als Erstes dankte ich den Göttern für den Buchladen, der jetzt (größtenteils) mir gehörte. Anschließend bat ich das Universum um Kunden, damit ich den Laden halten konnte. Ich hatte schon so viel für meinen Traum geopfert, dass es mir nicht nur das Herz brechen würde, wenn ich scheiterte. Es würde mich ganz und gar vernichten.

Vor sechs Monaten hatte mich mein Verlobter gebeten, meinen Laden in der Kleinstadt aufzugeben und ihm in die Großstadt zu folgen, wo er gern leben wollte. Wie immer blieb ich stur und entschied mich zu bleiben. Seit sich unsere Wege getrennt hatten, befand ich mich in einer merkwürdigen Situation: Ich konnte die eine Hälfte meiner Träume verwirklichen, allerdings nur, wenn ich auf die andere Hälfte verzichtete. Es war wie eine ironische Wendung in einer Kurzgeschichte von O'Henry. Ja, ich hatte einen Buchladen, doch genau deshalb hatte ich einen Ehemann verloren. Dabei war ich noch nicht einmal Witwe, ich war noch nie verheiratet gewesen. Ich hätte Mrs Peter Mercer sein sollen. Stattdessen war ich immer noch Miss Madeleine Hanson.

Nachdem ich die Tische mit den Angeboten draußen aufgebaut hatte, stellte ich die Tafel auf den Bürgersteig, ging in die Hocke und notierte das heutige Angebot.

Zusätzliche 15% auf reduzierte Ware

Sosehr es mir auch widerstrebte, Bücher praktisch umsonst wegzugeben, meine Regale platzten aus allen Nähten.

Es ging ein sanfter Wind, und ich schloss die Augen, um die wärmende Morgensonne zu genießen, doch dann zog der Duft frisch gebackener Croissants von Gentry's französischem Bistro herüber, und ich rümpfte die Nase. Das zweifellos köstliche Gebäck hatte für mich einen üblen Beigeschmack, denn es stahl meinem armen Café den ganzen Vormittag die Kundschaft.

Als ob ich ihn mit meinen Gedanken heraufbeschworen hätte, parkte ein weißer Kastenwagen am Straßenrand. Ich hielt mir gegen die blendende Sonne die Hand über die Augen und sah Max Beckett herausspringen. Er winkte, tänzelte zum Laderaum und rief: »Hilfst du mir mal kurz?«

Als ich zu ihm schlenderte, packte er mir zwei Kartons auf die Arme und holte noch drei weitere heraus. Fast ließ ich sie fallen, als ich die Tür aufstieß. Max folgte mir zum Tresen, wo er den Inhalt prüfte. Der Großteil bestand aus Muffins, Croissants und anderem Gebäck. Die Kartons, die ich getragen hatte, enthielten zwei ganze Kuchen, Marmor- und Schokoladenkuchen.

»Wie viel schulde ich dir?«

Er holte die Rechnung hervor, und während ich sie durchsah, beugte er sich gegen die Kühltheke und fragte: »Hast du über meinen Vorschlag nachgedacht?«

Ich sah schnaubend auf. »Nicht wirklich.«

Er nagte kurz an der Innenseite seiner Wange.

»Das wäre gut fürs Geschäft, Maddie. Für unser *beider* Geschäft.«

Von seinem unschuldigen Getue ließ ich mich nicht täuschen.

Er wollte das Catering-Geschäft, das er zusammen mit

seiner Mutter führte, in meinen Buchladen integrieren, um in der Stadt einen Standort zu haben. Er behauptete, es werde auch meinen Umsatz ankurbeln. Und vielleicht stimmte das, aber es machte mich verrückt, dass er stets glaubte, alles zu wissen. Ständig gab er mir ungebeten Ratschläge. Wie letztes Jahr, als er seine Sorge über meine bevorstehende Hochzeit zum Ausdruck gebracht hatte.

Wenn sich herausstellte, dass er recht hatte, ärgerte es mich nur umso mehr. Manchmal – im Grunde meistens – unterstellte ich ihm unwillkürlich niedere Motive.

Ich musste nur noch herausfinden, *warum* er sich in mein Geschäft einschleichen wollte. »Wie soll mir das helfen?«

»Wenn wir hier eine richtige Bäckerei eröffnen, könntest du mehr Kunden anziehen.«

»Ich verkaufe doch schon deine Backwaren. Denk dir was anderes aus.«

Er seufzte. »Maddie, ich habe Marketing studiert. Sieh dir doch an, was ich aus dem Geschäft meiner Mutter gemacht habe.«

Das stimmte. Bis er mit neuen Ideen eingestiegen war, hatte seine Mutter ab und an Hochzeitstorten gebacken, jetzt produzierten sie am laufenden Band für örtliche Restaurants und besondere Ereignisse im Ort.

»Ich verstehe nicht, was das mit meiner Situation zu tun hat.«

»Ich habe gute Ideen, wie man deinen Laden besser nutzen und deinen Kundenstamm erweitern könnte.«

Genau wie er es mit dem Geschäft seiner Mutter gemacht hatte. Ich kniff ein Auge zusammen. Mein argwöhnisches Auge. »Eigentlich willst du meinen Laden doch übernehmen, stimmt's?«

Er musste bis zehn gezählt haben, bevor er antwortete. »Es geht nicht um eine Übernahme. Wir würden eine Partnerschaft eingehen.«

Eine Partnerschaft bedeutete eine Beziehung auf Augenhöhe, doch seit der Highschool bevormundete Max mich mit ungewollten Ratschlägen oder wollte besser sein als ich. Schließlich hatte ich ebenfalls Marketing studiert, ich wollte das Geschäft auf meine Weise führen.

»Ich bin mit der jetzigen Regelung sehr zufrieden.«

Die sah so aus, dass ich täglich meine Bestellungen durchgab, woraufhin Max und seine Mom die Sachen in ihrer Küche backten und Max sie anschließend in den Laden lieferte. Ich verkaufte ihre Backwaren mit einem leichten Aufpreis und musste Max keine Kontrolle überlassen.

»Na komm. Die tolle Küche, die zu deinem Laden gehört, ist völlig verschwendet. Stell dir vor, ich würde nachts kommen und dort backen. Dann könnte ich den Laden schon früh öffnen und noch mehr morgendliche Kunden abgreifen.«

Ich musste weiß Gott einen Weg finden, den Umsatz zu steigern, aber sein Vorschlag klang, als wollte er mich vertreiben. »Es läuft prima, danke.«

Auf seinen Wangen erschienen rote Flecken, und ich wusste, dass mein Widerstand ihn genauso ärgerte wie mich sein Drängen. »Es ist fast, als hättest du völlig vergessen, was du eigentlich wolltest.« Seine Stimme wurde sanfter. »Maddie, du hast einen Verlobten verloren, aber nicht dein Geschäft. Noch nicht.«

Bei dieser Spitze legte ich den Kopf schief. »Denkst du etwa, ich schaffe das nicht?«

Er biss sich auf die Lippe, und seine Brust hob und senkte sich, als würde er eine neue Atemtechnik testen. Es nervte mich, dass er seine Gefühle besser unter Kontrolle hatte als ich. Ein Punkt für Max.

Plötzlich hellte sich sein Gesicht auf, und jede Spur von Ärger war wie weggewischt. »Ach, Mom wollte, dass ich dir das hier gebe.« Er öffnete eine Gebäckschachtel, holte einen kleinen Cupcake mit cremefarbener Glasur heraus und hielt ihn hoch – er sah aus wie ein wundersamer Talisman aus einem anderen Reich. »Probier mal.« Er zog eine Augenbraue nach oben, ob heraus- oder nur auffordernd, konnte ich nicht mit Sicherheit sagen.

Ich sah ihn wütend an und schob mir den ganzen Cupcake auf einmal in den Mund. Als ob ich plötzlich nachgeben würde, nur weil er ...

»O mein Gott!«

Seine grünen Augen leuchteten wie Smaragde. »Schmeckt er dir?«

Es war geradezu eine Geschmacksexplosion und Erdbeer-fluffig-leicht. »Was *ist* das?«

»Ein Mini-Erdbeer-Shortbread-Cupcake. Mom hat experimentiert.« Ein Lächeln erschien in seinen Mundwinkeln.

Ich zuckte die Schultern. »Ist ganz okay.«

»Aha.« Er kniff die Augen zusammen. »Ich habe gesehen, wie du wie ein streunender Hund vor unserer Hintertür herumgelungert und um Reste gebettelt hast, wenn Mom früher Erdbeeren gepflückt hat.«

Ich verstand nicht, wie er es immer wieder schaffte, meine Abwehr zum Einsturz und mich zum Lachen zu bringen. Das war schon so, als wir noch Kinder waren. Doch er hatte recht. Ich war verrückt nach den Shortbreads seiner Mom.

Er lachte, denn er wusste, dass er einen winzigen Sieg errungen hatte. Missbilligend schnalzte ich mit der Zunge.

»Hast du was dagegen, wenn ich heute Abend welche zu deinem Buchclub mitbringe und sie deinem gebannt lauschenden Publikum vorsetze? Werbung.«

Stets die eigenen Interessen im Blick. »Klar. Von mir aus.«

Als ich ihn nach draußen begleitete, stieß ich die Tür auf, um ein bisschen Luft hereinzulassen und den Kunden den Eintritt durch die klemmende Tür zu erleichtern. Max drehte sich um: »Hast du mal versucht, die Scharniere zu ölen?«

Er benahm sich, als wäre er mein Vater. Oder mein älterer Bruder, dabei waren wir ungefähr gleich alt.

Ich biss die Zähne zusammen und versuchte vergeblich, seine neue Atemtechnik zu imitieren. »Danke! Das probier ich später.«

Bei dem schönen Wetter währte mein Missmut nicht lange. Ich stellte im Radio einen Musiksender ein und füllte vor mich hin summend die Muffins aus Max' Lieferung in die Kühltheke. Dann lehnte ich mich zurück und wartete, dass die Kunden hereinströmten.

Der Orion Bookstore stand seit siebenunddreißig Jahren an dieser baumgesäumten Straße, schon lange bevor meine Eltern mich adoptiert und in das Zweitausend-Seelen-Städtchen Orion gebracht hatten. Hier hatte ich schon als Jugendliche meine Bücher gekauft, und ich wollte, dass der Laden so lange wie möglich weiterbestand.

Von daher war die Betriebswirtschaftlerin in mir etwas beunruhigt über die derzeitige Leere. Die Buchfreundin wollte allerdings, dass es für immer ruhig blieb, damit ich mich wie als Kind in eine Ecke verkrümeln und jedes Buch im Regal lesen konnte.

Meine Liebe zu Büchern wurde geboren, als ich hier

im Schneidersitz auf dem Boden gesessen hatte und Mrs Moore, die ursprüngliche Besitzerin, einen Finger anleckte und eine Seite in *Die Zeitfalte* oder *Der Indianer im Küchenschrank* umblätterte.

Als ich alt genug war, um selbst zu lesen, ging meine Mom mit mir in die kleine Bücherei oben an der Straße, doch die war so gut bestückt wie eine Cocktail-Bar während der Prohibition, und ich war eine unersättliche Leserin. Und so erlaubte mir Mom, mir jede Woche ein Buch im Orion Bookstore zu kaufen.

Ich genoss den Geruch von dem Holz des alten Raums und den Büchern und wärmte mich im Sonnenlicht, das milde durch die alten Fenster hereinschien und Geister heraufbeschwor. Zwischen den hohen Dachsparren tanzte Staub, und in der Krimi-Ecke quietschten die Holzdielen und verbreiteten eine leicht gruselige Atmosphäre. Für eine extra Kinder-Ecke war nicht genügend Platz, da das Café ein gutes Drittel des Ladens einnahm – und zwei Drittel meines Umsatzes ausmachte –, doch die gemütliche Ecke mit den einladenden Sesseln war ein Relikt aus meiner Jugend.

In der vorderen Wand zwischen den Neuerscheinungen hatte ich eine Lücke gelassen, dort wollte ich meinen eigenen Roman präsentieren. Die vielen Stunden zwischen den Büchern waren nicht spurlos an mir vorbeigegangen, und wie so viele andere hatte ich mich selbst im Schreiben versucht. Zum Glück war es mir gelungen, einen Buchvertrag von einem Verlag zu bekommen, doch meine Identität als Autorin war noch geheim. Ob ich sie öffentlich machen würde, wollte ich entscheiden, wenn der Roman in einigen Wochen erschienen war. Und zwar nur, wenn er gut ankam. Bei diesem Gedanken flatterten vor Aufregung Schmetterlinge in meinem Bauch auf.

Doch das war Zukunftsmusik. Heute war ein ganz normaler Geschäftstag.

Schon bald schlenderte einer meiner Stammkunden herein, Charlie Hamilton, er winkte und setzte sich an seinen Lieblingstisch am Fenster. Dort würde er eine Weile bleiben, vielleicht Hausarbeiten korrigieren, am Laptop arbeiten und dazwischen immer wieder längere Zeit das Kinn in die Hände stützen und draußen Passanten beobachten.

Ach, das Leben.

»Das Übliche?«, rief ich ihm zu.

Er sah kurz auf, während er das Computerkabel einstöpselte. »Danke!«

Ich beobachtete ihn, während ich Kaffee in den Filter drückte.

Charlie war der Inbegriff eines Collegeprofessors, seine dunkelblonden Locken waren ständig in wirrer Auflösung begriffen. Er trug einen kurz getrimmten Bart und ein schwarzes Brillengestell mit runden Gläsern, das einen an den Begriff *Augengläser* denken ließ. Er erinnerte mich etwas an Indiana Jones zu Beginn von *Jäger des verlorenen Schatzes,* süß auf eine extrem schräge Art. Doch es würde mich überraschen, wenn er sich tatsächlich in irgendwelche Abenteuer stürzen würde. Außer in seinem Kopf. Wie ich lebte er einen Großteil seiner Zeit in den Fantasiewelten, von denen er gelesen hatte. Wir fanden das Leben beide erträglicher, wenn wir fließend zwischen Realität und Fantasie hin- und herwandern konnten.

Wäre Charlie ein Charakter aus meinem Fantasy-Roman, wäre er entweder der Schreiber oder eine komische Nebenfigur. Ich bezeichnete ihn für mich als Charlie, den Chronisten.

Als ich ihm einen Latte macchiato zwischen Notizblock und Handy stellte, schob er mit dem Fuß einen Stuhl heraus. »Ich glaube nicht, dass die Liebesgeschichte in *Stolz und Vorurteil* in der Realität funktionieren würde. Zumindest nicht in der modernen Welt.«

Das war typisch für Charlie. Er hielt nicht viel von Small Talk und setzte mitten im Gespräch an. Er stammte nicht aus Orion, sondern war hergezogen, weil er an der DePauw-Uni unterrichtete. Ich hatte ihn lieb gewonnen und freute mich, mit ihm über Literatur und seinen Englischunterricht zu sprechen.

»Warum nicht?« Ich setzte mich und legte die Ellbogen auf den Tisch. Das könnte ein gutes Thema für den heutigen Buchclub-Abend sein.

»Sie knistert nicht gerade vor Energie.«

Ich lachte. »Du machst Witze. Ich finde, gerade Hassliebe-Geschichten sind doch besonders prickelnd. Du musst ja wohl zugeben, dass so etwas ziemlich scharf ist.«

Er verdrehte die Augen. »Wenn du meinst. Ich finde, da fehlt was.«

Ich wollte ihm gerade vorwerfen, dass er ein Roboter sei, als mein Smartphone auf der anderen Seite des Raums den Eingang einer E-Mail auf meinem Autoren-Konto verkündete: *Sie haben Post!*

»Entschuldige mich.« Ich stand auf, und er wandte seine Aufmerksamkeit wieder den Papieren zu.

Beklommen duckte ich mich hinter die Kasse, um meine E-Mails zu checken. Eine E-Mail in meinem Autoren-Postfach konnte großartige Neuigkeiten bedeuten wie: *Glückwunsch! Wir bringen ein Hörbuch heraus!* Oder auch anstrengende Arbeit: *Sie müssen das letzte Drittel des Romans noch mal umschreiben.*

Diese E-Mail war weder das eine noch das andere – nur eine Meldung von Google. Junk.

Ich hatte auf Google einen Alert mit meinem Autorennamen und dem Titel meines noch nicht veröffentlichten Romans eingerichtet, damit mir nichts entging, was dazu geschrieben wurde. Diese Meldung bezog sich jedoch auf eine Seite, die vorgab, eine Raubkopie von meinem Buch anzubieten. Ich leitete sie an meine Lektorin weiter. Irgendwelche Idioten, die andere Leute übers Ohr hauen wollten und dazu meine kreative Leistung als Köder benutzten, waren mir zuwider.

Dann bemerkte ich unter dem ersten Link einen zweiten. Ich klickte ihn an, ohne zu ahnen, dass drei harmlose Wörter meine Welt auf den Kopf stellen sollten.

2

Komisch, dass so viele lebensverändernde Momente mit drei Wörtern beginnen.

Ich liebe dich.

Küss die Braut.

Trink ein Bier.

Die drei Worte, die meine Lektorin meinen ersten Leseexemplaren als Ratschlag beigefügt hatte, lauteten: *Lies keine Kritiken.* Dennoch ließ ich mich auf dem Stuhl hinter der Kasse nieder, um die Kritik auf einem Bücherblog zu studieren. Ich hoffte auf die Worte *»großartiger Debütroman«* und ein Lob, das meinem Ego schmeichelte. Die wenigen Vorabkritiken, die ich bereits gelesen hatte, waren recht enthusiastisch gewesen, sodass ich mich der Warnung zum Trotz auf die fremde Beurteilung freute.

Der Text in der E-Mail lautete: »Kritik von Claire Kincaids *Lehrling des Schattens«* und führte zu einer Seite mit dem Titel *Die Buchbrigade.* Von denen hatte ich noch nie gehört, doch die letzten Blogs, auf die ich gestoßen war, hatte ich auch nicht gekannt. Das Autorendasein war völliges Neuland für mich. Ich musste noch viel lernen.

Mein Englischlehrer auf der Highschool hatte immer

gesagt, der Autor ist tot, was im Literaturunterricht für gewöhnlich wörtlich zu nehmen war. Darum hatte ich nie groß darüber nachgedacht, dass zeitgenössische Autoren lebten, atmeten und echte Menschen mit Gefühlen waren, die möglicherweise eine sehr klare Meinung zu falschen Interpretationen ihrer Werke hatten. Vermutlich hatte J. K. Rowling Besseres zu tun, als eine Vorlesung über das Oberthema in *Harry Potter und der Gefangene von Askaban* zu hören.

Das war, bevor ich den Rubikon vom Leser zum Autor überschritten hatte. Jetzt fand ich Kritiken seltsam aufregend. Wenn jemand dort draußen mein Buch las, musste ich unbedingt wissen, wie er es fand.

Jetzt kam also der Moment der Abrechnung.

Ich überflog die Kritik, und als ich die Bewertung am Ende entdeckte, blieb mir das Herz stehen: drei ganze Sterne.

Objektiv gesehen war mir klar, dass die meisten Leute drei Sterne als gut genug erachteten, und ich versuchte, mir zu sagen, dass es nur eine entmutigende Kritik und nicht der Untergang war. Doch ich hatte voller Stolz und anscheinend unberechtigterweise literarisches Lob, Preise und eine Einladung in die berühmte Radiosendung von Terry Gross erwartet. Meine Karriere war vorbei, ehe sie richtig begonnen hatte.

Ruhe in Frieden.

Wie ein Musterschüler, der eine schlechte Note bekommt, stellte ich die Urteilskraft des Lehrers infrage.

Meine erste Reaktion lautete: Das lese ich nicht.

Ich bemerkte kaum, dass Charlie seine Sachen einsammelte und zum Tresen kam, um den Kaffee zu bezahlen. Ich wischte mir über die Augen und atmete tief durch. Ich konnte es mir nicht erlauben, mich lange im Elend zu suhlen, ich hatte ein Geschäft zu führen.

Er zögerte und räusperte sich. »Ist alles in Ordnung?«

Ich nahm mir ein Beispiel an der sturen, unverwüstlichen Anne Shirley und straffte die Schultern. »Alles okay«, log ich.

Nicht ganz überzeugt kniff er die Augen zusammen. »Ich muss jetzt unterrichten, aber zum Buchclub komme ich wieder.«

Nachdem sein Körper schon durch die Tür verschwunden war, hing sein Schatten noch im Torbogen und wurde auf einmal wieder länger. Ich rechnete damit, dass Charlie zurückkam und etwas vergessen hatte, doch stattdessen trat Layla Beckett durch die Tür, was selten passierte, weil sie so gut wie nie unsere Wohnung verließ.

Gott sei Dank!

Layla, meine beste Freundin, Mitbewohnerin und Vertraute, war der einzige Mensch in der Stadt, der abgesehen von meiner Mutter von meinen zaghaften Anfängen als Autorin wusste. Ich hatte es ihr irgendwann anvertraut und sie unter Androhung der Todesstrafe zum Schweigen verpflichtet, weil ich ihre außerordentlichen Fähigkeiten beim Aufbau meiner Website brauchte. Außerdem musste sie mir zeigen, wie ich zu gegebener Zeit auf Twitter für mich werben konnte. Bei ihr konnte ich sicher sein, dass sie frühe Fassungen las und mir vorsichtige Verbesserungsvorschläge machte, ohne mein Selbstbewusstsein zu zerstören. Was nicht bei jedem der Fall war. Auf der Highschool hatte ich Max einmal eine lustige Kurzgeschichte von mir zu lesen gegeben. Ich wollte ihn nur zum Lachen bringen, doch er nutzte die Gelegenheit, mich zu belehren, und erteilte mir ungefragt Ratschläge, wie ich meinen Stil verbessern konnte. Ich schwor mir, ihm nie wieder etwas von mir zum Lesen zu geben. Daher war mir Laylas Diskretion so wichtig.

Layla starrte den Großteil des Tages auf ihren Computerbildschirm, managte das inoffizielle Fan-Forum einer Band und schrieb Blogbeiträge. Sie verstand den Vorteil einer zweiten Identität, obwohl sie ihre Anonymität umgekehrt nutzte. In der Stadt hatte sie nie ein Hehl aus der Leidenschaft für ihre Lieblingsband gemacht, doch vor den Fremden, denen sie im Forum begegnete, hielt sie ihre wahre Identität streng geheim. Dabei waren es für sie keine Fremden, sondern Freunde. Nichtsdestotrotz nutzte sie ein Alias und gab niemals Hinweise auf ihre Identität. Ich verstand nicht, wie man sich mit jemandem anfreunden konnte, der sich hinter einem Tarnnamen versteckte.

»Kannst du mir einen Gefallen tun?«, rief ich, als sie auf die Kasse zukam, und öffnete die Seite der *Buchbrigade*. »Irgendein Fremder, der sich hinter einem Alias verbirgt, hat eine Kritik über mein Buch geschrieben. Würdest du sie lesen und mir sagen, was du davon hältst?«

Ich reichte ihr mein Smartphone, und sie entzifferte blinzelnd die winzige Schrift auf dem Display. »Wer ist Silberfuchs? Mann oder Frau?«

»Keine Ahnung.«

»Sekunde.« Sie klickte auf Username und ging zur Biografie-Seite. »Er.« Sie klickte zurück zur Kritik. »Soll ich sie laut vorlesen?«

Ich schlug die Hände vors Gesicht und linste zwischen den Fingern hindurch. »Klar.«

»Also los.« Sie wackelte mit den Augenbrauen, als würde sie etwas Lustiges oder Verruchtes tun, wie zum Beispiel, sich mitten in der Nacht aus dem Haus schleichen. Vermutlich ist es immer lustiger, wenn jemand anders hingerichtet wird. »›Kritik von Claire Kincaids *Lehrling des Schattens.*‹« Layla legte die Hand auf mein Handgelenk. »Ich finde es immer noch wunderbar, dass du den Vornamen deiner leiblichen Mutter als Pseudonym gewählt hast.«

Dass ich auch den Mädchennamen meiner Adoptivmutter benutzt hatte, schien sie weniger zu beeindrucken.

»Du machst mich fertig, Layla.« Wenn sie jede Aussage kommentierte, würde ich das nicht überleben. »Kannst du bitte einfach vorlesen?«

Sie wandte ihre Aufmerksamkeit wieder dem Telefon zu. »›Mir wurde ein Leseexemplar dieses Buches zugeschickt, damit ich eine ehrliche Kritik darüber schreibe.‹« Sie sah zu mir hoch. »Wer hat das Leseexemplar geschickt?«

Ich knurrte. »Keine Ahnung. Vermutlich wollte meine Presseagentin schon vor der Veröffentlichung auf das Buch aufmerksam machen.«

»Okay. Sehen wir, was dieser Fuchs zu sagen hat.« Sie räusperte sich. »›*Lehrling des Schattens* ist eine Fantasy-Heldenreise, gepaart mit einer Liebesgeschichte. Zunächst dachte ich, es handelt sich um eine billige Tolkien-Kopie, denn der Roman beginnt damit, dass ein geheimnisvoller, verhutzelter alter Mann einen treuen Assistenten sucht, der mit ihm durchs Land reist und in der Ferne einen Feind überwältigt. Doch die Autorin nutzt Bezüge zu anderen Heldenreisen dazu, mit gewohnten Bildern zu spielen und sie umzudrehen, was zu überraschenden und amüsanten Wendungen führt. Der Lehrling, der erwählt wird, dem alten Mann zu folgen, ist eine einfache Bürgerin, eine Frau namens Lela, die einen guten Sinn für Humor besitzt. Ihr Selbstbewusstsein und ihre Macht gewinnen mit der Zeit an Kraft.‹«

Wieder hielt sie inne. »Lela? Das klingt ja fast wie Layla.«

»Ja, er hat den Namen falsch zitiert. Lies weiter!«

»›Es wird eine Liebesgeschichte eingeführt, doch der Versuch, mit allen Mitteln noch etwas Romantik in der Geschichte unterzubringen, ist bestenfalls ein blasser Ansatz. Die hölzerne Beziehung zwischen Dane und Lela ...‹«, sie kicherte, »›hat mich nicht überzeugt. Da knistert es zwischen meinen Küchengeräten mehr. Sie wirkt derart künstlich, dass man meinen könnte, die Autorin habe keinerlei Erfahrung in Sachen Romantik. Der Weltenbau – obwohl vollgestopft mit Informationen und einer schwerfälligen Exposition – ist der stärkste Aspekt des Buches. Kincaid gelingt es für eine Debütautorin sehr gut, eine eigene überzeugende Kultur und Geografie zu schaffen. Zeitweise wirkte es, als hätte sie eine echte Wikipedia-Seite über einen Brauch gelesen und wollte ihre Recherchen einfließen lassen. Dass diese Teile erfunden waren, hat mich auf intellektueller Ebene beeindruckt, andererseits bin ich an diesen Stellen jedoch aus der Geschichte ausgestiegen. Ich hätte mir gewünscht, weniger über die *Religion* zu erfahren und mehr darüber, was Dane und Lela auf ihrer Reise antreibt.

Insgesamt ein vielversprechendes Debüt, obwohl es meiner Ansicht nach etwas missglückt ist. Drei ganze Sterne.‹«

»Hm.« Layla sah mich mit schief gelegtem Kopf an. »Gar nicht schlecht.«

Ich nahm eine Serviette und drehte sie in den Händen. »Er findet es schrecklich.«

»Da bin ich anderer Meinung. Hast du die ganzen positiven Sachen nicht gehört? Ein vielversprechendes Debüt, Maddie.«

»Es ist missglückt.« Am Ende des Tages würde ich vermutlich die ganze Kritik auswendig kennen, als wäre es *Per Anhalter durch die Galaxis*. Wenn sie bloß auch so witzig gewesen wäre.

»Es ist nur eine Kritik. Und ehrlich gesagt, du hörst nur die kritischen Teile. Du weißt, wie subjektiv Meinungen sind.«

»Das weiß ich. Aber wie kann seine Kritik berechtigt sein, wenn er das Buch anscheinend gar nicht gelesen hat? Er hat die Namen falsch zitiert.«

»Vielleicht ist Fantasy nicht sein Ding.«

»Er hatte vor allem ein Problem mit der Liebesgeschichte.« Ich verzog das Gesicht, um die Tränen zurückzudrängen, und schluckte den Kloß in meinem Hals hinunter. »Du hast es gelesen. Findest du die Liebesgeschichte glaubwürdig? Bin ich im Leben derart gescheitert, dass ich noch nicht einmal weiß, ob meine erfundene Liebesgeschichte glaubhaft klingt?«

»Hör auf, Maddie. Du wirst sehr wahrscheinlich noch mehr schonungslose Kritiken lesen, wenn das Buch erst draußen ist. Wenn du das Glück hast und es jemand liest.«

Ein Schlag in die Magengrube. »Autsch! Danke für deine Zuversicht!«

»Ich mein ja nur. Luxusprobleme. Das gehört dazu, Mads. Du solltest sehen, was die Leute in meinem Fan-Forum über Adams neue Musik sagen. Und das sind seine Fans.«

Ich fand es wundervoll, dass sie die Kritik an der Band persönlich nahm. »Es ärgert mich eben.«

»Denk dran. Du hast das freiwillig getan. Jetzt beklag dich nicht, dass deine diamantenbesetzten Schuhe zu eng sind.« Sie gab mir das Smartphone zurück.

»Kommst du heute Abend zum Buchclub?« Ich fragte sie schon ewig, aber ihr Bruder Max hatte all die Buchwurm-Gene der Familie Beckett abbekommen.

Sie rümpfte die Nase. »Nein. Ich bin nur vorbeigekommen, um mir bei dir einen Kaffee zu holen. Ich bin gerade erst aufgestanden.«

Ich rügte sie nicht, weil sie den ganzen Tag verschlief. Die Frau war eine Einsiedlerin und eine Nachteule, die nur gelegentlich den Kontakt mit dem Sonnenlicht riskierte. Ich machte ihr einen Coffee to go und reichte ihr einen übrig gebliebenen Apfel-Muffin.

Nachdem Layla gegangen war, fielen dunkle Gedanken wie eine Armee Orks über mich her. Das Geschäft lief schlechter als erhofft, doch immerhin kamen einige Stammkunden, bestellten Kaffee und setzten sich an die Tische, um sich zu unterhalten oder auf ihren Smartphones zu lesen. Bücher kauften sie nicht. Der Postbote kam und überreichte mir eine Stromrechnung, die in mir den Wunsch weckte, jeden Kunden auf Händen und Knien zu bitten, die DVD-Sammlung von *Game of Thrones* zu kaufen.

Und der Winter stand vor der Tür. Nun ja, irgendwann.

Im weiteren Verlauf des Tages kehrte ich zu der Kritik zurück wie eine Motte, die immer wieder gegen eine Neonröhre fliegt. Die Kritik eines Fremden hatte mich aufgewühlt, und die Worte *hölzerne Beziehung* gingen mir nicht aus dem Kopf, doch die Spitze, die mich wirklich umtrieb, war: *Dass man vermuten könnte, die Autorin habe keinerlei Erfahrung in Sachen Romantik.*

Ha! *Hast du eine Ahnung, Silberfuchs.*

Zugegeben, meine letzte tolle romantische Erfahrung hatte mit einer schrecklichen Demütigung geendet. Doch meine Hauptcharaktere Rane und Lira erlebten eine bessere

Liebesgeschichte, als sie mir selbst jemals begegnet war. Nachdem meine eigene Beziehung gescheitert war, wurde ihre für mich zum Ersatz, bei der ich all meinen Frust ablud.

Ich hatte ihre gegenseitige Anziehung *gefühlt*. War es mir nicht gelungen, sie aufs Papier zu bannen?

Wenn ich an den bevorstehenden Buchclub dachte, überkam mich Panik. Wie sollte ich eine literarische Diskussion über einen Klassiker leiten, wenn ich in Gedanken mit meiner literarischen Unfähigkeit beschäftigt war?

Als sich die Sonne orange färbte und das Licht verblasste, suhlte ich mich in Selbstmitleid. Ich ging nach draußen, um die Tische mit den Angeboten hereinzuräumen, und bemerkte, was nun auf der Tafel stand:

Ich mag dicke Wälzer,
und ich kann nicht lügen.

Ich gluckste. Hatte das da schon den ganzen Tag dort gestanden? Zumindest wusste ich, dass ich diesen kleinen Vandalismus Max zu verdanken hatte. Als Charlie wie ein Rammbock durch die Tür stürmte, klingelte die Türglocke. Er rieb sich die Schulter. »Das solltest du wirklich reparieren.«

Er lachte, um die Kritik zu überspielen, und ich bemühte mich, meine Verzweiflung zu verdrängen. Ich musste eine freundliche Miene für den Buchclub aufsetzen, der alle vierzehn Tage freitagabends stattfand.

Mit einem künstlichen, aber freundlichen Lächeln durchquerte ich den Raum. »Bereit für *Stolz und Vorurteil?*«

Ich war überaus erfreut, als Charlie sich dem Buchclub angeschlossen hatte, denn der einzige andere Mann, der jemals aufgetaucht war, war Max. Doch während Max das Treffen nutzte, um seine Waren zu bewerben, diskutierte Charlie wirklich gern über Bücher. Außerdem bot er mir eine Ausrede, um einen ausgedehnten Abstecher in die Klassiker der Literaturgeschichte zu machen.

Wir gingen zu dem Stuhlkreis, bei dem sich bald der Rest der Gruppe versammeln würde.

Charlie setzte sich und rückte seine Brille zurecht. »Ich freue mich, das Buch mit modernen Liebesgeschichten zu vergleichen.«

Würde Jane Austen Charlies Meinung interessieren, wenn sie noch lebte? Würde es ihr empfindliches Ego verletzen, wenn er sagte, ihr Buch enthalte eine zu ausführliche Exposition? Entwickelten echte Autoren irgendwann ein dickes Fell gegen Kritik? Oder gelang es ihnen einfach besser, eine Liebesgeschichte *unterzubringen?*

Charlie legte das Buch in den Schoß und tippte mit dem Zeigefinger auf den Einband. Normalerweise waren wir nicht zu zweit beim Buchclub, und ich fürchtete mich vor einem Vier-Augen-Gespräch mit einem echten Englischprofessor, nachdem ich all mein Selbstvertrauen verloren hatte. Ich kam mir wie eine Betrügerin vor, eine Diskussionsgruppe über Literatur zu leiten, wenn ich noch nicht einmal vier Sterne von einem drittklassigen Blog erhielt.

Ab und an war ich versucht gewesen, Charlie wegen meines Romans ins Vertrauen zu ziehen. Ich war so naiv zu glauben, mein Fell sei dick genug, seine Kritik auszuhalten – vielleicht war ich auch so arrogant zu meinen, er habe nichts zu kritisieren. Jetzt stellte ich mir vor, wie er mit einem Rotstift ganze Passagen anstrich und sagte: *»Die Liebesgeschichte klingt unglaubwürdig. Streichen. Streichen. Streichen.«*

Ich bezweifelte, dass ich dieses Geheimnis jemals mit ihm oder mit irgendjemand anders teilen wollte. Ich ertrug ja noch nicht einmal das Urteil eines völlig Fremden.

Dass ich mein Schicksal in der Hand hatte und einen eigenen Buchladen führte, gab mir wenigstens etwas Trost. Ich war nicht auf das Gütesiegel irgendeines Bloggers angewiesen oder auf fremde Hilfe in meinem Laden. Ich würde all den Zweiflern beweisen, wozu ich fähig war.

Ich war keine Maid, die von einem Helden gerettet werden musste.

Das sagte ich mir, damit ich es mir bis zu meinem richtigen Durchbruch zumindest einbilden konnte. Tief im Inneren war mein Selbstvertrauen heftig erschüttert.

Zum Glück klingelte die Türglocke erneut wie verrückt. Shawna Brooks, die Besitzerin einer teuren Boutique zwei Häuser weiter, stieß die Tür auf, dicht gefolgt von der kürzlich verwitweten Midge Long.

Ich sah auf die Uhr. »Wo ist Letitia?« Die Karate- und Tanzlehrerin der Stadt war normalerweise pünktlich.

Als die Tür erneut aufging, war ich enttäuscht, dass es nur Max war, der den Buchclub für Werbezwecke nutzte. Wenn ich ehrlich war, hatte ich den Club ins Leben gerufen, um mein eigenes schleppendes Geschäft zu beleben.

Ich erhob gerade die Stimme, um den Abend zu eröffnen, als Max der plaudernden Truppe einen Teller mit Mini-Cupcakes anbot.

Midge folgte meinem Blick und rief: »Oh, Max. Sieh sich einer diese wunderbaren Kunstwerke an. Sind die für uns?«

Was auch immer ich gesagt hatte, es ging in der Freude über ein Dutzend besonders kleiner Cupcakes unter. Ich hätte eine Kita eröffnen sollen.

»Denkt dran«, sagte Max, »nächste Woche gibt es Erdbeer-Shortcakes. Bittet Maddie, genug für alle zu bestellen.«

Ich wusste, was er vorhatte. Er wollte ihnen weismachen, dass mein Buchladen und seine Bäckerei irgendwie zusammengehörten.

Mit schelmischem Grinsen sah er zu mir herüber und tat so, als hätten wir eine GmbH gegründet und er würde nur die Kunden an uns binden. Ich konnte nichts dagegen sagen, dass er die Werbetrommel rührte, denn wenn er Kunden anlockte, half er damit auch mir. Doch Zugang zu meinem Laden zu haben oder sein eigenes Geschäft aufzubauen, waren zwei unterschiedliche Dinge.

Kopfschüttelnd ging ich zum Stuhlkreis.

Um auf den Stolz von Elizabeth Bennet und die Selbstbestimmung von Jo March umzulenken, klatschte ich in die Hände. »Wollen wir loslegen? Wir können uns nach dem Buchclub noch unterhalten.«

Unsere bunte Truppe versammelte sich in dem Kreis aus zusammengewürfelten Stühlen. Während sich alle setzten und dabei mit den Stuhlbeinen über den Boden kratzten, nahm ich zwischen Midge und Shawna Platz und begann.

»Ihr habt hoffentlich alle *Stolz und Vorurteil* gelesen.« Fast alle nickten. Midge verzog das Gesicht, doch ich sprach sie nicht darauf an. Ich wusste, dass sie hauptsächlich der Gesellschaft wegen kam. Sehr wahrscheinlich hatte sie zumindest einen der Filme gesehen. Ich fuhr fort: »Wenn ihr einverstanden seid, möchte ich zuerst über den Titel sprechen. Was bedeuten Stolz und Vorurteil in diesem Roman für euch?«

Charlie, ganz Professor, hob die Hand und stellte weitschweifig eine Theorie über das individuelle Verlangen auf, das im Widerspruch zum Druck der Gesellschaft stehe. Er genoss die Rolle des Literaturexperten, darum ließ ich ihn einige Minuten dozieren. Gerade wollte ich das Gespräch wieder an mich ziehen, als Shawna sich einschaltete. »Sprechen wir über die guten Sachen. Wie stark funkt es zwischen Lizzie und Darcy?«

Sie versetzte mir einen Stich ins Herz, indem sie mich daran erinnerte, was Silberfuchs geschrieben hatte: *»Da knistert es mehr zwischen meinen Küchengeräten.«*

Die gemeine Kritik wurde in meiner Vorstellung noch gemeiner. Es war, als würde ich mit der Zunge nach einem schmerzhaften Fieberbläschen tasten und könnte nicht aufhören, mich selbst zu quälen.

Ich zog meinen langen geflochtenen Zopf nach vorn und wickelte ihn nervös um einen Finger. War ich genauso wahnhaft wie Professor Lockhart? War ich ein Schmierfink?

Es gab zwei deutlich getrennte Fraktionen – die einen hielten Verlangen und Sehnsucht in Austens Roman für glaubhaft, die anderen fanden die Liebesgeschichte eindimensional und wenig überzeugend. Dass sich selbst bei Jane Austen die Geister schieden, besserte meine Laune ein wenig. Vielleicht würde ich von einem weniger herzlosen Menschen eine bessere Kritik erhalten.

Das letzte Wort zum Thema hatte Max. »Wäre sie nicht so *stolz* gewesen, hätte er ihr vielleicht viel früher helfen können.«

Vermutlich wollte er die Diskussion nur dazu nutzen, mir Ratschläge für mein Leben zu erteilen. Er hatte noch nicht einmal die Frage beantwortet.

Anstatt auf ihn einzugehen, sah ich wieder auf mein Papier. Als ich gerade ein geeignetes Thema gefunden hatte, schwang die Tür auf, und alle drehten ruckartig die Köpfe, alle Augen leuchteten, und Shawna stand sogar auf. Ich drehte mich um und sah den Grund des Aufruhrs. Dylan Black, seinen Freunden aus Kindertagen als Dylan Ramirez bekannt, stand im Laden und sah mich aus seinen durchdringenden blaugrauen Augen an.

3

Dylan wurde sofort von allen umringt, sie bedrängten ihn und wollten alles auf einmal von ihm wissen.

»Wann bist du gekommen?«

»Wie lange bleibst du?«

»Stimmen die Gerüchte?«

Grinsend beantwortete er ihre Fragen oder wich ihnen charmant aus. »Heute. Einen Monat. Welche Gerüchte?« Ohne mich dabei aus den Augen zu lassen, bewegte er sich wie ein von Paparazzi umringter Popstar weiter in den Laden. Dieser Vergleich war ziemlich passend.

Er hatte rabenschwarzes Haar und glühende Augen, die von langen dunklen Wimpern gesäumt waren, und es war kein Wunder, dass die Plattenfirma ihn vermarktete, als hätte er sich kürzlich von einer Latino-Boygroup getrennt. Im Laufe der Jahre war er sogar noch attraktiver geworden, und die Fotografen wussten ihn als Objekt erotischer Fantasien in Szene zu setzen.

Trotz all des Rummels war er für mich einfach nur Dylan. Früher waren wir einmal zusammen gewesen, doch unser letzter Kuss lag Jahre zurück, und seitdem war viel passiert. Nachdem er wie das wandelnde Klischee eines Musikers mit der Gitarre auf dem Rücken in einen Greyhound-Bus nach New York City gestiegen war und seine Heimat mit dem Vorsatz verlassen hatte, nie mehr in die kleine Welt von Orion zurückzukehren, war es zwischen uns nicht mehr wie vorher gewesen.

Und trotzdem war er nun hier, und das nicht zum ersten Mal, doch seit Weihnachten hatte ich ihn nicht mehr gesehen.

Er kratzte sich am Kinn und lächelte. »Hey, Maddie!« Seine Stimme klang wie Sandpapier, als würde er sich von einer schweren Krankheit erholen. Er ließ sich auf einen Stuhl fallen. »Tut mir leid, dass ich deinen Buchclub störe, aber ich wusste, dass ich euch hier alle erwische.«

»Kein Problem. Wir haben nur gerade über *Stolz und Vorurteil* diskutiert. Vielleicht sagt dir das noch was?« Wir hatten das Buch im Kurs Weltliteratur durchgenommen. Ich wollte nicht wie eine strenge Lehrerin klingen, doch ich wusste nicht, wie ich auf sein plötzliches Eindringen reagieren sollte. Das letzte Mal, als er nach Hause gekommen war, wollte ich heiraten, und er war wie immer mit seiner Musik beschäftigt gewesen. War er hergekommen, um mich zu sehen oder um wieder mit den anderen in Kontakt zu kommen?

Dylan sagte: »Bitte. Ich würde gern dableiben. Lasst euch von mir nicht stören.«

Als wäre ein Kraftfeld gebrochen, kehrten die anderen langsam auf ihre Plätze im Stuhlkreis zurück, und ich nahm mit zitternder Hand meine Notizen auf.

»Wir haben gerade über die romantische Spannung zwischen den Hauptcharakteren gesprochen.« Ich gab ihnen die Möglichkeit, zur Ruhe zu kommen, doch die Atmosphäre hatte sich verändert, sie war elektrisch aufgeladen.

Ich las eine Frage aus meinen Notizen vor und tat, als wäre alles wie immer. »Es fällt auf, dass Lizzies Liebe zu Darcy wächst, obwohl sie über weite Strecken des Buches keinen direkten Kontakt zu ihm hat. Ist das realistisch? Worauf fußt ihre Liebe?«

»Auf seinen zehntausend Pfund im Jahr«, platzte Shawna mit hoher, verstellter Stimme hervor, und alle lachten.

»Lustig«, sagte Max, ohne zu lachen. »Aber ich glaube, es hat sie verrückt gemacht, dass sie endlich jemandem begegnet ist, der es an Witz und Intelligenz mit ihr aufnehmen konnte.«

Er wollte mich ärgern, indem er mich daran erinnerte, wie wir auf der Highschool um den besten Notendurchschnitt gewetteifert hatten. Nebenbei ließ er noch eine Spitze gegen Dylan los, als hätte Intelligenz und Witz in unserer Beziehung keine Rolle gespielt. Diese Annahme war sowohl unverschämt als auch falsch. Er hatte sich nie Zeit genommen, Dylan kennenzulernen und still mit geistlos gleichgesetzt, doch ich wusste, wie tief stille Wasser waren.

Charlie atmete seufzend aus. »In praktischer Hinsicht ist Darcys sogenannte Liebe für sie über jeden Zweifel erhaben, schließlich rettet er die Ehre ihrer Familie.«

Ich musterte ihn skeptisch. »Seine *sogenannte* Liebe?« Charlie machte sich keine Hoffnung auf eine romantische Begegnung, doch manchmal übertrieb er es mit seinem Zynismus.

Dylan räusperte sich. »Vielleicht steht sie nicht immer in Kontakt zu Darcy, aber sie kennt ihn.«

Er strich sich über den sexy Bartschatten an seinem Kinn. Hatte er bei seinen zahlreichen Fotoshootings gelernt, diese Geste bewusst einzusetzen? Als Autorin und Kennerin von Dreitagebärten beklagte ich den Mangel an Worten, mit denen man die Schönheit männlicher Gesichtsbehaarung beschreiben konnte. Es juckte mich in den Fingern, ihn zu berühren.

Er bemerkte, dass ich ihn anstarrte, und schenkte mir ein professionelles Zahnpastalächeln. »Schließlich hat sie seinen Brief. Als sie seine Worte liest, merkt sie, dass ihre Seelen verwandt sind.«

Er hätte von uns sprechen können. Dylan und ich waren grundverschieden. Auf der Highschool war er Motorrad gefahren und hatte Gitarre gespielt. Ich war ein Bücherwurm gewesen, dem der Mut fehlte, sich mit echten Jungs auseinanderzusetzen. Doch ich lernte Dylan durch seine Worte kennen. Als Dylan mir seine Texte vorsang, war meine Jungfräulichkeit hoffnungslos verloren.

Ich bemerkte, dass Shawna Dylan und mich beobachtete. Es war nur eine Frage der Zeit, bis die Stadt darüber spekulierte, dass mein Herz ihm gehörte. Doch ich war heute gefestigter als mit siebzehn, als es noch ganz neu für mich war, dass mein Körper männliche Blicke auf sich zog und ich diese Aufmerksamkeit genoss.

Midge seufzte. »Das ist einfach wunderschön, Dylan.« Ich riss meinen Blick von ihm los und richtete ihn wieder auf mein Diskussionspapier, doch Midge kam vom Thema ab. »Es ist so schön, dich wiederzusehen. Was führt dich nach Hause?«

Dylan besaß den Anstand, mir einen entschuldigenden Blick zuzuwerfen, aber am Ende drehte sich trotzdem alles um ihn. Er zog die Aufmerksamkeit auf sich, und dass er ein echter Star geworden war, hatte seine Eitelkeit noch weiter verstärkt. »Nun, Miss Long. Mir wurde eine Pause verordnet, etwas frische Luft und Hausmannskost.«

Bevor der Abend ganz zu Dylans Vorstellung wurde, sagte ich: »Du solltest in zwei Wochen wieder zum Buchclub kommen. Dann reden wir über *Jane Eyre.*«

Er presste die Lippen zusammen. »Mach ich ... Wenn du mir versprichst, in ein paar Wochen zu meinem Auftritt in der Jukebox zu kommen.«

Seit wann wollten sich eigentlich alle nur noch selbst vermarkten?

Doch er erhielt die gewünschte Reaktion, Shawna und Midge löcherten ihn wegen seiner Musik. Ich stand auf und ging zur Kasse, als Zeichen, dass es Zeit war, das nächste Buch zu kaufen und sich zu verabschieden. Mein Trick funktionierte, und alle außer Dylan stellten sich an der Kasse an.

Dylan griff in seine Kuriertasche und holte einen Flyer für das bevorstehende Konzert heraus. »Hast du was dagegen, wenn ich den hier irgendwo aufhänge?«

War er deshalb vorbeigekommen?

Enttäuscht beobachtete ich, wie er sich zur Tür wandte. Ich dachte, er würde ein bisschen bleiben; dass er schon gehen wollte, schmerzte. Aber worüber sollten wir auch reden? Unsere gemeinsamen Tage gehörten der Vergangenheit an. Und ebenso die Nächte.

Er blieb stehen und sagte: »Ich komme morgen vorbei.«

Als ich Charlie abkassierte, stieß Shawna hervor: »Für diesen Typen könnte ich mir sogar vorstellen, Rebecca zu betrügen.« Als ich sie mit großen Augen ansah, fügte sie hinzu: »Tut mir leid, Maddie. Aber du hast ihn gehen lassen.«

Midge kam mit ihrer Ausgabe zur Kasse und sagte: »Es ist nie zu spät.« Dann fügte sie zu meinem Entsetzen hinzu: »Wenn ich fünfzig Jahre jünger wäre ...«

Nachdem sie die Bücher gekauft hatten und gegangen waren, herrschte im Buchladen wieder vollkommene Stille.

Ich atmete aus. Das hatte mir in rasender Geschwindigkeit vor Augen geführt, warum ich nie mit einem Rockstar zusammen sein wollte.

Was allerdings nicht gegen meine heimlichen Gedanken half, die sich mit Shawnas deckten. Und ich würde Peter noch nicht einmal betrügen. Also, warum eilte ich nicht hinter ihm her?

Ich schüttelte den Kopf und erinnerte mich daran, was dieser Kritiker über meine fiktive Liebesgeschichte geschrieben hatte. *»Sie ist so steif, dass man vermuten könnte, die Autorin habe keinerlei Erfahrung in Sachen Romantik.«*

Mann, da täuschte er sich aber. Ich hatte *zwei* Beziehungen gehabt. Zählte das, wenn beide daran gescheitert waren, dass ich meine eigenen Träume nicht hatte aufgeben wollen, um ihren zu folgen?

Wenn das Liebe war, konnte Silberfuchs sie gern behalten.

Nachdem der Laden leer war, schloss ich die Kasse ab. Ich sammelte das Bargeld ein, packte es in den Transportbeutel der Bank, rieb mir die Augen und summte einen Beatles-Song. Als eine Stimme in meinen Gesang einfiel, fuhr ich vor Schreck zusammen.

»Mensch, Max. Du hast mich zu Tode erschreckt.«

Er hatte sich auf einen wackeligen Hocker gesetzt, der schon im Laden gestanden hatte, als wir Kinder gewesen waren. Auf seinen Knien lag eine Ausgabe von *Huckleberry Finn* mit zahlreichen Eselsohren, als würde er die Zeit totschlagen. Er streckte sich und drehte das aufgeschlagene Buch um, und ich verzog das Gesicht ob des schäbigen Buchrückens.

Er saß nur ein kleines Stück von der Kasse entfernt, und mir stieg der Duft von Zimt und braunem Zucker in die Nase, als ob sein kastanienbraunes Haar ebenfalls eine Nascherei aus seiner Küche wäre. Muffin-Kopf Max.

»War verrückt, Dylan heute Abend zu sehen, oder?«

Ich schloss die Kassenlade und nahm den Geldbeutel für die Bank und meine Handtasche. »Was machst du noch hier?« Er hatte noch nie einen Gedanken an Dylan verschwendet.

»Ich dachte, du hättest vielleicht Lust auf ein Stück Pizza.«

»Ich hab keinen Hunger«, log ich.

Nachdem ich das Licht ausgeschaltet hatte und zur Tür gegangen war, drehte ich mich um, stemmte die Hände in die Seiten und wartete, dass er den Hinweis verstand und ging. Er stand auf und durchquerte mit drei Schritten den Raum. Das Licht der Straßenlaternen warf Streifen auf sein Gesicht. Mein Blick verharrte auf dem leichten Bartschatten an seinem Kinn, meine größte Schwachstelle, wenn es um Männer ging. Er schloss die Lücke zwischen uns und sah mich mit einem Schlafzimmerblick aus seinen klaren grünen Augen an. Wenn ich ihn nicht schon von klein auf gekannt hätte, hätte ich ihn vielleicht für einen romantischen Helden aus einem Roman gehalten.

»Ah. Du bist sauer wegen heute Morgen.« Er seufzte. »Ich weiß, ich hab dich bedrängt. Das tut mir wirklich leid. Okay?«

Ich war nicht sauer. Ich war müde. Seit der Highschool war alles mit ihm ein Wettkampf. Schließlich konnte nur einer von uns Jahrgangsbester sein. Ich wollte nicht, dass mein Buchladen ein weiterer Preis in einem nicht zu gewinnenden Wettbewerb wurde.

»Ich bin nicht sauer, Max.«

»Wenn ich dir verspreche, dich heute Abend nicht damit zu belästigen, gehst du dann mit mir aus?«

Von dieser Strategieänderung ließ ich mich nicht in die Irre führen. Er dachte, er könne mich mürbemachen, aber ich würde ihm nicht die Schlüssel zu meinem Königreich übergeben.

»Komm.« Ich hielt die Tür auf. »Ich will nur nach Hause.«

Er trat vor mir in die Abendluft.

Eine Sache würde ich zu Max Beckett nicht so bald sagen: *Wollen wir zusammenarbeiten?*

Er begleitete mich bis zur Haustür, obwohl ich wahrlich keinen Beschützer brauchte. In Orion beschränkten sich die Verbrechen auf das Ignorieren roter Ampeln oder das Überfahren eines Stoppschildes. Oder neuerdings Graffiti. Wie dem auch sei, ich wohnte direkt gegenüber vom Buchladen, einen Block von seiner Wohnung entfernt. Es war nicht gerade ideal. Eigentlich hatte ich mich zu diesem Zeitpunkt mit Peter in meinem Traumhaus gesehen. Doch nachdem er mich gegen meinen Willen mit meiner Freiheit zurückgelassen hatte, musste ich allein klarkommen.

Layla war ebenfalls auf der Suche nach einer billigen Bleibe gewesen. Wir hatten auf dem College zusammengewohnt, doch während ich nach dem Abschluss nach Indianapolis gegangen war, war sie nach Hause zurückgezogen, geradewegs zurück in ihr Kinderzimmer. Um nicht dortzubleiben, hätte sie mit Max zusammenziehen müssen. Als ich obdachlos wurde, beschlossen sie und ich deshalb, uns eine Wohnung und die Kosten zu teilen.

Lieber hätte ich allein über dem Buchladen gewohnt. Ich hatte die erste Etage provisorisch als Büro eingerichtet, in das ich mich manchmal zum Schreiben zurückzog, doch ohne Dusche taugte der Raum nicht als Wohnung.

Zumindest zwang mich der kurze Spaziergang zum Buchladen und wieder zurück, mich etwas unter Leuten zu bewegen.

Max sprach von der Hochzeitsfeier, für die seine Mutter eine Torte backen würde. »Die heiraten an der alten überdachten Brücke an der Route 36. Kennst du die?«

»Hm.« Bei einem unserer Dates war ich mit Peter dort gewesen. Die Brücke führte nirgendwohin, war jedoch ein idyllisches Wahrzeichen, ein romantisches Ausflugsziel. Wir hatten neben dem Big Walnut Creek gepicknickt.

Ich wollte nicht über Peter reden. Nicht mit Max. Noch nicht. Wahrscheinlich nie.

Als ich die Haustür öffnete, wartete Max, als könnte im letzten Moment aus dem Nichts ein Verrückter auftauchen und mich überfallen.

»Sag Layla, sie soll mich anrufen. Vielleicht will sie ja mitkommen, wenn ich die Torte am Sonntag ausliefere, okay?«

»Mach ich.«

»Vielleicht willst du ja auch mitkommen?«

Wegen einer albernen Bestimmung der Stadt blieb der Buchladen sonntags geschlossen, sodass ich freihatte und wie in alten Zeiten mit Max und Layla abhängen konnte. Früher waren wir drei unzertrennlich gewesen. Doch ich würde einen Teufel tun und mich an meinem freien Tag von Max mit seinen Geschäftsideen nerven lassen. Wahrscheinlich würde er mit Whiteboard, Tortendiagrammen und Laserpointer anrücken. Vielen Dank!

»Sorry, nein. Ich unternehme was mit meiner Mom.« Was vermutlich stimmte.

»Bis morgen früh!« Er trat den Rückzug an.

Bevor ich die Tür schloss, warf ich ihm noch einen letzten Blick zu, und auf einmal sah ich ein Dutzend übereinandergelagerter jüngerer Versionen von ihm und verspürte eine derart heftige Sehnsucht, dass mir die Luft wegblieb. Warum war das Leben nur so kompliziert?

In Laylas Zimmer brannte Licht, also klopfte ich an und öffnete knarrend die Tür. Wie immer saß Layla mit dem Laptop auf den Knien auf ihrem Bett.

»Hey!« Sie packte den Laptop zur Seite und streckte sich.

Ich hätte nie gedacht, dass ein derartiger Musikfreak aus ihr werden würde. Als Kinder hatten wir erlebt, wie ihr Dad mit anderen Vätern zusammen in einer Band spielte, meist im Keller, manchmal auch im Pool-Clubhaus. Es war gleichermaßen demütigend und saukomisch gewesen. Natürlich spielte er Clapton – Layla hieß nicht zufällig so – und für Mrs Beckett ständig die Beatles. Jetzt trat er manchmal in meinem Café auf. Er war gut. Nicht so gut wie Dylan, aber ich hörte ihn gern spielen.

Erst als eines Abends eine neue Band in der Jukebox aufgetreten war, war Layla zum fanatischen Musikfan geworden und hatte sich der Sache mit Haut und Haaren verschrieben.

Nach der Highschool suchte sie sich keinen richtigen Job, sondern verfasste als freie Journalistin Artikel über Musik und verdiente an den Werbeeinnahmen der von ihr gegründeten Website. Wir gingen zusammen aufs College, wo wir auf Kosten unserer Eltern Wirtschaftswissenschaften studierten. Anschließend fand ich sofort einen Einstiegsjob in Indianapolis, doch zu Laylas Glück hatte die

Band, für die sie schwärmte, in der Zwischenzeit einen meteoritenhaften Aufstieg hingelegt. Mittlerweile hatten sich ihre Artikel und der Verkehr auf ihrer Seite verdoppelt. Sie war ziemlich erfolgreich, doch allmählich holte die Realität sie ein, und für mich war klar, dass sie diesen Lebensstil nicht ewig beibehalten konnte.

Das musste ich gerade sagen. Ich hatte meine vielversprechende Karriere als Produktmanagerin aufgegeben, um mich in ein riskantes Abenteuer zu stürzen. Damals war ich davon ausgegangen, dass ich durch einen Ehemann mit Festanstellung abgesichert war, der mich unterstützte. Wie dumm von mir.

Layla zog die Füße an, um mir Platz auf dem Bett zu machen, ihre Knie bildeten unter der Decke ein Zelt. »Bist du hier, um dich über Peter auszulassen?«

Sie hatte geduldig zugehört, als ich nach Peters Weggang die fünf Stadien der Trauer durchlief. Sie hatte nie etwas gegen Peter gesagt, doch nachdem er jetzt von der Bildfläche verschwunden war, bemerkte sie andauernd halb scherzhaft, halb im Ernst, endlich werde ihr Traum wahr, mich mit ihrem Zwillingsbruder zu verkuppeln. Dann wären wir endlich Schwestern. Schon auf der Highschool hatte sie für uns den Hashtag #Team-MadMax erfunden, als würde aus uns jemals ein Paar werden.

Darum erwähnte ich lieber nicht, dass Dylan in der Stadt war.

Ich ließ mich auf den frei geräumten Platz fallen. »Ausnahmsweise nicht.«

Sie verzog das Gesicht. »Sorry, Süße. Hast du was von ihm gehört?«

Das versetzte meinem allmählich heilenden Herzen einen Stich. Seit mein Verlobter, mein Bräutigam, mein zukünftiger Ehemann nicht auf unserer Hochzeit erschienen war und mich gedemütigt vor dem Altar stehen gelassen hatte, stritten wir uns nur noch über das gemeinsame Geschäft. Er hatte mich vor eine einfache Wahl gestellt: Entweder verkaufte ich den Buchladen und verließ Orion, um mit ihm nach Indianapolis zu gehen, oder er ginge allein weg.

Ich ließ es darauf ankommen, und er sagte die Hochzeit ab.

Das Lustige an Ultimaten ist, dass sie einem so lange wie eine tolle Taktik vorkommen, bis man mit der logischen Folge dieser tollen Taktik leben muss. In meinem Fall hatte ich Peter erklärt, wenn er mich verließe, müsse er nicht mehr wiederkommen. Und daran hielt er sich.

»Nicht, seit er mir meinen letzten Kontoauszug geschickt hat.« Ich hörte, wie jämmerlich das klang, und meine Schultern sackten nach unten. »Ich glaube, er wartet, bis ich scheitere.« Vermutlich wartete er, dass dieses Alternativuniversum von allein zusammenbrach. Er hatte nie daran geglaubt, dass ich den Buchladen noch ein weiteres Jahr halten konnte. Darum vermutete ich, dass er abwartete, bis ich gezwungen war, klein beizugeben und zu ihm zurückzukriechen. Ich dachte, wenn ich ihm zeigen konnte, dass er sich täuschte, würde er zu *mir* zurückkriechen. Wir waren beide so widerspenstig wie meine klemmende Eingangstür.

Am meisten fürchtete ich den Tag, an dem er genug vom Warten hatte, nicht mehr auf mein Herz und meine Zukunft spekulieren wollte und sein Darlehen zurückverlangte. Ich würde ihn nicht auszahlen können und alles verlieren – sowohl den Buchladen als auch Peter.

Die Uhr tickte.

Doch ich wollte es allen beweisen. Ich konnte es allein schaffen.

Layla stieß mich an. »Erde an Maddie. Was wolltest du besprechen?«

Ich blinzelte und erinnerte mich, was mich in ihr Zimmer getrieben hatte. »Es geht um diesen Kritiker.«

»Silberfuchs?« Sie schnaubte. »Für wen hält er sich? George Clooney?«

Ich lächelte schwach, ich war noch zu wütend und aufgewühlt, um richtig darüber zu lachen. »Ständig muss ich daran denken, dass er die Namen meiner Charaktere falsch zitiert hat.«

»Und?«

»Und vielleicht sollte ich ihm schreiben und ihn fragen, ob er das Buch überhaupt gelesen hat.«

Sie machte große Augen. »Nein. Tu das unter keinen Umständen. Greif ihn nicht an.«

»Ich will es einfach nur wissen.«

Sie trat die Decke weg, rollte sich auf die Seite und schwang die Beine aus dem Bett. Dass sie aus dem Bett stieg, war ähnlich selten wie bei Opa Josef in *Charlie und die Schokoladenfabrik*. Ich stellte mir vor, wie sie in ihrem Nachthemd umhertanzte und *Ich habe ein goldenes Ticket* sang. Ihre Knie knickten nicht ein, als sie in die Küche ging. Sie blieb an der Tür stehen.

»Wenn du dich mit ihm anlegen willst, mach es auf die altmodische Art. Erfinde eine Armee Usernamen, hinter denen du dich versteckst, und streite dich mit ihm in Kommentaren auf seinem Blog.« Sie schlurfte aus der Tür. »Willst du eine halbe Tiefkühlpizza?«

Ich stand auf, um ihr zu folgen, und dachte mir eine komplizierte Geschichte aus, in der ich Silberfuchs persönlich traf. Er würde bei einer Signierstunde auftauchen und sich vorstellen. Zunächst würde ich cool tun, doch wenn ich sein Buch signierte, würde ich schreiben: *»Ich bringe nur eben mit allen Mitteln eine Signatur hier unter.«* Er würde versuchen, seine Kritik zu verteidigen, aber ich würde mit dem Finger auf ihn zeigen und …

»Kommst du, Maddie?«

Layla steckte den Kopf durch die Tür, und ich schüttelte mich und kehrte in die Realität zurück.

Nachdem wir gegessen hatten, nahm ich eine Flasche Bier mit ans Bett, kroch unter die Decke und rief meinen Buchladen-Blog auf, um einen Post über die Buchclub-Diskussion zu *Stolz und Vorurteil* zu schreiben.

Während ich im Hintergrund Dylans Album laufen ließ, verbrachte ich eine geschlagene halbe Stunde damit, mir im Internet Fotos von ihm anzusehen. Ich versuchte, in den Hochglanz-Fotostrecken oder den coolen Konzertaufnahmen den Jungen zu finden, den ich einst gekannt hatte. Als ich ein Bild ganz vom Beginn seiner Karriere fand, hielt ich inne. Da sah er noch wie der Junge aus, den ich einst zu lieben gemeint hatte, anschließend hatten sie ihn zu jemandem hochgestylt, der mir fremd war. Zuerst war er unglücklich gewesen. Er schickte mir die Fotos, die sie für das Cover seines Albums gemacht hatten, schrieb mir dazu einen von Angst beherrschten Brief und rief mich mehrfach betrunken an. Dann wurde er langsam ein anderer Mensch, die Anrufe ließen nach, und Dylan Ramirez hörte auf zu existieren.

Seufzend schloss ich das Browserfenster und versuchte, noch einiges zu erledigen. Ich überprüfte den Terminkalender für die Woche; es waren Schulferien, und ich wollte eine Sommerlesegruppe für Jugendliche anbieten. Ich leerte mein Bier und holte mir gähnend ein zweites. Es war noch nicht spät, und ich musste den Newsletter gestalten. Ehe ich damit anfing, schickte ich wegen einer bevorstehenden Signierstunde im Laden eine E-Mail an eine Autorin.

Kurz vor Mitternacht gönnte ich mir ein letztes Bier und rief den neuen Fantasy-Band auf, an dem ich arbeitete. Ich war nicht so dumm, im Rausch zu schreiben. Stattdessen amüsierte ich mich und hinterließ passiv-aggressive Kommentare auf Silberfuchs' Seite.

Was versteht eine sechzigjährige Jungfrau von Romantik?

Morgen früh würde mir das entweder superlustig oder jämmerlich erscheinen, aber es fühlte sich gut an, mich mit Worten zu rächen – als würde ich einen Drachen töten. Es war schön, endlich darüber zu lachen.

4

Das Morgenlicht schien rötlich durch meine geschlossenen Lider. Ich erwachte von wiederkehrendem Läuten und begriff erst allmählich, dass es sich um meinen Wecker und nicht um eine Invasion von Kunden handelte, die unablässig durch die Ladentür strömten. Mein Kopf pochte, als hätte ich zu viel Bier getrunken. Was womöglich zutraf.

Sich krankzumelden, kam für eine Einzelunternehmerin nicht infrage, also rollte ich mich aus dem Bett und unterdrückte einen Würgereiz. Ich kroch in die Küche und ließ mich auf einen Stuhl fallen.

Kurz darauf erschien Layla in der Tür. »Hast du deine Sorgen erfolgreich ertränkt?«

»Was machst du schon so früh hier? Bist du etwa die ganze Nacht auf gewesen?«

»Verrückte Gerüchte machen die Runde. Ich musste dafür sorgen, dass sich alle im Forum anständig benehmen.«

Sie mahlte Kaffee, und das Pochen in meinem Kopf verstärkte sich. Ich stöhnte.

Sie warf mir einen besorgten Blick zu. »Wie lange bist *du* denn wach gewesen?«

»Äh.« Ich versuchte, mich zu erinnern, wann genau ich schließlich den Computer weggepackt hatte. »Ich habe geträumt, dass ich in ein Taxi steige, und der Fahrer war dieser Kritiker. Ich habe ihm den Marsch geblasen. Es war irgendwie befreiend.« Das hatte ich davon, dass ich ihn vor dem Schlafen in meiner Fantasie verbrannt hatte.

Layla öffnete den Kühlschrank. »Soll ich dir was zu essen machen?«

»Nein, danke. Ich esse im Laden einen Muffin und trinke Kaffee.«

Ich duschte in Ruhe meinen Kater weg. An einem Morgen wie diesem war ich froh, dass ich die Besitzerin des Ladens war. Wenn ich ein bisschen zu spät kam, würde mich niemand tadeln. Allerdings gab es nicht viele solcher Vormittage. Ich hatte mich nicht mehr betrunken, seit – nun ja, seit Peter mich mit einer Kirche voller Freunde und einer Hochzeitstorte hatte sitzen lassen. Ich hatte die Torte gegessen, dann hatte ich mich an der offenen Bar im Hochzeitssaal bedient. Vermutlich hätten wir die Anzahlung ohnehin nicht zurückbekommen.

Als ich in mein Zimmer zurückkehrte, stieß ich dort auf Layla, die meinen Kleiderschrank inspizierte. Nicht im Geringsten verlegen, dass ich sie dabei erwischte, sagte sie: »Ich muss mir etwas Geschäftsmäßiges von dir leihen.« Sie sah meine Hosen und Blusen durch, als wäre sie in einer Boutique. »Wow, Maddie! Ich wusste ja gar nicht, dass du so viele Kleider hast.«

Ich hatte mir eine umfangreiche Geschäftsgarderobe zugelegt, doch die Kleider waren für den Feierabend gewesen. Ich hatte Peter zu Cocktailpartys mit Freunden begleitet und zu Treffen mit Kollegen. Wir waren ein attraktives Paar gewesen, obwohl die Leute oft gedacht hatten, er sei fünfzehn Jahre älter als ich. Die silbernen Strähnen in seinem Haar verliehen ihm Reife, was im Geschäftsleben merkwürdigerweise von Vorteil war. Frauen, die doppelt so alt waren wie ich, flirteten direkt vor meiner Nase mit ihm, und Männer, die nicht bemerkten, dass er gerade einmal dreißig war, nickten anerkennend über Peters scharfe junge Vorzeigefrau.

Später in unserer Wohnung flogen die Kleider dann auf den Boden, wenn wir uns gegenseitig auszogen, uns über die Spießigkeit solcher Veranstaltungen lustig machten und uns sagten, dass wir uns nie von dieser Welt vereinnahmen lassen würden. Wir wollten dazugehören, ohne so zu sein. So lautete damals unser Plan.

Layla fächerte den roten Stoff eines verführerischen Cocktailkleides auf und stellte sich vermutlich vor, wie es an ihr aussehen würde. Oder an mir. Ich hatte diese Kleider zu einer anderen Zeit gekauft. An einem anderen Ort. Es hätte mich nicht überrascht, wenn Layla hinter meinen Kleiderschrank gegriffen hätte und auf einen Tannenbaum vom letzten Jahr gestoßen wäre. Wenn ich hindurchging, könnte ich dann genauso mein altes Leben betreten, wie ich es vor einem halben Jahr verlassen hatte?

Als Layla ein ausgestelltes Kleid mit schwarzen Punkten aus den Untiefen der Geschichte heraufbeförderte, zog sich meine Brust zusammen. Das hatte ich vor einem Jahr getragen, als ich Peter zu unserer ersten und letzten Bachata-Stunde geschleppt hatte. Nach der Hälfte des Unterrichts hatte Letitia verkündet, dass wir die Partner tauschen sollten. Peter hatte den Blick durch den Raum gleiten lassen und dann wieder mich angesehen. Er hatte mich dicht an sich gezogen und geflüstert: »Ich bin hergekommen, um mit *dir* zu tanzen.« Anstatt das Beste aus einer peinlichen

Situation zu machen, war er gegangen und hatte mich in der unmöglichen Lage zurückgelassen, die Stunde entweder ohne Partner zu beenden oder, noch schlimmer, Letitia ebenfalls stehen zu lassen. Es war unser erster Streit über Orion. Später entschuldigte er sich, und ich vergab ihm, doch wir gingen nie zu einer weiteren Stunde. Erst im Rückblick erkannte ich, dass sich unsere endgültige Trennung damals schon angekündigt hatte.

Ich hätte die Kleider schon lange weggeben sollen. »Nimm dir, was du willst. Ich muss los.«

Layla ergriff mein Handgelenk. »Ist alles in Ordnung?«

»Ja, alles bestens«, log ich. »Komm später vorbei, okay? Geh raus und beweis der Welt, dass du noch lebst.«

Ich ging die Stufen hinunter und trat aus der Haustür in einen Samstagmorgen in Orion. Auf dem Bürgersteig schleppten Kinder in weißen Karateanzügen riesige Sporttaschen in die eine Richtung, während kleine Mädchen in rosa Trikots in die andere Richtung zum Tanzunterricht bei Letitia unterwegs waren. Ich hatte selbst jede Menge Zeit in ihrem Studio verbracht, entweder um Grundkenntnisse im Kampfsport oder im Ballett zu erwerben. Später hatte mich meine Mutter dazu gedrängt, mit anderen Jugendlichen in die Tanzstunde zu gehen. Max und ich hatten uns durch den Foxtrott gekichert.

Letitia stand im Eingang zu ihrem Studio und plauderte mit den Eltern. Sie winkte, und ich rief: »Wo warst du gestern Abend?«

»Ich hatte ein Date!«, rief sie zurück, woraufhin eine Kinderschar im Chor *»Oh!«* rief.

»Mit jemandem, den ich kenne?«

»Nein! Ich habe ihn im Internet kennengelernt.«

Lächerlich. Ich konnte mir nicht vorstellen, dass irgendjemand eine echte Beziehung übers Internet aufbauen konnte. Von Layla und jetzt auch von Letitia wusste ich, dass es das gab, aber es war so viel schwerer, jemanden auf diesem Weg kennenzulernen.

Auf der gegenüberliegenden Straßenseite genossen einige Gäste den wundervollen Morgen an den kleinen Tischen vor Gentry's Bistro. Würden sie stattdessen in meinem Café sitzen, wenn ich pünktlich geöffnet hätte?

Ich blickte in beide Richtungen, dann überquerte ich die Main Street in Richtung Buchladen und winkte den Eltern zu, die ihre Kinder in die Autos, in die Bücherei oder sonst wohin trieben. Einige der kleineren Kinder würden später zur Märchenstunde im Buchladen auftauchen. Dann kauften die Eltern vielleicht Kaffee und Gebäck bei mir. Und womöglich sogar ein oder zwei Bücher.

Wenn ich eins dieser Kinder dazu inspirieren konnte, ein lebenslanger Leser zu werden, hätte ich das befriedigende Gefühl, etwas Gutes getan zu haben. Meine Versuche, eine Lesegruppe mit Jugendlichen ins Leben zu rufen, waren bislang auf taube Ohren gestoßen. Die meisten der älteren Kinder hatten während des Sommers Ferienjobs. Wenn sie nicht arbeiteten oder mein Schaufenster verunstalteten, aßen sie Pizza bei Anderson's oder liefen unbeaufsichtigt draußen herum – genau wie Max, Layla und ich früher.

Auch bei all unseren Abenteuern hatte ich immer Zeit zum Lesen gefunden. Während des Schuljahres gehörte ein Abstecher zum Buchladen auf dem Nachhauseweg zur täglichen Routine. Mrs Moore zeigte mir Bücher, die neu eingetroffen waren, oder machte mich auf einen vergessenen Klassiker aufmerksam. Manchmal unterhielten wir uns über die Bücher, die wir gelesen hatten – es war unser eigener kleiner Buchclub.

Mein Taschengeld war immer für ein neues Buch reserviert, und sobald ich eins fertig hatte, spendete ich es der Bücherei, damit jemand anders die Welten kennenlernen konnte, die ich durchwandert hatte. Manchmal nahm Max, der mir damals auf Schritt und Tritt folgte, meine abgelegten Bücher mit und folgte mir zum Orion Bookstore. Dort saß er auf dem wackeligen Hocker und lauschte meinen Unterhaltungen mit Mrs Moore, stets bereit, unseren Interpretationen zu widersprechen.

Als ich auf dem College war und zu Besuch nach Hause kam, konnte ich mich darauf verlassen, dass Mrs Moore mir eine unterhaltsame Urlaubslektüre empfahl. Damals dachte ich, sie würde immer da sein, niemals war mir in den Sinn gekommen, dass ich sie eines Tages ersetzen würde.

Nachdem Mrs Moore gestorben war, war ich nach Hause gekommen, hatte den Buchladen betreten und die Atmosphäre eingeatmet. Ich hatte die friedliche Stille in mich aufgenommen, das Gefühl, hierher zu gehören, hier zu Hause zu sein. Ich erinnerte mich an früher, und ich schwöre, der Buchladen erinnerte sich auch an mich.

Ich wollte den Laden unbedingt kaufen, aber Peter überzeugte mich, lieber die Karriereleiter zu erklimmen, als geliehenes Geld aus dem Fenster zu werfen. Wes Moore, der älteste Sohn, übernahm den Laden und versuchte, das Geschäft seiner Mutter fortzuführen. Bücher waren nie seine Leidenschaft gewesen, und wann immer ich vorbeikam, war offensichtlich, dass er nicht glücklich war. In der Folge florierte das Geschäft nicht gerade.

Eines Tages machte ich, aus dem Bauch heraus und ohne mich mit Peter zu beraten, Wes ein Angebot. Zunächst akzeptierte Peter meine Planänderung und half mir sogar, ein Darlehen zu erhalten, mit dem ich den Laden kaufen konnte. Mit Eigenmitteln und seiner Unterschrift bürgte er für die Hypothek und wurde zum stillen Teilhaber. Er mischte sich nicht ein und ließ mich den Laden auf meine Weise führen. Zunächst jedenfalls.

Wes schien erleichtert, den Laden jemandem überlassen zu können, der ihn liebte.

Und ich liebte ihn.

Jedes Mal, wenn ich ihn betrat, umfing mich die Atmosphäre meiner Jugend. In die Ecke gekuschelt hatte ich viele ferne Länder bereist. Es war nicht verwunderlich, dass der Laden mich in eine andere Zeit versetzen konnte.

Ich holte die Schlüssel heraus und tastete nach dem richtigen. Aus dem Nichts tauchten ein paar Skateboarder auf und warfen mich beinahe um. Wütend sah ich ihnen hinterher und beherrschte mich gerade noch, drohend die Faust zu schwingen.

Mit einem heftigen Stoß ließ sich die Tür öffnen. Ich schaltete das Licht ein und ließ leise einen Jazz-Sender laufen, dann setzte ich eine Kanne Kaffee auf.

Mein Telefon vibrierte, eine Nachricht von Max.

War da, aber der Laden war noch zu. Ist alles okay?

Mich überkam ein schlechtes Gewissen. Ich hätte früh genug hier sein müssen, um mich um das Geschäft zu kümmern, anstatt mich wegen der Schreiberei die halbe Nacht in Selbstmitleid zu suhlen. Schließlich, seien wir ehrlich, war das mehr ein Hobby als ein Beruf.

Ich antwortete ihm.

Bin jetzt da. Tut mir sehr leid. Kannst du bei Gelegenheit noch mal vorbeikommen?

In der Küche standen übrig gebliebene Schoko-Muffins vom Vortag. Die mussten genügen, bis Max kam. Es war ohnehin schon fast Mittagszeit, und ich bot eine kleine Karte mit Sandwiches an, die ich zubereiten konnte. Die meisten Leute bestellten sowieso nur Kaffee.

Als ich eine Ecke der Kühltheke auffüllte, verkündete mein Smartphone: *Sie haben Post!*, und ich fragte mich, wer mich so früh über meine Autoren-E-Mail kontaktierte.

Zum Spaß überlegte ich, ob es wohl eine gute Nachricht war – zum Beispiel, dass meine Agentin die Filmrechte an meinem Roman verkauft hatte – oder etwas Alltägliches wie der Newsletter einer Schreibgruppe. Da es Samstag war, tippte ich auf Letzteres.

Nachdem ich mir einen Kaffee eingeschenkt und einen Muffin genommen hatte, setzte ich mich ins Café, um die Nachricht zu studieren.

Als ich den Betreff der E-Mail las, verschluckte ich mich fast:

Betreff: Aw: Re: Kritik Silberfuchs

Unsicher, ob ich weiterlesen wollte, legte ich das Telefon auf den Tisch. Ich dachte, meine Tirade wäre nur ein Traum gewesen, nur eine trunkene Fantasie, die sich in meinem Unterbewusstsein abgespielt hatte. Die Beweise schienen auf etwas anderes hinzudeuten. Anscheinend hatte ich Mr Silberfuchs eine E-Mail geschrieben, und ich konnte mir leider ziemlich genau vorstellen, *was* ich geschrieben hatte. Nichts Gutes. Layla würde mir die Hölle heißmachen.

Die Türglocke ging, und so musste ich vorerst nicht den Mut aufbringen zu lesen, wie schlimm ich es getrieben hatte. Das Eintreffen eines möglichen Kunden heiterte mich auf, bis Gentry Lamar den grauen Schopf durch die Tür steckte. »Madeleine?«

»Hier drüben.«

Geschäftig eilte er herein. »Madeleine, ist Ihnen klar, dass die Tür bei einem Brand eine große Gefahr darstellt?«

Seit Gentry zum Vorsitzenden des Stadtrats gewählt worden war, betrachtete er sich als Chef von Orion. Niemand anders hatte den Job übernehmen wollen, darum mussten wir uns nun mit dem Diktator abfinden. Im Grunde war er harmlos, und wir waren froh, dass er sich um die Organisation der Stadtfeste kümmerte. Dafür nahmen wir seine Kleinlichkeit in Kauf.

»Was kann ich für Sie tun, Gentry?«

Er schürzte die Lippen. »Ich dachte, wir hätten besprochen, die Kauft-in-Orion-Fahnen bis Labor Day hängen zu lassen. Mir ist aufgefallen, dass *Ihre* nicht vor der Tür hängt. Haben Sie sie abgenommen?«

Diese albernen Flaggen. »Vielleicht.«

»Ihr Laden ist der einzige, der sich nicht an der Werbeaktion der Handelskammer für die ortsansässigen Geschäfte beteiligt.«

Er hatte eine Art, zugleich zu jammern und Anweisungen zu erteilen.

Ich hatte noch nicht einmal einen Schluck von meinem Kaffee getrunken. »Wenn ich verspreche, sie aufzuhängen, hören Sie dann auf, mich zurechtzuweisen?«

Er sah mich finster an. »Ich weise Sie nicht zurecht. Ich weise lediglich auf einen Missstand hin. Danke, dass Sie sich des Problems annehmen.«

Ich wartete, doch er ging nicht. »Gibt es noch etwas?«

»Ja. Könnte ich ein paar Muffins mitnehmen?«

Mein Gesicht musste dem einer überraschten Comicfigur gleichen. »Aber Sie verkaufen doch Ihre eigenen Muffins.«

Er hatte immer eine größere Auswahl an Muffins, Croissants und Scones als ich. Zudem hatte Max mir erzählt, er hätte einen Konditor angestellt, der nachts backte. Wahrscheinlich verfügte er über alle möglichen Sorten Frühstücksgebäck und extravaganter Donuts.

Er ließ den Blick über die armseligen Reste in meiner Vitrine gleiten. »Ja, aber wir sind gleich ausverkauft.«

Meinte er das ernst? Oder wollte er mich fertigmachen? Die einzige Möglichkeit, dass Gentry keine Muffins mehr hatte, war, dass sein Geschäft boomte. Vielleicht sollte ich doch noch einmal über Max' Angebot nachdenken, in meiner Küche eine Bäckerei zu eröffnen.

Wenn Gentry mir den vollen Preis für Max' alte Muffins zahlen wollte, sollte ich das annehmen. Schließlich war sein Geld genauso gut wie das von jedem anderen. Aber ich konnte schlecht ein Café führen, wenn ich den Leuten nichts anzubieten hatte. »Nein, Gentry. Die sind für meine Gäste. Das wissen Sie doch.«

Er sah sich bedächtig um. »Welche Gäste?«

Ich verkniff mir eine bissige Antwort und beschloss, meinem Frust später beim Schreiben Luft zu machen. Alles war Stoff für meine Geschichten.

Auf dem Weg nach draußen blieb Gentry noch einmal stehen. »Freut mich, dass Sie die Fahne wieder aufhängen wollen. Und reparieren Sie diese Tür. Ich würde nur ungern melden, dass Ihr Laden eine Todesfalle ist.«

Doch, das würde er nur zu gern tun. Seit ich den Laden übernommen hatte, nervte er mich und meckerte ständig an etwas herum – von der abblätternden Farbe an den Fensterbrettern bis hin zu einem winzigen Riss im Fundament, aus dem immer wieder der verdammte Löwenzahn herauswuchs. Er machte kein Hehl daraus, wie gern er mir den Laden abkaufen würde, um aus dem Haus eine Pension zu machen, die er neben seinem kleinen Restaurant führen wollte. Dazu musste er mich vertreiben, doch die Chancen waren gering. Das hielt ihn allerdings nicht davon ab, in Gedanken schon die Vorhänge auszumessen, wann immer er vorbeikam.

Kaum war Gentry weg, drehte ich den Türriegel um, damit die Tür nicht ganz ins Schloss fiel. Gerade wollte ich die Scheußlichkeit in meinem Posteingang studieren, als Max' Lieferwagen vorfuhr. Ich setzte an, ihm zu erklären, dass ich wahrscheinlich jetzt nur noch halb so viele Muffins brauchte, wurde jedoch von Quasselstrippe Lucy Rhodes und ihrem wortkargen Bruder Dallas unterbrochen. Immer wieder ging die Türglocke, weil Eltern ihre Kinder brachten, die sich in der kleinen Spielecke versammelten.

Süße Kinder knieten auf dem Boden, dahinter standen die Eltern und unterhielten sich. Ich setzte mich auf Augenhöhe mit den Kindern auf einen Sitzsack und nahm die Ausgabe von *Klein Stuart* zur Hand, aus der ich das letzte Mal vorgelesen hatte. Ich fuhr mit dramatischer Betonung fort, bis alle kicherten und sich vor Freude schüttelten, als Stuart in den Gully stieg – eine meiner Lieblingsszenen. Hoffentlich merkte niemand, dass ich mit den Gedanken nicht ganz bei der Sache war. Was hatte ich Silberfuchs geschrieben? Wollte ich das überhaupt wissen?

Als ich umblätterte, sah ich kurz zu den Eltern. Einige lauschten mit glänzenden Augen, vielleicht hörten sie die Geschichte zum ersten Mal, vielleicht kannten sie sie aus ihrer Kindheit. Einige starrten auf ihre Smartphones oder tuschelten mit anderen. Max hatte auf dem Hocker Platz genommen und hörte aufmerksam zu, als würde auch er sich für Stuarts Abenteuer interessieren.

Ich dachte daran, wie ich mit ihm genau auf diesem Boden gesessen hatte, während Mrs Moore uns vorlas. Es erinnerte mich daran, warum ich den Buchladen überhaupt hatte kaufen wollen. Ich wünschte, ich könnte meine Erwachsenensorgen vergessen und einfach nur den Kindern vorlesen, doch sobald das Kapitel zu Ende war, schaltete ich wieder in den Geschäftsmodus und empfahl den Eltern Titel, die ihnen gefallen könnten. Es ging zwar um die Kinder, doch das eigentliche Ziel der Samstagslesungen war es, Kunden in den Laden zu locken. Zum Glück kauften einige Eltern ein oder zwei Bücher, und die strahlenden Gesichter der Kinder waren Balsam für meine Seele. Ich hatte kein allzu schlechtes Gewissen, dass ich etwas verkaufen wollte, das sie glücklich machte. Dass ich der Droge, die ich verkaufte, selbst verfallen war, konnte nicht schaden.

5

Kurz nachdem die Kinder und Max gegangen waren, kam Charlie herein und hielt Layla die Tür auf. Charlie ging zu seinem Ecktisch, doch Layla kam zum Tresen und sah für den späten Vormittag erstaunlich strahlend und fröhlich aus. Anstelle der Kleider, die sie in meinem Schrank begutachtet hatte, trug sie eine Yogahose und ein verschlissenes T-Shirt. Zumindest hatte sie die Wohnung verlassen.

Sie betrachtete das Gebäck in der Auslage. »Könntest du mir einen Latte macchiato machen?«

Während ich die Bohnen mahlte, deutete sie auf Dylans Flyer. »Hey, Dylan spielt hier?«

»Ja. Er ist wieder in der Stadt.«

»Er ist schon hier? Ist was passiert?«

Ich zuckte die Schultern. Es war tatsächlich merkwürdig, dass er so plötzlich aufgetaucht war, Wochen vor dem geplanten Auftritt. Soweit ich wusste, hatten seine Eltern keine gesundheitlichen Probleme, und auch er sah gut aus. Sehr gut sogar. »Keine Ahnung. Willst du mit mir zum Konzert gehen?«

»Na klar. Vielleicht drehe ich ein Video und lade es auf meiner Website hoch.« Ohne mir Geld für den Kaffee anzubieten, schlenderte sie zu einem Tisch. Ich protestierte nicht. Sie hatte mich oft genug durchgefüttert.

Nachdem ich geschäumte Milch in den Kaffee gegossen hatte, folgte ich ihr, ließ mich ihr gegenüber auf einen Stuhl fallen und beobachtete aus dem Augenwinkel Charlie bei der Arbeit. Er starrte aufmerksam auf seinen Laptop, schrieb, hielt inne, dachte nach, betätigte die Löschtaste und schrieb wieder. Hinter dem Computer hatte er Papiere gestapelt, vermutlich Arbeiten von irgendeinem Englischkurs, die er korrigieren musste. Einige vernachlässigte Blätter waren vom Stapel gerutscht und bewegten sich über die Tischplatte in Richtung Freiheit. Vermutlich würden sie einem unschuldigen Studenten null Punkte bescheren, der schwören würde, die auf rätselhafte Weise verschwundene Arbeit abgegeben zu haben.

Ich wandte mich zu Layla um und flüsterte. »Also, ich habe vielleicht etwas Schlimmes angestellt. Etwas wirklich Schlimmes.«

»Du hast gestern Abend mal wieder betrunken eine Nachricht an Peter geschickt?« Sie nippte an ihrem Kaffee.

Gott, das wäre noch schlimmer. Ich musste mir sagen, dass das wahre Leben und das Buchleben unterschiedliche Level von Unglück bedeuteten. »Seit Wochen nicht. Aber du bist nah dran.«

Sie ließ die Schultern sinken und sah mich todernst an. »Du hast diesem Kritiker geschrieben.«

»Bingo!«

Sie schloss die Augen und legte den Kopf in den Nacken. »Warum existiere ich überhaupt, wenn ich dir noch nicht einmal helfen kann, dein unausweichliches Schicksal abzuwenden?«

»Ich weiß. Ich dachte, ich hätte es nur geträumt, aber er hat geantwortet.«

Sie richtete sich auf. »Ach ja? Was hat er geschrieben?«

»Keine Ahnung. Ich hatte noch keine freie Minute, und ich bin zu feige, um es zu lesen.«

»Darf ich fragen, was *du* geschrieben hast?« Sie schien fast glücklich über diese Wendung der Ereignisse zu sein. So war es auch, wenn sie im Internet einen Konflikt zwischen zwei Leuten las, die sie noch nicht einmal kannte.

»Ich glaube, ich habe ihn beleidigt.«

Sie streckte die Hand aus. »Gib her!«

Ich schob ihr mein Smartphone zu und begann sofort, an meinem Daumennagel zu kauen. Zum Glück kamen einige Kunden zum Tresen, sodass mir ein Livebericht erspart blieb. Ich kassierte ab und plauderte einen Moment mit jedem – alles Einheimische.

Als ich zum Tisch zurückkehrte, hatte Layla das Telefon hingelegt.

Ich schluckte die aufsteigende Panik hinunter. »Und?«

»Ich glaube, das solltest du selbst lesen, ohne dass ich es für dich interpretiere.«

Mir wurde mulmig. »So schlimm?«

Sie wiegte den Kopf, als würde sie über die richtige Antwort nachdenken, die roten Locken schwangen sanft hin und her.

Ich zog eine Grimasse wie früher, wenn meine Mom versuchte, mich dazu zu bringen, Creamed Chipped Beef zu essen, auch bekannt als »Scheiße auf Schindel«.

Doch die Tat war geschehen. Ich konnte sie nicht ungeschehen machen, indem ich sie ignorierte.

Mit angehaltenem Atem klickte ich zunächst auf den Ordner mit den gesendeten Nachrichten, um mir ein Bild des Schadens zu machen, ehe ich die Antwort las. Ich beruhigte mich, indem ich mir sagte, dass es nur Worte waren. Was war das Schlimmste, was passieren konnte? Hätte der Kerl gedroht, meine E-Mail auf seinem Blog zu veröffentlichen, oder noch schlimmer, meine Bewertung auf zwei Sterne zu reduzieren, hätte Layla mir das gesagt.

Ich zählte bis drei, dann las ich meinen Drohbrief.

> Mr Silberfuchs,
> ich wollte mich bei Ihnen bedanken, dass Sie sich die Zeit genommen haben, mein Buch *Lehrling des Schattens* zu lesen und zu rezensieren.

Erleichterung durchströmte mich. Ich hatte mich professioneller verhalten als befürchtet. Die E-Mail ging wie folgt weiter:

> Aber seien wir ehrlich, Sie haben nicht das ganze Buch gelesen, stimmt's? Sie haben es überflogen, klar. Wahrscheinlich sind Sie einer dieser Snobs, die Fantasy-Romane für etwas Minderwertiges halten, darum greifen Sie die Autorin persönlich an. Allerdings wissen Sie nicht das Geringste über meine Erfahrungen.

Ich erbleichte. Es war kein Traum gewesen. Wenn ich das geschrieben hatte ... Meine Hände wurden kalt bei der Vorahnung dessen, was jetzt folgte.

> Was fällt Ihnen ein, mein Liebesleben herunterzumachen? Ihrem Usernamen nach zu urteilen, sind Sie vermutlich eine sechzigjährige Jungfrau, die sich kaum noch Hoffnung auf romantische Begegnungen macht.

Nur zu Ihrer Information: Ich habe fast die ganze Zeit, die ich an dem Roman gearbeitet habe, in einer festen Beziehung gelebt. Wie steht es um Ihre enorme Expertise?

Autsch!

Wütend sah ich zu Layla. »Warum hast du mich diese Katastrophe lesen lassen?«

Sie lachte und schob das Smartphone näher zu mir. Genoss sie es? »Du hast das Pflaster nur zur Hälfte abgerissen. Lies seine Antwort.«

Ich kniff mir in die Nasenwurzel. »Ab sofort bist du für mich gestorben.«

Sie verdrehte die Augen. »Hey, ich bin nicht für diesen Schlamassel verantwortlich. Diese Suppe musst du schon selbst auslöffeln. Ich verspreche dir, es bringt dich nicht um. Du solltest mal die E-Mails und Kommentare sehen, die ich ständig bekomme.«

Das überzeugte mich keineswegs. »Das ist etwas anderes.«

Sie sah mich gekränkt und ungläubig an. »Inwiefern?«

»Die greifen dich nicht persönlich an.«

»Von wegen. Nur weil sie nicht wissen, wer ich bin, heißt das nicht, dass sie mich nicht verletzen. Die Leute sind sogar noch gemeiner, wenn sie anonym auftreten.«

Wie ein Strauß, der den Kopf in den Sand steckt, überlegte ich, Silberfuchs' Antwort nicht zu lesen, dann würde sie für mich gar nicht existieren. Doch als ich mich meinem Postfach zuwandte, war sie noch da. Auch ohne die E-Mail zu öffnen, konnte ich die Vorschau sehen.

Ms Kincaid, wie wunderbar, dass sich eine Autorin auf eine Kritik hin meldet. Bitte, gern geschehen. Normalerweise führen meine Kritiken nicht …

Der Sarkasmus war nicht zu überlesen. Ich schob meinen Stuhl zurück. »Ich kann das jetzt nicht.«

»Wie du willst.« Sie trank den Rest von ihrem Kaffee. »Darf ich dir eine Flasche Wasser klauen? Ich fahre mit dem Rad zu meinen Eltern und helfe ihnen, ihren neuen Fernseher einzurichten.«

Die Türglocke ging, und Dylan kam herein. Er sah noch strubbeliger aus als gestern Abend. Sein Bartschatten verlieh ihm dasselbe verwegene Aussehen, das mich mit siebzehn zu ihm hingezogen hatte. Das Tattoo, das sich seinen Unterarm hinaufschlängelte, erinnerte mich an seinen achtzehnten Geburtstag, als er mir Versprechungen von Abenteuern im Mondschein ins Ohr geraunt hatte. Als er älter wurde, hatte er mehr Wert auf seine sexuelle Attraktivität gelegt, die seine Karriere hatte befördern und ihm die Aufmerksamkeit der Presse sichern sollen. Doch vielleicht war das auch nur das Marketing gewesen.

Ich umarmte ihn, was er gestern Abend vermieden hatte. Seinen Duft aus Moschus mit einem Hauch Sandelholz einzuatmen, erinnerte mich an intime Abende in seinen Armen. Schlafen war damals das Letzte gewesen, woran wir gedacht hatten. Ich wehrte mich gegen die übermächtige Verlockung, in seine Wärme abzutauchen.

Layla stand auf. »Ich bin nachher zu Hause, falls du moralische Unterstützung brauchst.«

Dylan drehte einen Stuhl um und setzte sich rittlings darauf. »Moralische Unterstützung wobei? Meiner legendären Anziehungskraft zu widerstehen?«

Ich schnaubte. »Na klar.«

Layla schulterte ihren Rucksack, dann warf sie mir einen Blick zu, den ich nicht zu deuten wusste. Er wirkte irgendwie warnend, aber sie musste sich keine Sorgen machen. Was immer zwischen uns gewesen war, lag lange zurück. Dylan konnte jede haben.

Andererseits, wenn mich jemand mühelos verführen konnte, dann er.

Als wir Teenies waren, hatte er mich einfach gepflückt wie eine Rose, die in voller Blüte stand. Eines Tages nach einem Kurs über Gedichte aus der Romantik blieb er vor meinem Tisch stehen und sagte: »Wenn du wirklich romantische Gedichte lesen willst, solltest du es mal mit Pablo Neruda versuchen. Hast du schon mal was von ihm gelesen?«

Das hatte ich nicht, also brachte er mir am nächsten Tag eine Kopie von der Übersetzung des Gedichtes *Ich liebe dich nicht* mit und drückte sie mir in die Hand. Rückblickend betrachtet brachte dieses Neruda-Gedicht unsere Beziehung auf den Punkt. Damals brauchten wir keine Wörter oder Erklärungen, wir gehörten einfach zusammen. Wir mussten unsere Gefühle nicht beschreiben, doch dann war die Gegenwart irgendwann Vergangenheit, und es war Zeit, erwachsen zu werden und einander loszulassen.

»Wie geht's dir, Maddie?«

Wie ging es mir? Ich war einsam. Kam kaum über die Runden. »Gut. Und dir?«

»Nicht schlecht.« Als er sich streckte und gähnte, rutschte sein Hemd nach oben. Ich vergaß meine Manieren und starrte auf seinen Hüftknochen, der aus der Hose lugte. Um mir vorzustellen, was sich unter dem Stoff verbarg, war ich nicht auf meine Fantasie angewiesen.

»Warum bist du wirklich hier, Dylan?«

Sein freches Grinsen verblasste. »Die Plattenfirma macht Druck, die wollen einen neuen Hit von mir haben. Ich soll eine Pause einlegen und wiederkommen, wenn ich ihnen etwas zu zeigen habe.«

»Und abgelegener als Orion ging es nicht?«

»So ungefähr.« Er stützte den Ellbogen auf den Tisch und kniff die Augen zusammen, als wären wir allein in der schattigen Scheune seiner Eltern und nicht in einem sonnendurchfluteten Café. »Du solltest heute Abend vorbeikommen. Ich könnte etwas Inspiration brauchen.«

Ich wusste, was Dylan mit »Inspiration« meinte.

Er zog eine Augenbraue hoch. »Komm schon. Wie in alten Zeiten.«

Er befeuchtete die Lippen und ließ den Blick über meine gleiten. Meine Fantasie ging mit mir durch, und ich sah vor mir, wie Dylan mir das Mieder vom Leib riss und ich mit den Händen durch sein rabenschwarzes Haar strich. Doch ich trug kein Mieder, und durch das Schaufenster spähten neugierige Teenager herein.

Ich errötete. Spielte ich tatsächlich mit dem Gedanken an einen One-Night-Stand? Ich war mir ziemlich sicher, dass ich nicht nur einen Sexpartner brauchte, und ich bezweifelte, dass sein Interesse an mir über das Bett hinausging, geschweige denn, dass er ein Interesse an Orion hatte. Darum hatten sich unsere Wege damals getrennt.

Und er hatte mich mit einem Geist zurückgelassen.

Ich seufzte, eine Autorin, die nicht wusste, wie sie etwas ablehnen sollte, von dem sie nicht ganz sicher war, ob sie es nicht doch haben wollte. »Dylan.«

Er blieb einen Lichtbogen entfernt. Charisma war noch nie Dylans Problem gewesen.

»Denk drüber nach.« Und als wäre die Antwort ohnehin nicht von Bedeutung, stand er achselzuckend auf und ging. »Ich muss los.«

Durch das Schaufenster beobachtete ich, wie er auf sein Motorrad stieg, und meine Schenkel kribbelten vor Verlangen, als ich daran dachte, was ich mit diesem Mann erlebt hatte. Meine schlummernde Sexualität erwachte wieder zum Leben.

♥

Als der Nachmittag in den Abend überging, schlenderte Max mit seinem Vater herein. Mr Beckett trat gern mit seiner Gitarre vor kleinem Publikum auf, und mir gefiel es, wenn er kam. Max trug den Fußhocker ins Café und half ihm beim Aufbauen. Sie sahen sich dermaßen ähnlich, dass ich mir vorstellen konnte, wie Max in fünfundzwanzig Jahren aussehen würde. Allerdings trug Mr Beckett Cargo-Shorts und ein T-Shirt in Jamaika-Farben mit der Aufschrift I SHOT THE SHERIFF. Max hingegen war mit dunkler Jeans, kurzärmeligem, grau-blau gestreiftem Hemd und weißem Unterhemd darunter eher konservativ gekleidet. Er war schon immer eher Popper als Punker gewesen, eher netter Kerl als Draufgänger.

Max erwischte mich dabei, dass ich ihn anstarrte, und sah sich um, weil er vermutete, ich würde hinter ihm etwas beobachten. Nachdem er dort nichts als eine unverputzte Wand fand, fuhr er rasch wieder zu mir herum. Doch ehe er zu viel in meinen Blick deuten konnte, wandte ich mich ab und ging weg.

Mr Beckett spielte sein Repertoire und begann mit *Oh! Darling*. Im Café saßen ein paar Gäste – Paare, die einen gemeinsamen Abend genossen und den Musiker in der Ecke nicht weiter beachteten. Dort hätte ich mit meinem Mann sitzen können, mir mit ihm Zärtlichkeiten zuflüstern, flirten und mich auf Sex freuen können. Momentan war der fehlende Sex die größere Tragödie.

Als ich nach draußen ging, um die Tische mit den Sonderangeboten hereinzurollen, lachte ich laut auf, als ich las, was Max auf die Tafel geschrieben hatte.

Zwischen den Zeilen zu lesen,
ist eine Kunst,
die nichts kostet.

Die Sommersonnenwende stand kurz bevor, und so war es noch lange hell. Vom oberen Teil der Straße drangen Stimmen herüber. Dort lag die Jukebox, in der die meisten Leute sich amüsierten und zur Musik einer richtigen Band tanzten. Ich beobachtete Mr Beckett durchs Fenster. Er schien ganz und gar zufrieden zu sein.

Nebenan genossen Paare die abendlich kühlen Temperaturen und aßen auf dem Bürgersteig vor Gentry's Bistro eine Kleinigkeit. Plötzlich erinnerte ich mich an mein Versprechen, die peinliche Fahne der Stadt vor dem Laden aufzuhängen. Ich ging ins Hinterzimmer, um die Trittleiter zu holen, doch als ich beladen durch den Laden rumpelte, fing Max mich ab.

»Lass mich das machen.«

Ich nahm sein Angebot an und überließ ihm die Leiter.

Nachdem er die Flagge aufgehängt hatte, fragte er: »Warum ist der Riegel an der Tür vorgeschoben? Das beschädigt den Rahmen.«

War ihm das eben erst aufgefallen? »Wenn ich das nicht

mache, habe ich Angst, dass ich hier nicht mehr rauskomme.«

Er verzog das Gesicht. »So wird es nur noch schlimmer.«

Er verschwand im Lager und kehrte eine Minute später mit einem Werkzeugkasten in leuchtendem Orange zurück. Er öffnete und schloss die Tür ein- oder zweimal, dann strich er mit der Hand über den Rahmen. Er war so groß, dass er problemlos an die obere Zarge heranreichte, ohne sich auf die Zehenspitzen stellen zu müssen. War er immer schon so groß gewesen? Ich hätte dazu einen Stuhl gebraucht.

Als hätte er meine Gedanken gelesen, stieg er auf die Trittleiter, um die Oberseite der Tür zu studieren. Er kratzte sich im Nacken. »Das ist ja merkwürdig.«

Er kam wieder herunter und holte Hammer und Meißel aus dem Werkzeugkasten, dann stieg er wieder hinauf.

Ich sah, was er vorhatte, und rief: »Nicht, Max!«

Er warf mir einen rechthaberischen Blick zu und legte den Meißel an das Holz. Wieder einmal nahm er etwas in die Hand, ohne sich um meine Meinung zu scheren, als wüsste er es besser. Mit einem Schlag entfernte er eine Schicht, Splitter und Farbe flogen in alle Richtungen. Er stieg herunter und testete die Tür, die sich nun problemlos öffnen und schließen ließ.

Er beugte sich hinunter und hob ein Holzstück auf. »Komm mal her!«

Als ich zu ihm trat, fragte er: »Hat jemand in letzter Zeit an der Tür herumgefummelt?«

»Woher soll ich das wissen?« Den ganzen Tag kamen und gingen die Leute, ich achtete nicht immer auf die Tür. »Ich jedenfalls nicht.«

Er hielt das Holz hoch. Es war hellbraun, nicht moosgrün wie der Rest der Tür. »Klemmstücke wie dieses benutzt man, wenn eine Tür zum ersten Mal eingehängt wird.«

»Du meinst, es war die ganze Zeit da?«

»Vielleicht.« Er stutzte. »Normalerweise legt man die allerdings in den Türrahmen, nicht auf die Tür. Der scheint mit Harz befestigt gewesen zu sein.«

»Vielleicht hat jemand versucht, sie zu kitten?«

»Vielleicht.« Er zuckte die Schultern und holte den Besen, um zu fegen.

Als wir die Splitter in den Müll warfen, beendete Mr Beckett gerade seinen Auftritt und packte zusammen. Max hob die Augenbrauen. »Hast du Lust auf einen Film? Ich glaube, im Bijou läuft *Zoolander 2*.«

Das Bijou war das Programmkino im Ort, das zugleich als Theater, Gemeindehaus, Ort für Konzerte von Highschool-Bands, für Choraufführungen und Talentshows diente. Die Hälfte der Sitze war kaputt, die Leinwand kleiner als so mancher Fernseher, und es stand nur ein einziger Film auf dem Programm, noch dazu ein schlechter. Das versprach ein toller Abend zu werden, insbesondere da der Vorspann aus den Achtzigern stammte, sich durch Brandlöcher und Arsenio-Hall-Jacken auszeichnete und nicht darauf aufmerksam machte, dass man die Mobiltelefone ausstellen sollte. Max und ich würden uns wie Filmkritiker gebärden, die ganze Zeit abfällige Bemerkungen machen und versuchen, uns gegenseitig zu übertrumpfen. Wir würden so heftig lachen, dass ich fürchtete, zu hyperventilieren und ohnmächtig zu werden.

Normalerweise wäre das ein eindeutiges Ja gewesen. Aber mir war die Lust vergangen, mich über die kreative Leistung eines anderen lustig zu machen. Außerdem schwebte die Deadline für mein zweites Buch drohend über mir, und ich konnte es inzwischen kaum mehr erwarten, Silberfuchs' E-Mail zu lesen.

Ich sagte Max und Mr Beckett Gute Nacht, dann buchte ich die Kasse aus und war wie immer entsetzt, wie wenig ich über Buchverkäufe und wie viel ich durch Essen und Kaffee eingenommen hatte. Ich war dankbar für die Einkünfte, aber sie unterstrichen nur Gentrys These. Womöglich war mein Buchladen nicht mehr von Bedeutung. Gentry behauptete, wir bräuchten mehr Pensionen.

Das Sonntagsverkaufsverbot des Stadtrats war auch nicht gerade hilfreich. Den meisten Zustrom hatten wir am Samstag. Wenn ich sonntags hätte öffnen können, hätte der Laden vielleicht floriert. Oder zumindest nicht geschwächelt.

Ich ging zu Anderson's, um mir überbackene Ziti mitzunehmen, in der Hoffnung, dass Nudeln das, was mir bevorstand, etwas erträglicher machen würden. In der kleinen Pizzeria trafen sich schon seit Langem die Jugendlichen der Stadt, und der heutige Abend bildete keine Ausnahme. Ich winkte Ross zu, während ich bei seiner Frau Linda bezahlte und mich mit ihr über die Hitze und das Geschäft unterhielt.

Als ich nach Hause kam, aß ich, zog meinen Pyjama an, stellte den Laptop auf den Tisch und lief auf und ab, als handelte es sich um einen Tatort. Schließlich biss ich die Zähne zusammen und öffnete die E-Mail, vor der ich mich den ganzen Tag gefürchtet hatte.

Ms Kincaid, wie wunderbar, dass sich eine Autorin auf eine Kritik hin meldet. Gern geschehen. Normalerweise führen meine Kritiken nicht zu derart schillernden Antworten. Oder überhaupt zu einer

Reaktion. Denn falls Ihnen das entgangen sein sollte, Sie haben ein Buch in die Welt geschickt, und jetzt bildet die Welt sich eine Meinung über Ihr Werk. Selbstverständlich steht es Ihnen frei, den Leuten zu erklären, dass sie das Buch völlig falsch verstanden haben, aber ich würde Ihnen davon abraten. Wenn Sie Ihren Lesern Gefühle zeigen wollen, habe ich einen Vorschlag: Packen Sie sie ins Buch.

Ja, ich habe das ganze Buch gelesen. Wenn nicht, hätte ich nicht meinen Namen unter die Kritik gesetzt. Damit würden wir unseren Lesern einen schlechten Dienst erweisen – meiner Zielgruppe. Und nein, ich bin weder sechzig Jahre alt noch Jungfrau, wobei ich behaupten möchte, dass ich auch dann etwas von glaubwürdigen Liebesgeschichten verstehen könnte. Zugegeben, eine überzeugende Liebesgeschichte zu erzählen, ist schwierig, aber Sie haben sich nun einmal entschlossen, eine in Ihr Buch einzubauen, und als Leser erwarte ich, dass dieser Teil genauso gut funktioniert wie der Rest des Buches. Leser, die nach einem romantischen Fantasy-Roman suchen, werden wissen wollen, ob dieses Buch für sie infrage kommt.

Falls ich zu persönlich geworden bin, entschuldige ich mich dafür. Ihre Wortwahl impliziert jedoch, dass Ihre feste Beziehung der Vergangenheit angehört. Offenbar war es keine Liebe für die Ewigkeit? Das ist keine Schande. Nicht jede Liebesbeziehung ist weltbewegend oder einen Roman wert. Vielleicht sollten Sie sich einfach auf den Fantasy-Aspekt konzentrieren. Vielleicht liegt Ihnen das mehr.

Und beschimpfen Sie keine Kritiker. Die meisten von uns sind nicht bösartig. Wir sagen nur ehrlich unsere

Meinung. Wenn Sie damit ein Problem haben, sollten Sie sich vielleicht überlegen, keine Kritiken mehr zu lesen? Oder nichts mehr veröffentlichen.
Alles Gute,
Silberfuchs

Adrenalin schoss durch meinen Körper, am liebsten hätte ich Silberfuchs angeschrien, ihm gemailt oder ihn sogar angerufen und mich über seinen beleidigenden Ton ausgelassen. Ich stand auf, stapfte leise fluchend umher und versuchte, zusammenhängende Sätze zu formulieren, die ich zurückschreiben könnte. Ich war mir nicht sicher, ob ich es schaffte, nicht zu antworten. Was fiel diesem Kerl ein?

Anstatt mich mit aller Macht zu beherrschen, eine wütende Replik zu verfassen, schnappte ich mir meine Tasche und lief nach draußen. So spät hatten nur noch Restaurants und Bars geöffnet, aber ich musste laufen und einen klaren Kopf bekommen.

Ich kam an Shawnas Boutique Manic Pixie Seam Girls vorbei. Vier Schaufensterpuppen schmückten das Schaufenster und zeigten ein hinreißendes Hochzeitskleid sowie drei erstaunlich förmliche Kleider. Mein Blick blieb sehnsüchtig an dem Hochzeitskleid hängen, und ich erinnerte mich an den Tag, an dem Shawna mir eine Auswahl von Kleidern für mich gezeigt hatte. Als ich zur letzten Anprobe kam, hatte sie geweint. Damals dachte ich, vor Freude. Später war ich mir da nicht mehr so sicher.

Sobald ich mich der Ecke näherte, hörte ich Musik und lärmende Menschen. Ich ging an der Jukebox vorbei, die im Dunkeln weniger heruntergekommen aussah. Die Markise musste dringend gereinigt werden, und im Vorraum roch es schwach nach Kotze. Dennoch empfand ich nichts als

Zuneigung für den alten Laden. Bruchstückhaft stiegen Erinnerungen in mir auf. Hier hatte Dylan seine ersten vielversprechenden Auftritte gehabt.

Früher hatte ich die alte Kirche am Ende des Blocks gemocht. Sie stammte aus der Entstehungszeit von Orion und hatte etliche Taufen, Hochzeiten und Beerdigungen gesehen. Ich hatte darauf bestanden, dort zu heiraten, und jetzt hatte ich diese Mauern mit meiner Geschichte besudelt.

Ich lief den kleinen Hügel hinunter, der zum Weg am Bach führte. Der kleine Pavillon war leer und dunkel. Ein perfekter Ort, um zur Ruhe zu kommen und nachzudenken.

Während ich beobachtete, wie sich das schwarze Wasser im Mondschein kräuselte, ging ich die Dinge durch, die in meinem Leben von Bedeutung waren – meine Freunde, meine Mutter, mein Laden –, eine Buchkritik gehörte nicht dazu. Silberfuchs hatte keine Macht über mich.

Ich entschied mich zu tun, was ich gleich hätte tun sollen: ihn zu vergessen und davonfließen zu lassen wie den gluckernden Bach dort unten.

Eins nach dem anderen, wiederholte ich immer wieder und widerstand der Verlockung, meine Karriere und meinen Ruf aufs Spiel zu setzen, indem ich meinem neuen Erzfeind eine weitere selbstmörderische Nachricht schickte. Ich würde Silberfuchs nicht antworten. Ich würde den Köder nicht schlucken. Er würde nicht erfahren, wie ich seine Worte aufgenommen hatte.

6

Am Sonntag nach dem Gottesdienst rief Gentry in seinem Restaurant alle Geschäftsleute der Stadt zusammen, um die Aktivitäten zum 4. Juli zu planen, der nur noch einen knappen Monat entfernt war. Mich beauftragte er mit dem Verfassen des Newsletters. Ja – Orion hatte einen Newsletter.

Als das Treffen zu Ende ging, streckte ich mich und aktivierte mein Smartphone, um die Nachrichten zu lesen. Es war auf lautlos gestellt, und ich hatte einen Anruf von meiner Mutter verpasst, doch ich würde ohnehin zu ihr fahren.

In meinem privaten Postfach waren einige E-Mails eingegangen, überwiegend Müll, doch eine stammte von Peter – der Betreff lautete *Mai Finanzen*. Ich stöhnte. Das letzte Mal hatten wir uns vor einigen Wochen ausgerechnet wegen einer langweiligen Versicherungspolice Nachrichten zugesendet, und er hatte irgendwann einfach nicht mehr geantwortet, ohne so etwas wie *Bis bald!* zu schreiben. Ich verschickte vier oder fünf Nachrichten, bis ich irgendwann merkte, dass ich mit mir selbst kommunizierte. Typisch. Wenn er mir doch nicht nur wegen des monatlichen Finanzstatus schreiben würde.

Ängstlich öffnete ich die E-Mail und überflog sie. Er hatte eine kleine Tabelle der Einnahmen und Ausgaben angefügt. Schon wieder überwogen die Ausgaben die Einnahmen. Das letzte Defizit hatte ich mit einer Überweisung von meinem Sparkonto ausgeglichen. Ich musste die Rate für die Hypothek aufbringen – wozu auch die Zinsen für Peters Anzahlung gehörten – sowie Strom und WLAN bezahlen. Ich musste Kaffee, Milch, Brot und natürlich Bücher einkaufen. Ich konnte das Budget nicht noch stärker kürzen. Ich hatte bereits die Ausgaben für Werbung reduziert, was allem widersprach, was ich im Wirtschaftsstudium gelernt hatte. Es war jedoch schwierig, die Ausgaben zu rechtfertigen, wenn ich keine unmittelbare Einnahme feststellen konnte.

Er fügte hinzu:

> Dein Kredit ist ausgereizt, und ich weiß, dass du nicht viel Bargeld besitzt. Wenn du nicht mehr einnehmen kannst, musst du die Ausgaben kürzen. Sieh dir an, wie viel du den Becketts für Backwaren bezahlst. Die könntest du leicht selbst herstellen. Du musst dich von ihnen trennen, um Geld zu sparen.

O ja. Das würde ihm gefallen, wenn ich die Verbindung zu Max abbrechen würde. Er hatte Max vom ersten Moment an nicht leiden können. Vermutlich lag das daran, dass Max Peter auch nie gemocht hatte. Aber Peter täuschte sich. Klar könnte ich Geld sparen, wenn ich jeden Morgen selbst ein Dutzend Heidelbeer-Muffins backte. Doch durch die Bestellung bei den Becketts konnte ich verschiedene Gebäcksorten anbieten. Dazu müsste ich ununterbrochen backen. Und ich konnte nicht einfach aufhören, etwas zu essen zu verkaufen. Peter musste wissen, dass ich mit dem Essen mehr einnahm, als ich ausgab, und dass mich sein Ratschlag nur noch weiter in den Ruin trieb. Vermutlich war das seine Absicht.

Am Ende von Peters E-Mail richtete ich mich plötzlich kerzengerade auf.

> Ich habe letztes Wochenende deinen Blog gelesen und muss sagen, deine Rezension von *Stolz und Vorurteil* hat mich an uns erinnert. Jedenfalls habe ich mir ein Exemplar gekauft und es übers Wochenende noch mal gelesen.

Ich kratzte mich am Kopf und versuchte, mich zu erinnern, was ich geschrieben hatte. Abgesehen davon, dass er auf mich und die Kleinstadt herabsah, welche Vergleiche konnte er noch gezogen haben? Wollte er etwa sagen, dass ich stur und unvernünftig war? Glaubte er, seine Beweggründe wären alle gut und edel, und ich wäre nur nicht aufgeschlossen dafür? Wartete er darauf, dass ich einsah, ich hätte mich die ganze Zeit getäuscht, und dass ich mich geschlagen gab? Dass ich alles aufgab und mich in seine Welt fügte?

Da konnte er lange warten.

Ich wusste nicht, wie ich auf seine Bemerkung reagieren sollte. Auf gar keinen Fall wollte ich auf seinen Vorschlag bezüglich der Finanzen eingehen. Daher sammelte ich meine Sachen zusammen und ging zu meiner Mutter, um ihr im Garten zu helfen und mich mit ihr zu unterhalten. Die Siedlung, in der Layla, Max und ich aufgewachsen waren, lag fast zwei Meilen weit entfernt, die Farm von Dylans Eltern noch eine weitere Meile.

Als ich an der schmalen Landstraße entlanglief, vorbei an Feldern mit schulterhohem Mais, dachte ich daran, wie ich früher mit dem Fahrrad zwischen Dylans und meinem Zuhause hin- und hergefahren war. Oder hinten auf seinem Motorrad gesessen hatte.

Der blaue Himmel erstreckte sich unendlich weit bis zum Horizont, ohne dass eine einzige Wolke oder ein Kondensstreifen zu sehen war. Ein leichter Wind strich durch die Maisrispen. Der Satz »Im Juli reicht es bis zum Knie« war gelogen. Bald würden die Halme so hoch stehen, dass es mir Angst machte, allein neben ihnen herzugehen, falls ein dämonisches Kind oder ein toter Baseballheld aus ihnen auftauchte. Heute lugten die Dächer der Siedlung noch über den äußersten Rand des Feldes.

Wo die Straße eine Kurve beschrieb, stand eine sonderbare knorpelige Eiche mit einem kräftigen Stamm, ein Wahrzeichen, das die Einheimischen für Wegbeschreibungen nutzten. *»Fahren Sie an der großen Eiche vorbei ...«* Als ich klein war, dachte ich, sie wäre das Vorbild für den gruseligen alten Baum im Bärenland gewesen. Ich konnte mir noch immer vorstellen, eine Leiter an den Stamm zu lehnen und hinaufzuklettern, um dort einen schlafenden Bären zu finden.

Hin und wieder fuhr ein Auto vorbei, und ich trat in den Graben. Die Fahrer winkten oder boten mir an, mich mitzunehmen, doch ich wollte mit meinen Gedanken allein sein. Der Tag war einfach zu schön.

Bald gingen mir die vielen Sorgen durch den Kopf: Der Erlös aus dem Buchladen, das Erscheinen meines ersten Romans, die erste Fassung des nächsten, und wie immer trauerte ich um die Vergangenheit, die ich verloren hatte, und die mögliche Gegenwart, die ich nicht lebte. Es machte mich wütend, dass ich mich zwischen zwei Wegen entscheiden musste, die beide nicht optimal waren. Das war nicht fair.

Als wir frisch in die Kleinstadt gezogen waren und Peter noch voller naiver Begeisterung von Entschleunigung und vom Altwerden auf dem Land gesprochen hatte, hatte er die Eigenheiten von Orion bar jeder Ironie betrachtet. Wir hatten bei Anderson's Pizza gegessen oder mit Freunden in der Jukebox ein Bier getrunken. Während mir der Rhythmus auf dem Land vollkommen entsprach, machte Peter gern aktive, interessante Dinge. Ich hatte alles, was ich je gewollt oder gebraucht hatte. Aber ich musste zugeben, dass die besten Samstage in Orion verglichen mit den hippen Bars und dem Unterhaltungsangebot in der Großstadt ziemlich lahm waren. Peter hatte Cocktailpartys in der Stadt gegen gelegentliche Spaziergänge am Bach eingetauscht. In Orion konnte man nichts unternehmen, es sei denn, man kannte sich aus.

Als wir in Peters Welt gelebt hatten, mit Peters Freunden, war er rundum glücklich mit mir gewesen. Aus seiner Sicht musste es so aussehen, als wäre ich diejenige, die sich verändert hatte. Wahrscheinlich würde er gern wieder das Leben aufnehmen, das er anfangs mit mir geführt hatte.

Peter bemühte sich einige Monate lang, sich an das Leben in Orion anzupassen, und ich ignorierte die Zeichen, dass ihn die alltägliche Routine hier genauso langweilte wie mich zuvor seine schnelllebige Welt. Praktische Fragen spielten in unserer Beziehung eine immer wichtigere Rolle – war es vernünftiger, erspartes Geld in ein steuerbegünstigtes Rentensparmodell zu investieren oder in einen erfolglosen Buchladen in einem Kaff?

Wäre ich nie nach Orion zurückgekommen, würden wir

vielleicht noch zusammen in Indianapolis leben. Vielleicht würden wir uns in getrennten Welten in einem Café gegenübersitzen.

Silberfuchs' Worte »Nicht jede Liebesbeziehung ist weltbewegend« brannten, als würde man Alkohol auf eine offene Wunde reiben. Wir waren einmal ein Paar gewesen. Ich ballte eine Faust und murmelte: »Es war nicht allein meine Schuld, dass Peter gegangen ist.«

Ich fand Mom im Garten, das weiße Haar zu einem Knoten hochgesteckt, bis zu den Handgelenken voller Erde. Sie reichte mir ein Paar Handschuhe und eine Schaufel, und ich reagierte meinen Frust ab, indem ich Unkraut ausriss. Als sie mir Tratsch aus ihrem Bunko-Spiel-Club vom Abend zuvor berichtete, schaltete ich ab. Die Mütter der Siedlung wussten alles übereinander, und immer, wenn eine nicht da war, wurde sie zum allgemeinen Gesprächsthema. Mich langweilte das, aber von den Dramen der Nachbarschaft zu hören, erinnerte mich daran, dass ich nicht die schlimmsten Probleme der Welt hatte.

Als sie sagte: »Brenda hat nach dir und Peter gefragt«, horchte ich auf.

Man tuschelte also sogar hier draußen über mich. Brenda war nicht da, also musste ich ihr auch nicht antworten, ich rammte die Schaufel in die Erde und zog eine widerspenstige Wurzel heraus. »Aha.«

Mom hielt in ihrer Arbeit inne. »Ich verstehe einfach nicht, warum ihr zwei das nicht klärt. Ich wette, wenn ihr euch bei einem netten Abendessen zusammensetzt, könntet ihr alles in einem Gespräch lösen.«

Als ob Peter und ich die Hauptfiguren in einem komplizierten Liebesroman wären. Worte aus Silberfuchs' blöder E-Mail gingen mir abermals durch den Kopf, und ich zitierte sie mit einem sarkastischen Tonfall. »Ich glaube, es war keine Liebe für die Ewigkeit.«

Sie zog die Augenbrauen zusammen, und ich kam mir gemein vor. Ihr Mann, der Mann, der mein Adoptivvater werden sollte, war gestorben, bevor ich als Baby in meinem neuen Zuhause richtig angekommen war. Ich nannte ihn immer noch meinen Dad, weil es meine Mom tat. Meinen Samenspender hatte ich nie kennengelernt. Ich sagte gern, ich hatte eine »Nah-Dad-Erfahrung«. Natürlich nie in Anwesenheit meiner Mutter.

Mom meinte es gut. Sie hatte Peter immer gemocht. Ich wäre nicht überrascht, wenn sie noch Kontakt zu ihm hätte. Vielleicht erinnerte er sie irgendwie an meinen eleganten Vater, und das schmerzte mich mehr als alles andere. Manchmal vergaß ich, was sie verloren, was sie geopfert hatte, und dann sagte ich gegen meinen Willen etwas Gemeines.

Ich hatte meine Mutter nie in einer Liebesbeziehung erlebt, darum war es leicht, sich vorzustellen, dass sie immer unabhängig gewesen war. Wahrscheinlich hätte sie wieder heiraten können, nachdem mein Dad gestorben war. Früher dachte ich, sie würde sich nie mit jemandem treffen, weil es mich verwirren könnte oder weil sie mich nicht noch mehr vernachlässigen wollte, als sie es wegen ihrer Arbeit ohnehin schon musste. Doch als ich sie einmal darauf ansprach, sagte sie: »Ich habe es beim ersten Mal richtig gemacht.«

Ich kannte meinen vermeintlichen Dad nur von Fotos und aus Geschichten, und die Art, wie sie von ihm sprach, ließ ihn vollkommen wirken. Fürsorglich, geduldig, gut aussehend, lustig. Ich beneidete meine Freundinnen, deren Dads peinlich schlechte Witze erzählten und uns fragliche Fernsehsendungen sehen ließen, wenn ihre Mütter nicht da waren. Die mit uns Eis essen gingen, darauf bestanden, im Autoradio Musik aus dem letzten Jahrhundert zu spielen, und uns Geschichten von Bands erzählten, die sie für obercool hielten. Doch immer, wenn ich ein Bild von meinem Dad betrachtete, sah ich in ihm einen reichen, intelligenten, kultivierten Mann wie eine Idealfigur aus einem Roman. Der Vater aus meiner Fantasie war besser als jeder reale.

In Wahrheit hatte das Universum keinen Vater für mich vorgesehen.

Ich streckte die Arme aus und umarmte meine Mom. »Es tut mir leid. Ich bin gerade über vieles wütend, aber nicht auf dich. Das war überflüssig.«

Sie lächelte und beließ es dabei. Ich fand es immer ironisch, dass meine leibliche Mutter mich abgegeben hatte, weil sie mich nicht allein aufziehen konnte, und Mrs Trudi Hanson mich dann allein großgezogen hatte. Sie hatte einen verdammt guten Job gemacht.

♥

Dass ich aus meiner Wohnung und dem Buchladen herauskam, hatte den Vorteil, dass ich auf meinem Ausflug neues Futter zum Nachdenken erhielt, das meine Fantasie anregte. Je weiter ich mich von einer Tastatur entfernte, desto mehr Wörter sammelten sich in meinem Kopf, und ich musste sie nur noch schriftlich festhalten.

Meine Charaktere sprachen auf dem gesamten Heimweg mit mir, und zum ersten Mal, seit ich die niederschmetternde Kritik gelesen hatte, konnte ich es kaum erwarten, mich aufs Schreiben zu stürzen. Mit einem Glas Pinot Grigio in der Hand stellte ich mir den Wecker, um mich zu zwingen, alle sozialen Medien eine Stunde lang abzuschalten. Ich musste mich konzentrieren. Eine kurze E-Mail von meiner Lektorin hatte mir vorhin Feuer unter dem Hintern gemacht. Die Deadline rückte in rasender Geschwindigkeit näher.

Ich streckte die Finger, legte sie auf die Tastatur, und dann war zu meinem Entsetzen mein Kopf auf einmal leer.

Der Cursor blinkte, verhöhnte und entmutigte mich. All die Worte, die unbedingt aus mir herausgewollt hatten, versiegten und waren fort. Dennoch tippte ich einen Satz und verzog das Gesicht. Ich rang mir einen ganzen Absatz ab und kämpfte gegen die wachsende Überzeugung an, dass dieses Buch vollkommen sinnlos war. Warum es überhaupt beenden?

Die durchdringende Stimme eines Oberidioten beharrte darauf, dass ich keine Liebesgeschichte schreiben konnte. War die Chemie zwischen den Hauptfiguren wieder nicht überzeugend dargestellt?

Die Hälfte des neuen Bandes hatte ich geschrieben, als es mir ziemlich schlecht ging. Merkte man das?

Ich las noch einmal den letzten Absatz, den ich gerade getippt hatte.

Hektargroße Flächen der Felder standen in Brand, schwarze Rauchwolken verdunkelten den Himmel. Rane taumelte an den Rand der Klippe und hielt sich die offene Wunde an der Seite. Sobald die Schlacht vorbei war, würde er sich heilen, sollte er dann noch leben. Er musste zu Lira, bevor die Flammen das Tor erreichten. Bei dem Gedanken, was geschehen würde, wenn das Feuer den Durchgang zwischen den Welten passierte, erschauderte er.

Was dann aus Lira wurde?

In meinem Kopf hatte sich das ziemlich gut angehört. Jetzt starrte ich auf die Zeilen und fragte mich, ob das Schrott war. Würden Rezensenten diese Passage herausgreifen und sich darüber lustig machen? Würden Leser angesichts des Melodramas die Augen verdrehen? Oder würden sie die Gefahr der Situation spüren? Würden sie glauben, dass Rane Lira um jeden Preis retten wollte, auch wenn es ein großes Risiko für ihn bedeutete? Würden sie dieses Buch schlechter als das erste finden?

Das Hochstapler-Syndrom, das mich üblicherweise plagte, hatte eine Stimme bekommen. Dieser verfluchte Silberfuchs.

So viel zu *eins nach dem anderen*. Es hatte nicht einmal einen ganzen Tag gedauert, bis sich derart viel Wut in mir angestaut hatte, dass ich nicht mehr widerstehen konnte. Wenn ich wüsste, wo er wohnte, würde ich an seine Tür schlagen und ihn auffordern, jedes Wort zurückzunehmen. Nicht nur die Rezension, sondern auch seine Kritik an *mir*.

Ich ging in seiner letzten E-Mail auf die »Antwortfunktion«, und plötzlich flossen die Worte nur so aus meinen Fingerspitzen. Und wenn ich es nur tat, um meine Wut abzureagieren, und sie gar nicht abschicken würde.

Silberfuchs,
haben Sie eigentlich auch einen Namen? Oder verstecken Sie sich auch im wahren Leben in der Anonymität, damit Sie Leute runtermachen können, ohne ihre Reaktion fürchten zu müssen? Im Ernst, ich weiß, dass ich Kritikern nicht antworten sollte. Darauf müssen Sie mich nicht hinweisen. Und ich weiß, worauf ich mich eingelassen habe, aber wissen Sie was? Ich war

betrunken und habe einen Fehler gemacht. Aber Sie scheinen zu meinen, Sie könnten so verletzend sein, wie Sie wollen, weil Sie niemand wegen Ihrer Meinung zur Rede stellen kann. Vielleicht sollte Ihnen mal jemand sagen, dass auf der anderen Seite ein Mensch sitzt.
Ich nehme Ihre Unverschämtheit nicht einfach hin, Sie haben kein Recht, mir zu sagen, ob mein Liebesleben mich dazu qualifiziert, Liebesromane zu schreiben.
Soweit ich weiß, Freundchen ...

Halt! *Freundchen?*
Ich löschte das.

... habe ich nicht auf einem Planeten mit zwei Monden gestanden und versucht, ein Puzzle zu lösen, das seit Jahrtausenden niemand gelöst hat.
Vielleicht meinen Sie, in Unterwäsche Zelda zu spielen, bis Ihre Haare vor Fett stehen und Ihnen selbst Ihre Mutter sagt, Sie sollten duschen, würde Sie zum Fantasy-Experten machen. Zufällig weiß ich aber, dass man mehr als persönliche Erfahrung braucht, um eine Welt zum Leben zu erwecken – ob diese Welt frei erfunden ist oder sich aus der Realität speist. Dazu braucht man Fantasie, und die besitzen Sie ganz offensichtlich nicht, genauso wenig wie ein bisschen Mitgefühl.
Sie können mich mal.
Claire

Vielleicht war ich zu weit gegangen. Der Cursor schwebte über dem Senden-Symbol und forderte mich heraus, ein zweites Mal über den Abgrund zu springen. Ich wusste, dass ich das nicht tun sollte. Mir war klar, dass es ein absolutes Tabu war, Kritikern zu schreiben. Ich war unsicher. Er war es nicht wert, meine Karriere zu ruinieren.

Doch dann erinnerte ich mich an seine Bemerkung, *»nichts mehr zu veröffentlichen«*, und war rechtschaffen wütend. Ich war Katniss Everdeen, die Silberfuchs den Affengriff zeigte.

Egal. Ich ging auf Senden.

Layla würde mich kreuzigen. Irgendetwas zwang mich, noch einmal zu lesen, was ich geschrieben hatte, und ich war entsetzt, aber ich musste auch lachen. Etwas krank. Wahrscheinlich war meine Karriere ruiniert, aber wenn Silberfuchs recht hatte, was meinen Roman anging, gab es ohnehin keine Karriere, die er zerstören konnte. Meine Bücher würden von allein untergehen.

Ich sah auf mein Manuskript, und der Cursor blinkte mich wie eine tickende Zeitbombe an. Damit konnte ich mich jetzt nicht befassen, also tat ich, was ich immer tat, wenn mich das Leben überforderte: Ich holte ein Buch heraus, das ich schon oft gelesen hatte, und verlor mich in den vertrauten Worten eines anderen. Versunken in *Jane Eyre* fand ich zu mir. Jane, die unter dem unwirschen Rochester litt, verstand meine Sorgen.

7

Die Woche war wunderbar, auf eine gute Art ruhig. Ich hörte nichts mehr von diesem Kritiker, darum vermutete ich, dass er zurück zu Mamas Rockzipfel geflohen war. Bis Freitag war es mir gelungen, ihn aus meinem Kopf zu verbannen und ein neues Kapitel zu schreiben.

Im Buchladen war es zum Glück nicht ruhig. Das Geschäft zog stetig an, je wärmer und länger die Tage wurden.

Durch die Nähe zu Indianapolis bot sich für Antiquitätensammler oder Tagesausflügler, die die überdachten Brücken im Westen besichtigten, ein Halt in Orion an. Sosehr Gentry sich auch über meinen schäbigen Laden beklagte, die idyllischen Fronten unserer Kleinstadtläden machten einen Teil von Orions Charme aus. Die etwas heruntergekommene Fassade meines Buchladens tauchte häufig auf Instagram auf. Das Schaufenster bestand aus fünfundzwanzig altmodischen Glasscheiben, auf denen in bunter Farbe Orion Bookstore stand. Manchmal mit einem Zusatz der Vandalen.

Der Innenraum fühlte sich so gemütlich an wie eine warme Decke an einem regnerischen Tag. Die meisten Besucher kamen aus Neugier herein, doch waren sie einmal drin, stieg ihnen der Kaffeeduft in die Nase und lockte sie weiter ins Café – wie das Paar, das jetzt die Auslagen betrachtete.

Die Frau nahm einen Andenkenbecher in die Hand, sah auf der Unterseite nach dem Preis und stellte ihn wieder hin. Dasselbe tat sie mit den Süßigkeiten in Orion-Papier. Der Mann hatte vorn das Regal mit den von mir zusammengestellten Titeln entdeckt – alle sorgfältig ausgewählt, um dem Ego von Literaturliebhabern zu schmeicheln. Ich nannte es gern die Das-musst-du-lesen-Wand, weil sie mit Büchern bestückt war, die die Leute gern anderen ans Herz legten und sie zeitweilig zu meinen Verkäufern machte. »Oh, das wird dir gefallen! Das musst du lesen« war ein oft gehörter Satz, wenn Leute die Liste durchgingen.

Jetzt hob der Mann die Brille hoch und studierte mit zusammengekniffenen Augen die Titel. »Sandra, hast du jemals *Stolz und Ehre* gelesen?«

Sandra trat zu ihm und ließ den Blick über die Wand gleiten. »Ach, sieh mal. *Anne auf Green Gables.*« Sie nahm das Buch wie einen alten Freund in die Hand. Dieses Gefühl kannte ich.

Ich ließ sie allein, damit sie sich selbst dazu überreden konnten, Bücher zu kaufen, die sie bereits gelesen hatten. Ich würde nur zu ihnen gehen, wenn sie mich um Hilfe baten. Oder wenn sie sich weiter vorwagten. Wer von den ausgewählten Verlockungen abwich, suchte normalerweise etwas Bestimmtes. Manche stöberten jedoch auch nur und wollten Empfehlungen.

Als es allmählich dämmerte, schloss ich die Kasse, erleichtert, dass ich mich noch über Wasser halten konnte. Ich holte die Bücher vom Bürgersteig herein. Max musste irgendwann vorbeigekommen sein, denn auf dem Schild stand jetzt:

F: In welchem Geschäft gibt
es die meisten Würmer?
A: Im Buchladen!

Tiefer Seufzer.

Meine Mutter hatte mir angeboten, für mich zu kochen, also ging ich nach Hause, zog meine Sportsachen an und lief zu ihr. Dabei fiel mir auf, dass ich einen *Freitagabend* bei meiner Mom verbrachte, und ich machte mir leise Vorwürfe, dass ich aus Silberfuchs die Karikatur eines Stubenhockers gemacht hatte, der nur vor dem Computer hing. Aber ich hatte kein allzu schlechtes Gewissen.

Ich dehnte mich und lief los. Als ich um die Ecke auf die lange Landstraße bog, merkte ich, dass ich im Rhythmus meiner Schritte *Snape, Snape, Severus Snape* wiederholte und versuchte, den Kopf freizubekommen.

Aus der entgegengesetzten Richtung kam ein Pick-up auf mich zu. Als er das Tempo drosselte und anhielt, sah ich, dass es der Truck von Dylans Vater war und Dylan das Fenster herunterkurbelte. Sofort wurde mir bewusst, dass ich schrecklich aussah, nachdem ich eine halbe Meile gelaufen war. In meiner Yogahose war am Knie ein Loch, und ich hatte die Haare nachlässig zu einem Pferdeschwanz zusammengebunden. Keine Ahnung, warum das wichtig war, vielleicht weil Dylan mich von Kopf bis Fuß mit seinem Blick maß. Er sah mit seiner Baseballkappe und dem ungepflegten Bart auch nicht viel schicker aus als ich. Das weiche Gefühl in den Knien schrieb ich meiner mangelnden Kondition zu.

»Hey, Maddie!«

»Wohin fährst du?« Das letzte Mal, dass ich ihn in diesem Pick-up gesehen hatte, waren wir beide in Teufels Küche gekommen, weil wir nach dem Abschlussball die ganze Nacht fortgeblieben waren. Doch das hatte ich gern in Kauf genommen, um ausnahmsweise in seinen Armen schlafen zu können, wenn auch im »Bett« von ebendiesem Wagen.

»Ich will in die Stadt.« Er lehnte sich weiter hinaus. »Soll ich dich mitnehmen?«

Er biss sich auf die typische Art auf die Lippe. Genauso gut hätte er aussteigen und mir unumwunden erklären können, dass er so schnell wie möglich Sex mit mir haben wollte. Ich fragte mich, wie viele Frauen in den verrauchten Clubs auf diesen Blick hereingefallen waren.

Doch das hier war Dylan. »Wenn es dir nichts ausmacht? Ich bin auf dem Weg zu meiner Mom.«

»Absolut nicht. Das ist nur ein kleiner Umweg.«

War ich das für ihn?

Die Beifahrertür öffnete sich mit einem gequälten Quietschen, und der Sitz war so hoch, als würde ich auf ein Pferd steigen. Sobald ich in der Kabine saß, nahm ich jedoch nur noch Dylan wahr, der mir irgendwie fremd geworden war. Ich kannte seine Gesichtszüge, die Finger, die die Gitarre quälten, die Schultern, an denen ich mich festgehalten hatte, wenn ich mit ihm auf dem Motorrad gefahren war, diese Augen, die in mich hineinzuschauen schienen. Doch er hatte sich in die Aura eines anderen gehüllt, und obwohl ich Dylan Ramirez sah, konnte ich Dylan Black nicht ausblenden.

Wir fuhren los und schwiegen einen Moment, bis wir beide gleichzeitig zu sprechen begannen. Ich sagte: »Es ist wirklich schön, dich wiederzusehen«, in dem Moment, in dem er sagte: »Ich bin dir nicht aus dem Weg gegangen.«

Ich sah ihn mit großen Augen an. »Das habe ich auch nicht gedacht.« Die Worte hallten in meinem Kopf wider. »Oder doch?«

Er strich sich mit den Fingern durch das dunkle Haar. »Kann ich dir ein Geheimnis anvertrauen?«

»Natürlich.«

»Ich bin schon seit einem Monat wieder hier.«

»Aber du hast doch gesagt …«

»Ich weiß. Ich brauchte eine Pause von allem, und ich dachte, ich könnte zu Hause auf der Farm arbeiten und den ganzen Mist vergessen.«

»Du warst die ganze Zeit über hier?«

Der rechte Blinker machte klick-klack, und er bog in die Siedlung ab und sah kurz zu mir, ehe er den Blick wieder auf die Straße richtete.

»Ich habe die meiste Zeit in der Scheune gesessen und gelesen. Ich habe versucht zu fliehen.«

»Und was du über die Plattenfirma gesagt hast?«

Er schüttelte den Kopf. »Das stimmt zum Teil. Ich war nicht bei der Sache. Ich muss mich entscheiden, ob ich versuche, groß einzusteigen, oder ob ich eine Eintagsfliege in der Masse der One-Hit-Wonder bleiben will.«

»Das ist eine schwere Entscheidung.«

»Manchmal denke ich, ich will einfach nur nach Hause und ein normales Leben führen. Kindern mit leuchtenden Augen Gitarrenunterricht geben.«

»Warum nicht?«

Er schob seine Hand in meine und sah mich durchdringend an. Ich wehrte mich nicht länger gegen das Verlangen, das ich vor langer Zeit eigentlich sicher weggeschlossen hatte.

»Hast du dich jemals gefragt, wie alles gekommen wäre, wenn wir uns anders entschieden hätten?«

Sollte ich ihm erzählen, dass das mein fortwährender innerer Monolog war? »Tun wir das nicht alle?«

»Ich in letzter Zeit häufiger.« Er strich mit dem Daumen über meinen. »Ich würde es gern herausfinden.«

Ich verstand nicht ganz, wovon er sprach, darum schwieg ich.

Zum Glück kamen wir gerade bei meiner Mutter an. Ich beugte mich vor, um ihn halb zu umarmen. »Komm Freitag zum Buchclub, okay?«

»*Jane Eyre,* richtig?«

Es überraschte mich, dass er es noch wusste. Ich tätschelte ihm den Arm, dann sprang ich aus dem Pick-up.

Als Dylan abfuhr, rief Mrs Beckett aus dem Nachbargarten herüber: »Ist das Maddie?«

Ich winkte. »Hallo, Mrs Beckett!«

»Ich wollte gerade Erdbeeren pflücken und dachte, wie schön es wäre, wenn du mir hilfst. Hast du Zeit?«

Mein Magen knurrte, und ich sehnte mich nach dem Abendessen, aber ich konnte Mrs Beckett die Bitte nicht abschlagen. »Klar.«

Die Sonne ging unter und hinterließ einen blutroten Himmel, Gartenlampen beleuchteten das weite Gelände hinter dem Haus. Im Garten der Becketts standen einst die beste Schaukel der ganzen Siedlung und ein Trampolin – bis wir zu groß für das eine waren und das andere zerstört hatten. Jetzt war es ein sorgsam gepflegter Garten. Anders als der Garten meiner Mutter stahlen ihm keine Blumen die Show. Heidelbeersträucher wucherten wild im hinteren Teil, und in ihren Schatten wuchsen Erdbeeren. Mrs Becketts Erdbeeren waren das Zeichen, dass der Sommer offiziell begonnen hatte.

Als ich jünger war, durfte ich Mrs Beckett im Garten helfen, bevor sie ihr Catering-Geschäft aufzog. Erst später begriff ich, dass sie mir ihr Haus geöffnet hatte, damit ich das Gefühl einer Familie nicht vermisste, auch wenn ich meine leiblichen Eltern nicht kennengelernt hatte.

Nicht, dass meine Mutter nicht auch wundervoll war, aber seit Dads Tod hatte sie ganztags gearbeitet und war mir Vater und Mutter zugleich gewesen. Eine alleinerziehende, arbeitende Mutter und eine adoptierte Tochter bildeten keinen Haushalt voller Leben, wie ich ihn bei den Becketts kennenlernte.

Weil die Becketts mich genauso adoptiert hatten wie meine eigene Mutter, fand ich in Mr Beckett einen Ersatzvater und in Layla und Max Geschwister. Obendrein hatte Max das kastanienbraune Haar von seinem Vater geerbt und nur einen Hauch von Laylas leuchtendem Rot, sodass er mir ähnlicher sah als ihr. Wann immer wir drei irgendwelchen Fremden begegneten, hielten sie mich für eine Beckett und vermuteten, dass Max und ich Geschwister wären. Layla stand wie ein seltener Paradiesvogel daneben.

Während wir arbeiteten, fragte Mrs Beckett beiläufig, wie es Layla ginge, doch ich wusste, dass sie einen Bericht hören wollte, den ihre Tochter ihr niemals freiwillig liefern würde. Zufrieden, dass Layla keine Drogen nahm, wechselte sie abrupt das Thema. »Und hat Max dich mit seinen Plänen genervt?«

Sie wusste, dass wir uns manchmal wie echte Geschwister zankten. »Ist schon okay.« Ich ließ eine dicke Erdbeere in den Korb fallen und war versucht hineinzubeißen. »Was halten Sie davon?«

Ohne über meine Frage nachzudenken, antwortete sie: »Das überlasse ich euch beiden. Für mich war das immer mehr ein Hobby. Max will die Welt erobern.«

Der Korb war voll, und sie stand auf. »Komm mit rein. Ich habe Max die Shortcakes überlassen, vielleicht braucht er Unterstützung.«

Wir betraten die Küche, und der Anblick von Max, der mit mehlbestäubtem Kinn Zucker abmaß, versetzte mich in eine andere Zeit zurück.

Er warf mir einen Blick zu und baute die Zutaten auf der Arbeitsfläche auf, genau wie seine Mom früher. Sie wollte Layla beibringen, wie man einen Kuchen backte und einen anständigen Haushalt führte. Layla rollte jedoch nur mit den Augen und sagte, dass sie nicht vorhabe, irgendetwas anständig zu machen. Ich beneidete sie um diese lockere Haltung.

Während Layla die Anweisungen ihrer Mutter ablehnte, saugte ich sie auf. Und da Max alles tat, was ich tat, lernten wir beide, wie man Shortcakes backte. Als Mrs Beckett uns anleitete, hätten wir genauso gut beide ihre Kinder sein können.

Ich lehnte mich gegen den Kühlschrank und beobachtete, wie Max die Zutaten mischte. Beim Anblick der dicken, glänzenden Beeren im Sieb lief mir das Wasser im Mund zusammen. Verglichen mit damals, als wir zum ersten Mal einen Kuchenteig ausrollten, waren Max' Hände heute deutlich größer und sicherer. Seine Unterarme waren kräftiger, die Schultern breiter, und sein Blick war direkt auf mich gerichtet.

Ich wandte rasch den Kopf ab, verlegen, dass er mich

wieder dabei erwischt hatte, wie ich ihn anstarrte. Er würde mich noch für aufdringlich halten. Ich sah zu Mrs Beckett, die sich mit wissendem Grinsen abwandte.

Irgendetwas ging hier vor sich.

Ich konnte mir vorstellen, dass Max seine Mutter als Lockvogel geschickt hatte, damit sie ihm half, die Welt zu erobern. War das Ganze nur ein Vorwand gewesen, um zu beweisen, wie gut wir alle zusammenarbeiten konnten?

Also, da spielte ich nicht mit. Ich musste ein Buch schreiben. Mit Nostalgie und Shortcakes konnte man keine Rechnungen bezahlen. Na gut, mit Shortcakes vielleicht, aber ich bedankte mich bei Mrs Beckett und verabschiedete mich von Max. Dann begab ich mich in das Haus meiner Mom, in Sicherheit.

♥

Am Samstagvormittag, gleich nachdem ich den Kindern vorgelesen hatte, kamen Max und seine Mutter mit einigen Schachteln und ein paar Behältern vorbei. Ich spähte in eine Schachtel und entdeckte einige Dutzend einfache Shortcakes. Ich wusste, was sie vorhatten, aber während sie alles in die Küche brachten, knickte ich ein. Ich war so scharf auf Erdbeer-Shortcakes wie kein anderer.

Max kehrte mit einem Teller zurück, der von Erdbeeren und frisch geschlagener Sahne überquoll. Er hielt einen Shortcake hoch und rief Charlie zu: »Ich will Ihnen ja nicht den Appetit aufs Mittagessen verderben, aber sehen Sie, was wir hier haben!«

Er war dermaßen durchtrieben. Charlie war ein Schleckermaul, darum war das nicht fair.

Charlie ließ alles stehen und liegen und kam herüber. »Wow! Sind die für den Verkauf?«

Ich wäre dumm, wenn ich mich gegen sichere Kunden wehren würde, also ging ich nach draußen, um meine Tafel zu aktualisieren. Während ich

Heute frische Erdbeer-Shortcakes!

schrieb, hielt ein UPS-Wagen hinter Max' Lieferwagen. Er übergab mir drei Kartons, und Max half mir, sie ins Lager zu tragen. Ich hatte übersehen, dass einer von meinem Verlag stammte, bis ich ihn öffnete und fünfzig fertige Exemplare von meinem Buch sah. Bis dahin hatte ich immer nur die Leseexemplare in Händen gehalten, doch dies war etwas ganz anderes. Ich presste mir eine Faust auf den Mund und stieß einen leisen Freudenschrei aus.

Ich wartete, bis Max in die Küche zurückkehrte, dann nahm ich ein Exemplar in die Hand und strich mit dem Daumen über die goldenen Buchstaben, die auf den Titel geprägt waren. Das Gesicht des Mannes auf dem Cover war halb vom Schatten seiner Kapuze verborgen und deutete seine rätselhafte Identität an. Er hatte Dylans Augen.

Im Buch ist der Schatten ein Fremder, der Lira dazu verleitet, sich auf ein Abenteuer einzulassen. Schließlich entpuppt sich der Schatten als Rane, ein mächtiger Zauberer, dem vorgeworfen wird, Verbrechen an der eigenen Familie begangen zu haben. Durch ein magisches Erbe, von dem sie nichts weiß, besitzt Lira die Macht, Rane zu rehabilitieren. Sie wurde von Menschen adoptiert und findet heraus, dass sie von Elfen und einem Erbfeind von Ranes Familie abstammt. Im Laufe der Geschichte entwickeln sie komplizierte – und verbotene – Gefühle füreinander.

Ich wollte, dass es in ihrer Liebesgeschichte knisterte, dass die Leser mitfieberten, ob sie einen Weg fanden, ihre Beziehung zu leben, und ihrer für mich offensichtlichen Anziehungskraft nachgaben. Vermutlich musste ich am letzten Teil noch arbeiten.

Es blieben noch einige Wochen bis zum offiziellen Erscheinungstermin, aber ich war nach wie vor versucht, das Buch auszustellen, um die Reaktion einschätzen zu können.

Ich verlor mich in Tagträumen von Signierstunden, Bestsellerlisten und Fünfsternerezensionen. Weil ich den Google-Alert ausgestellt hatte, nachdem ich bemerkt hatte, dass ich nicht glücklich wurde, wenn ich jede Kritik las, konnte ich mich dieser Fantasie ungehindert hingeben.

Vorne ertönte die Ladenglocke und riss mich zurück in die Realität.

Dank der Becketts herrschte in den nächsten Stunden Hochbetrieb. Ich musste mich hinter dem Tresen abrackern, um Bestellungen entgegenzunehmen und Kaffee zu kochen. Die Gäste saßen mit ihren Laptops bei einem Becher Kaffee und saugten mir das WLAN ab.

Ich musste es zugeben – Max hatte sich für einen Tag unentbehrlich gemacht.

8

Nach diesem verrückten, verkaufsstarken Samstag kam mir der Montagmorgen extrem ruhig vor, nur Charlie tippte in der Ecke vor sich hin. Max hatte sich durchgesetzt, aber ich war nicht davon überzeugt, dass er den Betrieb in diesem Maße aufrechterhalten konnte. Nicht jeder Tag konnte so märchenhaft verlaufen, dafür wollte ich nicht mein Geschäft aufs Spiel setzen.

Natürlich, wenn der Buchladen ein Mausoleum blieb, war es ohnehin egal.

Heute wäre ein perfekter Tag, meinen Laptop aufzuklappen und neben Charlie ein weiteres Kapitel zu schreiben, doch die leere Seite verhöhnte mich weiterhin. Stattdessen vertrieb ich mir die Zeit damit, auf dem wackeligen Hocker zu lesen. Ich vertiefte mich in St. John Rivers' Verfolgung von Jane Eyre und rief ihr in Gedanken zu, sie solle weit weglaufen. Warum zog Jane ihn überhaupt in Erwägung? Ich holte ein Blatt Papier heraus, um mir einige Fragen für den Buchclub zu notieren.

Was bietet St. John Jane, was Rochester nicht hat?

Das Signal *Sie haben Post!* durchbrach die Stille, und ich beging den Fehler, auf mein Smartphone zu sehen. Die

Vorschau zeigte mir eine E-Mail von Silberfuchs. Ich machte mich bereit, klickte mit einem geschlossenen Auge auf den Link und stellte mich auf einen tödlichen Angriff ein. Er war ein vollkommen Fremder, doch allein die Vorstellung, was er sagen könnte, ließ mein Herz heftiger schlagen als bei einem Thriller von Stephen King.

Ich wippte mit dem Fuß auf der Spindel des Hockers und stürzte mich auf die E-Mail, die – da war ich mir sicher – eine heftige Tracht Prügel für mich enthalten würde.

Ms Kincaid,
ich weiß nicht, warum ich Ihnen antworte, aber ich gestehe, dass ich in Gedanken unablässig mit Ihnen diskutiere. Darum habe ich mich entschieden, Ihnen ein oder zwei Dinge zu sagen.
Erstens, wenn Sie meinen, Kritiker würden nichts von Autoren hören, täuschen Sie sich. Wir hören sehr oft von ihnen, und Sie können mir glauben, dass die Antworten meist ziemlich boshaft ausfallen. Manchmal ignoriere ich sie, aber ob Sie es glauben oder nicht, mir ist durchaus bewusst, dass Autoren auch Menschen sind, weshalb ich Sie eines Besseren belehren möchte. Mein Hauptargument besteht darin, dass Sie Kritikern nicht antworten sollten, weil Ihre Meinung nicht mehr zählt. Oder anders ausgedrückt – Ihre Meinung zählt nicht mehr als meine.
Zweitens, wieder einmal muss ich meine persönliche Situation verteidigen. Obwohl ich Videospiele wie jeder in meiner Generation gern spiele, ist es nicht meine Hauptbeschäftigung. Vielmehr ist das Schreiben von Kritiken mein Hobby. Womöglich verfasse ich sie in Unterwäsche, aber nicht im Haus meiner Mutter.

Drittens, ich verfüge über eine lebhafte Fantasie, und ich kann zwischen den Zeilen lesen. Womöglich haben Sie Erfahrungen in Sachen Liebe gemacht, aber ich vermute, dass Sie vergessen haben, wie es sich anfühlt, richtig verliebt zu sein. Leider Gottes kenne ich das Gefühl zu lieben nur allzu gut, und ich erkenne, wenn es jemand vortäuscht. Wenn ich Ihnen einen kostenlosen Ratschlag geben darf, möchte ich Sie ermuntern, mehr Erfahrungen zu sammeln – Romantik, Sex, Herzschmerz. Leben Sie ein bisschen. Wenn Sie keine Schmetterlinge im Bauch haben, sobald Ihre Hand die eines anderen berührt, wenn Ihnen kein Kribbeln über den Rücken läuft, sobald Sie sich an Ihren ersten Kuss erinnern, können Sie Ihren Lesern diese Gefühle nicht vermitteln.
Sie können mich natürlich auch einfach ignorieren.
Ich bin mir sicher, dass vielen Lesern die Liebesgeschichte sowieso egal ist. Für die können Sie ja schreiben.
SF

PS: Ich verrate Ihnen meinen Namen, wenn Sie mir Ihren verraten. Ich bin mir ziemlich sicher, dass Claire Kincaid nur ein Pseudonym ist.

Herzschmerz? Er wollte, dass ich mich absichtlich wieder in diese Turbulenzen stürzte? Es hatte mich ein halbes Jahr gekostet, mich aus den Tiefen des Abgrunds hochzukämpfen, bis ich die Finger um den Vorsprung krallen und mich herausziehen konnte. Silberfuchs erwartete, dass ich das einfach noch einmal tat? Von wegen.

Aber was, wenn er recht hatte? Was, wenn der Kokon, in den ich mich eingesponnen hatte, mich davon abhielt, eine echte Beziehung zu beschreiben? Oder noch schlimmer, was, wenn er mich davon abhielt zu leben?

Ich bohrte in meinem wunden Herzen und zuckte nicht vor Schmerz zurück. War es ausgetrocknet und abgestorben?

»*Leben Sie ein bisschen.*« Als wäre das so einfach.

Ich machte mir einen frischen Latte macchiato, um mich zu Charlie zu gesellen, der ebenfalls eine Abneigung gegen Romantik hegte.

»Woran arbeitest du, Charlie?«

»Ich lese.« Er klappte den Laptop zu. »Warum, meinst du, geht es in der Literatur so oft ums Warten? Warum kann es nicht nur um die guten Zeiten gehen? Warum muss ich über Hunderte von Seiten hinweg durch die Minen von Moria latschen, bis ich zur richtigen Handlung komme?«

»Reden wir über Tolkien?«

»Das ist nur eine Metapher. So viel Herumgeirre. Ich bin mit meiner Geduld am Ende.«

»Klingt nach meinem Leben. Ich bin von dem Weg in Düsterwald abgewichen und finde nicht zurück.«

»Hast du mal überlegt, einige Seiten zu überschlagen?«

»Von meinem Leben?« Ich lachte und stellte es mir vor.

»Warum nicht? Nimm dein Schicksal selbst in die Hand.« Er deutete mit dem Zeigefinger in die Luft, als wäre ihm eine Erleuchtung gekommen. »Du steckst in den Minen fest? Geh über die Berge.«

»Verrückt.«

»Aber vielleicht eine Möglichkeit. Oder spring einfach zum nächsten Kapitel. Das kann nicht so schwer sein.«

Ich dachte über seine These nach. »Was, wenn man all die langweiligen und schweren Zeiten im Leben überspringen würde? Dann würde man direkt auf dem Totenbett landen!«

»Hm. Ich glaube, man kann immer vom Weg abkommen.« Er rührte in seinem Kaffee. »Und mit diesem Gedanken treffe ich die gewaltige Entscheidung, ein neues Buch zu beginnen.« Er sah mich eindringlich an. »Das könntest du auch tun.«

Charlie, der Chronist, hatte wieder zugeschlagen.

»Nimm dein Schicksal selbst in die Hand …«

In diesem Kapitel meines Lebens kam Peter noch nicht einmal vor. Wie lange wollte ich auf die Rückkehr des Königs warten? *Musste* ich auf den ursprünglichen Pfad zurückkehren? *Musste* ich darauf warten, dass Peter zurückkam?

Oder durfte ich andere Abenteuer in Erwägung ziehen?

Was, wenn ich mich, anstatt in Selbstmitleid zu baden, an eine gefährliche, komplizierte Aufgabe heranwagte, deren erfolgreiche Bewältigung ungewiss war? In den Minen gab es schließlich auch keine Sicherheit. Ich hatte bereits sechs Monate in der Dunkelheit verbracht, verfolgt von einem Höhlentroll, der mich emotional fertigmachte. Vielleicht würde ich nicht an Liebeskummer sterben, aber die Einsamkeit stieg wie ein brennender Balrog aus den Tiefen der Hölle auf, und es lag allein an mir, vor ihr auf höhere Ebenen zu fliehen.

Ich wollte als Heldin aus meinem eigenen Abenteuer hervorgehen. Als starke Heldin, die über ihr Schicksal bestimmte.

Aber wie?

Ich hatte versucht, unabhängig zu sein, und nach der Trennung einfach stoisch weitergemacht. Ich hatte die Gesellschaft von Freunden gesucht, hatte gelesen, mich gebildet, geschrieben, an meiner Karriere gearbeitet, im Laden gestanden und den Umsatz angekurbelt. Doch ich wollte mehr als das.

Also war es vielleicht an der Zeit, andere Optionen zu erwägen. Vielleicht war es an der Zeit, hinauszugehen und neue Erfahrungen zu sammeln.

Hatte Silberfuchs mir das nicht geraten? *»Romantik, Sex und Herzschmerz«?*

Ich wusste, wo ich eins davon haben konnte. Dylan war nur einen Anruf weit entfernt, und er sorgte für dieses Kribbeln, zu dem Silberfuchs mich ermuntert hatte. Wenn Dylan wirklich überlegte zu bleiben, sollte ich vielleicht darüber nachdenken, aber an unverbindlichem Sex hatte ich kein Interesse. Das hatte ich schon einmal ausprobiert und wusste, wie dieses Kapitel endete. Ich sehnte mich noch immer nach romantischer Liebe und fürchtete den Liebeskummer.

»Maddie?«

Ich tauchte aus meinen Gedanken auf und sah Charlie an. Sah ihn richtig an. Wenn es überhaupt ein ganz neues Kapitel gab, dann sah es mir gerade in die Augen.

Charlie war auf die Weise eines Archäologen aus dem neunzehnten Jahrhundert attraktiv. Er war unkompliziert und locker. Bei ihm hatte ich keine Schmetterlinge im Bauch, aber die hielt ich ohnehin für überschätzt. Wenn ich das wollte, konnte ich auch Achterbahn fahren.

Aber was noch wichtiger war, Charlie und ich hatten keine gemeinsame Vergangenheit, keine Erinnerungen an Liebesleid und Verlust. Er könnte ein neuer Anfang sein. Warum nicht?

»Hey, Charlie. Ich wollte nach der Arbeit einen Spaziergang am Bach machen. Hast du Lust mitzukommen?«

Wir hatten uns noch nie außerhalb des Buchladens getroffen, aber mein Vorschlag schien ihn nicht zu irritieren. »Klingt super. Zu dieser einen Brücke vielleicht?«

Dieser einen Brücke. Ich lachte. Offensichtlich war er nicht in der Gegend aufgewachsen. »Du meinst *die* Brücke.«

Es gab nur eine Brücke, und mit diesem Bauwerk verband ich mehr Erinnerungen als die meisten Menschen mit ganzen Städten, es sei denn, sie lebten auch noch in ihrer Heimatstadt. Als ich mit Peter hergezogen war, hatte ich Orion unweigerlich mit den Augen eines Fremden gesehen, und aus dieser Perspektive wirkten die Straßen kleiner, der Bach weniger märchenhaft, und jene Brücke war nur irgendeine Brücke. Zugezogene wie Charlie und Peter sahen nicht die gebräunten Beine von zwei Vierzehnjährigen über der Brüstung baumeln oder hörten die Stimmen von drei Kindern, die im Wasser planschten und den Sommer genossen.

Diese Geister konnten nur wenige von uns heraufbeschwören.

»Soll ich dich bei Ladenschluss abholen?«

Vielleicht rührte sich ein einziger Schmetterling bei dem Gedanken an ein Date mit Charlie.

Ich ließ ihn weiter seinen Unterricht vorbereiten, oder was auch immer er tat, und kümmerte mich um andere Kunden. Hin und wieder blickte ich jedoch zu ihm hinüber und stellte mir vor, wie mein Leben aussehen würde, wenn ich Charlie eine Chance gab, mein Herz zu erobern.

Ein Literaturprofessor. Ich wusste bereits, dass wir uns ausgiebig über Bücher unterhalten konnten, wobei das meist in Vorträgen oder Diskussionen endete. Doch uns gingen nie die Gesprächsthemen aus. Ich könnte den Mut aufbringen, ihm zu gestehen, dass ich schrieb, und hätte dann sofort einen Testleser. Layla könnte sich zur Ruhe setzen.

Wenn ich meine Angst vor seinem Rotstift überwand, konnte das funktionieren.

Ich war so überzeugt von meinen neuen Lebensplänen, dass ich mich hinsetzte und eine Antwort an Silberfuchs schrieb, die mir durch den Kopf geisterte, seit ich seine E-Mail gelesen hatte. Wenn es mir doch nur genauso leichtfallen würde, an meinem Buch zu schreiben, wie jemanden zu beschimpfen, den ich noch nicht einmal kannte.

Silberfuchs,
Sie wollen mich belehren? Bitte, lassen Sie mich von Ihrem Fachwissen in Liebesdingen profitieren. Klar, wenn Sie das Wort unglücklich in Zusammenhang mit Ihren eigenen Liebeserfahrungen benutzen, sind Sie ja geradezu dafür prädestiniert, dem Rest von uns Normalsterblichen zu erklären, wie man erfolgreich eine Beziehung zu einem anderen Menschen eingeht.
Wollen Sie die Liebe ernsthaft auf die Magie des ersten Kusses beschränken? Oder auf Schmetterlinge im Bauch? Sind wir wieder auf der Highschool, wo die Liebe nicht über ein kurzes Verliebtsein hinausgeht?
Hören Sie, vielleicht hat Ihnen die Liebesgeschichte in meinem Roman tatsächlich nicht gefallen, aber ist Ihnen schon einmal in den Sinn gekommen, dass der Fehler womöglich bei Ihnen liegt? Ich würde nie so weit gehen, Ihnen zu raten, das Leben in vollen Zügen zu genießen. Wenn Sie jedoch, anstatt über Frauen nachzudenken, wirklich mal mit einer reden würden, würden Sie vielleicht feststellen, dass wir mehr wollen, als nur über

die flüchtige Berührung eines Typen in Verzückung zu geraten. Und wenn ich eine Liebesgeschichte schreibe, ja, dann will ich, dass es dort vor Spannung knistert, aber auch Respekt und echte, tiefe Liebe. Die Art von Liebe, die Hindernisse, Trennung oder kulturelle, scheinbar unvereinbare Unterschiede überwindet.
Das ist Romantik.
Ich schreibe für Leser, die sich nach echten, dauerhaften Beziehungen sehnen.
Claire

PS: Und ja, das ist ein Pseudonym. Dort, wo ich herkomme, ist das kein Verbrechen.

Zufrieden mit mir summte ich bei der Arbeit *Here Comes the Sun*.

Als sich der Laden leerte und ich aufblickte, lief Charlie auf dem Bürgersteig auf und ab. Er hatte die Kakihose gegen dunkelblaue Shorts getauscht und das weiße Oxford-Hemd gegen ein kurzärmeliges Hawaii-Hemd – ein völlig anderer Mensch.

Vielleicht würde Charlie mir helfen, ein neues Kapitel aufzuschlagen. Oder ein ganz neues Buch zu beginnen.

In geselligem Schweigen gingen wir die Main Street hinauf und an dem kleinen Pavillon vorbei zum Weg am Bach.

Als wir zu dem gluckernden Wasser hinunterschlenderten, brach ich das Eis. »Darf ich dich was fragen?«

Charlies Augenbrauen schossen nach oben. »Klar.«

»Warum hast du dich für Orion entschieden?«

Er rieb sich das Kinn, und ein verschmitztes Lächeln huschte über seine Lippen. »Du weißt doch, man entscheidet sich nicht für Orion, Orion entscheidet sich für dich.«

Ich gluckste. Unsere Stadt verfügte über ein lächerliches Selbstbewusstsein. »Ich habe gehört, dass jenseits der Stadtgrenze von Orion nichts existiert. Nur endloser Nebel.«

»Und jeder, der es wagt, die Grenze zu überschreiten, landet wieder in Orion.«

Gott, das war nur zu wahr. »Ja.«

Was, wenn die Welt an der Stadtgrenze endete? Schließlich war Peter weggegangen und nie zurückgekehrt, und niemand außer meiner Mom erinnerte sich an ihn. Für alle anderen hier war er einfach weg. Er war ein transplantiertes Organ, das nie richtig angenommen worden war, die Stadt selbst hatte ihn abgestoßen.

Oder Orion war ein isoliertes Sternenbild, das sich rasch von den anderen Himmelskörpern entfernte. In gewisser Hinsicht hatte Peter Orion nicht verlassen. Orion hatte ihn verlassen und mich mitgenommen.

Charlie kickte einen Stein ins Wasser, der lautlos versank. »Darf ich dich fragen, warum du zurückgekommen bist? Es gibt Gerüchte, dass du dich aus diesem Ort fortgewagt hast. Ins Land jenseits der Grenze.«

Das brauchte ich ihm nicht zu erklären. Die Stadt war etwas ganz Besonderes, als befänden wir uns außerhalb von Raum und Zeit, als wären wir ein Teil der Welt, blieben aber von ihr unberührt. Für jemanden, der das nicht erlebt hatte, klang das eigenartig und rückständig. Ich hatte versucht, es meinen Freunden in der Stadt zu erklären, aber Peter war der Einzige, der zu Besuch gekommen war. Ich dachte, er hätte es verstanden, aber entweder hatte er mir etwas vorgemacht oder ich war verblendet gewesen.

»Ich bin zurückgekehrt, um mich an den Einwohnern zu rächen, die mich um mein Erbe betrogen haben.« Was er konnte, konnte ich schon lange.

Er lächelte. »Hast du mal daran gedacht zu schreiben? Du kennst dich mit Sprache aus.«

Ich antwortete ausweichend: »Hat daran nicht jeder schon mal gedacht? Was ist mit dir? Irgendwelche Ambitionen in der Richtung?«

»Welcher Leser denkt nicht, er könnte einen Roman schreiben? Aber wenn man über Klassiker lehrt, ist es schwierig, sich anschließend vor eine leere Seite zu setzen. Man fragt sich, mit welchem Recht man noch ein weiteres Buch für die ohnehin überfüllten Regale schreiben will.«

Diesen Gedanken kannte ich, und es erleichterte mich, dass er ihn aussprach. »Dann hast du noch nicht daran gedacht?«

Er neigte unbestimmt den Kopf von einer Seite zur anderen.

Ich beschloss, ihn nicht zu bedrängen. »Hältst du gerade ein Seminar über Klassiker?«

»Nein. Im Moment halte ich eins über Sagen.«

»Oh, ich liebe Sagen.«

»Ich auch.« Seine Miene hellte sich auf.

»Griechische oder römische?«

»Es ist ein Sommerkurs, darum gehen wir nicht in die Tiefe, sondern behandeln eine Auswahl aus verschiedenen Kulturen: griechische und römische Sagen, Sagen von den Mayas, von den amerikanischen Ureinwohnern und sogar moderne Sagen.«

»Das klingt ziemlich cool. Das würde ich gern hören.«

An der Brücke stützte ich die Ellbogen auf die Brüstung, blickte auf das schnell fließende Wasser unter mir und verdrängte die übermächtigen Erinnerungen, die wie schwarze Magie mit diesem besonderen Ort verwoben waren.

Auf der anderen Seite des Bachs führte eine Einfahrt zu einem himbeerroten Häuschen, das ich sehr mochte, und ich reckte den Hals, um einen Blick darauf zu werfen. Um besser sehen zu können, ging ich in die Richtung.

Charlie trottete hinter mir her. »Was suchst du?«

»Nichts.« An der Regenrinne lehnte eine Leiter, ein Zeichen, dass sich jemand um das Gebäude kümmerte. »Ich mag dieses Haus.«

Ich hatte es im Visier, seit das Zu-verkaufen-Schild am Ende der Einfahrt aufgetaucht war. Es lag inmitten von Weißbirken und sah mit der himbeerfarbenen Fassade aus wie eine Kirsche auf einem Vanille-Milchshake. Der Eingang war bogenförmig und erinnerte mich an Hobbit-Türen und geheime Gärten.

Ich hatte dieses Haus schon immer geliebt. Irgendwie schien es mit meinem Buchladen verwandt zu sein. Es war auf die beste Art alt, hatte Charakter und Charme. Als es auf den Markt kam, glaubte ich, all meine Träume könnten wahr werden. Peter sagte, die Besitzer verlangten zu viel Geld, allein die Elektrik zu reparieren koste Tausende von Dollars. Ironischerweise hätte Peter das Geld für diese Renovierungen gehabt. Doch er wollte etwas Modernes, etwas Zeitgemäßes, in das man gleich einziehen konnte. Wir hatten uns ein Tudor-Haus auf einem Hügel mit gepflegtem Rasen angesehen, und mein Kopf versuchte, mein Herz davon zu überzeugen, es zu mögen. Aber ich konnte mich nicht von dem Gedanken an mein perfektes Haus trennen. Ohne Peter hatte ich weder das Tudor- noch das Himbeer-

Haus. Ich hatte eine alte Wohnung über der Apotheke. Doch ich wollte ihn nicht seines Geldes wegen.

Das Verkaufsschild stand noch immer da wie ein Versprechen. Die Palmers waren schon lange in eine moderne Seniorenwohnanlage gezogen, hatten jedoch noch keinen Käufer für das Haus finden können. Wann immer Layla, Max und ich früher an einem heißen Sommertag mit den Rädern über die Brücke fuhren, um im Wald zu verschwinden, waren wir die Auffahrt hochgefahren und hatten geklingelt. Jedes Mal lud Mrs Palmer uns auf eine Limonade und Kekse ein. Wir saßen an ihrem Küchentisch, verdarben uns den Appetit aufs Abendessen und machten uns keine Sorgen, dass wir stören könnten – als wäre das Haus eine Erweiterung unseres eigenen Zuhauses. Als Jugendliche durften wir überall in Orion hinter die Kulissen sehen.

»Eines Tages«, gestand ich Charlie, »werde ich dieses Haus kaufen.«

Der Himmel hatte sich zugezogen, und der Wind frischte auf. Ich sah nach oben, und ein Regentropfen fiel auf meine Wange. Ich lachte. »Ist ja klar, dass es zu regnen anfängt, wenn uns nichts anderes übrig bleibt, als eine halbe Meile zurück in die Stadt zu laufen.« Doch die kühle Feuchtigkeit fühlte sich wundervoll auf meiner verschwitzten Haut an.

Wir machten uns auf den Rückweg. Als wir den Pavillon erreichten, begann es regelrecht zu schütten, und wir rannten den Rest des Wegs bis zu meiner Haustür.

Charlie lehnte am Türrahmen, die nassen Locken klebten an seiner Stirn, das feuchte Hemd auf seiner Haut. »Ich glaube, ich brauche nicht mehr zu duschen.«

Das Zusammensein mit Charlie hatte mein Bedürfnis nach Gesellschaft befriedigt, ohne mir Appetit auf Körperkontakt zu machen. Das war ein angenehmer Gegensatz zu

Dylan. Ich hoffte, wir könnten das wiederholen. »Bis morgen?«

Er winkte kurz zum Abschied, dann lief er davon, und ich stand im trüben Regen und träumte vom Dunst über englischen Mooren, von nebligen Londoner Straßen und dunklen, stürmischen Nächten.

9

Am Freitagabend nahmen die Teilnehmer des Buchclubs auf den knarrenden Stühlen Platz. Dylan saß mir direkt gegenüber und zwinkerte mir zu. Ich war erleichtert, dass er gekommen war. Er sah besser erholt aus als die letzten Male, die ich ihn gesehen hatte, hoffentlich klärte sich seine Lage allmählich.

Max brachte einen Teller mit Ingwerkeksen herein und reichte sie Dylan, der ein großes Gewese darum machte, welchen er nehmen sollte, dabei sahen sie alle ziemlich gleich aus. Ohne um Erlaubnis zu fragen, war Max eine halbe Stunde vorher mit Plätzchenteig im Laden eingefallen und hatte darauf bestanden, meinen Ofen zu benutzen, um warme Kekse zu servieren. Am liebsten hätte ich mich geweigert, doch Charlie war bereits da und jammerte, als ich zögerte. Was sollte ich tun? Meinen besten Kunden enttäuschen?

Und die Ingwerkekse erfüllten den gesamten Laden mit ihrem Duft und ließen sogar tief in Gedanken versunkene Gäste im Café aufsehen und nach der Quelle forschen. Schließlich fragte jemand: »Was riecht hier so gut?«

Ein Punkt für Max. Wenn das so weiterginge, würde er irgendwann ganz hier einziehen, ob ich dem nun zustimmte oder nicht. Wie immer. Als wüsste er alles besser.

Eingebildet und zufrieden mit dem zweiten Coup innerhalb von zwei Wochen setzte er sich nun in den Kreis, die aufgeschlagene Ausgabe von *Jane Eyre* umgedreht auf den Knien, sodass der unvermeidliche gebrochene Buchrücken zu sehen war.

Vor langer Zeit, als Max sich von meinen abgelegten Büchern in der Bibliothek distanzierte und Mrs Moore um eigene Empfehlungen bat, hatte sie ihm gewaltige, monumentale Fantasy-Romane gegeben. Ich schnappte ihm die Bücher weg, um als Erstes den Rücken anständig zu knicken. Er hätte ihn an einer einzigen Stelle gebrochen, und mit der Zeit wäre das Buch in zwei Teile zerfallen. Diese schreckliche Angewohnheit hatte er beibehalten, und ich konnte an den Buchrücken in meinem Regal erkennen, welche Exemplare Max sich ausgeliehen hatte.

Draußen nieselte es, und vermutlich war Letitia deshalb nicht gekommen. Vielleicht hatten wir sie aber auch dauerhaft an eine echte Liebesgeschichte verloren. Shawna saß zwischen Midge und Charlie.

Ich räusperte mich und begann: »In *Jane Eyre* wimmelt es von Dreiecksbeziehungen. Ich dachte, wir könnten darüber sprechen, für welche Personen die Figuren schwärmen und warum sie sich schließlich so entscheiden, wie sie es tun. Habt ihr das Gefühl, dass sie die richtigen Entscheidungen treffen?«

Wie erwartet machte Charlie den Anfang. »Interessante Frage. Wir haben die offensichtliche Dreiecksgeschichte zwischen Jane, Rochester und St. John Rivers, aber Rochester täuscht auch ein Interesse an Blanche vor, um Jane eifersüchtig zu machen, und dann ist er noch mit Bertha verheiratet. Inzwischen unterdrückt St. John seine Liebe für Rosamond, um der praktischeren Jane nachzustellen.«

Dylan beugte sich vor und überraschte mich, indem er direkt einstieg. »Offensichtlich steht Rochester für Leidenschaft, während St. John Rivers für eine Beziehung aus Vernunftgründen steht. Hat irgendjemand Zweifel, dass Jane die richtige Entscheidung getroffen hat?«

Charlie seufzte, als würde er einen aufsässigen Schüler belehren. »Du traust der Autorin zu wenig zu. Ich persönlich hatte das Gefühl, dass Jane vor einem echten Dilemma steht. Eine Beziehung mit St. John wäre vernünftig und angesichts ihrer Situation besser als alles, worauf sie einst hoffen konnte. Auf Rochester zu setzen, könnte sich aufgrund seiner Leidenschaft genauso gut als Fehler erweisen. Warum etwas Sicheres für eine bloße Möglichkeit aufgeben? Was würdest du im wahren Leben einem Freund in einer solchen Situation raten?«

Das war ein interessanter Punkt, doch ich widersprach. »Dies ist nicht das wahre Leben, Charlie.«

Shawna schaltete sich ein. »Ist jemandem in den Sinn gekommen, dass Jane auch beide hätte abweisen können?«

Dylan lachte. »Von wegen.«

Shawna setzte sich gerade auf. »Ich war die ganze Zeit für Helen Burns.«

Charlie zuckte die Schultern. »Klar, warum nicht?«

Als Moderatorin wollte ich, dass er das weiter ausführte. »Warum nicht was?«

Charlie warf die Hände hoch, als wäre es vollkommen vernünftig, zu fragen, warum Jane nicht einfach das Patriarchat im England des neunzehnten Jahrhunderts unterwandert hätte. »Wenn wir darüber sprechen, wie sie hätte reagieren können, wenn dies das wahre Leben und kein Liebesroman wäre, wäre es dann nicht am sinnvollsten für sie, einfach wieder zu unterrichten? Oder eine feste Partnerschaft mit St. John einzugehen? Warum überlässt sie ihr Schicksal diesem schrecklichen Rochester?«

Shawna nickte. »Ja, und warum verliebt sie sich nicht in Helen Burns?«

»Äh, nun ja, sie ist tot«, sagte Dylan hilfsbereit.

»Wow!« Ich hatte keine Ahnung, dass die Diskussion diese Wendung nehmen würde. »Das ist toll. Ich wollte gerade für Rochester plädieren, aber ihr bringt mich dazu, mir das noch mal genau zu überlegen.«

»Warum?« Charlies Augen glänzten. Er genoss es, diese Fragen zu diskutieren, ob er ganz an das glaubte, was er sagte, oder nicht. Er war ein überzeugender Anwalt des Teufels.

»Weil er der romantische Held ist, Charlie.« Bezwingende Logik.

»Das ist kein Grund. Rochester wird ausfallend, man könnte sagen, dass Jane ihm hörig ist. Das ist keine gesunde Liebesgeschichte. Wenn dieser Typ im wahren Leben existieren würde, würdest du deiner Freundin raten, vor ihm wegzulaufen.«

»Aber er ist nicht real. Und im Buch ist er der Held und der Richtige für Jane. Ganz zu schweigen davon, dass sein Charakter sich zum Guten wandelt. Jane findet einen veränderten Mann vor, als sie ihre Meinung ändert.«

Charlie schloss die Augen und schüttelte den Kopf, dann warf er mir einen vernichtenden Blick zu. »Siehst du alle Beziehungen durch die Brille der Autorin?«

»Fiktionale Beziehungen? Ja.« Wie sollte ich sie sonst betrachten?

»Ich mache mir manchmal Sorgen, dass solche Bücher uns für reale Beziehungen verderben.«

Jetzt wurde ich hitzig. »Warum? Weil es in der Realität keine romantischen Helden gibt?«

Charlie feuerte zurück. »Vielleicht, weil es in der Realität nicht romantisch zugeht.«

»Ach, Charlie.« Alle starrten uns beide an, und es war mir unangenehm, dass die Diskussion so persönlich geworden war. Ich bemühte mich, diesen Punkt zur Diskussion zu stellen. »Was denken die anderen? Gibt es Romantik? Gibt es romantische Helden unter uns?«

Das hätte ich wirklich gern gewusst, aber es war nicht weiter überraschend, dass die Meinungen stark auseinandergingen.

»Wahrscheinlich nicht«, bemerkte Charlie.

»Das kommt vermutlich auf die Definition an«, war Shawnas Meinung. »Es mag Helden geben, aber besser man nimmt sein Schicksal selbst in die Hand. Man sollte nicht darauf warten, dass einer auftaucht.«

»Helden sind real, aber selten.« Dylan grinste, als meinte er, die anderen übertrumpft zu haben.

Max meldete sich zum ersten Mal zu Wort, seit wir angefangen hatten. »Helden existieren.« Er sah niemandem in die Augen. »Zumindest hoffe ich das«, fügte er leiser hinzu.

»Was ist mit dir, Maddie?«, fragte Shawna.

»Ich hoffe es auch, aber ich habe meine Zweifel.«

Ich hatte immer an die romantische Liebe geglaubt, aber ich war mir nicht sicher, ob ich sie jemals wirklich erlebt hatte. Verliebtsein, ja. Sex, eindeutig. Aber war ich jemals einem wirklich romantischen Helden begegnet, außer in meiner Fantasie?

Wenn einer existierte, wie kam ich darauf, dass er sich überhaupt für mich interessieren würde? Peter hatte noch nicht einmal um mich gekämpft.

Konnte einer der Männer, die in meinem Buchladen saßen, ein verkappter Held sein?

Charlie war nett, klug, lustig und auf professorale Weise süß. Wir gingen locker miteinander um, wir neckten uns, was manchmal an Flirten grenzte, aber er hatte mich noch nie um ein richtiges Date gebeten oder es gewagt, sich mir körperlich zu nähern. Ich konnte nicht einschätzen, ob sein Zynismus in Bezug auf Beziehungen sich auch auf mich bezog. Konnte er ein zurückhaltender Verehrer sein?

Er sah mich mit schief gelegtem Kopf an. Verschämt wandte ich den Blick ab und landete bei Max.

Max. Klug, kühn, verdammt hartnäckig – eines Tages würde er ein toller Partner für irgendeine Frau sein.

Da ich in ihm mehr einen Bruder als einen romantischen Anwärter sah, achtete ich normalerweise nicht auf seine Erscheinung. Für mich war er buchstäblich der nette Junge von nebenan. Seine Gesichtszüge waren wohlproportioniert, er hatte eine hübsche Nase mit Sommersprossen und volle, weiche Lippen, hinter denen sich dank zwei Jahren Zahnspange gerade weiße Zähne verbargen. Seine grünen Augen, die mir so vertraut waren wie meine eigenen, waren von langen Wimpern gesäumt. Wenn er sich rasierte, hatte er weiche Haut, die zu roten Flecken neigte, wenn ihm etwas peinlich war. Rasierte er sich nicht ordentlich, konnte er es mit Dylan aufnehmen, aber ich stand auf Dreitagebärte.

Objektiv betrachtet war Max attraktiv. Würde er in Indianapolis leben, würden die Mädchen sicher bei ihm Schlange stehen. Doch für mich kam er nicht infrage. Wenn wir uns nicht gerade stritten, war er einer meiner besten Freunde und Laylas Bruder.

Blieb noch Dylan.

Wenn ich mein Schicksal selbst in die Hand nahm, könnte ich es deutlich schlechter treffen als mit Dylan. Zumindest für eine Nacht. Seinen Körper an meinem zu spüren, mich in seiner leidenschaftlichen Umarmung zu verlieren wie bei einem sexy Piraten oder einem schurkenhaften Herzog in einem Nackenbeißer-Roman. Es wäre verlockend, mich seinen Verführungskünsten hinzugeben.

Er erwischte mich dabei, dass ich ihn musterte, und zog eine Augenbraue hoch.

Beim Schreiben war mir aufgefallen, wie viel eine Augenbraue ausdrücken konnte. Eine Augenbraue konnte skeptisch hochgezogen werden, überrascht oder ungläubig. Wenn Dylan eine Braue hob, wirkte es eingebildet, und sein sexy Selbstvertrauen brachte mich ins Schleudern. Es war leicht, mir vorzustellen, dass er mich genauso ansehen würde, wenn er mich gegen eine Wand drückte und mir die Kleider vom Leib riss.

Charlies Frage von vorhin kam mir wieder in den Sinn. *»Was würdest du im wahren Leben einem Freund in einer solchen Situation raten?«*

Dies *war* mein wahres Leben. Dylan stand für die Leidenschaft eines Rochester, aber vielleicht war Charlie der Richtige. Vielleicht war Rochester eine riskante Wahl, die bei Jane nur gut ausging, weil es ein Roman war. Was würde ich vorfinden, wenn ich nach Thornfield Hall zu meinem verwegenen Helden zurückkehrte?

Ich bezweifelte nicht eine Sekunde, dass Dylan auf vertraute Weise mein Herz zum Schlagen bringen könnte, wenn ich ihm die Chance dazu bot.

Die Million-Dollar-Frage lautete: Wie würde es anschließend weitergehen? Dylan suchte nach Dylan. Wenn ich mit ihm ins Bett ginge, würde ich mich dann wieder in ihn verlieben?

Zum Glück endete der Buchclub fröhlich mit der Aussage von Midge, die daran glaubte, dass die wahre Liebe immer einen Weg fand. Das war jedenfalls eine schöne Vorstellung.

Ich überflog den Kalender. »Wie es aussieht, beschäftigen wir uns dann in zwei Wochen mit *Vom Winde verweht*. Meint ihr, das schaffen wir?«

Niemand widersprach, und ich glitt hinter den Tresen, um einige Exemplare zu verkaufen.

Ich nahm den Stapel mit den dicken Bänden von *Vom Winde verweht* und wusste nicht, ob ich Zeit finden würde, es zu lesen. Erst musste ich meinen zweiten Roman beenden – ein Gedanke, der mich in Panik versetzte.

Dylan beugte sich mit diesem verführerischen Funkeln in den Augen vor. Seine Unterlippe verschwand zwischen den Zähnen, und ich verschränkte die Arme, als wollte ich mich mit einer Rüstung gegen einen drohenden körperlichen Angriff wappnen. Wenn er noch einen Schritt näher kam, würde ich vielleicht Vorsicht und Anstand in den Wind schießen. Ein schiefes Grinsen erschien auf seinem Gesicht, als wüsste er genau, in was für Schwierigkeiten er mich bringen konnte. Die Highschool-Zeit lag zwar noch nicht so lange zurück, doch ich hatte vergessen, wie leicht er mich in seine Umlaufbahn ziehen konnte. Er hatte mich nie wirklich um eine Verabredung gebeten oder gesagt, dass er mein Freund sein wolle. Er hatte sich einfach in mein Leben geschlichen, und ich war machtlos dagegen gewesen. Beiläufig hatte er auf dem Weg zum Unterricht den Arm um meine Taille gelegt, und das berauschte mich derart, als hätte ich irgendwelche Amphetamine geschluckt. Ich meinte, mich von dieser Droge befreit zu haben, doch mein aufgeregt schlagendes Herz sagte etwas anderes.

Dylan ließ den Blick über meine Lippen gleiten, und mein heimtückischer Mund wagte es doch tatsächlich zu kribbeln. »Hättest du Lust vorbeizukommen?«

Ich fühlte mich in die Enge getrieben. Wir sprachen vor Publikum, und ich wollte ihn nicht eiskalt abblitzen lassen. Ich zögerte. »Ich ...«

»Es ist so, du warst immer ehrlich, was meine Musik angeht, und ich habe gerade einen Song fertig geschrieben und bräuchte etwas Feedback.« Er sah mich vollkommen unschuldig aus großen Augen an.

Ich war hin- und hergerissen, ich wollte ihn nicht ermutigen, mich zu verführen, aber auch nicht auf seinem Selbstvertrauen als Künstler herumtrampeln. Schließlich vertraute ich einfach darauf, dass er die Wahrheit sagte. »Ja, okay. Wann?«

»Heute Abend?«

»Heute Abend?«

Ich hustete. Ich konnte mir vorstellen, wie das ablief. Wenn ich auftauchte, würde er in der Scheune auf mich warten, ein Pferd striegeln oder vielleicht einfach mit freiem Oberkörper an einer Box lehnen. Er würde mich ansehen und warten, bis ich nah genug war, dass er mir einen Arm um die Taille legen konnte. Dann würde er mich umdrehen, mich gegen die Leiter zum Dachboden drücken und mit den Fingern durch mein Haar streichen. Er würde sagen ...

»Maddie?« Er kniff auf diese verführerische Art die

Augen zusammen, die die Farbe eines bewölkten Himmels hatten.

»Wie wäre es, wenn ich Sonntagnachmittag vorbeikomme, nachdem ich bei meiner Mom war?«

Er bedrängte mich nicht weiter, kaufte nur ein Buch und ließ mich verwirrt zurück.

Ich kassierte Charlies Buch ab und war mir bewusst, dass er den Dialog verfolgt hatte. Doch er sprach an mir vorbei mit Max. »Danke für die Kekse, Max!«

»Hey, ich habe eine Idee«, sagte Max. Er hob die Stimme, als würde er nicht nur mit Charlie reden. »Stell dir vor, wie beliebt dieser Buchclub wäre, wenn Maddie damit werben würde, dass es jedes Mal frisch gebackene Kekse gibt.«

Und da war sie wieder. Seine Eigenwerbung.

Am liebsten hätte ich mir die Ohren zugehalten, aber ich brauchte meine Hände, um abzukassieren.

Charlie reichte mir einen Zehner und nickte. »Tolle Idee.«

Verräter.

Ich riss mich zusammen und mäßigte meinen Ton, als ich ihm sein Wechselgeld reichte. »Bis morgen, Charlie?«

Als Shawna und Midge Charlie in den Regen hinausfolgten, wandte ich mich zu Max um. »Wie kommst du darauf, dass es mir helfen könnte, Kekse zu verschenken? Oder vielmehr dir?«

Er rang die Hände. »Das ist doch nur eine Idee. Die Leute mit Essen anlocken.«

»Die Leute kommen zum Buchclub, um über Bücher zu reden. Das ist doch kein Gourmetclub.«

»Wie wäre es ... Hast du schon einmal überlegt, deine Leseliste zu aktualisieren? Im Ernst, Maddie. *Jane Eyre?*«

Ich nahm mir vor, mir auf Amazon ein Paar Ohrstöpsel

zu bestellen. »*Jane Eyre* ist ein Klassiker, Max. Selbst du konntest etwas zur Diskussion beitragen.«

Er schnaubte. »Manchmal wollen die Leute nicht so schwer arbeiten. Du könntest Bücher aus diesem Jahrhundert auswählen.«

Ich beschäftigte mich weiter mit der Kassenabrechnung. »Viele Leute lesen Bücher gern noch einmal. Es ist leicht und angenehm und *vertraut.*«

»Vielleicht würden die Leute kommen, wenn du etwas Neues ausprobierst.«

Ich ließ die Quittungen sinken, die ich durchging, und sah ihn an. »Die Leute kommen doch. Du warst da. Du hast sie gesehen.«

Er biss die Zähne zusammen. »Charlie. Und Shawna. Und Midge. *Deine Freunde.* Ich rede von Leuten, die kein Mitleid mit dir haben.« Er biss sich auf die Zunge. »Ich meine ... Mist! Diese Leute mögen dich, Maddie. Die kommen immer.«

Ich starrte ihn wütend an. »Du bist der arroganteste, rechthaberischste, überheblichste ...«

Er trat näher, sein Gesicht war nur wenige Zentimeter von meinem entfernt. »Und du bist dickköpfig und eigensinnig.«

»Ich? Eigensinnig? Und das ausgerechnet aus deinem Mund.«

Er blähte die Nasenflügel. »Früher habe ich mich gefragt, wer Stolz und wer Vorurteil darstellt, aber du hast mir gezeigt, dass eine Person beides verkörpern kann.«

»Du beziehst dich doch nicht etwa auf ein Buch, das 1813 erschienen ist, oder?«

»Herrgott, Maddie.« Er kniff sich in die Nasenwurzel. »Ich versuche doch nur, dir zu helfen.«

»Ich habe dich nicht um deine Hilfe gebeten.«

»Du weißt doch, dass du nicht stärker bist, nur weil du keine Hilfe annimmst.«

Ich klammerte mich an den Tresen. »Geh einfach.«

Enttäuscht sammelte er seine Sachen ein. »Denk darüber nach, Maddie.«

Dann war er weg, und ich setzte mich auf den Boden und weinte, weil Max im Grunde recht hatte. Ich konnte nicht allein weitermachen. Und ich hatte es so satt, es zu versuchen.

10

Am Samstagmorgen war der Himmel klar, und die ganze Stadt war auf den Beinen. Die Türglocke läutete häufiger als üblich – Musik in meinen Ohren. Die fortwährende Aktivität stimmte mich optimistisch, und ich verdrängte Max' ständige Ratschläge aus meinem Kopf.

Nachdem ich einem Dutzend Jungen und Mädchen *Klein Stuart* vorgelesen hatte, pendelte ich zwischen Kaffeemaschine und Kasse, während die Mittagskunden hereinströmten.

Später schlenderten einige gelangweilte Teenager auf der Suche nach Lesestoff herein. Vielleicht hatte ich sie mit meinen zahlreichen Vorschlägen verschreckt. Schließlich landeten wir bei *Fire & Frost,* und ich entließ sie mit der Aufforderung, einen Buchclub für Jugendliche zu gründen. Sie wirkten etwas skeptisch, sagten jedoch nicht gleich Nein.

Gegen zwei kam eine in Orion ansässige Autorin, die in der Kinder-Ecke ihr neues Buch vorstellte. Ich hatte genügend von ihren Bilderbüchern bestellt, und sie brachte einen Haufen Freunde und Verwandte mit, las vor und signierte einige Exemplare. Zumindest verkauften wir so viele Bücher, dass der Erlös eine Tagesmiete deckte.

Allmählich glaubte ich, dass ich das Schiff eines Tages wenden und dem riesigen Eisberg des Scheiterns ausweichen konnte, auf den ich zusteuerte.

Als der Laden voller Kunden war, die von Büchern schwärmten oder sich glücklich im Café sonnten, war ich fast zufrieden. Fast.

Ein kleiner Teil meiner Seele war noch unerfüllt. Ich war von einem Mann verlassen worden, der mich hatte heiraten wollen, doch davon blieb nur ein Riss in meinem Herzen. Mit dem Alter hatte sich ein anderer Wunsch in mir verstärkt. Nachdem ich so viele Jahre andere Autoren studiert hatte, sehnte ich mich danach, selbst vom Verkaufstresen in die Regale zu wechseln. Ich wünschte mir eine eigene Buchpräsentation. Ich wollte, dass Jugendliche meinen Roman im Buchclub lasen. Dass mein Roman in der Das-musst-du-lesen-Wand stand, vor der Paare sich gegenseitig ihr Lieblingsbuch aufdrängten. Ich wollte einen Roman schreiben, der sich zum Lieblingsbuch eignete.

Manchmal schien dieses Ziel außer Reichweite. Ich hatte zwar einen Verlag im Rücken, was eine große Hilfe gegen die elende Angst war, von der Kritik zerrissen zu werden und ganz allgemein zu versagen. Aber ein einziger Kritiker hatte mein Selbstvertrauen zunichtegemacht.

Hätte meine Mutter mich auf dem College Englisch studieren lassen, anstatt darauf zu bestehen, dass ich einen Abschluss in BWL machte, hätte ich vielleicht gelernt, wie man einen denkwürdigen Roman schrieb.

Als mein Smartphone *Sie haben Post!* verkündete, setzte mein Herz aus, und ich betete, dass es gute Nachrichten waren. Ich ging ins Café, und als ich sah, von wem die Nachricht stammte, ließ ich mich schwer auf einen Stuhl fallen.

Claire,
oha! Touché. Wie kann ich das wieder stoppen?
Können wir einen Waffenstillstand vereinbaren? Legen Sie die Waffen nieder. Ich gebe auf. Sie haben gewonnen. Verdammt! Haben Sie einen Master in verbaler Kriegsführung?
Sie haben recht. Ich habe Fehler in Liebesdingen gemacht. Ja, angesichts meines derzeitigen Beziehungsstands ist es ironisch, Ihnen Ratschläge in Liebesdingen zu erteilen, aber es wird Sie vielleicht überraschen, dass ich nicht auf ein oberflächliches Abenteuer in einer Beziehung aus bin. Auch ich wünsche mir Respekt. Nicht nur in der Liebe.
Also, gut gespielt. Ihr Pfeil hat mich direkt ins Herz getroffen. Herzlichen Glückwunsch!
Silberfuchs

Aus irgendeinem Grund hatte ich nicht das Gefühl, gewonnen zu haben. Wenn überhaupt, schämte ich mich, dass ich ihn persönlich angegriffen hatte. Seine Antwort war unverdientermaßen milde. Ich hatte damit gerechnet, dass er entweder gar nicht mehr schrieb oder mir eine weitere scharfe Replik schickte. Stattdessen erklärte er sich für besiegt und zeigte eine verletzliche Seite.

Vielleicht sollte ich mich bei ihm entschuldigen.

Als die Sonne tiefer stand und ich gefegt, das Bad geputzt und jede andere Aufgabe, die mir einfiel, erledigt hatte, schnappte ich mir den Laptop und formulierte etwas, das ich für ein Friedensangebot hielt.

Silberfuchs,
danke für Ihre letzte E-Mail! Ich hätte Ihnen gar nicht erst schreiben sollen, und ich muss mich für meinen persönlichen Angriff entschuldigen. Das war unterirdisch. Lektion gelernt.
Um ehrlich zu sein, haben Sie mich zum Nachdenken gebracht, und ich habe vor, meine Erfahrungen zu erweitern, wie Sie es mir geraten haben. Ich will nicht ins Detail gehen, aber ich glaube, Sie lagen richtig, als Sie mir vorgeworfen haben, durch meine letzte Beziehung geschlafwandelt zu sein. Als ich an meinem ersten Roman schrieb, herrschte zwischen meinem Verlobten und mir eine Art angenehmer Flaute. Vielleicht hatte ich vergessen, wie es sich anfühlt, sich richtig zu verlieben. Oder vielleicht habe ich es nie wirklich erlebt. Klar, ich kenne Romantik und Knistern. Ich weiß, wie es sich anfühlt, wenn eine Liebe nicht erwidert wird – auf beiden Seiten. Aber »eine Liebe für die Ewigkeit«, wie Sie es so treffend genannt haben – wie viele von uns erleben so etwas? Ich bin mir nicht ganz sicher, ob es das überhaupt gibt, aber zum Wohle der Kunst werde ich Ihren Rat annehmen, »ein bisschen zu leben«, und sehen, wohin mich das führt.
Meine Güte, das sind eine Menge persönlicher Informationen. Aber ich beende die erste Fassung meines zweiten Buches, *Geselle des Schattens*, und ich will sichergehen, dass es mir diesmal gelingt, die Chemie zwischen den Liebenden treffend zu beschreiben. Vielleicht wären Sie bereit, es vorab zu lesen, wenn es so weit ist.
Claire

Ich war selbst überrascht über meinen Text und zögerte, ihn abzuschicken. Wollte ich wirklich, dass er mein zweites Buch las? Vielleicht wollte ich mich rehabilitieren. Vielleicht hatte er mir eher die Wahrheit gesagt als alle meine anderen Probeleser. Vielleicht war er wie Severus Snape – wenn er mich lobte, wusste ich, dass ich es wirklich verdient hatte.

Ich ging auf Senden und machte mir Sorgen, dass ich mich womöglich gerade auf ganz andere Art blamiert hatte.

Ein Paar kam auf die Kasse zu und suchte einen Bildband über die vielen überdachten Brücken der Gegend. Nachdem ich sie beraten hatte, blickte ich auf und beobachtete Charlie in der Ecke. Er las mit dümmlichem Grinsen etwas auf seinem Laptop. Dann tippte er. Ich stellte mir vor, dass er mit jemandem auf Facebook chattete, und fragte mich wieder einmal, woher er eigentlich stammte. Hatte er irgendwo einen Haufen Freunde, die ihn eines Tages zurück in seine Heimatstadt locken würden?

Ich machte ein Stück Karottenkuchen warm, den Max vorhin vorbeigebracht hatte, und servierte es Charlie. »Aufs Haus«, sagte ich. Der Preis für ein Stück Kuchen war ein Schnäppchen, wenn es Charlie davon abhielt, in seine Heimatstadt zurückzuziehen, weil er die von mir fantasierten Freunde vermisste.

Er machte große Augen. »Eins a, Maddie. Danke.«

»Nun ja, du bist mein liebster Gast«, flirtete ich. »Und mein treuester.«

Letzteres stimmte. Er hatte fast jeden Tag an diesem Ecktisch gesessen, seit ... Ich versuchte, mich zu erinnern, wann er zum ersten Mal aufgetaucht war, aber es war, als wäre er immer schon da gewesen. Wahrscheinlich würde sich herausstellen, dass er ein Geist war, der durch meinen

Buchladen spukte. Mit dem wirren Haar und der zeitlosen Kleidung war er vielleicht seit der Jahrhundertwende in Orion gefangen. Der vorletzten Jahrhundertwende.

Nur dass er mit mir spazieren ging und angeblich in der Außenwelt unterrichtete.

»Hey, Charlie«, neckte ich ihn. »Angenommen, du wärst ein Geist, wo würdest du deine Zeit verbringen?«

»Du hältst mich für einen Geist?«

Ich hätte wissen müssen, dass er mich durchschaute. »Bist du nicht, oder?«

»Nein. Nur ein ganz normaler moderner Vampir.«

Ich schnaubte. »Nun ja, du solltest wissen, dass ich von einer langen Linie von Vampirjägern abstamme.«

»Hm.« Fasziniert zog er eine Augenbraue über den Rand seiner Brille nach oben. »Wir sollten einen Geheimnisaustausch vereinbaren.«

»Hast du eine SCIF?«

»SCIF?«

»Sensitive Compartmented Information Facility. Eine Genehmigung zum Teilen von vertraulichen Dokumenten.«

»Darf ich fragen, woher du diesen Begriff kennst?«

Ich beugte mich vertraulich vor. »Ich bin eine Spionin.«

In Wahrheit war ich bei der Recherche für einen zeitgenössischen Thriller, den ich nie geschrieben hatte, auf den Begriff gestoßen.

»Und das ist kein Geheimnis?« Er tat, als würde er auf mein Telefon linsen, aber ich drückte es an meine Brust.

»Nicht mehr.« Ich warf einen Blick auf seine Kuriertasche. »Dein Geheimnis ist, dass du im Zeugenschutzprogramm lebst, aber dir immer noch mit einem süßen Mädchen schreibst, das du zurücklassen musstest.«

Er lachte. »Erwischt.«

»Sei besser vorsichtig. Sie ist deine Achillesferse.«

Er fasste sich an die Brust. »Besser meine Ferse als mein Herz.«

»Du hast also eine Schwachstelle.« Vielleicht hatte er sich seine Anti-Romantik-Haltung als Rüstung angelegt, nachdem er verletzt worden war. Genau wie ich.

»Wer nicht? Was ist dein Geheimnis, Maddie?«

Ich hätte sagen können, *zieh eine Nummer.* Ich war noch nicht bereit, ihm meine wahre geheime Identität anzuvertrauen, aber ich könnte ihm verraten, dass ich in Erwägung zog, ihn zu meinem nächsten romantischen Helden zu machen.

Traute ich mich, ihm das zu sagen? *Ach, ich hatte gehofft, dass du mich vielleicht mal um eine Verabredung bittest.* Ich stellte mir vor, wie das laufen würde. Ich würde meinen Kleiderschrank durchwühlen, um das perfekte Sommeroutfit zu finden. Vielleicht den feinen rosa Rock und diese weiße, tief ausgeschnittene Bluse. Unschuldig, aber sexy. Ihm wäre klar, dass er mich nicht zu Gentry's ausführen sollte, darum würden wir in die Jukebox gehen, uns beim Abendessen amüsieren, dann würde er mich zum Tanzen auffordern. Es wäre etwas peinlich, weil er gestehen würde, dass er eigentlich gar nicht tanzen kann, aber ich würde ihn beruhigen. Wir würden unsere Position einnehmen, seine Hand auf meiner Hüfte, meine auf seiner Schulter, die Körper aneinandergepresst, und ...

»Maddie?«

Ich blinzelte und kehrte in die Gegenwart zurück. »Mein Geheimnis ist, dass ich ein Roboter bin, der in regelmäßigen Abständen neu hochfährt.«

Er lachte, und ich wurde rot. Verlegen entschuldigte ich

mich, um mich um Kunden zu kümmern. Ich hätte ihn einfach fragen sollen, ob er mit mir ausgehen würde, aber das traute ich mich nicht. Wie dem auch sei, ich hatte einen Anfang gemacht. Wenn er nicht darauf einging, sollte es vielleicht nicht sein.

11

Am darauffolgenden Samstag schoss morgens ein Blitz über den violetten Himmel, wunderschön und beängstigend zugleich. Auf dem Weg zum Laden kämpfte ich mich durch eine Wand aus Wasser. Ich war früh gekommen, weil ich noch etwas Papierkram erledigen wollte. Selbst im Inneren des Ladens hing die Feuchtigkeit in der Luft, und der modrige Geruch von Schimmel schlug mir entgegen, als ich durch die Tür trat.

Ich schnappte mir den Laptop, schenkte mir einen Becher Kaffee ein und setzte mich ins Café, um meine Finanzen durchzugehen. Irgendwie hatte ich etwas mehr auf dem Konto als erwartet. Ich unterdrückte den Drang, schadenfroh Peter anzurufen, doch als ich die Rechnungen durchging, entdeckte ich, warum ich im Plus war. Meine Internetrechnung war schon lange überfällig, und man forderte mich auf, umgehend zu bezahlen. Hatte ich eine Rechnung übersehen? Nachdem ich zwei Monate Internet- sowie die Säumnisgebühr überwiesen hatte, blickte ich mich im leeren Laden um und machte mir erneut Sorgen. Ich konnte es mir nicht leisten, ein ganzes Samstagsgeschäft durch den Regen zu verlieren. Peter erwartete, dass ich ihm in einer Woche einen Teil seines Kredits zurückzahlte. Dass ich nicht schon untergegangen war, hatte ich nur einem bescheidenen Vorschuss auf mein Buch zu verdanken, aber auch diese Quelle würde irgendwann versiegen.

Zumindest konnte ich mich auf einen weiteren Scheck freuen, wenn ich das nächste Buch abgab. Da ich gegen das Wetter nichts ausrichten konnte, träumte ich davon, dass ich genügend Exemplare von meinem Roman verkaufte, um den kränkelnden Buchladen mit Tantiemen zu subventionieren. Wenn es richtig gut lief, konnte ich vielleicht sogar Peter auszahlen. Es war noch früh, darum öffnete ich mein desaströses Manuskript, um etwas voranzukommen.

Ich setzte mich an den Laptop, steckte mir Kopfhörer in die Ohren und nahm mir eine schwierige Szene vor, die ich nicht in den Griff bekam.

Ran strich mit dem Finger über Liras Wange, doch ihre Tränen liefen unvermindert weiter. Nur einer von ihnen konnte durch das Tor zurückkehren, und das musste sie sein. Ein Leben ohne sie war unvorstellbar, doch durch seinen Tod konnte er andere retten.

»Geh, ich komme nach.« Die emotionale Anspannung machte seine Stimme rau.

Lira sank auf die Knie. »Ich werde dich nicht verlassen.«

Das Tor wankte und wurde noch kleiner. Schon bald hatten sie beide keine Chance mehr hindurchzugehen.

»Du musst.« Er kniete sich vor sie und hob ihr Kinn an. »Ich muss wissen, dass du in Sicherheit bist. Geh jetzt!«

Sie schlang die Arme um seinen Hals, vergrub das Gesicht an seiner Brust und klammerte sich an ihn. Irgendwie fand er in diesem Moment die innere Kraft, sie hochzuheben und durch das Tor zu tragen ...

Gott, das war wirklich schrecklich.

War es immer schon so schlecht gewesen? Oder war ich oberkritisch und las den Text jetzt mit den Augen von Silberfuchs? Ich wusste es nicht mehr.

Wie aufs Stichwort verkündete mein Telefon den Eingang einer Nachricht, und ich machte eine Pause, um zu sehen, von wem sie war. Gebannt sah ich, dass Silberfuchs geantwortet hatte. Er hatte den Betreff in *Einsicht* geändert. Meine Neugier wuchs.

Claire,
ich danke Ihnen für Ihre letzte E-Mail. Ich glaube, wir müssen uns beide entschuldigen. Wahrscheinlich hätte ich Sie nicht angreifen sollen, aber, wow, Sie haben scharf geschossen. Jetzt haben Sie mich neugierig gemacht, zu welcher Einsicht ich Sie mit meinen zugegebenermaßen unzivilisierten Vorschlägen angeregt habe.
Da Sie mir etwas gestanden haben, gestehe ich Ihnen auch etwas.
Als ich Ihr Buch gelesen habe, ging es mir ziemlich schlecht. Es hat mich wunderbar von meiner Niedergeschlagenheit abgelenkt, aber meine Reaktion auf den Liebesstrang mag von meiner Stimmung beeinflusst gewesen sein. Wissen Sie, es gibt da diese Frau … sie geht mir irgendwie nicht aus dem Kopf, aber es ist etwas schwierig.
Ich kann noch etwas zum Frieden beitragen und Ihnen gestehen, dass mich eine Ihrer Szenen sehr beeindruckt hat. Ich sehe sie immer wieder deutlich vor mir, als hätte ich sie auf einer Leinwand erlebt. Es ist der Moment, wenn Dane Blütenblätter auf Lela verteilt, während sie schläft. Dass er seine Magie opfert, ohne dass sie es

merkt, fand ich eine sowohl zärtliche als auch kraftvolle Geste. Da haben Sie wunderbar gezeigt, wie stark seine Liebe ist. Er gibt alles auf, um die Kraft auf sie zu übertragen, ohne dass er dafür etwas zurückbekommt. Er weiß, dass sie sich die Kraft zu eigen machen und dann gegen ihn richten könnte, was ihrer Natur entspräche. Wow! Meine schwülstige Seite kommt zum Vorschein ...
SF

War es erst zwei Wochen her, dass er mich zum Weinen gebracht hatte? Seine deutlich netteren Worte über meine Charaktere zu lesen, heilte meinen verletzten Stolz, auch wenn er immer noch die Namen falsch zitierte. Ich fühlte mich etwas bestätigt und war weniger besorgt, dass mein Buch auf Desinteresse stoßen oder ich mich lächerlich machen würde. Er hatte mich daran erinnert, dass ich stolz auf das war, was ich geschrieben hatte. Dieses Selbstvertrauen gab mir neue Energie. Zum ersten Mal, seit ich seine Kritik gelesen hatte, fürchtete ich mich nicht mehr vorm Schreiben.

Sein Geständnis war genau zum richtigen Zeitpunkt gekommen, und ich füllte Seite um Seite und ignorierte den ständigen Kritiker in meinem Hinterkopf. Als ich in die Luft starrte und nach einem treffenden Wort suchte, das den schüchternen Ausdruck auf Ranes Gesicht beschrieb, wurde der gesamte Laden wie von einem Bombenblitz erleuchtet. Ein unglaubliches Donnergrollen erschütterte die Wände. Ich hätte das dramatische Unwetter vielleicht genossen, insbesondere da es mir weitere Inspiration zum Schreiben lieferte, doch im Hinterzimmer zischte etwas, und der Strom fiel aus.

Ich wusste, wie man die Sicherungen überprüfte, also

schnappte ich mir die Taschenlampe, die unter dem Tresen lag, und ging nach hinten, um den Sicherungskasten zu entriegeln. Als ich die Schalter umlegte, blieb der Strom aus.

»Hallo?«, rief Max draußen vor dem Laden, was bedeutete, dass es an der Zeit war zu öffnen, und ich hatte keinen Strom. Na toll!

Ich gab meine vergeblichen Bemühungen auf und ging, um Max beim Reintragen der Bestellungen zu helfen. Er sah sich um und fragte: »Wie lange ist der Strom schon ausgefallen?«

»Nicht lange. Das Gewitter muss ihn ausgeschaltet haben.«

Er runzelte die Stirn. »Als ich kam, war dein Geschäft das einzige, das dunkel aussah. Bist du dir sicher, dass du die Stromrechnung bezahlt hast?«

Angesichts der Tatsache, dass ich gerade erst eine überfällige Internetrechnung entdeckt hatte, war das eine berechtigte Frage. Aber ich war nicht in der Stimmung, mich von Max bevormunden zu lassen.

»Ich rufe bei den Elektrizitätswerken an«, sagte ich und folgte Max nach hinten, wo er meinen bereits erfolglosen Versuch, die Sicherungen umzulegen, wiederholte.

Er öffnete die Hintertür und stürzte sich in den Regen. Ich machte mir Sorgen, dass er etwas Dummes anstellen könnte, zum Beispiel am Hauptschalter herumfummeln, und stellte mir vor, dass er gleich aussehen würde wie die Kinder aus *Jurassic Park* nach dem Stromschlag – die Haare ausgefranst und das Gesicht versengt. Erst als er wieder hereinkam, merkte ich, dass ich die Fäuste geballt hatte.

»Was gefunden?«

Er schüttelte den Kopf und legte noch einmal einen Sicherungsschalter um. Und dann, Wunder o Wunder, wurde die Stille von der Klimaanlage durchbrochen, die sich wieder in Gang setzte. Die Lichter vorne sprangen flackernd an, die Lampe im Hinterzimmer hatte ich jedoch gar nicht erst eingeschaltet, sodass wir weiterhin im Dunkeln standen.

»Manchmal«, sagte er, »darf man einfach nicht aufgeben.« Er zog eine Augenbraue hoch, um seiner banalen Beobachtung eine tiefere Bedeutung zu geben, als wollte er mir vor Augen führen, dass ich versagt hatte. Als wollte er mir jedes Versagen in meinem Leben vor Augen führen.

Es wurmte mich, dass Max mich aus einer Notlage gerettet hatte. Doch mir war klar, dass mein Starrsinn eher von einer Art geschwisterlicher Rivalität herrührte als von echter Feindseligkeit – sie war die Folge kleinerer Ärgernisse, die sich im Laufe der Zeit summiert hatten. Dass er meine Sprünge ins Wasser korrigiert hatte, obwohl er sich selbst in jenem Sommer den Kopf am Sprungbrett angeschlagen hatte. Dass er mir ungefragt davon abgeraten hatte, mich auf der Highschool für einen Englischkurs auf College-Niveau zu bewerben. Wenn ich auf ihn gehört hätte, wäre ich niemals mit Dylan zusammengekommen.

Er mochte es gut meinen, aber ich hatte ihn nie darum gebeten, mich zu korrigieren, mich zu retten oder mir harte Wahrheiten zu sagen. Wenn ich Rapunzel wäre und Max tauchte am Fuße meines Schlosses auf, würde ich mir das Haar abschneiden, um ihm zu beweisen, dass ich auf mich selbst aufpassen konnte – vielen Dank!

Darum hatte ich Max nie meine jüngsten Texte gezeigt. Ich konnte nur erahnen, wie viele schlechte Angewohnheiten er meinte, mir abgewöhnen zu müssen. Darum hatte ich auch den Rat missachtet, den er mir am letzten Thanksgiving gegeben hatte.

Einen Monat vor meiner Hochzeit.

Ich hatte Peter gebeten, den Feiertag mit meiner Mutter und mir zu verbringen, aber er sagte, er müsse ein paar Tage verreisen. Er fuhr auch nicht zu seinen eigenen Eltern. Vielmehr wollten seine nicht amerikanischen Arbeitskollegen den Feiertag nutzen, um in Vail Ski zu laufen, und Peter fuhr mit. Er hatte mich nicht gefragt, ob ich mitwollte, und behauptete, er habe gewusst, dass ich nicht auf den Truthahn verzichten wollte. Er versprach, es wiedergutzumachen – im nächsten Jahr würden wir unsere eigene Thanksgiving-Tradition finden.

Ich war entsprechend sauer, zog mir einen warmen Pullover über und machte einen langen Spaziergang am Bach. Mein Atem hinterließ kleine Wolken in der Luft, als ich wütend vor mich hin stapfte, leise fluchte und ab und an eine Faust in die Luft stieß. Als ich die Brücke erreichte, saß dort zu meiner Überraschung Max, ließ die Füße über der Brüstung baumeln und starrte traurig in das gluckernde Wasser unter sich. Wenn er hineingefallen wäre, hätte er sich lediglich den Knöchel verstaucht.

Dennoch rief ich: »Nicht springen!«

Er schenkte mir ein schwaches Lächeln, und ich setzte mich zu ihm und stieß ihn mit der Schulter an. Er fragte mich, warum ich hergelaufen sei, und ich vertraute ihm meine intimsten Ängste an.

»Ich glaube nicht, dass Peter nach der Hochzeit in Orion bleiben will«, sagte ich.

»Manchmal frage ich mich, ob er *mich* liebt oder nur ein Bild von mir«, gestand ich.

Und: »Ich frage mich, ob ich die Hochzeit absagen soll.«

Er hörte mir zu, bis ich fertig war, wobei ich mir hin und wieder eine Träne der Wut von der Wange wischte. Schließlich lehnte ich mich einfach an ihn. Er legte den Arm um mich, und dann machte er den Moment kaputt.

Er sagte: »Ich bin mir ziemlich sicher, dass Peter dich aus Orion wegholen wird.«

Dann: »Manchmal frage ich mich, ob du nur bei Peter bleibst, weil du nicht allein sein willst.«

Und: »Ich glaube, du solltest die Hochzeit absagen.«

Das wollte ich nicht hören. Zugegeben, ich hatte ihn dazu aufgefordert, aber in dem Moment hätte ich tröstende Worte gebraucht. Ich hätte wissen müssen, dass er nicht wie Layla war und mir sagte, dass alles gut würde. Er ließ nie eine Gelegenheit aus, um für Maddie ein Problem zu lösen.

Ich widerstand dem Impuls, ihn in den eiskalten Bach zu stoßen.

Dass Max recht gehabt hatte, machte es nur noch schlimmer, als Peter nicht zur Hochzeit erschien und mich vor die Wahl zwischen ihm und Orion stellte.

Als ich jetzt in dem dunklen Hinterzimmer meines schwächelnden Buchladens stand, fragte ich mich unwillkürlich, ob ich die richtige Entscheidung getroffen hatte.

»Ist alles in Ordnung, Maddie?«

Max trat näher, und ich war versucht, ihm alles zu gestehen. Dass nichts in Ordnung war. Dass mein Buchladen unterging und ich Angst hatte, allein zu enden, weil ich stur auf meiner Unabhängigkeit bestand. Dass meine Unabhängigkeit nur vorgetäuscht war und ich noch nicht einmal einen Bechdel-Test allein machen konnte. Dass ich mich so verzweifelt nach Gesellschaft sehnte, dass ich versucht hatte, Charlie in die Rolle eines romantischen Helden zu drängen.

Doch ich wusste, was Max sagen würde. Er würde mir erklären, dass ich besser allein bliebe, als mit dem falschen

Mann zusammen zu sein. Herrgott, er war allein, seit er in die Stadt zurückgekehrt war, und er schien damit zufrieden zu sein. Sogar im Alleinsein war er besser als ich.

Er würde mir sagen, ich solle Peter loslassen und nach vorn schauen. Aber so weit war ich noch nicht. Ich wich zurück. »Alles okay. Danke für deine Hilfe!«

»So muss es nicht sein.«

Ich zögerte. Ich sollte nicht nachfragen, ich sollte ihm keine Chance bieten, wieder seine Geschäftsvorschläge auszubreiten, aber etwas in seinem Gesicht ließ mich dennoch fragen. »Wie?«

»Ich bin nicht dein Feind.« Er befeuchtete sich die Lippen und trat auf mich zu. »Ich weiß nicht, warum du mir nicht mehr vertraust.«

Ich hätte ihm erzählen können, wie er mir versprochen hatte, mich festzuhalten, als ich Rollschuhlaufen lernte. Dass er mich dann jedoch fallen ließ, weil er dachte, ich könnte es allein. Ich hatte mir das Knie aufgeschlagen. Aber ich war auch gefahren, aufrecht, eine ganze Minute lang, ehe ich gemerkt hatte, dass er zurückgeblieben war. Ja, so hatte ich Rollschuhfahren gelernt, aber es wäre nett gewesen, wenn er diese Wahl nicht einfach für mich getroffen hätte.

Aus irgendeinem Grund wanderten meine Gedanken dann zur zehnten Klasse, als wir ein Sixpack Bier gestohlen hatten, im Pavillon saßen und uns verrückt, glücklich und vollkommen unerschrocken gefühlt hatten. Layla, das Leichtgewicht, schlief auf der Bank ein. Max und ich liefen am Bach entlang, lachten und taten betrunkener, als wir eigentlich waren. Wir erreichten die Brücke und beugten uns über die Brüstung, um das Wasser unter uns zu beobachten. Wir fühlten uns von unseren Hemmungen befreit und sahen uns in die Augen.

Max sagte: »Hast du dir schon mal vorgestellt, dass wir uns küssen?«

Mein Urteilsvermögen war von einem leichten Schwips getrübt, und ich weiß noch, dass ich dachte, er wäre der süßeste Junge, den ich je gesehen hatte. Ganz gleich, ob ich schon einmal ans Küssen gedacht hatte oder nicht, nachdem er es ausgesprochen hatte, wollte ich nichts anderes mehr. Und so küsste ich ihn.

Für einen Sekundenbruchteil durchströmte mich enorme Erleichterung und vertrieb meine Teenie-Angst, hässlich und nicht liebenswert zu sein. Dann waren seine Hände in meinem Haar, und ich biss ihn in die Lippe. Er stöhnte meinen Namen.

Die Scheinwerfer eines vorbeifahrenden Wagens erfassten uns, und wir wichen schlagartig zurück. »Das ist nie passiert«, stieß ich hervor.

Anschließend sprachen wir nie wieder darüber, und ich erzählte es keiner Menschenseele. Nicht einmal Layla. Ich vertraute ihm und glaubte nicht, dass etwas Schlimmes daraus folgte. Vielleicht wäre unsere Freundschaft nicht so angespannt geworden, wenn wir offen und ehrlich darüber gesprochen hätten, dass wir uns einfach aus Neugier geküsst hatten, aber wir waren Kinder. Um ehrlich zu sein, hatte ich Angst vor einem solchen Gespräch. Bald danach begann Max, die ganze Zeit zu lernen, und versuchte, mich leistungsmäßig zu übertrumpfen. Um mitzuhalten, musste ich doppelt so hart arbeiten. Im dritten Highschool-Jahr führten wir einen unendlichen Kampf um die Vormachtstellung.

Ich sah Max im Hier und Jetzt an und sagte: »Es geht nicht darum, dass ich dir nicht vertraue, Max. Ich brauche dich nur nicht.«

Er schluckte heftig, dann stürmte er an mir vorbei und hinaus zu seinem Lieferwagen.

♥

Den Rest des Tages musste ich, sosehr ich mich auch dagegen wehrte, immer wieder an unser Gespräch denken. Wahrscheinlich sollte ich mich bei ihm entschuldigen, aber es machte mich seltsam zufrieden, ihn aus der Fassung gebracht zu sehen. Zumindest wenn er sauer auf mich war, befanden wir uns auf Augenhöhe.

Entgegen Max' vermeintlichem Ratschlag – oder vielleicht gerade deshalb – nahm ich mein Smartphone und schrieb drei Worte:

Bist du beschäftigt?

Peter antwortete nach einer Viertelstunde.

Ich arbeite.

An einem Samstagnachmittag. Natürlich.

Ich wollte nur sagen …

Was wollte ich ihm sagen? Was gab es noch zu sagen?

Es tut mir leid.

Ich wartete und fragte mich mit wachsender Unruhe, ob das zu viel gewesen war, doch dann vibrierte mein Telefon.

Mir auch.

Kurz darauf erschien eine weitere Nachricht.

Was lest ihr beim nächsten Buchclub?

Enttäuscht über den plötzlichen Themenwechsel antwortete ich.

Vom Winde verweht.

Dann schoss mir ein Gedanke durch den Kopf. Überlegte er etwa …? Ich fügte hinzu:

Willst du zum Club kommen?

Wollte ich das?

Ich stellte es mir vor. Charlie steckte mitten in einem Vortrag darüber, wie problematisch *Vom Winde verweht* aus heutiger Sicht war. Die Tür würde aufschwingen, als ob Dylan hereinkäme, nur dass Peter hereinschreiten würde, als gehörte ihm der Laden. Denn er gehörte ihm. Er würde direkt zu mir kommen und vor mir auf die Knie sinken, ohne darauf zu achten, dass er sich den maßgeschneiderten Anzug schmutzig machte. Er würde sagen: »Maddie, ich habe versucht, ohne dich zu leben, aber wie könnte ich ohne mein Herz und meine Seele leben? Ich habe mich getäuscht. Gibst du mir noch eine Chance?«

Nur dass das niemals passieren würde. Peter achtete zu sehr auf seine Kleidung. Und er würde abwarten, bis ich zuerst etwas sagte, ehe er zugab, einen Fehler gemacht zu haben.

Es folgte keine Antwort auf meine Frage. Typisch.

Was Max mir vermutlich geraten hätte, war goldrichtig gewesen.

Ich wandte mich wieder meinem Laptop zu und starrte durch einen Tränenschleier auf den blinkenden Cursor, bis ich mir eingestand, dass ich nichts schreiben würde, was ich nicht wieder löschen würde. Ich hatte kein Juju mehr. Sogar der Held meiner Fantasie, Rane, wusste nicht, wie er sich und die Frau, die er liebte, retten sollte. Zumindest verfügte meine Heldin über genügend Kraft, um sie beide zu retten. Könnte ich doch nur tief in mich hineingreifen und eine Quelle ungenutzter Energie auftun, die mich in eine andere Welt befördern würde.

Ich wusste nicht mehr, für welche Welt ich mich entscheiden würde.

12

Weil Gentry hartnäckig darauf bestand, dass wir am Tag des Herrn gemeinnützige Arbeit verrichteten, blieben unsere Geschäfte auch deshalb sonntags geschlossen. Nicht alle waren mit dieser Verordnung einverstanden, doch irgendwann hatte der Stadtrat zugestimmt, und Gentry sorgte dafür, dass das Thema nicht noch einmal auf den Tisch kam. Das war passiert, bevor ich in die Stadt zurückgezogen war.

So kam es, dass wir sonntags vor oder nach dem Gottesdienst einen Fünf-Kilometer-Lauf zu wohltätigen Zwecken organisierten oder zusammenkamen, um nach einem heftigen Sturm herabgefallene Äste einzusammeln. Irgendwann vor sieben Uhr morgens hatten wir eine E-Mail erhalten, in der wir gebeten wurden, uns auf der Main Street einzufinden. Sie war vom gesamten Stadtrat unterschrieben, doch Gentry war derjenige, der ein Klemmbrett in der Hand hielt und die Namen der einsatzfähigen Bürger abhakte, die erschienen waren.

Wenn sich mein privates E-Mail-Postfach meldete, ehe ich einen Fuß aus dem Bett gesetzt hatte, wusste ich, dass eine Aktion anstand.

Alle ortsansässigen Geschäftsleute erschienen, um zu helfen, sodass es rasend schnell ging. Oben in der Straße half Max Shawna. Er sah noch nicht einmal zu mir herüber, und das war in Ordnung so. Mit dem Fuß schob ich ein paar Zweige auf die Straße.

Da rief Gentry mir zu: »Sie haben nicht alle Stöcke erwischt. Passen Sie auf, dass Sie auch die ganz kleinen mitnehmen.« Er klatschte in die Hände, als inszenierte er eine Highschool-Aufführung von *Grease*. »Ach, und Madeleine, ich habe gehört, bei Ihnen ist gestern der Strom ausgefallen. Sie müssen einen Elektriker kommen lassen, um sicherzustellen, dass alles den Vorschriften entspricht.«

»Aber ...«

»Außerdem hat man schon wieder Ihre Schaufensterscheibe beschmiert.«

Als ich mich umdrehte, sah ich es auch. Irgendwelche Hooligans hatten aus dem Orion Bookstore den Orion Bruchstore gemacht.

Gentry bemerkte, dass Midge Becher mit Limonade verteilte, und stürzte mit erhobenem Zeigefinger auf sie zu. »Midge, halten Sie die Leute nicht vom Arbeiten ab.«

Nach ungefähr einer Stunde befand Gentry, dass Bürgersteige, Straßen und andere öffentliche Plätze ausreichend sauber waren, und entließ alle rechtzeitig zum Gottesdienst. Bevor wir gingen, erinnerte er die Stadtratsmitglieder unter uns an die Feierlichkeiten zum 4. Juli.

»Schicken Sie mir bitte per E-Mail, wie weit Sie sind!«

Ich stahl mich davon und kratzte, so gut es ging, die Farbe vom Fenster.

Hinter mir ging Max vorbei und sagte: »Du solltest eine Videokamera installieren, um herauszufinden, wer das macht.«

»Wahrscheinlich bist du das«, rief ich ihm zu.

»Ich hätte den Orion Backstore daraus gemacht.«

»Wenn du bestimmen dürftest, würde er der Orion Bossstore heißen«, murmelte ich vor mich hin.

Darüber musste ich schmunzeln.

Sobald ich die Farbe entfernt hatte, floh ich in meine Schreibhöhle, öffnete die letzte Datei und tippte äußerst inspiriert drauflos, glücklich, mich in die Welt zurückziehen zu können, in der ich alles unter Kontrolle hatte.

Lira wehrte sich gegen die Fesseln, ihre Handgelenke waren wund gescheuert. Die Dämmerung brach herein, bald würde es dunkel sein. Das Wissen darum, was das bedeutete, versetzte sie in Panik, und sie zerrte noch heftiger an den Fesseln, doch der Zauberspruch war zu stark. Ein Zauber hielt sie gefangen, nur ein Zauber konnte sie befreien. Sie schloss die Augen, konzentrierte sich auf ihre Atmung und versuchte, die Schatten zu vergessen, die über den Boden immer näher auf sie zukrochen und wer weiß was herantrugen. Sie griff in die Tiefe ihres Seins und berührte den mächtigen Strom, die Quelle, die sie nicht kontrollieren konnte. Vielleicht, wenn sie nur …

Sie riss die Augen auf. Bis in die letzte Ecke war der Raum von Licht erfüllt, und es strömte aus Lela hervor.

Verdammt!

Jetzt hatte ich doch tatsächlich den Namen meiner Heldin selbst falsch geschrieben. *Vielen Dank, Silberfuchs!* Ich betätigte die Löschtaste, dann lehnte ich mich in meinem Sessel zurück. Wie hatte er es geschafft, mich innerhalb von zwei Wochen mit vier E-Mails derart zu beeinflussen?

Wo er wohl wohnte? Wie alt war er? Wie sah er aus? Auf der Website der *Buchbrigade* waren keine Fotos der Kritiker abgebildet, doch auf der Über-uns-Seite standen ihre Biografien.

Silberfuchs stammt aus dem Mittleren Westen, wo er im Sommer Mais erntete und sich im Winter in Bücher vergrub. Er liest am liebsten Literatur, gibt aber offen zu, dass er auch eine Schwäche für Genre-Literatur hat, insbesondere für Fantasy. Das erste Buch, an das er sich erinnert, ist Der kleine Prinz. *Seither hat er alles gelesen, was ihm in die Finger kam. Wenn Sie möchten, dass Silberfuchs Ihr Buch rezensiert, senden Sie uns gern einen Hinweis zusammen mit Ihrem Buch.*

Hatte derjenige, der mein Buch an die *Buchbrigade* geschickt hatte, explizit um sein Urteil gebeten? Und warum? Ich nahm mir vor, meine Lektorin zu fragen, was sie darüber wusste.

Wer war dieser Typ? Der Mittlere Westen war groß, doch die Maisernte war typisch für Indiana, wo viele Highschool-Schüler traditionell dabei halfen. Vielleicht gab es das aber auch noch in anderen Landesteilen. Dylan hatte frühmorgens auf der Farm seiner Eltern mitgearbeitet und war erschöpft und mit Schwielen an den Händen zurückgekehrt, die deutlich schlimmer waren als die vom Gitarrenspielen.

Als ich das vom *Kleinen Prinzen* las, musste ich daran denken, wie Mrs Moore uns das Buch zum ersten Mal vorgelesen hatte, und ich nahm mir vor, es ins Sommerleseprogramm für die Kinder aufzunehmen.

Ich klickte auf den Link unter Silberfuchs' Tarnnamen und sah seinen neuesten Post. Zufällig hatte er als Letztes *Stolz und Vorurteil* rezensiert. Merkwürdig, dass er ein derart altes Buch – noch dazu eine Liebesgeschichte – gewählt hatte, aber vielleicht schrieb er nicht nur über Neuerscheinungen. Ich scrollte zu dem Post zu meinem Buch und verlor jegliche Lust weiterzuforschen.

Vielleicht enthielt sein Tarnname irgendeinen Hinweis auf seine eigentliche Identität. Ich kannte den Namen »Silberfuchs« als Bezeichnung für ältere attraktive Männer, aber er hatte gesagt, dass er noch jung wäre, darum schied das aus. Ich gab »Silberfuchs« bei Wikipedia ein und fand heraus, dass das Tier eigentlich ein Rotfuchs war. Silberfuchs war außerdem eine Figur aus einem Marvel Comic – Wolverines Geliebte, eine Frau. Noch eine Sackgasse. Silberfuchs war der Codename von einem Manöver der Marine, eine Insel in Neufundland, eine Farbe, eine Buslinie und eine Figur in der Schöpfungsgeschichte der amerikanischen Ureinwohner. Zu dem letzten Punkt sollte ich Charlie befragen.

Soweit ich wusste, war Silberfuchs sein eigentlicher Name.

Ich sah auf die Uhr. In drei Wochen musste diese Fassung fertig sein, dann lief die Deadline ab. Eigentlich bis zu diesem Freitag, wenn Layla sie vorher noch lesen sollte. Doch stattdessen schrieb ich eine E-Mail. Ich kam mir etwas albern vor, irgendeinem Typen zu antworten, den ich nur aus einer Handvoll E-Mails kannte, doch sein Geständnis hatte meine Neugier geweckt. Ich wollte mehr über diesen Typen aus dem Mittleren Westen wissen, der Jane Austen und Leseexemplare von Fantasy-Romanen las.

Silber,
darf ich Sie so nennen? ☺
Sie wollten etwas über meine Einsicht hören? Die Wahrheit ist, dass ich seit einiger Zeit auf der Stelle trete, aber ich bin zu dem Schluss gekommen, dass ich offen für Verabredungen sein muss. Sie haben mir eingeflüstert, ich sollte es auf einen Versuch ankommen

lassen. Was tun wir nicht alles für die Kunst? Doch Sie haben mir den nötigen Anstoß gegeben, und obwohl ich selbst noch nicht von Gefühlen übermannt worden bin, kann ich meine Erfahrungen für die rauschhaften Gefühle überwältigender Liebe bei meinen Charakteren nutzen. Es hat mich stark dazu angeregt, darüber nachzudenken, was ich selbst von einer Beziehung erwarte.
Viel Glück bei Ihren eigenen romantischen Bemühungen!
Claire

Um ihn zu einer weiteren Antwort zu ermuntern, fügte ich noch ein Postskriptum hinzu.

PS: Was hat Sie nur dazu getrieben, eine Kritik über *Stolz und Vorurteil* zu schreiben?

Ich ging auf Senden, dann stellte ich auf Pandora einen Instrumentalsender ein und vertiefte mich in meinen Roman, bis mir der Hintern wehtat.

Nach dem Mittagessen schnappte ich mir ein Exemplar von meinem Buch und fuhr zu meiner Mutter. Wenigstens sie war uneingeschränkt stolz auf meine Leistung.

Sie saß entspannt mit einer Illustrierten und einem Becher Kaffee auf der Veranda. Ich wünschte, sie würde nicht allein leben, doch sie beharrte darauf, dass die Nachbarn ihr Gesellschaft leisteten. Nebenan wohnten die Becketts, und zum Tratschen hatte sie ihre Damenabende. Dennoch schmerzte die Vorstellung, dass sie ein ganzes Leben allein verbrachte. Sie beklagte sich allerdings nie.

Ich schenkte mir ein Glas Leitungswasser ein und ließ das Buch auf den Tisch fallen. Dann sank ich auf einen Stuhl auf der anderen Seite des Tisches und bewunderte Moms Garten. Die Blauglöckchen waren umwerfend.

Sie nahm meinen Roman in die Hand und strahlte. »Ach, Maddie. Ich bin ja so stolz auf dich. Ich möchte es jedem schicken, den ich kenne. Kannst du mir noch ein paar Exemplare besorgen?«

Ich verschluckte mich an meinem Wasser. »Mom, die Leute sollen das Buch kaufen. Wenn ich alle Bücher verschenke, gibt mir mein Verlag keinen Auftrag für ein neues Buch.«

»Ich will doch nur mit dir angeben.« Sie zwinkerte mir zu. »Schließlich hast du das Talent zum Schreiben von mir geerbt.«

Ich lachte. »Aber von Dad habe ich das gute Aussehen.«

Sie schnaubte, dann seufzte sie. »Er sah wirklich gut aus.«

Das stimmte, wenn man den Fotos trauen konnte. Als Mom mir welche gezeigt hatte, war ihr Blick lange an ihnen hängen geblieben, und sie hatte mit dem Finger über seinen Kiefer gestrichen, als könnte er es spüren.

»Wann hast du gemerkt, dass du in ihn verliebt bist?«

»Ach, Süße.« Sie stützte die Ellbogen auf den Tisch, faltete die Hände und legte das Kinn darauf. »Ich habe dir doch von dem Abend erzählt, an dem er mich zum Tanzen aufgefordert hat, oder?«

»Ja. Du bist mit irgendeinem Kerl namens Shorty zum Abschlussball gegangen.«

»So hat dein Dad ihn genannt, eigentlich hieß er James.« Es gefiel mir, dass sie von ihrem Mann als meinem Dad sprach, auch wenn ich ihn nie kennengelernt hatte. »Er war nett, aber er war nicht Mark.« Sie richtete sich auf. »Dein Dad überquerte die Tanzfläche wie ein Mann mit einer Mission. Er sagte: ›Du siehst heute Abend wunderschön aus,

Trudi.‹« Sie fächerte sich Luft zu. »Entschuldige, aber es war einfach so verdammt sexy. Er stand da in diesem Anzug, und sein Blick hätte einen Stein zum Schmelzen gebracht. Damals hätte ich nicht gesagt, dass ich in ihn verliebt war. Das wäre mir albern vorgekommen. Rückblickend würde ich allerdings sagen, ich wusste es. Das hat sich mit der Zeit nur bestätigt.«

Ich hatte einen Kloß im Hals und wischte mir die Augen. »Das ist wunderschön, Mom.«

»Ich wünschte, du hättest ihn kennengelernt. Er war anders.«

Wie wäre mein Leben verlaufen, wenn ich einen richtigen Vater gehabt hätte, ein eigenes männliches Vorbild? So lernte ich entweder von Männern oder Jungs aus Büchern oder von den Vätern und Brüdern meiner Freunde.

Meine Mutter verscheuchte mit der Hand eine Fliege. »Wann hast du gemerkt, dass du in Peter verliebt bist?«

»Keine Ahnung.« Ich schloss die Augen und versuchte, die Erinnerungen an Peter zu verdrängen und mich auf die leichte Brise zu konzentrieren, die durch mein Haar strich, auf das Geräusch des Rasenmähers in der Ferne, die warme Sonne auf meinen Beinen. Doch Moms Erzählung von ihrer ersten Begegnung mit Dad ähnelte so stark meiner ersten Begegnung mit Peter, dass sich die Erinnerung wie ein Film hinter meinen Augenlidern abspielte.

Ich hatte Peter bei meiner ersten Stelle nach dem Studium in Indianapolis kennengelernt. Während Layla froh war, gleich wieder nach Hause zurückzukehren, wollte ich erwachsen werden. Mich zog es nicht zurück nach Orion. Ich empfand eine unmäßige Freude darüber, in den Alltag der Erwachsenen einzutauchen. Die Uni war zur Routine und langweilig geworden. Wie ein begeisterter Lemming besuchte ich daher Jobmessen, in der Hoffnung, Kontakte zu Unternehmen zu knüpfen, damit ich in die »echte Welt« hinausziehen und mein Leben beginnen konnte.

Es folgten Geschäftskleidung, Vorstellungsgespräche, eine Zusage, die Wohnungssuche, ein neuer Schlüssel, die alten Möbel, ein laminierter Hausausweis, ein unpersönliches Büro und ein Team austauschbarer Kollegen. Mom half mir beim Einrichten, dann verabschiedete sie sich wehmütig und machte sich auf die fünfundvierzigminütige Heimfahrt. Sie ließ mich allein, aber nicht hilflos in der Großstadt zurück, die in Anspielung auf The Big Apple New York verkündete: »Apple ist unser zweiter Vorname«.

Ich genoss meine neue Freiheit und hatte mich noch gar nicht mit dem Angebot an Single-Männern beschäftigt, als ich Peter auf einer Geschäftsfeier begegnete. Er strahlte ein sexy Selbstbewusstsein aus. Die vorzeitigen Silbersträhnen in seinem Haar ließen ihn zusammen mit der eleganten Kleidung zehn Jahre älter wirken. Er war so überirdisch attraktiv, dass er alle Blicke im Raum auf sich zog. Doch sein Blick galt nur mir. Er steuerte direkt auf mich zu und schnappte sich unterwegs von einem Tablett zwei Gläser.

Dann kam er auf mich zu. »Ein Glas Champagner für Ihren Namen.«

Ich unterdrückte den Impuls, mich über die billige Anmache lustig zu machen. »Das ist wohl kaum ein fairer Tausch. Der Champagner war umsonst.«

»Der Mut, Sie anzusprechen, nicht.«

Und mit diesem Geständnis, mit dem er seine verletzliche Seite zeigte, gewann er sofort meine Zuneigung.

»Ich bin Madeleine.«

»Wie bei Proust?« Er zwinkerte mir zu. »Ach, tut mir

leid. Das ist unwichtig. Wussten Sie, dass eine Madeleine …«

Bei seinem Versuch, auf herablassende Weise etwas zu erklären, was ich sowieso schon wusste, zog ich eine Augenbraue nach oben und führte seinen Satz zu Ende. »… ein kleiner muschelförmiger Biskuitkuchen ist?«

Er machte große Augen. »Ach, natürlich wissen Sie das – Herrgott! Ich hätte nicht …«

Meine Eitelkeit meldete sich, und ich hob warnend den Zeigefinger. »Wenn Sie Marcel Proust für unwichtig halten, möchte ich nicht wissen, was Sie über Antoine de Saint-Exupéry sagen.«

Seine Gesichtszüge entspannten sich, als hätte er einen Weg aus der Zwickmühle gefunden, in die er sich manövriert hatte. »Ich gebe unumwunden zu, dass Sie sich mit französischen Autoren besser auskennen, aber *Der kleine Prinz* habe ich tatsächlich auch gelesen.«

Gut aussehend und belesen? »Wie heißen Sie?«

Er streckte mir die Hand hin. »Peter Mercer. Zu Ihren Diensten.«

Und das war sein voller Ernst. Über Monate hinweg setzte Peter mir auf eine Weise nach, die mich beeindruckte. Wir flirteten über das Messenger-System der Firma, und an meinem Geburtstag schickte er mir Blumen ins Büro. An unserem zweiten Weihnachten überraschte er mich mit Musical-Karten für *Hamilton* und einem Wochenendtrip nach Chicago. Er war der Freund, der Dylan nie versucht hatte zu sein.

Peter kam aus einer anderen Welt, wie ein Charakter aus einem Roman von F. Scott Fitzgerald. Er besaß Selbstvertrauen sowie Geschmack und Bildung eines Mannes, der aus einer alteingesessenen, wohlhabenden Familie stammt.

Er war wählerisch und nicht leicht für etwas zu begeistern. Allein die Tatsache, dass er sich für mich entschieden hatte, gab mir Selbstvertrauen, Dinge zu tun, die ich mich zuvor nicht getraut hatte. Wie einen Roman zu schreiben oder einen Buchladen zu kaufen. Womöglich hätte ich diesen Mut auch allein aufgebracht, aber dass ich mich mit seinen Augen sah, verlieh mir ein Gefühl der Macht.

Mit der Zeit ließ die Freude über meine neuen Aufgaben als Erwachsene nach. Ich hatte es mit langweiligen Besprechungen, abscheulich verfassten E-Mails, schwindelerregenden Formularen und fürchterlichem Fachchinesisch zu tun. Zudem hatte ich tagein, tagaus das deprimierende Gefühl, kein bisschen kreativ zu sein. Ich war nicht kompetenter, aber auch nicht weniger kompetent als meine Kollegen, darum wurde ich befördert. Peter und ich feierten diese Karriereabschnitte, als wäre das immer mein Ziel gewesen. Ich glaubte, dass die Beförderungen nützlich waren, und füllte meine jährliche Leistungsbewertung jahrelang in der Hoffnung aus, ein »übertroffen« anstelle eines bloß »erreicht« darin zu lesen. Denn »übertroffen« brachte eine größere Gehaltserhöhung mit sich, und ich konnte mir noch ein Paar Schuhe kaufen, noch mehr Bücher ins Regal stellen und mein Premium-Kabel-Paket aufrüsten. Doch das Leben in einem Wirtschaftsunternehmen fraß mich von innen auf.

Da sich die Unterhaltung am Arbeitsplatz um Sport und Sitcoms drehte, wurde Peter, der las und sich über Bücher unterhielt, zu meinem Anker. Unsere Beziehung war das Einzige, was mich davon abhielt, nach Hause zu fliehen.

Als meine Arbeit noch öder wurde, begann ich davon zu träumen, dass Drachen in meine Geschäftsbesprechungen flogen und meine kreischenden Kollegen davontrugen.

Oder ich stellte mir ein Tor vor, das mich zu einem Abenteuer einlud, wobei ich fürchtete, hindurchzuschreiten und womöglich in einem Kalkulationsgespräch in einem anderen Teil des Gebäudes zu landen. Als ich ein eigenes Büro bezog, verschaffte mir das die Möglichkeit, weniger zu arbeiten, als alle glaubten. Zuerst vergeudete ich diese wertvolle Zeit, indem ich Nachrichten las. Eines Tages öffnete ich jedoch ein leeres Word-Dokument und schrieb eine Szene, die mir in den Sinn gekommen war. Dann noch eine. Bald hörte die Tagträumerei auf, nur eine Ablenkung zu sein, und wurde zum ernsten Problem, zur Sucht. Ich schrieb Erzählungen in E-Mail-Entwürfe auf meinem Telefon, während ich eigentlich einer PowerPoint-Präsentation über die neue Lohn-Software folgen sollte. Ich fing an, abends zu schreiben, wenn Peter und ich eigentlich etwas zusammen unternehmen sollten.

Vielleicht versetzte mein Rückzug in die Fantasiewelt unserer Beziehung den ersten Knacks.

Zuerst litt unsere Kommunikation darunter. Wir saßen uns in einem Café gegenüber, Peter studierte auf seinem Smartphone Aktienkurse, während ich von Magie träumte. Anstatt die Zeit mit ihm zu genießen, bedauerte ich, nicht mit meinen Charakteren zu Hause zu sitzen und an meinem Buch zu schreiben, was er mir schließlich übel nahm.

Dann folgte der Buchladen, der zweite Schlag für unsere Beziehung. Möglicherweise der tödliche.

Anfangs freuten wir uns beide auf ein neues Abenteuer. Wir sprachen davon, endlich zu heiraten und uns am Stadtrand niederzulassen. Alles lief perfekt. An Weihnachten hielt er im Hause seiner Eltern um meine Hand an, ein Termin wurde für den darauffolgenden Dezember festgelegt.

Wann hatte ich gemerkt, dass ich in Peter verliebt war? Ich dachte, ich wäre verliebt gewesen, aber vielleicht wollte ich das auch nur glauben. »Vielleicht nie.«

Mom warf mir einen Seitenblick zu. »Du hast ihn geliebt, Maddie, aber du trauerst noch. Im letzten Januar hast du nur von den guten Zeiten geredet. Davon, was du verloren hast. In letzter Zeit grübelst du über die Probleme, die ihr hattet, aber Probleme haben wir alle, auch in den besten Zeiten. Es ist nie alles nur gut oder nur schlecht. Merk dir das.«

»Vielleicht hätte ich vorher mehr auf die schlechten Zeiten achten sollen.« Ich lutschte an einem Eiswürfel, bis er zu einem kleinen Stück zusammengeschmolzen war, und dachte über ihre weisen Worte nach. Ich wünschte, ich hätte in meiner Kindheit und Jugend erlebt, wie ein echtes Paar mit dem Leben umging. Die Becketts waren ein würdiger Ersatz, aber ich wage zu behaupten, dass sie sich stets von ihrer besten Seite zeigten, wenn ich dort war. Ich wusste nicht, wie ich mit einer unvollkommenen Beziehung umgehen sollte. »Hattest du sogar mit Dad schwierige Zeiten?«

»Sogar mit Dad. Den Kern unserer Beziehung bildete eine solide Freundschaft. Darauf konnten wir uns immer verlassen.«

Über ihre Freundschaft wusste ich eine Menge.

»Aber ihr hattet Probleme?« Ich wusste nicht, was ich von ihr hören wollte. Ich stellte mir gern vor, dass mein Dad perfekt gewesen war, aber wenn alle Fehler hatten, würde mich das nicht entlasten? Und Peter ebenfalls?

Sie schüttelte den Kopf. »Ich weiß, du willst an das ewige Glück glauben, aber das bekommt man nicht immer. Du musst versuchen, jetzt glücklich zu sein.«

Wie sollte ich glücklich sein? Seit einem halben Jahr kam ich nicht vom Fleck und wartete, dass mein Leben wieder so wurde, wie es einst war. »Meinst du, ich sollte den Buchladen aufgeben und zu Peter zurückkehren?«

»Würde dich das denn glücklich machen?«

»Das würde mir das Gefühl geben, verloren zu haben.«

Ihre Miene verdunkelte sich, ein Gesichtsausdruck, der schwer zu beschreiben war. Sie presste die Lippen zusammen, und die Mundwinkel gingen nach unten, eher bedauernd als traurig. Sie wusste nicht, was sie sagen sollte, obwohl wir über dieses Thema schon oft gesprochen hatten.

Sie hatte Peter in ihr Herz geschlossen, hatte schon von Enkelkindern geträumt. Es war schwer für sie, sich von dieser Idee zu lösen und noch einmal neu anzufangen. Für mich auch.

Ich fragte sie nach ihrem gestrigen Bunko-Spiel, wie bei einem aufgeregten Welpen, dem man Stöckchen warf, um ihn abzulenken. Sie schluckte den Köder, und den Rest der Zeit lachten wir über die Schwächen von anderen.

Als uns der Gesprächsstoff ausging, lieh ich mir ihr Fahrrad und fuhr zu Dylan.

13

Als ich die eine Meile zur Ramirez-Farm radelte, zirpten die Zikaden im Feld. Die unerbittliche Spätjunisonne brannte, Schweiß lief meinen Nacken hinunter, und ich musste eine Bremse vertreiben. Da ich Dylan nicht zu weiteren Verführungsversuchen ermutigen wollte, scherte es mich nicht, dass ich verschwitzt war und mein Haar zu einem Knoten zusammengebunden hatte. Ich brauchte meine ganze Kraft, um ihm zu widerstehen. Ihm war durchaus zuzutrauen, dass er mir auch an einem ganz normalen Sonntagnachmittag heiße Blicke zuwarf.

Meine Festung sollte gut gesichert sein, die Zugbrücke hochgezogen. Und die Alligatoren im Burggraben mussten in Stellung gebracht werden.

Ich bog auf den langen von Bäumen gesäumten Schotterweg ab, der zum Farmhaus und der dahinterliegenden Scheune führte. So weit war ich schon seit Jahren nicht mehr rausgefahren.

Dylan und ich waren einen Monat zusammen gewesen, als wir anfingen, uns in der Scheune seiner Eltern zu treffen. Mit der Gitarre auf dem Schoß spielte er mir selbst geschriebene Songs vor und beteuerte, ich hätte ihn zu den sinnlichen Texten inspiriert, die er für mich sang. Nach ein oder zwei Strophen nahm ich ihm die Gitarre aus den Händen und setzte mich rittlings auf ihn. Dann küssten wir uns, bis wir keine Luft mehr bekamen.

Er bedrängte mich nicht, doch er machte auch nie ein Hehl daraus, wie gern er in mir sein wollte. Ich füllte ganze Seiten in meinem Tagebuch mit dem jugendlichen Verlangen, das er in mir weckte: meine ersten Schreibversuche.

An einem ungewöhnlich schwülen Oktobertag erlag ich seinem Zauber vollends, und mein Zögern wich Entschiedenheit. Selbst dann ließ er sich noch Zeit und hatte keine Angst, dass ich es mir wieder anders überlegen könnte. Er zog mich langsam aus und strich mit den Fingern über meine Haut. Ich war vollkommen elektrisiert.

Unsere Körper stellten kein großes Geheimnis mehr dar. Wir hatten alles erforscht, allerdings hatten wir noch nie nackt zusammengelegen. Das hatten wir uns instinktiv für diesen Moment aufgehoben.

Ich war so scharf darauf, endlich seinen himmlischen Körper zu sehen, dass ich mich etwas ungeschickt anstellte, als ich ihm half, T-Shirt und Jeans abzustreifen. Schließlich lag er neben mir und berührte mich auf eine Weise, die ich zuvor nur erahnt hatte. Ich hatte Angst, dass uns jemand erwischen könnte, doch ich war auch beschwingt, aufgeregt und bereit.

Dylan war ebenfalls bereit. Aus einem Geheimversteck holte er ein Kondom hervor, und ich beobachtete mit großen Augen, wie er es sich überstreifte. Als er meine Knie auseinanderschob, ließ ich sie zur Seite fallen und hielt den Atem an. Ich machte mich darauf gefasst, dass es wehtun würde.

Dann geschah es.

Dylan stieß zu. Dann noch ein zweites Mal. Auch mir war klar, dass ich in mir etwas hätte fühlen müssen. Er versuchte es erneut und lachte. »Mensch, das ist ja peinlich.«

Keiner von uns hatte auch nur die geringste Erfahrung, und keiner von uns begriff, dass es nicht so leicht war, ein Mädchen zu entjungfern, wie die Bücher es uns glauben machten. Tapfer versuchte er es noch einmal, aber ohne Erfolg. Dann glitt er von mir herunter und setzte sich auf. »Ich habe eine Idee. Warte hier.«

Er stand auf, zog sich an und ließ mich nackt auf dem Dachboden der Scheune zurück. Er startete sein Motorrad und fuhr davon. Verwirrt wartete ich. Nach einer Viertelstunde kehrte er mit einer kleinen Tüte aus der Apotheke zurück und holte eine Tube hervor.

Der nächste Song, den er schrieb, hieß *Gel ist ohne Fehl,* und ich war die Einzige, die ihn jemals gehört hatte.

Ich konnte nicht behaupten, dass das erste Mal toll war oder dass ich gar zum Höhepunkt gekommen wäre. Doch im Laufe des Jahres lernten wir, wie alles funktionierte, und bildeten schließlich eine symbiotische Verbindung, unsere Körper wurden eins. Einige jener Nächte waren spektakulär.

Obwohl wir nichts mit anderen hatten, versprach Dylan mir nie etwas. Er redete nie von der Zukunft. Ich war in ihn verliebt, und dass er sich nicht langfristig auf mich einlassen wollte, schmerzte. Zumindest konnte ich ihn dazu bringen, mich als seine Freundin zu bezeichnen. Das war jedoch nur ein Wort. Es hielt ihn nicht davon ab, seinem Traum zu folgen. Ich wusste immer, dass seine Musik an erster Stelle stand.

Jetzt fuhr ich auf die Scheune zu, schwang das rechte Bein über den Sattel und rollte das letzte Stück mit dem linken Fuß auf dem Pedal aus. Dort wartete niemand auf mich, weder sexy noch sonst wie. Ich ging die Holztreppe zur Veranda des Hauses hoch und klingelte. Mit zerzaustem Haar, das sich der Schwerkraft widersetzte, öffnete Dylan mir die Tür, um seine Hüften hing eine Jogginghose, ein weißes T-Shirt war nachlässig in den Bund geschoben. Leider regte sein Anblick mich sofort zu anzüglichen Fantasien an, und ich wappnete mich, ehe ich seine Festung betrat.

Er schob mit dem Fuß einen Wäschekorb aus dem Weg, kratzte sich an der Seite und rekelte sich. »Hey, danke, dass du gekommen bist.«

Ich folgte ihm in sein Zimmer, was ordentlicher als erwartet aussah. Vielleicht hatte er für mich aufgeräumt. Auf dem Bett schlief sein Kater, und ich setzte mich und kraulte den dicken, faulen Kerl im Nacken, bis er sich umdrehte und mir seinen Bauch entgegenstreckte. Auf sein schüchternes Flirten fiel ich nicht herein, dieser Kater konnte einen von jetzt auf gleich kratzen.

Dylan beugte sich vor und nahm Gitarre und Smartphone. Bis zu diesem Moment war ich mir nicht sicher gewesen, ob seine Einladung nur ein Vorwand gewesen war, doch es sah so aus, als wollte er mir tatsächlich etwas vorspielen. Was immer Dylan mir sonst noch bedeutete, es erfüllte mich stets mit Stolz, wenn ich irgendwie am Entstehen seiner Musik beteiligt war. Ich hatte es genossen, wenn er für mich allein in der Scheune eine Vorstellung gab, als hätte er die Songs extra für mich geschrieben. Ich stellte mir gern vor, dass es so war. Seither hatte er weitere Songs verfasst. Songs über Liebe und Verlust, Sex und Alkohol.

Ich verstand Laylas Begeisterung für Bands. Es war enorm verlockend gewesen, mit Dylan in den Bus zu steigen und wie ein Groupie zu leben, doch meine Mutter hätte mich umgebracht. Sie hatte zu viel geopfert, damit ich eine gute Ausbildung erhielt, und ich wollte sie nicht enttäuschen.

Dann traf ich Peter, und Dylan lernte Whiskey kennen. Ich hatte nie versucht herauszufinden, wer ihn sonst noch in dieser Zeit »inspiriert« haben mochte. Er gehörte mir nicht mehr, er war enorm attraktiv, und ich konnte mir vorstellen, wie er jene Jahre verbracht hatte. Den Whiskey hatte er überwiegend hinter sich gelassen, und was Frauen anging, konnte ich nur spekulieren.

Er setzte sich neben mich aufs Bett, lehnte sich mit der Gitarre auf dem Schoß gegen das Kopfende und spielte einige Akkorde, um warm zu werden. »Ich spiele es dir auf der Gitarre vor, damit du die Melodie hörst. Ich habe mit Pro Tools ein Demo zusammengestellt, damit du dir besser vorstellen kannst, wie es mit mehr Instrumenten klingen könnte.« Er spannte einen Kapodaster um den Gitarrenhals. »Ich glaube, das könnte es sein, Mads.«

Er begann zu spielen, und die erste Zeile des neuen Songs traf mich wie ein Faustschlag.

Orion, dein Sternenbild
Scheint in der nächtlichen Ewigkeit
Eine Million Meilen weit entfernt
Eine Million Jahre zu spät
Ich strebe nach deiner Helligkeit
Der meine Sehnsucht gilt

»Meine Güte, Dylan.« Ich hatte nicht damit gerechnet, dass er ein Loblied auf die Stadt geschrieben hatte, aber es funktionierte. Er hielt die Augen geschlossen und ignorierte mich. Nur ein leichtes Zucken um seine Lippen deutete an, dass er mich gehört hatte.

Ach, du Himmelskörper
Deine Umlaufbahn zieht mich zu dir
Will berühren deinen Saum
Muss eindringen in deinen Raum
Haut an Haut liegen wir
Und brennen, wir brennen heiß, so heiß

Ich schluckte heftig. Er öffnete die Augen und sah mich aus diesen unglaublichen blauen Augen an. Sogar verschlafen und mit abstehenden Haaren war Dylan unwiderstehlich. Meine Festung bröckelte.

Es war ein großer Fehler gewesen herzukommen. Ehe er zum Refrain kam, der mich vermutlich derart in Flammen setzen würde, dass ich hoffnungslos verloren war, stand ich auf.

Er hörte auf zu spielen, stellte die Gitarre ab und taxierte mich. Ich machte einen Schritt in Richtung Tür, woraufhin er blitzschnell hochschoss und sich vor mich stellte. Es war nicht bedrohlich. Er stand mir einfach nur im Weg. Fast berührten sich unsere Körper. Und ich konnte seinen Geruch wahrnehmen. Es war überwältigend.

»Maddie, bleib noch.«

»Ich muss gehen. Bitte lass mich raus.«

Er kam noch etwas näher, und seine Energie versetzte alle Atome in meinem Körper in Hochspannung, dann wich er genauso schnell mit großer Geste zurück. »Du weißt, wo du mich findest.«

Ich stürzte aus der Tür und eilte die Treppen hinunter zu Moms Fahrrad. Ich musste unbedingt Abstand zwischen uns bringen, ehe ich es mir anders überlegte. So schnell ich konnte, fuhr ich am See vorbei und über die Landstraße, ich trat gegen das Verlangen an, das die Worte *»wir brennen heiß, so heiß«* in mir geweckt hatten. Und ich wusste, dass wir brennen würden. Ich fuhr durch die Stadt und am Bach entlang. Fast wäre ich gegen einen Baum gefahren, als ich Max über die Brücke gehen sah.

Er winkte, doch ich fuhr weiter.

Zu Hause angekommen war ich erschöpft, aber von ungewolltem sexuellem Verlangen befreit. Als ich unter die Dusche ging, begannen meine Romanfiguren in meinem Kopf zu sprechen.

Rane sagte: »Lira, ich brenne für dich.«

Lira sagte: »Rane, das ist unmöglich. Du und ich, das soll nicht sein.«

Rane sagte: »Doch. Wir sind füreinander bestimmt.«

Mir war klar, dass die Worte in meinem Kopf vermutlich besser klangen, als wenn ich wieder vor dem Computer saß, falls ich sie überhaupt so lange behielt. Doch auf einmal begriff ich, dass Silberfuchs vollkommen recht gehabt hatte. Was meinen Figuren fehlte, war nicht nur Romantik, es war Sex. Schon lange hatte ich nicht mehr ein derart starkes körperliches Verlangen empfunden, und auch wenn es an Dylan und seiner Ausstrahlung lag, spürte ich erneut ein Ziehen zwischen meinen Schenkeln.

Als ich halb bekleidet aus dem Bad kam und mir die Haare abtrocknete, saß Layla in der Küche. Sie hatte ihren Laptop aufgeklappt und ein Word-Dokument geöffnet.

»Ist das ein Lebenslauf?«

Sie nickte und beachtete mich nicht weiter. Ich trat hinter sie und las über ihre Schulter mit. Daraufhin schloss sie das Fenster. »Schnüfflerin.«

»Na gut.«

Da mein Computer den Eingang einer E-Mail verkündete, war ich ohnehin abgelenkt. Ich schnappte mir den Laptop und setzte mich damit aufs Wohnzimmersofa. Ich stellte die Füße auf den Couchtisch und öffnete Silberfuchs' neueste Nachricht.

Claire,
es klingt, als würden Sie kleine Schritte machen, und das ist wahrscheinlich gut so. Ich hoffe, dass Sie irgendwann die Liebe Ihres Lebens finden, und das nicht nur zum Wohle Ihrer Kunst.
Sie haben mich gefragt, warum ich *Stolz und Vorurteil* rezensiert habe. Ich habe es zufällig kürzlich gelesen und kann nicht erklären, warum, aber es hat mich berührt.
Ich glaube, ich habe mich in eine Lizzie Bennet verliebt, und ich weiß nicht, wie ich sie dazu bringen soll, mir entgegenzukommen. Sie quält mich, aber ich bin optimistischer geworden, was meine Aussichten angeht.
Ein Happy End ist zwar noch lange nicht in Sicht, aber manchmal gibt es durchaus Anlass zur Hoffnung.
Drücken Sie mir die Daumen.
Ich frage mich, ob ich Ihr Buch noch mal lesen sollte, ehe wieder jemand auf meinem Herzen herumtrampelt.
Apropos, wie läuft es mit Ihrem zweiten Buch?
SF

PS: Ich werde lieber Schlaufuchs genannt. ☺

Ich lachte über sein Postskriptum und ging auf Antworten.

Schlaufuchs,
vielleicht sollten Sie Darcys Beispiel folgen und Ihrer Lizzie einen Brief schreiben, in dem Sie Ihr Seelenleben offenlegen? Oder wenn sie nicht nachgibt, ziehen Sie weiter und werfen Ihr Netz ein bisschen breiter aus? Sollte ich hier womöglich zu weit gehen, tut es mir leid, aber ich revanchiere mich nur für den guten Rat, den Sie mir gegeben haben.
In meinem eigenen Liebesleben läuft es nicht viel besser. Ich identifiziere mich gerade stark mit Jane Eyre. Der Geist von Rochester lockt mich in Gestalt einer verflossenen Liebe. Obwohl ich nicht leugnen kann, dass mich der schnelle Lustgewinn reizt, kann ich auf das Drama gut verzichten. Unterdessen verfolge ich eine weniger flirrende romantische Spur.
Es ist komisch. Früher habe ich nie verstanden, warum Jane St. John Rivers links liegen gelassen hat, aber diese eher vernunftgesteuerten Beziehungen versprechen eine gewisse Sicherheit. Im wahren Leben geht es selten gut, wenn man einem Menschen wie Rochester einen großen Vertrauensvorsprung gibt. Was, wenn Rochester sich überhaupt nicht verändert hat? Das führt geradewegs in den Abgrund.
Doch zu Recherchezwecken halte ich mir alle Optionen offen und lasse Sie wissen, wie sich die Dinge entwickeln.
Claire

War es nicht traurig, dass ich einem vollkommen Fremden aus dem Internet mehr anvertraute als irgendeinem meiner Freunde? Vielleicht, weil es gefahrlos war. Oder vielleicht war das Leben manchmal einfach so, es verspottete unsere Bemühungen, verständnisinnige Beziehungen mit

Menschen in unserem Leben zu finden, indem es uns mit verheißungsvollen Beziehungen lockte, die unerreichbar waren. Wer garantierte uns, dass wir jemals dem perfekten Partner begegneten?

Vielleicht hatte Layla die ganze Zeit recht.

Ich holte mir ein Wasser aus dem Kühlschrank. Als ich es in ein Glas mit Eiswürfeln füllte, meldete mein Telefon das Eintreffen einer weiteren E-Mail.

Layla sah von ihrem Laptop auf. »Du musst diesen Alarm ändern.«

Wahrscheinlich hatte sie recht, aber ich hatte Angst, dass ich es nicht hören würde, wenn ich etwas weniger Auffälliges wählte. Ich war immer noch aufgeregt, dass ich für meine Autorentätigkeit ein gesondertes E-Mail-Konto brauchte. Es erinnerte mich daran, dass ich es entgegen aller Wahrscheinlichkeit geschafft hatte, einen Roman zu vollenden. Ob mein Buch sich verkaufte oder nicht, ich hoffte, dass ich mich immer darüber freuen konnte, eine ganz eigene Welt geschaffen zu haben. Mir war die Lust am Schreiben abhandengekommen, als ich Silberfuchs' negative Kritik gelesen hatte, doch für meine Reaktion auf seine Kritik war er nicht verantwortlich.

Wenn man vom Teufel spricht, die ungelesene E-Mail in meinem Posteingang stammte von meinem neuen Freund.

St. John Rivers? Autsch!

Komisch, dass Sie auf Jane Eyre kommen. Auch das Buch habe ich gerade noch mal gelesen. Hoffentlich erscheint Ihnen das jetzt nicht zu aufdringlich, denn schließlich kenne ich Sie ja gar nicht und vielleicht deute ich zu viel in Ihre Zeilen hinein, aber ziehen Sie nicht die unkomplizierte der harten Variante vor (ja, eindeutig zweideutig,

schon klar). Etwas Einfaches ist vermutlich besser als nichts. Sagen Sie mir eins: Haben Sie bei diesem langweiligen Typen Schmetterlinge im Bauch? Haben Sie mehr als nur freundschaftliche Gefühle für ihn? Ich stimme Ihnen zu, dass diese Gefühle mit der Zeit wachsen können, und um ehrlich zu sein, setze ich in meinem Leben auch auf diese Möglichkeit. Aber erklären Sie das nicht zu Ihrem obersten Ziel. Wir alle haben ein Feuerwerk verdient.
Wenn Sie ihn mit einer so offensichtlich unsympathischen Figur vergleichen, sollten Sie vielleicht noch einmal darüber nachdenken, ob er der Richtige für Sie ist. Auf der anderen Seite, wenn ich den Anwalt des Teufels spiele, spricht auch einiges für eine pragmatische Partnerschaft. Es gibt ja sogar positive Beispiele in der Literatur. Es muss nicht St. John Rivers sein.

Ich schrieb nur eine Zeile zurück:

Nennen Sie mir eins.

Wenige Minuten später antwortete er, knapp und auf den Punkt:

Keine Ahnung, Bhaer aus *Betty und ihre Schwestern?*

Auf keinen Fall.

Ich schoss zurück.

Sie können mir nicht erzählen, dass Sie nicht mit Laurie gefiebert haben.

Ich hatte immer auf Laurie gesetzt, auch wenn ich theoretisch verstehen konnte, dass Bhaer vielleicht besser zu Jo passte. Vielleicht ärgerte es mich, dass wir Bhaer nur flüchtig kannten, er entpuppte sich erst spät im Buch als Verehrer, wohingegen Laurie die ganze Zeit da war. Und er liebte Jo aufrichtig.

Silberfuchs antwortete:

Stimmt. Das habe ich. Aber es spricht vieles dafür, dass Bhaer der Richtige für Jo war. Die Liebe ist eine so seltsame Sache. Ich frage mich, ob Jo Laurie lieben wollte, aber die Chemie für sie nicht gestimmt hat.

Interessant. Eine alternative Interpretation.

Oder wollte sie um jeden Preis unabhängig sein, sodass sie die Romantik zurückgestellt hat, bis sie ihren eigenen Weg gefunden hatte? Sie hat sich Bhaers Werben widersetzt. Doch am Ende war Bhaer ihr zumindest geistig ebenbürtig.

Er antwortete:

Vielleicht ist es ein Fall von »Möge der Hartnäckigere gewinnen«, Bhaer hat ein Nein nicht akzeptiert.

Darüber musste ich lachen.

Sagt der Mann, der sein Leben nach der romantischen Vorstellung ausrichtet, zu warten, bis die Frau seiner Träume sich herablässt, auf ihn zuzukommen. Ich warte nur auf den richtigen Moment. Die

Schmetterlinge sind gelandet. Ich will sie nicht verschrecken.

Es fühlte sich an wie ein Flirt.

Sehen Sie den Tatsachen ins Auge, junger Laurie. Sie schmachten. Vielleicht sollten Sie ihr einfach sagen, was Sie empfinden.

Ach, ich bin Laurie? Nun ja, ich finde ehrlich gesagt, Sie verhalten sich wie Jo. Ich habe noch keinen Hinweis entdeckt, dass Sie in Sachen Romantik auf Ihr Herz hören.

Touché.

Sie haben recht. Aber ich habe meinen romantischen Helden noch nicht gefunden.
Ist Ihnen schon mal in den Sinn gekommen, dass die Menschen vielleicht keine romantischen Helden oder Idealbilder sind? Vielleicht ist Ihr Ansatz veraltet.

Stimmt, aber Bücher hatten eine bestimmte Struktur, die mir im Leben fehlte. Wenn ich mein wahres Leben schreiben könnte wie meine Bücher, würde ich nicht ziellos umherwandern und zufällig über irgendwelche Helden stolpern. Ich sah auf die Uhr. Es war spät, und ich musste noch ein Kapitel zu Ende bringen.

Schnell schrieb ich:

Das höre ich von allen. Danke für das Gespräch! Es ist immer sehr anregend, mit Ihnen zu plaudern.

Seine Antwort erfolgte umgehend.

> Dito. Lassen Sie mich wissen, wie sich die Dinge entwickeln.

Gleich darauf folgte noch eine weitere.

> Hey, folgen Sie mir auf Twitter. Dort können wir viel einfacher chatten.

Ich öffnete Twitter, fand Silberfuchs' Profil und suchte nach irgendwelchen Hinweisen auf sein Aussehen, doch sein Bild war ein Comic-Fuchs, und er twitterte überwiegend Links zu seinen Kritiken. Mein Profil verriet auch nicht mehr. Anstelle eines Profilbildes hatte ich das Cover von meinem Buch hochgeladen, und ich twitterte so gut wie nie.

Ich klickte auf Folgen.

14

Als ich am Montag den Buchladen aufschloss, war die Klimaanlage ausgefallen, und es hing ein merkwürdiger Geruch im Raum. Ich lief durch den Laden und versuchte, den Ursprung des Gestanks zu ermitteln. Es roch, als hätte ich irgendwo den Kadaver eines verrottenden Tieres zurückgelassen. Was auch immer so stank, kam nicht aus dem Bad oder dem Lagerraum. Ich steckte den Kopf in die Küche, doch erst an der Kasse verstärkte sich der Geruch, genauer gesagt: über der Kühltheke.

Ich schaltete hinter dem Tresen das Licht ein, schob die Glasscheibe der Vitrine zur Seite und würgte. Ich hielt mir Mund und Nase zu, griff mit der anderen Hand hinein und fluchte, weil die Kühlung ausgefallen war. Unter anderem hatten ein übrig gebliebenes Roastbeef-Sandwich, Joghurt und diverse Milchtüten dort bei den sommerlichen Temperaturen einen unerhörten Gestank entwickelt.

Als ich gerade alles entsorgte, schlenderte Gentry herein.

»Ach, du meine Güte! Was stinkt denn hier so?«

Ohne meine Arbeit zu unterbrechen, rief ich: »Was kann ich für Sie tun, Gentry?«

Das Obst hätte man vermutlich retten können, aber ich

wollte nichts behalten, was das ganze Wochenende in diesem Mief gelegen hatte. Darum beförderte ich auch die Früchte in den Müll.

Gentry kam zu mir herüber. »Ich bin vorbeigekommen, um Sie daran zu erinnern, dass Sie sich die Fahnen besorgen, die Sie zum 4. Juli aufhängen sollen. Und bitte achten Sie darauf, dass der Bereich vor Ihrem Laden sauber ist. Gerade lag dort einiges an Unrat.«

Ich schob die Ärmel hoch, damit ich an die Teller ganz vorne in der Vitrine herankam. Es tat mir leid um die Schokoladencremetorte. Als ich mich aufrichtete und mir mit dem Handrücken über die Stirn wischte, sagte ich zu Gentry: »Alles klar. Ich kümmere mich darum.«

Er wandte sich zum Gehen, blieb jedoch noch einmal stehen. »Schade um die Backwaren. Was wohl das Gesundheitsamt dazu sagen würde?« Ich rechnete fast damit, dass er arglistig den nicht vorhandenen Schnurrbart zwirbeln würde, doch stattdessen schenkte er mir ein Raubtierlächeln. »Wenn Sie wollen, können Sie Ihre Kunden gern nach nebenan schicken. Wir versorgen sie.«

Von wegen.

»Danke. Das merke ich mir.«

»Sie wissen ja, mein Angebot steht noch.«

So ungern ich es zugab, Gentry kam mir mit seinem Angebot allmählich weniger wie ein über mir kreisender Geier vor als vielmehr wie der Adler, der Frodo und Sam vom Schicksalsberg rettete. Dass mir wieder Einnahmen verloren gingen, weil ich das Geschäft für einen Tag schließen musste, entmutigte mich. Ich stand kurz vor dem Ruin. Ich überlegte, Peter anzurufen und ihn um Aufschub der monatlichen Rate zu bitten.

Ein Gefühl von Panik stieg in mir auf. Dass die Deadline

für mein zweites Buch kurz bevorstand, wirkte auch nicht gerade beruhigend. Ich hatte meiner Lektorin bereits geschrieben und um eine Verlängerung gebeten, doch sie hatte mir erklärt, der Produktionsplan stünde, und wenn ich nicht lieferte, würde sich der Erscheinungstermin verschieben. Das würde die Marketingabteilung verärgern, die bereits die Präsentation der Fortsetzung auf verschiedenen Buchmessen vorbereitet hatte. Doch das Ende des Romans bereitete mir Schwierigkeiten. Ich musste mich ins Zeug legen und die erste Fassung bis Freitag fertigstellen, damit ich Layla bitten konnte, sie zu lesen. In zwei Wochen musste ich sie meiner Lektorin schicken.

Der Buchladen hatte sich den ungünstigsten Zeitpunkt ausgesucht, um zusammenzubrechen.

Der Großteil des Gestanks wanderte mit dem Müll in den Container. Ich sprühte alles mit einer Lösung aus Wasser und Bleiche ein und wusste nicht, ob der Geruch noch auffiel. Ich hatte mich schon an ihn gewöhnt.

Als Max auftauchte, war mir fast egal, wer mein Retter war. »Dich schickt der liebe Gott, Max.«

Strahlend stellte er die Kartons neben der Kasse ab. »Na, aber hallo. Das klingt schon besser.«

Ich fasste ihn am Ellbogen und zog ihn quer durch den Laden. »Riechst du etwas Komisches?«

Er steckte die Nase in die Achselhöhle. »Ich habe geduscht.«

Sehr witzig. »Dir fällt also nichts auf?«

»Vielleicht. Aber nicht schlimm.« Er beugte sich vor. »Und du riechst gut.«

Ich stutzte. Flirtete er etwa mit mir? »Die Kühltruhe ist ausgefallen.«

Er kratzte sich am Kinn, auf dem ein leichter Bartschatten lag. Ich wünschte, ich hätte es nicht bemerkt. »Aber am Samstag hat sie noch funktioniert? Sie ist einfach so ausgefallen?« Er ging um die Kasse herum, beugte sich vor und tastete im Ventilator herum. »Ich schau mal, was ich tun kann. Hoffentlich ist der Motor nicht durchgebrannt.«

Mir wurde mulmig. Ich glaubte nicht, dass ich mir eine neue Kühltheke leisten konnte. Das könnte mich das Geschäft kosten.

Er bastelte einen Moment, dann ließ er sich nachdenklich auf den Boden fallen. »Das kann ich nicht. Ich glaube, wir brauchen Hilfe.«

»Mist!« Ich wollte nicht extra einen Techniker bezahlen, aber ich konnte auch nicht lange ein Café ohne Kühltheke führen. »Okay. Ich ruf Jack an.«

Jack war ein Freund meiner Mutter, der einen Betrieb für Heiz- und Lufttechnik führte, aber eigentlich alles konnte. In meiner Jugend hatte er alles für uns repariert, was sonst vielleicht ein Vater in Ordnung gebracht hätte. Wenn ich aus der Schule nach Hause kam, lugten seine Beine unter der Küchenspüle hervor, oder im Wäscheraum hing noch sein männlicher Geruch. Jack kam sofort und verband den Kompressor mit einem raffinierten Gerät. Er steckte ein blinkendes Teil in die Steckdose und stand dann ohne Erklärung auf und ging nach draußen. Ich folgte ihm zum Stromkasten. Was immer er tat, war ein vollkommenes Rätsel für mich. Schließlich kratzte er sich am Kinn, was ich als Zeichen dafür deutete, dass die Reparaturkosten mein Erspartes übersteigen würden.

»Ich glaube, ich habe das Problem gefunden.«

»Und?«

»Hat irgendjemand am Stromkasten herumgefummelt?«

Ich erinnerte mich, wie Max in den Regen hinausgelaufen war, schüttelte jedoch den Kopf. Ich konnte mir nicht vorstellen, dass Max einen solchen Schaden angerichtet hatte. Es sei denn, er versuchte, sich unentbehrlich zu machen – so eine Art Geschäfts-Münchhausen. Doch das war lächerlich. »Nein. Nicht dass ich wüsste.«

»Es könnte ein loser Nullleiteranschluss sein.«

»Bitte auf Deutsch, Jack.«

Er zuckte die Schultern, als hätte er sich schon so einfach wie möglich ausgedrückt. »Es hätte einen Brand auslösen können.«

»Kannst du das reparieren?«

»Du musst die Elektrizitätswerke benachrichtigen.«

Mist! Ich hatte keine Zeit. Ich rief dort an, und ungefähr eine Stunde später kam ein Fremder mit einem Werkzeuggürtel herein, der am Stromkasten arbeitete und Jacks Warnung wiederholte, dass der Laden hätte abbrennen können. Er musste den Strom abschalten, doch als er mit der Reparatur fertig war, sprang die Kühltheke wieder an. Vorerst schien alles wieder in Ordnung zu sein.

Ich hatte das Gefühl, mir wäre eine Gnadenfrist eingeräumt worden.

Das alles hatte den ganzen Morgen gedauert, doch jetzt drehte ich das Geöffnet-Schild um und hoffte, dass ich heute noch etwas einnehmen würde.

Charlie setzte sich in die Ecke des jetzt leeren Cafés, und ich beneidete ihn. Was, wenn ich den Buchladen verkaufte? Würde ich frei sein, die ganze Zeit zu schreiben? Wollte ich das?

Meine Deadline stand so kurz bevor, dass ich jede freie Minute an meinem Buch arbeiten musste. Ich stellte den Laptop auf einen Ecktisch, um die letzten Kapitel herunterzuschreiben. Ich war so kurz vor dem Ende, ich konnte es schon spüren. Die Vorstellung, dass dieses Buch schlechter als mein erstes sein könnte, beunruhigte mich, doch den Luxus, auf jedes Detail zu achten, konnte ich mir jetzt einfach nicht mehr erlauben.

Ob die Muse mich küsste oder nicht, ich arbeitete bis spät in die Nacht und schrieb ununterbrochen. Am Donnerstag war ich erschöpft.

Als Max auftauchte, sah er mich nur kurz an und sagte: »Du bist krank. Geh nach Hause!«

Das klang hervorragend. Ich konnte gehen und zu Ende schreiben. Ich befand mich auf der Zielgeraden. »Der Laden«, stieß ich hervor. Mir waren die Wörter ausgegangen. Gab es nur einen begrenzten Vorrat? Brauchte ich Zeit, um nachzuladen?

Er drückte meine Schulter. »Ich bleib hier. Geh nur.«

Ich musste wirklich erschöpft sein, denn ich widersprach nicht. Ohne darüber nachzudenken, umarmte ich ihn. Er erstarrte, dann legte er die Arme um mich und strich mir über den Rücken. Das war genau, was ich brauchte. Ich drückte meine Wange an seine Brust. So an ihn gekuschelt hätte ich einschlafen können.

Er löste die Umarmung zuerst, richtete mich auf und schob mich in Richtung Tür. Dann tat ich etwas noch nie Dagewesenes: Ich überreichte ihm den Schlüssel.

Er schnappte ihn, als hätte er den goldenen Schnatz gefangen. »Schlaf ein bisschen.«

Das tat ich nicht. Ich schrieb den ganzen Nachmittag weiter. Abends wäre ich zwar fast zusammengebrochen, aber schließlich tippte ich *Ende*.

Ich hatte es geschafft!

Layla saß in ihrem Zimmer, das rote Haar zu einem

nachlässigen Zopf geflochten, und lachte über etwas, das sie im Internet las. Ich klopfte gegen den Türrahmen.

Sie sah auf. »Bist du fertig?«

»Ja, mit der ersten Fassung. Mit der ersten Hälfte bin ich zufrieden, aber das Ende ist ein Trauerspiel. Ich weiß nicht, woran es liegt. Ich hoffe, dass du mir auf die Sprünge hilfst.«

»Du solltest Max bitten, es zu lesen. Wahrscheinlich kann er dir viel besser helfen. Oder irgendeiner von den Leuten aus deinem Buchclub.«

»Ja, also, wenn du nicht willst ...«

»Das ist es nicht. Ich mache mir nur Sorgen, dass ich dich schlecht berate. Ich kann weniger als jeder andere einen Liebesstrang beurteilen. Was, wenn ich dir nicht helfen kann?«

Ich lachte über die Vorstellung, dass irgendeiner der Jungs aus der Stadt irgendeine Ahnung von Romantik haben sollte. »*Du* hast das beim letzten Mal super gemacht. Bitte?«

Sie biss sich auf die Lippe. »Okay, aber ich verlange eine Bezahlung.«

»Oh!« Sie hatte mich noch nie um Geld gebeten. Vielleicht lief ihre Website gerade nicht so gut.

»Eine meiner Lieblingsbands spielt in ein paar Wochen im State Park. Ich bestehe darauf, dass du mit mir hingehst. Ich besorge uns Karten.«

Erleichtert stimmte ich zu, dann ging ich in mein Zimmer und schickte ihr die Word-Datei.

Da ich nichts Wichtigeres zu tun hatte, fiel ich aufs Bett und schlief wie eine Tote, bis mein Smartphone in den frühen Morgenstunden den Eingang verschiedener Nachrichten meldete. Ich drehte mich um und blinzelte, bis sich meine Augen an das Licht gewöhnt hatten. Die Anzeige verkündete eine neue Direktnachricht von Twitter, doch als ich darauf klickte, entdeckte ich drei Nachrichten.

Ich kann nicht schlafen.

Ich glaube, ich spiele in der Geschichte dieser Frau nur noch eine Nebenrolle. Wie bin ich zu Charles Bingley geworden?

Ergibt das überhaupt irgendeinen Sinn?

Er war hinreißend. Ich wollte diese Frau aufsuchen und sie zur Besinnung bringen. Sie hatte einen tollen Typen an der Angel. Aber was wusste ich schon aus den paar E-Mails? Er könnte im Internet sympathischer sein als im wahren Leben. Andererseits hatte er schon bewiesen, dass er auch im Internet ein ziemlicher Idiot sein konnte.

Vielleicht war er ein Biest, nur von innen wunderschön, und sie konnte nicht über sein Äußeres hinwegsehen. Vielleicht gab es deshalb keine Bilder von ihm. Ich hätte gern behauptet, dass ich klug genug wäre, eine Dichterseele zu erkennen und nicht auf Äußerlichkeiten zu achten, aber ich war noch nie in der Situation gewesen.

Bei Dylan hatte ich mich in seine sexy Ausstrahlung verliebt, und obwohl er nicht im klassischen Sinne schön war, war er objektiv gesehen mehr als attraktiv. Mit seinem Gesicht hatte er für Eau de Cologne geworben, als ob das irgendwie zusammenpassen würde.

Peter war ein schöner Mann, und ich hatte mich in ihn verliebt, obwohl er keine poetische Ader hatte. Also vielleicht war ich eine Heuchlerin und maß der äußeren Schönheit mehr Bedeutung bei als der inneren. War es falsch, beides zu wollen?

Es war egal, wo sich Silberfuchs auf dieser Skala befand. Selbst wenn sein Herz nicht schon vergeben wäre, er war woanders. Ich hätte ihn gern gefragt, wo, aber ich machte mir Sorgen, dass ich ihn dann ausspionieren würde. Darum war es besser, es nicht zu wissen. Stattdessen schickte ich ihm eine schlappe Antwort und amüsierte mich darüber, dass jemand ausgerechnet mich um einen Ratschlag in Liebesdingen bat.

Ich stecke selbst etwas in der Klemme. Ich wünschte, ich wüsste die Antworten. In Büchern ist das alles irgendwie einfacher, stimmt's?

Ich hatte zwei gescheiterte Beziehungen hinter mir, und ob ich mit einem der Männer eine Zukunft hatte, war nicht klar, weil wir nicht darüber redeten.

Bis jetzt hatte ich mein Leben noch nie wie einen Liebesroman betrachtet. Klar, ich identifizierte mich mit vielen Protagonistinnen: Anne Shirley, Lizzie Bennet, Belle, Hermine Granger und Jo March. Insbesondere mit Jo. Kluge, ehrgeizige Frauen. Doch die Haupthandlung in meinem Leben war nie der Liebesstrang gewesen.

Als ich mit Peter zusammen war, hatte ich angenommen, ich könnte mich auf das konzentrieren, was mich abgesehen von der Beziehung zu einem Mann erfüllen würde. Alles andere ergab sich von selbst, ich konnte mir unser künftiges Leben gut vorstellen. Wir würden heiraten, anschließend würden in der richtigen Reihenfolge die großen Ereignisse folgen.

Ich hatte uns immer in dem Haus gesehen, in dem wir schließlich wohnen würden (dem kleinen himbeerfarbenen). Wir würden zusammen frühstücken und uns flüchtig küssen, dann eilte Peter mit einem Thermobecher Kaffee in der einen Hand und den typischen Finanzpapieren in der anderen davon. Ich würde meine Tage damit verbringen, junge Leser dazu zu ermuntern, *Die Chroniken von Narnia* und *Harry Potter* zu lesen. Peter würde mich mit einem romantischen Wochenendtrip überraschen, um die Liebe frisch zu halten (weil ich etwas angedeutet hatte, was ich in einem Roman gelesen hatte).

Wir würden über Kinder reden und über Namen diskutieren und ob die öffentliche Schule, die ich besucht hatte, gut genug war.

In Wahrheit hatten wir über das himbeerfarbene Haus gestritten und darüber, wann ich mein Hobby aufgeben und mir einen richtigen Job suchen würde.

Irgendwie hatte ich am Ende fast alles gehabt, was ich mir je gewünscht hatte – die Stadt, den Buchladen, die Karriere als Autorin –, doch dabei hatte ich meinen romantischen Helden verloren. Vielleicht war er nie ein Held gewesen. Vielleicht hatten wir nie eine romantische Liebesbeziehung gehabt.

15

Ich kam nicht dazu, *Vom Winde verweht* noch einmal zu lesen, aber ich kannte das Buch gut genug, um mir eine Handvoll Fragen für den Buchclub am kommenden Freitag zu überlegen. Ich hoffte, dass meine Erinnerung und eine oberflächliche Auffrischung genügten, um zu improvisieren.

Um von mir abzulenken, bombardierte ich die Runde gleich mit mehreren Fragen. »Rhett sagt zu Scarlett: ›Ich liebe dich genauso wenig wie du mich.‹ Was denken wir? Hat Rhett Scarlett geliebt? Hat sie ihn geliebt? Und hat, abgesehen von Melanie, irgendjemand in diesem Roman einen anderen ehrlich geliebt?«

Charlie lachte schallend los. »Klar. Sie haben sich alle ehrlich selbst geliebt.« Ich lehnte mich zurück, damit er darüber dozieren konnte. Nach einer wie üblich trockenen Einleitung kam er zum entscheidenden Punkt. »Ehrlich gesagt habe ich nie verstanden, warum Rhett hinter Scarlett her war oder wie Scarlett es mit Rhett ausgehalten hat.«

»Da bin ich anderer Meinung«, entgegnete Dylan. »Rhett Butler ist die interessanteste Figur in ihrem Leben. Er war der beste Mann für sie. Wenn sie es nur rechtzeitig gemerkt hätte …«

Charlie beugte sich engagiert vor. »Du musst doch zugeben, dass Scarlett Rhett nur benutzt hat, weil sie Langeweile hatte und einsam war. Erst hat sie Charles Hamilton benutzt, um Ashley eifersüchtig zu machen, dann Frank …«

Dylan schnaubte. »Bist du sauer wegen deines Namensvetters?«

Bis dahin hatte ich vergessen, dass Scarletts erster Ehemann und unser Charlie Hamilton denselben Namen hatten. Ich musste unwillkürlich kichern, bis Charlie mir einen gekränkten Blick zuwarf, als müsste ich mich für eine Seite entscheiden.

Dann sah er Dylan scharf an. »Ich bin nicht sauer. Ich finde die Liebesgeschichte nur unglaubwürdig. Rhett Butler war zu klug, um in Scarletts Fänge zu geraten. Und Scarlett war zu selbstsüchtig, um Rhett jemals zu mögen. Ich bin wie Shawna dafür, dass sie gar keinen nimmt, allerdings nicht, weil ich es für das Beste für Scarlett halte, sondern weil den Männern auf diese Weise ihr Egoismus erspart bliebe.«

Shawna schüttelte den Kopf. »Dreh mir nicht das Wort im Mund um, Charlie. In diesem Fall bin ich bei Dylan.« Als Shawna sah, dass Charlie sogleich reagieren wollte, hob sie eine Hand. »Lass mich erst ausreden. Ja, Scarlett hat jede Menge Fehler, aber glaubst du, Rhett sieht das nicht? Sie ist umgekehrt auch für ihn die interessanteste Person, die ihm begegnet. Und ja, man muss Scarlett vorwerfen, dass sie ihre eigenen Gefühle nicht durchschaut und begreift, dass der Mann, der am besten zu ihr passt, der Mann, den sie wirklich hätte lieben können, die ganze Zeit da war.

Mein Gott, sie hat ihn geheiratet und sich trotzdem nach dem falschen Mann gesehnt. Ist das nicht tragisch?«

Charlie schüttelte den Kopf. »Was hätte sie aber gebraucht, um das zu erkennen? Zeit? Sie hatte Jahre, um es herauszufinden. Dass sie Rhett verliert? Wie oft ist er weggegangen, ohne sie zu wecken?«

Die Diskussion war mir, gelinde gesagt, etwas unangenehm. Verstohlen sah ich zu Dylan, der zum Glück beiläufig seinen Fuß studierte und mit dem Knie wippte.

Midge meldete sich zu Wort. »Mir hat der Moment gefallen, in dem er zu ihr sagt, sie müsse geküsst werden, sie dann aber nicht küsst.«

Alle verstummten und sahen sie mit schief gelegtem Kopf an.

»Sprich weiter«, drängte ich.

»Ich fand es unterhaltsam, wie sie den Kopf in den Nacken sinken ließ und wartete. Es hat mich an ein eigenes Date erinnert.«

»Du meinst, im Film?«, erkundigte sich Charlie.

Die Diskussion lief aus dem Ruder, und ich suchte in meinen Notizen nach einer weiteren Frage, doch da schaltete sich Max ein. »Mir hat Rhett immer etwas leidgetan.«

Obwohl er sich fast nie beteiligte und ich vermutete, dass er nur kam, um sein Geschäft zu bewerben, bezweifelte ich nicht, dass er das Buch gelesen hatte. Er las alles.

»Kannst du das weiter ausführen?«

Er kratzte sich die Bartstoppeln und ließ den Blick von einem zum anderen wandern. »Rhett sagt, er konnte nicht länger warten, Scarlett zwischen ihren Ehen abzupassen. Er hat sich immer genommen, was er wollte, und sein Schicksal selbst bestimmt ...« Er biss sich von innen in die Wange und zögerte.

Charlie nickte. »Ja?«

»Ich weiß nicht.« Max strich sich mit der Hand über den Nacken. »Alle sehen in ihm diesen starken, zynischen, draufgängerischen Helden, aber eigentlich ist er eine jämmerliche Gestalt.«

Ich hustete. »Du nennst Rhett Butler eine jämmerliche Gestalt?«

Abrupt drehte er sich zu mir um. »Ich meine nicht, dass er ein Loser ist.« War er eben noch etwas verunsichert gewesen, nahm er jetzt wieder diesen allwissenden Ton an, den ich so gut kannte. »Ich meine, jämmerlich im Sinne von tragisch. In dem Moment, in dem er Scarlett begegnet, verliert er sein Herz an sie, und mit all seinem Gepolter und seinem Sarkasmus überspielt er nur seine Verletzlichkeit.«

Charlies Finger schoss in die Höhe. »Seht ihr? Er wäre besser dran, wenn er ihr nie begegnet wäre.«

Max richtete seinen Blick auf ihn. »Das habe ich nicht gesagt. Eigentlich finde ich, er hat Glück, dass er sie getroffen hat. Sonst hätte sich sein Herz wahrscheinlich verschlossen, und er hätte in seinem ganzen Leben nie geliebt.«

»Aber am Ende bekommt er sie nicht.« Charlie lehnte sich mit verschränkten Armen zurück, wie ein Anwalt, der vor der Jury sein Schlussplädoyer gehalten hat und sich seines Sieges gewiss ist.

Max holte tief Luft, dann fuhr er fort: »Das spielt keine Rolle, Charlie. In der Liebe geht es nicht darum, wie die Dinge enden.«

Alle sahen ihn mit großen Augen an, und ich dachte daran, was meine Mutter gesagt hatte. »Morgen mag ein neuer Tag beginnen, aber vielleicht kommt morgen nie.«

Max sah mir in die Augen. »Richtig. Rhett ist gewachsen,

weil er zugelassen hat, sie trotz aller Widerstände zu lieben. Und eine Zeit lang hat er geglaubt, sie würde ihn auch lieben.«

Schließlich zuckte Charlie die Schultern. »Gut, aber ich finde trotzdem nicht, dass sie ihn verdient hat.«

Max lachte und entspannte sich. »Sie hat so viel mehr verdient, als sie sich selbst zugestanden hat.«

Shawna sprach aus, was wir alle dachten. »Wow! Ist das dein Ernst?«

Ich hatte ihn noch nie so reden hören und war vollkommen verblüfft.

Max verzog das Gesicht, und dunkelrote Flecken schlichen sich auf seine Wangen.

Ich blickte in meine Notizen. »Ich habe noch eine letzte Frage an die Gruppe. Was glaubt ihr, warum Scarlett so verdammt fixiert auf Ashley ist?«

»Weil die Autorin es so wollte«, fasste Charlie zusammen, und alle lachten.

Dylan schnaubte. »Ganz sicher nicht wegen seines Sex-Appeals.«

Midge sagte: »Ich kannte mal einen jungen Mann, der war unglaublich attraktiv, aber er war nicht an mir interessiert.« Sie machte eine wegwerfende Handbewegung. »Ich glaube, dass er mich nicht wollte, hat ihn für mich noch attraktiver gemacht, falls das irgendeinen Sinn ergibt.«

Max neigte ihr den Kopf zu. »Ashley war derjenige, den sie nicht haben konnte?«

»Wie bitte?«, fragte Midge. Ich bezweifelte, dass sie von Ashley sprach.

»Ich glaube …«, setzte Max an und tippte sich nachdenklich mit dem Finger an die Lippe. »Vielleicht lag es daran, dass er irgendwie außer Reichweite war, ihr aber weiterhin Hoffnungen gemacht hat. Er blieb ihr aus Freundlichkeit verbunden, ohne zu merken, wie grausam das war.«

»Ich habe eine andere Theorie.« Dylan ließ den Blick durch die Runde wandern wie ein Unterhaltungskünstler durch sein Publikum. »Ashley stand für ihr Zuhause. Und was war ihr am Ende wichtiger als alles andere? Tara, ihr Zuhause, ihr Land. Ashley stammte aus dieser Welt, die immer mehr verloren ging, und je mehr sich diese Welt veränderte, desto mehr hing sie an ihm. Er war die Verbindung zu ihrer Vergangenheit, zu ihrer Jugend.«

Shawna lachte. »Ist das eine Projektion?«

Er boxte sie sanft gegen die Schulter. »Es ist nichts Falsches daran, wenn man sich nach zu Hause sehnt.« Er warf mir einen Blick zu, und ich musste wegsehen.

Shawna war dran. »Ich stimme Midge zu. Sie hat Trophäen gesammelt. Scarlett brauchte keinen Mann. Sie wollte gewinnen.«

Nach dieser traurigen Bemerkung war es Zeit, zum Ende zu kommen. Ich nahm die Liste zur Hand. »Bis zum nächsten Mal lesen wir *Betty und ihre Schwestern.*«

Sobald Dylan ein Exemplar gekauft hatte, drehte er sich um und verkündete: »Vergesst nicht, morgen Abend zu meinem Konzert zu kommen.«

Das war eine heikle Aufforderung, mit der ich nicht umzugehen wusste. Nach dem Vorfall am Sonntag dachte ich, er würde verstehen, wenn ich nicht käme. Vielmehr hatte ich Sorge, er könnte meinen, ich hätte ihm sein Verhalten verziehen oder würde ihn sogar noch ermuntern, wenn ich hinging. Er hatte weder angerufen, noch war er vorbeigekommen, und ich wusste nicht, ob er ernüchtert war oder ob er sich nicht weiter bemühte, weil ich ihm nicht wichtig genug war. Ich wusste immer erst, was Dylan über mich dachte, wenn er es mir vorsang.

Charlie war der Nächste in der Schlange und sagte: »Warum gehen wir nicht alle zusammen?«

Ich fühlte mit Scarlett, die auf ihren Ashley hoffte, der nichts von ihr wollte, umgeben von Rhett Butler und einem echten Charles Hamilton. Wenn ich eine Figur aus einem Buch wäre, würden die Leser mir dann zurufen, zu einem dieser Männer zu laufen oder vor allen zu fliehen? Ich hätte gern einige Kapitel vorgeblättert, um herauszufinden, wie es ausging.

16

Ganz Orion hatte sich in der Jukebox versammelt. Als Charlie und ich nach Ladenschluss eintrafen, waren die Plätze vor der Bühne schon alle besetzt. Layla winkte uns von einem großen runden Ecktisch zu, an dem Shawna und ihre Frau Rebecca saßen und sich bereits etwas zu trinken bestellt hatten.

Ich ließ mich auf die Bank gleiten und machte Platz für Charlie.

Das Licht wurde gedämmt, die Gespräche verstummten, und die Letzten eilten zu ihren Tischen oder drängten noch dichter an die Bühne heran.

Layla warf die Hände hoch. »Ich habe ganz vergessen, die Kamera aufzubauen!« Sie schob mich zur Seite, holte ein zusammengefaltetes Stativ aus ihrem Rucksack und klappte es auseinander. Dann schraubte sie die Kamera darauf und stellte Objektiv und Belichtung ein, bis alles zu ihrer Zufriedenheit war. Dann startete sie die Aufnahme und setzte sich wieder. »Hoffentlich wirft sie niemand um.«

Unter vereinzeltem Klatschen stieg Kyle, der Clubbesitzer, auf die Bühne. Als es still im Saal wurde, legte Charlie die Unterarme auf den Tisch und faltete die Hände um sein Bier. Für einen Sekundenbruchteil stellte ich mir vor, meine Hand um sein Handgelenk zu legen und meine Finger mit seinen zu verschränken, um zu sehen, wie er reagierte. Doch bevor ich dazu kam, verkündete Kyle: »Ladys und Gentlemen, er ist ein Kind dieser Stadt und heute für einen Auftritt in die Jukebox zurückgekehrt. Begrüßen Sie mit mir Dylan Black!«

Begeisterter Applaus ertönte, als Dylan, den Gitarrengurt um den Hals, auf die Bühne sprang und ins Mikro sprach. »Hey, Leute!«

Das Scheinwerferlicht erfasste ihn, und er wirkte, als würde er sich rundum wohlfühlen.

Layla stieß mich an. »Ich habe seit Monaten keinen Auftritt von ihm gesehen. Das hat mir gefehlt.«

Dylan sagte: »In diesem Club habe ich vor langer Zeit meine ersten Konzerte gegeben. Ich bin euch allen ewig dankbar, dass ihr mich so lange unterstützt habt.«

Einige Leute machten »Ah!«, und noch mehr klatschten und freuten sich, dass sie zu seinem Erfolg beigetragen hatten.

»Weil ihr immer für mich da wart, seid ihr die Ersten, denen ich erzähle, dass ich neue Songs geschrieben habe. Ich bin ziemlich stolz auf sie und kann mir nichts Besseres vorstellen, als sie heute Abend für euch hier zu spielen.«

Ich rief: »Yeah!«

Layla kreischte: »Dylan! Dylan! Dylan!«, und andere stimmten ein.

Er duckte den Kopf und rieb sich den Nacken, eine wunderbare Geste der Dankbarkeit. Ich wusste, dass sie ernst gemeint war. Er hatte Orion als großspuriger Bengel auf dem Weg zum Ruhm verlassen, aber ich hatte verfolgt, wie er sich zu einem ernsthaften Künstler entwickelt hatte, dem es um die Musik ging und nicht darum, bewundert zu werden.

Sein Können und seine Professionalität verliehen ihm Selbstbewusstsein auf der Bühne. Er spielte einige der neuen Songs, dann machte er eine Pause und versprach, wiederzukommen und den Rest des Abends Songs auf Zuruf und Coverstücke zu spielen. Das Publikum lachte.

Das Licht ging an, und Layla fächerte sich Luft zu. »Mein Gott! Dylan ist echt scharf. Ich kann immer noch nicht fassen, dass du ihn aufgegeben hast.«

Charlie stand auf und ging zur Bar, und ich warf Layla einen finsteren Blick zu.

»Geschichtsklitterung. Wir waren zwei Züge auf dem Weg in unterschiedliche Richtungen.«

»Aber fragst du dich denn nie, wie es gewesen wäre, wenn du mit auf Tour gegangen wärst?«

»Du kannst dich gern mit ihm treffen, wenn du willst.«

Sie schüttelte den Kopf. »So sexy ich einen Singer-Songwriter finde, Dylan ist zu leidenschaftlich für mich. Obwohl ich überzeugt bin, dass die Leute hier versuchen würden, mich mit ihm zu verkuppeln, wenn er hierbliebe. Zum Glück ist Peter geflohen, ich bin mir sicher, sonst hätte irgendjemand auch in ihm einen potenziellen Partner für mich gesehen. Die schrecken echt vor nichts zurück.«

Darüber musste ich lachen. »Es wundert mich, dass noch niemand versucht hat, dich mit deinem Bruder zu verkuppeln.«

»Stimmt. Aber es spricht nichts dagegen, *dich* mit ihm zu verkuppeln.« Sie senkte den Kopf, um an ihrem Strohhalm zu saugen, als wäre das Thema damit erledigt.

»Das wird nie passieren.«

Sie sah mich skeptisch an. »Du weißt, ich bin in erster Linie deine Freundin, aber kannst du es mir verübeln, dass ich immer noch ein bisschen Team Max bin?«

Sie redete über alles aus der Sicht der Fangemeinde. Team Max, aha!

Ich ließ den Blick über die Menge wandern und winkte Letitia und ihrem neuen Freund Rico zu, den ich nur von ihren Instagram-Fotos kannte. Charlie unterhielt sich mit ihnen, und ich hoffte, dass er sie mit an unseren Tisch bringen würde. Als ich mich umdrehte, fiel mein Blick geradewegs auf Max, der allein dasaß und wie wild in sein Smartphone tippte.

Wem schrieb er wohl? Es waren doch alle hier.

»Hey!« Dylan schlug mit beiden Händen auf den Tisch, und ich fuhr vor Schreck zusammen.

»Herrgott, Dylan.«

»Wie findest du's? Ich meine, ehrlich. Ist es okay?«

Wie in alten Zeiten. »Du bist *en fuego,* Dylan. Aber was machst du hier? Alle warten auf dein nächstes Set.«

Ross Anderson schlug Dylan im Vorbeigehen auf den Arm. »Tolles Set, Dylan.«

»Danke!«, sagte Dylan über die Schulter hinweg, dann konzentrierte er sich ganz auf mich und warf mir heiße Blicke zu. »Ich hab dich hier gesehen und wollte dich nicht verpassen. Bleibst du hinterher noch da?«

Alle am Tisch starrten mich an.

»Ich weiß nicht.«

Er faltete flehend die Hände und neigte sich leicht nach vorn, als wollte er vor mir auf die Knie gehen. »Bitte, Mad?« Er deutete mit der Hand auf den Rest des Clubs. »Wir sind doch hier in der Öffentlichkeit. Ich will nur mit dir reden.«

Meine Neugier war geweckt. »Mal sehen.« Ich zog die Augenbrauen nach oben. »Aber jetzt musst du auf die Bühne.«

Er nahm meine Hand. »Bist du sicher, dass du damit klarkommst? Ich spiele meinen neuen Song.«

Herrgott!

»Na los!« Ich wollte meine Hand wegziehen, doch er hielt sie fest und führte sie an seinen Mund. Als er die Lippen auf meine Haut presste, zog ich die Hand energisch zurück und lachte. »Quälgeist.«

Gentry eilte vorbei. Als er herübersah, machte er große Augen und zog empört die Brauen hoch.

Dylan zwinkerte mir zu und sprang leichtfüßig zurück, dann drehte er sich um und verschwand in der Menge. Ich folgte ihm mit meinen Blicken und bemerkte bei der Gelegenheit, dass Max mich anstarrte. Ich winkte ihm zu, und er wandte das Gesicht der Bühne zu.

Das Licht wurde gedimmt, und Charlie erschien aus dem Nichts, rutschte neben mir auf die Bank und reichte mir noch ein Bier. »War das Dylan?«

Anstelle einer Antwort nahm ich das mitgebrachte Bier und leerte es in einem Zug bis zur Hälfte.

Ich glaubte nicht, dass Charlie meinte, wir hätten ein Date, aber vielleicht hätte ich nicht mit Dylan flirten sollen, auch wenn *er* theoretisch mit *mir* geflirtet hatte. Aber wahrscheinlich war Charlie im Halbdunkel noch nicht einmal aufgefallen, dass ich rot geworden war.

Dylan kam heraus und setzte sich auf seinen Hocker, einen Fuß auf der Querstrebe, die Gitarre auf einem Knie abgestützt. »Noch mal danke, dass ihr gekommen seid. Und dass ihr bis zum nächsten Set geblieben seid. Ich will euch einen Song vorspielen, an dem ich in den letzten

Monaten gearbeitet habe. Es ist ein besonderer Song. Ich glaube, ihr werdet verstehen, warum.«

Meine Wangen glühten bereits. Vielleicht sollte ich aufstehen und gehen, aber immerhin konnte ich mich in der Dunkelheit verstecken. Sobald Dylan zu spielen begann, ließ meine Angst nach. Er schlug einen Rhythmus auf der Gitarre und sang dasselbe Stück, das er mir vorgespielt hatte, allerdings in einem lateinamerikanischen Beat, bei dem alle unwillkürlich mitwippten.

Dann kam er zum Refrain.

Dein Körper ist eine Supernova
Komm, komm zurück, Madonna
Komm, komm, komm in mein Bett
Schrei meinen Namen, immer wieder.

Ich blickte zu Layla, die mit der Hand sofort ein Okay-Zeichen machte und mit dem Finger der anderen Hand hindurchstieß. Charlie rückte etwas von mir ab, und ich war mir nicht sicher, ob ihm das bewusst war. Shawna sah mich an und wackelte mit den Augenbrauen. Ich ließ das Gesicht in die Hände sinken.

Der Song war allerdings unglaublich. Er hatte eine wunderbare Melodie, die auf der Akustikgitarre gut funktionierte. Ich musste sie nicht in der Pro-Tools-Version hören, um zu wissen, dass sie mit einer Instrumentalbegleitung noch besser klingen würde.

Doch die gesamte Stadt würde den Song im Kopf haben und mir »Komm, komm zurück, Madonna« vorsingen.

Von Scham zu sprechen, wäre hier noch untertrieben. Und dennoch stand mein Slip in Flammen. Heiß, so heiß.

Ich verfluchte Dylan. Die letzten Monate war mein Körper scheintot gewesen, als befände er sich schwerelos auf irgendeinem Raumschiff, und jetzt wachte er viel zu schnell wieder auf, ehe ich mein Ziel erreicht hatte.

Nur weil Dylan dieses Verlangen in mir geweckt hatte, musste ich es natürlich nicht unbedingt auch bei ihm befriedigen, aber es wäre so leicht, wieder in seine vertrauten Arme zu sinken. Ich beobachtete Dylan, der mit geschlossenen Augen spielte – die sexy Koteletten, die Lippen, die eine Frau so gut und so entschieden küssen konnten. Ich musste gut geküsst werden. Ich musste entschieden geküsst werden. Konnte ich für einen One-Night-Stand zu Dylan zurückkehren?

In sein Bett kommen, kommen, kommen?

Konnte ich mit den Gefühlen leben, die das in mir auslösen würde?

Er öffnete die Augen, und wie früher hielt er mich mit seinem Blick gefangen und lud mich vor dem ganzen Saal ein. Der Club wurde zum Ofen. Ich konzentrierte mich auf mein Bier, und kurz darauf war das Stück zu Ende.

»Verdammt!« Layla blieb der Mund offen stehen, und sogar Shawna fächerte sich Luft zu.

Sobald Dylan mit dem Set fertig war, drängte ich mich an Charlie vorbei und lief, ohne stehen zu bleiben, bis auf die Straße. Ich ließ meine Freunde zurück und … Dylan, was auch immer er für mich war.

Draußen lehnte ich mich gegen das Fenster des Kassenhäuschens, und in meinem Slip explodierte eine Supernova.

Mein Körper war voll und ganz aus dem Winterschlaf erwacht, und ich war mir nicht sicher, wie ich damit am besten umgehen sollte. Ich holte mein Telefon heraus und schickte eine Direktnachricht an Silberfuchs.

Raten Sie mal, wer wieder weiß, wie es sich anfühlt, jemanden zu begehren?

Ich wartete und hoffte, er würde antworten, damit ich jemandem mein Herz ausschütten konnte und vielleicht einen guten Rat erhielt. Doch das Telefon blieb stumm, und ich kam mir albern vor. Wie peinlich, ihm so etwas zu schreiben. Irgendwie musste ich mich immer wieder vor ihm blamieren.

»Hey, alles in Ordnung?« Ich sah auf, und neben mir stand Shawna.

»Ja. Vielleicht.«

Sie legte mir eine Hand auf den Arm. »Das Leben ist irgendwie komisch, oder?«

Bislang hatte ich das Leben nicht sonderlich komisch gefunden, es sei denn, sie meinte komisch im Sinne von merkwürdig. »Wieso?«

»Irgendwie scheinen die Dinge immer zum falschen Zeitpunkt zu passieren, in der falschen Reihenfolge. Hast du nie das Gefühl?«

»Doch.« Ich hatte nicht damit gerechnet, dass sie so philosophisch werden würde. »Manchmal kommt einem alles, was passiert, völlig willkürlich und sinnfrei vor, und wenn man dann endlich den Sinn begreift, ist es zu spät.«

Sie schaute zu dem blassen Mond hoch. »Stimmt. Genauso ist es. Aber manchmal fügen sich die Dinge auch.«

Sprach sie von Dylan? Ich verdrehte die Augen.

Ich war noch nicht einmal dreißig, dennoch spürte auch ich, dass mir die Zeit davonlief. In vielerlei Hinsicht hatte ich Glück. Ich hatte ein Geschäft. Ich würde ein Buch veröffentlichen. Diese Dinge gaben mir das Gefühl, etwas erreicht zu haben, aber nichts war von Dauer. Wenn sogar eine jahrelange Beziehung an einem einzigen Tag in die Binsen gehen konnte, wie sollte ich dann noch darauf vertrauen, dass irgendetwas von Dauer war?

Und schon stand ich wieder am Anfang. Kapitel eins.

Die Türen gingen auf, und Midge kam heraus. Sie tippte mir auf die Schulter. »Dylan war wunderbar, Maddie.«

Erst traten vereinzelt Leute aus dem Club, dann strömte die Menge heraus. Ich wog meine Optionen ab. Ich konnte zurückgehen und auf Dylan warten oder nach Hause gehen.

Rebecca kam heraus und legte einen Arm um Shawna. »Sag Dylan, er hat toll gespielt.«

»Sag es ihm doch selbst«, rief ich, als sie sich mit der Menge entfernten. Meine Güte, Dylan war doch nicht ein Teil von mir.

Mit der Menge wurde Charlie herausgespült, und ich tat, als hätte ich auf ihn gewartet. Ich sollte mich bei ihm entschuldigen, dass ich ihn einfach im Stich gelassen hatte, aber mir fiel keine Erklärung für meinen überstürzten Aufbruch ein, mit der ich es nicht noch schlimmer machen würde. Als wir meine Haustür erreichten, drehte ich mich zu ihm um und sagte: »Das war …«

Ich suchte nach einem passenden Adjektiv für den Abend – er hatte die Getränke bezahlt, und ich hatte ihn am Ende mit meinem Ex-Freund sitzen lassen.

Nach einem angespannten Moment sagte er: »Tja, danke«, und beugte sich vor. Ich nahm an, dass er mich auf die Lippen küssen wollte, und beugte mich vor, bemerkte jedoch auf halbem Weg, dass er auf mein Ohr und nicht auf meinen Mund zielte. Verlegen korrigierte ich meine Bewegung, woraufhin wir leider zusammenstießen. Verwirrt wich er zurück, nahm dann meine Hand und schüttelte sie.

Am liebsten wäre ich im Boden versunken.

»Also. Gute Nacht!« Er ließ meine Hand los und verschwand über den Bürgersteig. »Bis Montag?«

Ich wünschte, ich wüsste, ob Charlie das Potenzial besaß, mein romantischer Held zu sein. Die Bergüberquerung schien sich als deutlich heimtückischer zu erweisen, als ich vermutet hatte.

Sobald ich allein war, ließ ich mich aufs Sofa fallen und legte die Füße auf den Couchtisch direkt neben das Fotoalbum, das sich immer noch dort befand. Ich klappte es mit dem Zeh auf. Die erste Seite zeigte ein Bild von Layla, Max und mir vor ihrem Haus. Wir saßen auf den Stufen und lutschten knallrotes Eis am Stiel. Der Saft lief uns am Kinn hinunter und ließ uns wie sehr junge Vampire aussehen.

Ich beugte mich vor und blätterte eine Seite weiter. Meine Mutter vor fünfzehn Jahren, als ihr Haar noch nicht so weiß gewesen war. Ich hatte sie schlafend auf der Veranda erwischt, ein Buch aufgeschlagen auf der Brust. Sie sah wunderschön aus.

Nach Seiten mit Bildern von Max und Layla kamen Fotos von Dylan. Dylan auf dem Motorrad. Dylan, der auf dem Heuboden Gitarre spielte. Dylan, der in den Bus nach New York City stieg.

Ich schluckte einen Kloß hinunter, als die Erinnerung in mir wieder lebendig wurde. Ich konnte den laufenden Motor des Busses hören und die Abgase riechen, als wir uns endgültig verabschiedet hatten. Dann war er die Stufen hinaufgestiegen, und ich hatte beobachtet, wie er sich durch den Gang bewegte, bis er einen Platz gefunden hatte.

Dort hatte er mir vom Fenster aus zugewinkt. Wenn er mich nur gefragt hätte, ob ich mitkommen wolle, mir gesagt hätte, dass er mich liebe und mich brauche ... Vielleicht wäre ich mit ihm in den Bus gestiegen und hätte das Abenteuer gewagt, bis meine Mutter mich gefunden und an meine Pflichten erinnert hätte. Wenn das unsere Geschichte gewesen wäre, wäre es jetzt leichter, mich wieder auf ihn einzulassen. Stattdessen hatte er wie immer seine Bedürfnisse über meine gestellt und mich buchstäblich am Straßenrand stehen lassen.

Als ich das Bild jetzt betrachtete, fiel mir ein merkwürdiges Detail auf: Auf der Seite des Busses stand der Name des Busunternehmens – SILBERFUCHS BUSLINIEN.

Was zum ...?

Mein Telefon vibrierte, ich dachte noch einen Moment über diesen merkwürdigen Zufall nach, dann klappte ich das Album zu.

Ich griff nach meiner Tasche und suchte das Smartphone. Es vibrierte noch zwei weitere Male, und die Twitter-Meldung wechselte von zwei auf drei. Ich öffnete die App und fand drei Direktnachrichten von Silberfuchs. War da schwarze Magie im Spiel?

Ich kuschelte mich aufs Sofa, in der Hoffnung, dass der Abend nun schlagartig eine positive Wendung nehmen würde.

Sie können mir doch nicht so eine Nachricht schicken, ohne mich aufzuklären.

Geht es um Ihren St.-John-Typen?

Hat er sich als Rochester entpuppt?

Erleichtert, dass ich ihn nicht völlig verschreckt hatte, begann ich zu tippen:

Ein anderer Typ, eine alte Flamme. Eher Rhett Butler als Rochester. Er ist schrecklich arrogant und sexy, und ich empfinde die brennende Lust, zu der Sie mich ermutigt haben. Und ich bedaure es. Also vielen Dank!

Er antwortete umgehend.

Würden Sie es mir wohl erzählen?

Ich überlegte. Mit ihm zu flirten war ein schwacher Ersatz für echten Körperkontakt, aber es machte mehr Spaß, als in Selbstmitleid zu versinken

Sollte ich mir das nicht für meine Kunst aufheben? Feuer in meinen Lenden bla, bla, bla.

Ihre Lenden stehen in Flammen?

Ehrlich gesagt, ja.

Warum schreiben Sie mir dann? Warum löschen Sie das Lendenfeuer nicht mit Rhetts Rute?

Ich schnaubte und setzte mich auf, um besser schreiben zu können.

Rute? Im Ernst?

Ich habe viele historische Liebesromane gelesen, ob Sie es glauben oder nicht.

Liebesromane, wirklich?

So ziemlich alles, was ich in die Finger bekommen konnte.

Das ist aber nicht ganz *Der kleine Prinz*.

Ah. Sie haben meine Bio gelesen.

Na, und wie steht es um Ihre Rute, Foxy? Irgendwelche Fortschritte mit Ihrer Füchsin?

Schlecht – ich glaube, sie ist an einem anderen interessiert.

Ah. Da sitzen wir also an einem Samstagabend und führen ein anspruchsvolles anzügliches Gespräch.

Darf ich fragen, warum Sie allein sind, wenn Sie es sozusagen geschafft haben, den Docht zu entzünden?

Wieder musste ich lachen.

Halten Sie mich für verschroben, wenn ich Ihnen sage, dass ich mehr als nur Leidenschaft will?

Findet man das heutzutage verschroben?

Ich möchte jemanden, mit dem ich reden kann, jemanden, der mehr als nur Leidenschaft von mir will. Ich will Sex, aber nicht ohne Freundschaft, Liebe und Verlässlichkeit.

Genauso geht es mir auch.

Seufz. Wirklich? Ich habe schon gedacht, so einen Mann gebe es nur in Büchern.

Mich gibt es. Ich wünsche mir Freundschaft, aber würden Sie mich als Höhlenmenschen betrachten, wenn ich sage, dass ich auch Leidenschaft will?

Keineswegs. Mein Problem ist, dass ich jetzt Leidenschaft haben könnte. Oder Freundschaft. Aber nicht beides zusammen.

Das macht Sie unzufrieden, verstehe.

Mein Busen ist voller Verlangen.

Ich kicherte und wartete, ob er den Ball aufnahm.

Holdes Fräulein, Sie sind zweifellos in Not. Wie kann ich Ihnen behilflich sein?

Bingo!

Ich bekomme kaum Luft in diesem verflixten Mieder.

Einige Sekunden verstrichen, und ich fürchtete, ich wäre vielleicht zu weit gegangen, doch dann antwortete er.

Soll ich die Fesseln lösen?

Ich konnte ein dümmliches Grinsen nicht unterdrücken.

Schande. Mein Herr, ich sinke ohnmächtig in Ihre Arme.

Was soll ein Gentleman da tun?

Gentleman oder Hallodri?

Haha! Ein bisschen von beidem.

Er war zu süß.

Also Rhett Butler?

Schön wär's.

Wer dann?

Wir haben doch schon festgestellt, dass ich Darcy bin.

Warum landete ich immer wieder bei *Stolz und Vorurteil?*

Sie sind nicht ernsthaft so eitel, zu meinen, das Buch handle von Ihnen?

Sehen Sie? Sie haben mich völlig missverstanden.

Aber er ist ein Liebling der Leser. Alle mögen Darcy.

Alle. Nur Lizzie nicht.

Pfeil durchs Herz.

Dann warten Sie?

Es lohnt sich.

Wow! Ich hoffe, Ihre Lizzie begreift, was sie für ein Glück hat.

Und hoffentlich findet Ihr Rhett Butler einen Weg, sich zu beweisen, damit Sie Ihr heißblütiges Verlangen stillen können.

Sie meinen, ich sollte es mit einem Draufgänger mit einem Herzen aus Gold versuchen?

Für die Kunst …

Ich schüttelte den Kopf über seine Bemerkung.

Und vielleicht sollten Sie etwas mehr wagen. Lizzie sagen, dass Sie sie leidenschaftlich bewundern?

Haha! Ich arbeite dran.

Gute Nacht und viel Glück, Darcy!

Seltsamerweise hatte das Flirten mit Silberfuchs meinen Blutdruck nicht in die Höhe getrieben, vielmehr fühlte ich mich deutlich ausgeglichener als vorher. Es hatte mir gefehlt, einfach mit jemandem ein bisschen Spaß zu haben.

Eine Minute später vibrierte mein Telefon erneut.

Aber wenn Sie zufällig eine Szene schreiben, in der Ihre Figuren ihrer Anziehungskraft erliegen, hätte ich nichts dagegen, einen Blick darauf zu werfen.

Ich blinzelte heftig.

Sie wollen, dass ich eine Sexszene für Sie schreibe …

Mehrere Nachrichten folgten rasch aufeinander.

Nur ein Scherz.

Es sei denn, Sie schreiben eine, dann meine ich es ernst.

Er postete ein Emoticon mit kleinen betenden Händen.

O Gott, streichen Sie das. Ich habe Sie sicher beleidigt. Habe ich Sie beleidigt?

Ich kicherte.

Ich lache.

Gut. Dann war es nur ein Witz.
(Nein, eigentlich nicht.) Gute Nacht, Jane!
Oder Scarlett?

Als ich mich in mein Kopfkissen schmiegte, fragte ich mich, wie Silberfuchs im richtigen Leben war.

Plötzlich schoss mir eine Szene durch den Kopf, die ich für mein zweites Buch geschrieben hatte und die deutlich besser funktionieren würde, wenn ich daraus eine echte Sexszene gemacht hätte. Ich schnappte mir das Telefon und schrieb eine Nachricht an Layla.

Bist du noch wach?

Yep.

Bist du schon bei der Szene, in der Lira die Rune auf Ranes Rücken malt?

Ja – scharf.

Was hältst du davon, wenn ich daraus eine richtige Sexszene mache?

Schick sie mir!

Das nehme ich als ein Ja.

Ich zog den Laptop heran und rief in meinem Schreibprogramm die entsprechende Szene auf, die wie folgt anfing:

Sie lag auf dem Feld zwischen den Resten des Tores. Erschöpft kroch Lira über die Trümmer, hustete und spuckte Ruß und Blut, bis sie seinen verdrehten Körper entdeckte. Irgendwie hatte sie es geschafft. Sie hatte sie beide durchgebracht, aber zu welchem Preis?

Ich las bis zu der Stelle, an der sie Rane umdrehte und das Hemd hochschob, um mit dem Rest ihrer Magie ein Symbol auf seinen Rücken zu malen, das ihn ins Leben zurückholen konnte.

In der jetzigen Version wachte Rane nur wieder auf und erklärte Lira seine ewige Liebe. Ich konnte nicht fassen, dass ich nie daran gedacht hatte, dieses Bekenntnis expliziter zu gestalten. Ich begann eine Szene zu schreiben, in der ihre Liebe auch körperlich Ausdruck fand. Ich dachte, ich könnte die Szene leicht erweitern, doch die Figuren wehrten sich, und am Ende schaffte ich es noch nicht einmal, einen Kuss anständig zu beschreiben.

Rane zog Lira an sich. Für einen Herzschlag zögerte sie. Was würde geschehen, wenn noch etwas Magie übrig war? Doch als sie ihren Mund auf seinen presste, öffnete er die Lippen, und sie küsste ihn leidenschaftlicher.

Würg!

Mein Buch litt unter meinem Frust.

17

Bei den Vorbereitungen für die Feier zum 4. Juli mussten alle mit anpacken. Ich hatte Newsletter verschickt und am Sonntag einigen Grundschülern geholfen, aus ihren Fahrrädern mithilfe von Kreppbändern und Folie kleine Schmuckstücke zu machen, die sie während des obligatorischen Umzugs durch die Stadt ziehen, schieben oder treten konnten. Unsere Feier hatte etwas Kitschiges und Altmodisches.

Den ganzen Sonntagnachmittag stieg ich eine Leiter rauf und runter, hängte Fahnen auf meiner Seite der Straße auf und winkte zu Letitia hinüber, mit der ich hin und wieder ein paar Worte wechselte.

Montag war ebenfalls ein geschäftiger Tag, und es lag eine gewisse Fiebrigkeit in der Luft, die Vorfreude auf die vorübergehende Flucht aus dem Alltag. Orion war zwar klein, aber während unserer Feiern veranstalteten wir einigen Wirbel.

Am Dienstag ließ ich den Laden geöffnet, weil ich mir das Feiertagsgeschäft nicht entgehen lassen wollte. Der Umzug würde alle aus der Umgebung anziehen, die nicht in der Nähe einer größeren Stadt wohnten.

Das hieß für mich, mehr Laufkundschaft im Café als normalerweise.

Genau um zwölf scheuchte ich jedoch alle hinaus und hängte das Bin-gleich-wieder-da-Schild an die Tür, damit ich mir draußen die ersten Festwagen ansehen konnte, die die kurze Straße herunterrollten, gefolgt von einem halben Dutzend Pfadfindermädchen, einer Highschool-Band mit Majoretten und Marschkapelle sowie einer Vorführung der Kinder aus der Karateschule. Der 4-H-Club verteilte Süßigkeiten, und Veteranen, die in verrückten Miniwagen Schlangenlinien fuhren, brachten alle zum Lachen. Ehemalige Kriegsgefangene rollten in zwei Reihen auf Motorrädern vorbei und wurden mit Applaus begrüßt. Zwischen den Gruppen fuhren Kinder mit ihren geschmückten Fahrrädern oder marschierten in patriotischer Verkleidung vorbei und winkten der spärlichen Menge am Straßenrand zu. Eltern liefen auf die Straße, um Fotos von ihren Kindern zu machen. Die Leute von der Lokalzeitung taten dasselbe. Ich winkte den kleinen Kindern zu, die in meine Leseecke kamen, und den älteren, denen ich beim Schmücken der Räder geholfen hatte.

Doch in einer Rekordzeit von zweiundvierzig Minuten ging wieder einmal ein Umzug zum 4. Juli in Orion zu Ende.

Als der letzte Rest vorbeigezogen war, füllte sich die Straße mit Zuschauern, die nun nach Hause zurückkehrten. An der Ecke herrschte ein wenig Tumult. Umringt von Leuten, die ihn erkannt hatten, kam Dylan den Bürgersteig herunter. Er blieb stehen, beantwortete eine Frage, posierte lächelnd für ein Foto und versuchte, wieder ein Stück weiterzukommen. Kein Wunder, dass er sich kaum von der Farm seiner Familie fortbewegte. Das konnte schnell anstrengend werden.

Ich wusste zwar, dass er mehr als ein Promi war, doch ich blieb wie angewurzelt stehen, fasziniert von dem Star, zu dem er geworden war. Als er es bis zum Buchladen geschafft hatte, war ich versucht, sein Gefolge wie einen Schwarm unerwünschter Insekten zu verscheuchen. Am liebsten hätte ich den Besen hinter der Tür hervorgeholt und sie weggefegt.

Stattdessen hielt ich die Tür auf und hoffte im Stillen, dass er potenzielle Kunden in den Laden locken würde. Ich kam mir unwillkürlich wie etwas Besonderes vor, als er vor einer Schar staunender Mädchen »Hey, Maddie« sagte.

Seit wann maß ich meinen Wert an der Eifersucht von Teenagern?

Ich war mir nicht sicher, ob er direkt zu mir wollte oder ob er nur so vorbeigekommen war, darum machte ich etwas Small Talk. »Gehst du heute Abend zum Feuerwerk?«

Er warf mir einen heißen Blick zu. »Ich bin das Feuerwerk, Maddie.«

Ich hätte darüber lachen sollen, doch stattdessen ließ ich den Blick zu seinen trügerisch weichen Lippen gleiten. Wenn ich ihn darum bat, würde er mich heute küssen. Jetzt gleich. Ich schluckte. »Nimmst du mich mit?« Schon waren die Worte raus.

»Ich nehme dich dort. Oder hier. Wo du willst.« Er grinste, und ich musste ebenfalls über seine anzügliche Bemerkung schmunzeln. »Soll ich dich bei Sonnenuntergang abholen?«

Nachdem der Umzug vorbei war, bellte Gentry uns an, wir sollten das Krepppapier und den anderen Müll, der auf der jetzt leeren Straße zurückgeblieben war, wegräumen. Ich hatte keinen praktischen Grund, den Laden offen zu lassen, aber es gab auch keinen, ihn früher zu schließen.

Das Feuerwerk über dem kleinen See war das Ereignis des Abends.

Doch bis dahin war noch eine Menge Zeit.

Gelangweilt setzte ich mich auf den Hocker hinter der Kasse und las wahrscheinlich zum vierten oder fünften Mal *Betty und ihre Schwestern,* doch nach einigen Kapiteln dachte ich an Silberfuchs und fragte mich, was er wohl machte. Ich klickte auf seinen Twitter Feed und bemerkte, dass er eine Rezension zu *Jane Eyre* gepostet hatte. Ich musste lächeln, weil wir uns darüber ausgetauscht hatten.

Max kam, um Apfelkuchen zu liefern, und versicherte, er halte sich bis zum nächsten Tag. Er überredete mich, ein Stück mit einem Zimtcoulis zu probieren, das er in einer Flasche mitgebracht hatte. Verdammt, war das gut!

»Das ist mein Feiertagskuchen«, sagte er.

Ich wusste, dass er versuchte, mich weichzuklopfen, und es funktionierte.

Als er sich zum Gehen wandte, fragte er: »Bist du beim Feuerwerk?«

Aus irgendeinem Grund dachte ich an den Tag in der elften Klasse, als er mich gefragt hatte, ob ich mit ihm zum Abschlussfest gehen würde. Er hatte gesagt: *»Ich dachte, wir könnten als Freunde gehen. Wie in alten Zeiten.«* Es hatte mich überrascht, weil er vorher wochenlang nur mit mir darüber geredet hatte, wie man sich am besten auf den PSAT-Test vorbereitete. Ich hatte ihm sagen müssen, dass ich schon mit dem verschlossenen, poetischen und musikalisch begabten Dylan hingehen würde. Er nahm es gut auf, sagte nur: *»Kein Problem.«*

Bei der Party war er mit Emma Harkness aufgetaucht, einem hübschen Mädchen, das nicht annähernd gut genug für ihn war.

»Ja.« Ich legte den Kopf schief. »Bis dann!«

Er hakte nicht weiter nach und ließ mich in dem leeren Geschäft zurück, wo ich meinen Laptop aufklappte und die Ruhe zum Redigieren nutzte. Glücklicherweise oder leider hatte Layla den Roman durchgelesen und aufschlussreiche Anmerkungen gemacht. Allmählich verstand ich, was Silberfuchs bei meinen Charakteren gefehlt hatte, aber ich hatte noch keinen Dreh gefunden, ihrem Verlangen mehr Leben einzuhauchen.

Kurz vor Sonnenuntergang kündigte ein näher kommendes Motorenbrummen die Ankunft meines Ritters an. Dylan bog auf dem Motorrad um die Ecke und hielt neben mir auf dem Bürgersteig.

Er nahm den Helm ab. »Kann ich dich mitnehmen?«

»Mein Prinz ist gekommen«, sagte ich.

»Noch nicht.« Er lachte und reichte mir einen zweiten Helm.

Ich setzte ihn auf und schwang mich rittlings hinter ihn, die Knie an seine Schenkel gepresst, die Arme um seinen Oberkörper gelegt. Sein T-Shirt konnte seinen breiten Rücken nicht verbergen. Ich legte meine Wange zwischen seine Schulterblätter. Erinnerungen stürmten auf mich ein, und das Schnurren des Motors zwischen meinen Beinen förderte auch nicht gerade unschuldige Gedanken.

Die Sonne stand tief am Horizont, und als Dylan nach Westen auf die Landstraße abbog, wurden wir geblendet. Wäre ich mit jemand anderem gefahren, hätte ich mich vielleicht ängstlich an ihn geklammert, doch Dylan vertraute ich voll und ganz. Auf dem Motorrad jedenfalls. Ich war Stunden mit ihm gefahren, und er hatte mir nie den kleinsten Grund zur Sorge gegeben. Und heute mussten wir nicht weit fahren.

Als wir den See erreichten, funkelten die letzten goldenen Sonnenstrahlen auf dem violetten Wasser.

Wir nannten das Gewässer »See«, obwohl man noch nicht einmal mit einem Boot hinausfahren konnte. Gemessen an normalen Standards war unser See ein besserer Teich. Ich hätte den Leuten auf der anderen Seite zuwinken können. Ich hätte locker hindurchschwimmen können. Was ich auch schon getan hatte. Nackt.

Dylan stellte den Motor aus und wartete, bis ich abgestiegen war, dann nahm er den Helm ab und stieg ebenfalls ab. Er legte den Helm auf die Sitzbank und klappte mit dem Fuß den Ständer aus, dann legte er beide Hände um meine Taille. »Hat es dir gefallen?«

Ich neigte ihm mein Gesicht zu. Es wäre ein Leichtes gewesen, die Augen zu schließen, den Kopf in den Nacken zu legen und mich von ihm küssen zu lassen.

Ich wollte geküsst werden, und zwar dringend.

Dylan löste den Griff um meine Taille und schob seine Hand beiläufig in meine. »Komm, Mad. Sehen wir mal, wer da ist.«

Frustriert, dass er die Chance, mich zu verführen, hatte verstreichen lassen, trottete ich neben ihm her und hielt nach jemandem Ausschau, mit dem ich Lust hatte zu reden. Überall unterhielten sich die Leute und ließen sich auf Decken nieder.

Unser Feuerwerk würde eher die Andeutung eines Feuerwerks als ein Riesenspektakel sein. Komplizierte Choreografien, wie es sie in anderen Städten gab, konnten wir uns nicht leisten, doch wir hatten unsere Traditionen, und es war ein Anlass, sich unter die Leute zu mischen.

Dylan nickte einigen zu, die ihn anstarrten. Die meisten hatten ihn schon gekannt, bevor er sich einen Namen gemacht hatte, aber einige der Teenie-Mädchen gafften ihn mit großen Augen an und tuschelten hinter vorgehaltener Hand. Er zwinkerte ihnen zu, und sie kicherten. Als eine ihr Smartphone hochhielt, um ein Foto zu machen, setzte Dylan ein Tausend-Watt-Lächeln auf. Ich wartete, bis er mit seiner Vorstellung fertig war und zu mir zurückkam.

Ich winkte Mr Anderson und seinem ältesten Sohn Connor zu, dann merkte ich, dass sie sich mit Gentry unterhielten. Gentry musterte meine Hand in Dylans und warf mir einen herablassenden Blick zu. Als ob ich etwas auf seine Meinung geben würde. Dann fiel mir ein, dass er der Einzige in der Stadt gewesen war, der Peter bei unseren Feiern aufrichtig willkommen geheißen hatte. Mit Peter hatte er die Person verloren, die zum ersten Mal für ihn so eine Art Freund gewesen war. Das heiterte mich irgendwie auf.

Dylan ließ meine Hand los, um zu ein paar Typen zu gehen, die auf der Farm seines Vaters arbeiteten, klopfte ihnen auf den Rücken und plauderte locker auf Spanisch mit ihnen. Ich blickte mich um und lächelte allen zu, die in meine Richtung sahen. Als ich Layla entdeckte, ging ich schnurstracks zu ihr.

Sie saß im Schneidersitz auf einer Decke neben einer Kühltasche. Zwischen ihren Beinen lugte wie ein gläserner Phallus eine offene Bierflasche hervor. Sie wedelte mit dem Telefon durch die Luft und versuchte, ein Netz zu finden.

Ich trat hinter sie. »Dein Hosenstall ist offen.«

Sie neigte den Kopf. »Hä?«

Ich zeigte auf die Flasche. »Deine Latte ist zu sehen.«

Sie rutschte zur Seite und machte mir Platz, war jedoch noch immer mit ihrem Telefon beschäftigt. »Ich habe hier keinen Empfang, und in der Fangemeinde braut sich ein Krieg zusammen.«

Oh, das war entsetzlich. Weil ich fürchtete, sie könnte nach Hause gehen, um sich um das vermeintliche Drama zu kümmern, sagte ich: »Kann das niemand anders für dich regeln?«

»Klar. Ich habe Moderatoren, aber dann verpasse ich den Spaß.«

»Das hier wird auch lustig. Sieh dir doch die ganzen Leute an.« Ich ließ den Blick über die versammelte Menge wandern und bemerkte Charlie auf der anderen Seite des Sees.

Charlie war attraktiv, lustig und nett, genau die Art von Typ, die ich für mich in ein Buch geschrieben hätte, doch ihm fehlte Dylans Sinnlichkeit. Die beiden Männer hätten nicht unterschiedlicher sein können. Und natürlich hatte Charlie mir auch noch nicht das kleinste Zeichen gesendet, dass er überhaupt an meinen jämmerlichen Versuchen interessiert war, ihn aus der Reserve zu locken. Also war ich mit Dylan da. Was sagte das über mich aus? Entsprach ich dem schrecklichen Klischee von Frauen, die immer einen Mann brauchten, irgendeinen Mann, egal um welchen Preis? Mir war klar, dass ich mit dem Feuer spielte, wenn ich mit Dylan zusammen war. Er würde lichterloh brennen und meine Nacht erleuchten, aber wahrscheinlich würde er mich beim Nachglühen allein zurücklassen.

»Meine Güte, die Leute kommen auch zu jedem Mist.«

Dylan gesellte sich zu uns und setzte sich hinter mich. Layla bot ihm ein Bier an, und er strich mit der freien Hand über meine Schulter.

Layla redete weiter. »Erinnerst du dich noch an das Kürbisfest im letzten Jahr?«

Natürlich erinnerte ich mich daran. Wie bei allen Dingen in Orion war das winzige Fest nur ein Erfolg gewesen, weil die Bewohner unserer Stadt jede Gelegenheit nutzten, mit anderen zusammenzukommen. Wie heute Abend.

»Ich musste Peter hinschleppen.«

Er war überhaupt nur aus dem Grund mitgekommen, weil ich es organisiert hatte. Er hatte sich zwar beschwert, dann jedoch eine tapfere Miene aufgesetzt und so getan, als würde er sich gern mit Midge, Shawna und Letitia unterhalten. Es hätte mich nicht überraschen dürfen, dass er an Thanksgiving geflohen war.

Dylan legte die Hand um meinen Nacken und kniff mich sanft. »Ja, das hat er mir erzählt.«

»Das stimmt! Ich hatte vergessen, dass du an dem Wochenende auch da warst«, sagte Layla.

»Na, vielen Dank«, sagte er.

Ich drehte mich zu ihm um, doch sein Gesicht lag im Dunkeln. »Was hat Peter dir erzählt?«

Als ich mich umgedreht hatte, war seine Hand von meiner Schulter geglitten, jetzt lag sie auf meinem Knie. »Wir haben nur ein bisschen Small Talk gemacht. Ich wusste nicht, was ich mit ihm reden sollte. Ich wusste ja noch nicht einmal, was er eigentlich beruflich macht.«

»Finanzbranche«, warf ich ein. Jetzt war er CFO, aber das war nicht wichtig. »Erzähl weiter.«

»Er hat eine abfällige Bemerkung darüber gemacht, wie wenig man hier unternehmen könnte. Dass wir uns diese Events ausdenken müssten, die eigentlich gar keine wären, um so zu tun, als hätten wir überhaupt irgendeine Form von Kultur. Ich war mir nicht sicher, ob ich aus Höflichkeit zustimmen oder meine Heimatstadt verteidigen sollte und deine Teilnahme. Schließlich habe ich so etwas gesagt wie ›Nun ja, Maddie ist gern hier‹.«

Das war nicht gerade ein Geheimnis.

»Das wusste er.« Ich blickte über den See auf die schattenhaften Silhouetten.

»Er hat meine Antwort als stillschweigende Zustimmung verstanden, dass der Stadt etwas fehlt, und sagte so etwas wie ›Nur unter uns, sobald wir verheiratet sind, gehen wir hier weg‹.«

»Wie bitte?« Ich riss den Kopf herum und sah ihn an. »Das stimmt nicht. Das musst du missverstanden haben.«

»Nein, darum kann ich mich überhaupt an das Gespräch erinnern. Er sagte, er habe ein Auge auf ein Haus in der Meridian Street geworfen, das er kaufen wolle, sobald ihr verheiratet wärt.«

Die Meridian Street lag im Zentrum von Indianapolis.

»Und du hast gesagt …«

»Ich habe ihm gesagt, dass er das vor der Hochzeit mit dir besprechen müsste, dass es unfair wäre, erst damit rauszurücken, wenn ihr offiziell verheiratet wärt.«

Ich sah ihn mit großen Augen an. »Warum hast du mir das nicht erzählt?«

Es überraschte mich nicht, dass Peter wegziehen wollte, aber die Vorstellung, dass er mich derart hatte hintergehen wollen, war haarsträubend. Ich wollte eigentlich gar nicht wissen, ob ich glauben konnte, was ich da hörte. Aber ich ballte die Fäuste und wartete auf eine Erklärung.

»Ich dachte, du meinst, ich wäre eifersüchtig, und würdest mir nicht glauben.«

Ich blickte zu Layla, doch in der Dunkelheit sah ich nur ihren Schatten. »Kannst du dir das vorstellen?«

Layla nickte langsam. »Du hättest wissen müssen, dass er hier nicht glücklich war. Das war für alle offensichtlich.«

Das war eine richtige Beobachtung, aber es war, als würde

der Regen bemerken, dass der Boden nass war. Sie hatten ihn nicht gerade herzlich aufgenommen.

Einer der Männer, die für das Feuerwerk zuständig waren, schrie: »Wir fangen an.« Der See war klein genug, um ihn zu hören.

Die Menge jubelte.

»Dieses Gespräch ist noch nicht zu Ende.« Ich drehte mich zum Wasser, unterbrach kurzerhand das Feuerwerk zwischen uns, und über uns explodierte ein Stern.

War es scheinheilig von mir, sauer auf Dylan zu sein, weil er seine Meinung für sich behalten hatte? Auf Max war ich ein halbes Jahr lang wütend gewesen, *weil* er mir offen die Meinung gesagt hatte.

Was, wenn Dylan anstelle von Max in den Wochen vor der Hochzeit mit mir gesprochen hätte?

Ehrlich gesagt, ich hätte nicht auf ihn gehört.

Ich war fest entschlossen, die Hochzeit wie geplant durchzuziehen. Ich hatte ein Kleid, eine Torte und den Segen meiner Mutter. Abgesehen von unseren sich abzeichnenden Differenzen, die von Leuten, die sich als meine Freunde bezeichneten, noch verschärft wurden, hatte unsere Beziehung alles gehabt, was ich Silberfuchs erzählt hatte. Mit Peter konnte man sich bestens unterhalten, er war attraktiv und konnte gut küssen. Sex, Freundschaft und Verlässlichkeit. Genügte das nicht?

Natürlich, ich war Peter nicht genug gewesen, und die Tatsache, dass er mich so einfach verlassen hatte, ließ mich daran zweifeln, ob mich überhaupt jemand lieben konnte.

Das Feuerwerk dauerte länger als geplant, weil die Pyrotechniker eine Rakete nach der anderen zündeten und es künstlich in die Länge zogen. Kinder liefen herum und verteilten Wunderkerzen, und wir schrieben mit den funkelnden Lichtern unsere Namen in die Luft. Über unseren Köpfen explodierte ein weiterer glanzloser Stern, und alle riefen »Oh!« und »Ah!«, selbst bei Blindgängern, die nicht selten waren.

Während des Feuerwerks verhielt sich Dylan wie ein vollendeter Gentleman. Er saß hinter mir und fasste meine Schultern, damit ich mich gegen ihn lehnte, und es fühlte sich viel zu schön an, um zu widerstehen. Er legte den linken Arm über meine Brust und hielt in der rechten das Bier.

Insgesamt dauerte die ganze Vorstellung zwanzig Minuten. Wir wussten, dass sie zu Ende war, als die Verantwortlichen es schafften, zwei Feuerwerkskörper gleichzeitig abzufeuern und dann übers Wasser riefen: »Das war's, Leute!«

Wir unterhielten uns noch ein bisschen mit allen, tranken noch ein paar Bier und erschlugen einige Mücken. Dylan folgte mir zu verschiedenen Leuten, die ich nur selten sah, es sei denn, sie kamen in den Buchladen. Einige, die ich noch von der Highschool kannte, arbeiteten auf den Farmen ihrer Familien und kamen fast nie in die Stadt.

Wir benutzten unsere Smartphones als Taschenlampen und bahnten uns einen Weg durch die Menge. Dabei gelang es Dylan, uns an Charlie vorbeizulotsen, der in ein Gespräch mit Letitias neuem Freund vertieft war. Ich wollte gerade zu Rico hinübergehen, als sich Charlies und mein Blick kreuzten. Ich machte einen Schritt auf ihn zu, doch als hätte er mich nicht erkannt, wandte er sich ab, ohne mir zuzunicken oder zu winken.

Ich ging zurück zu Laylas Decke, auf der eine Ecke jetzt von Max besetzt war. Beide versuchten, ein Netz zu bekommen.

»Wollen wir gehen?«, fragte ich Layla.

Dylan legte die Stirn an mein Ohr. »Hey«, flüsterte er. »Ich dachte, du wärst mit mir da.«

Sein Atem kitzelte auf meiner Haut, und ich erschauerte. Ich nahm meine ganze Kraft zusammen, um der Versuchung zu widerstehen, eine leidenschaftliche Nacht in seinem Bett zu verbringen, und schaffte es, den Körperkontakt zu lösen. »Danke, dass du mich mitgenommen hast, Dylan. Ich muss jetzt nach Hause.«

»Ich kann dich wieder mitnehmen.« Er verschränkte die Finger mit meinen. Seine altbewährte Art, sich selbstverständlich zu nehmen, was er wollte, ohne es offen auszusprechen. Er war mir so vertraut, dass es ein Leichtes wäre, in alte Muster zu verfallen.

Doch ich hatte mich im Griff und zog meine Hand zurück. »Danke, Dylan. Nicht heute.«

Außerdem hätte ich nicht mit zu Dylan gehen können, selbst wenn ich gewollt hätte. Mir blieben nur noch drei Tage, um mein Buch zu redigieren, dann musste ich es an den Verlag schicken.

Wieder zu Hause öffnete ich den Laptop, um mich noch einmal an der Sexszene zu versuchen, die sich mir am Wochenende verweigert hatte. Als ich mich setzte, stellte ich jedoch fest, dass Silberfuchs mir geschrieben hatte.

Guten Abend, Claire! Scarlett?
Ich bin neugierig, wie es läuft.

So viel zum Schreiben. Sein Timing war tadellos, denn ich wollte mich jemandem anvertrauen. Normalerweise hätte ich mit Charlie geredet, doch da er eine der Personen war, über die ich reden wollte, kam er als Vertrauter nicht infrage.

Hallo, Schlaufuchs! Oder Darcy. Ehrlich gesagt, ist alles etwas schräg.

Wieso?

Wie sollte ich das erklären?

Meine zwei potenziellen Bewerber sind das genaue Gegenteil voneinander.

Richtig. St. John versus Rhett. Und wer gewinnt?

Wohl eher, wer verliert? St. John ist ein toller Typ. Wir sind gute Freunde, aber da kribbelt nichts. Rhett hingegen ist ein leicht entzündliches Pulverfass, aber ich vermute, dass er nur auf Sex aus ist. Wenn ich aus beiden Männern einen machen könnte …

Ich musste wieder an Peter denken. Peter war in vielerlei Hinsicht eine Mischung aus Charlie und Dylan gewesen. Theoretisch war er eine gute Partie, und es kribbelte auch. Vielleicht nicht ganz so heftig wie bei Dylan, aber wenigstens wollte Peter mich nicht nur für eine Nacht haben. Nun ja, jetzt nicht mehr, aber als wir zusammen gewesen waren, war er mit mir gereist und hatte mir gesagt, dass er mich liebe.

Mein Telefon vibrierte.

Klingt, als müssten sich beide mehr anstrengen.

Genug von mir.

Wie läuft es mit Ihrer Lizzie?

Nicht gut. Vielleicht sollte ich aufgeben.

Was hält Sie ab?
Was ist so besonders an ihr?

Das könnte eine Weile dauern.

Bitte. Vielleicht gibt es mir den Glauben an echte romantische Gefühle zurück.

Sie haben keine Ahnung, worauf Sie sich da einlassen.

Nennen Sie mir eine Sache.

Unter seinem Namen erschienen drei kleine Punkte und verschwanden wieder. Ich beobachtete sie ungeduldig, bis die Nachricht erschien.

Ich sollte mit ihrer Persönlichkeit und ihrem freundlichen Wesen beginnen, aber was mich am meisten umhaut, sind ihre Augen. Ich glaube, sie selbst findet sich etwas stur, vielleicht sogar abweisend, und wenn man sie nicht kennt, könnte man darauf hereinfallen. Aber ihre Augen verraten sie. Nur ihre Farbe zu beschreiben, würde ihnen nicht gerecht.

Aus ihnen spricht ihre Gefühlstiefe und ihre Neugier. Wenn ich ein Maler wäre, würde ich sie für Sie zeichnen. Und ich bilde mir gern ein, dass nur wenigen dieser verführerische Blick vorbehalten ist, den sie mir unbewusst zuwirft.

Ich war fassungslos.

Das war wirklich hinreißend, SF. Ich wünsche Ihnen viel Glück und hoffe, dass sie endlich merkt, was sie an Ihnen hat.

Als er nicht gleich antwortete, legte ich das Telefon weg, doch dann vibrierte es noch einmal.

Ich hoffe, Sie finden den Mann, der sich in Wort und Tat als Ihrer würdig erweist.

Gott, warum konnte ich nicht jemanden wie ihn finden?

Weiß sie, was Sie für sie empfinden?

Ich bin mir sicher, dass sie etwas ahnt.

Was stimmte nicht mit ihr?

Es tut mir leid. Sie sind so ein toller Kerl.

Nun, das wissen Sie nicht. Ich bin der Idiot, der Ihnen öffentlich vorgeworfen hat, kein Liebesleben zu haben.

Ich schnaubte verächtlich.

Aber das war er nicht mehr.

Sie haben mich auf eine tolle Idee gebracht, wie ich die Fortsetzung in den Griff bekomme. (Die Sexszene. Ich werde rot.) Ich wollte sie heute Abend schreiben, aber sie funktioniert noch nicht.

Brauchen Sie Inspiration?

Ich richtete mich auf.

Ja!

Wenn ein Mann Sie küsst, wollen Sie dann, dass er sich Zeit lässt, oder sollte es stürmisch und überwältigend sein?

Ein Kribbeln überlief meinen Rücken.

Ich glaube, die Antwort lautet sowohl als auch, Silberfuchs.

Dann küssen Sie gern?

Unbedingt. Gott, es fehlt mir!

Dann fangen Sie damit an. Beschreiben Sie, wie Ihre Charaktere sich küssen, und warten Sie, ob sich weitere Türen öffnen. Stellen Sie sich vor, Sie wären an ihrer Stelle.

Das hatte ich vergeblich versucht, aber das brauchte er nicht zu wissen.

Das ist ein guter Tipp. Sie müssen dasselbe tun … (Im wahren Leben.) Jetzt muss ich schlafen.

Ich auch. Danke fürs Gespräch!

Ebenso.

Ich lag noch eine Weile im Bett und malte mir aus, wie Silberfuchs wohl aussah. Wie klang seine Stimme? Konnte er gut küssen? Ich stellte mir einen Mann vor, der etwas Wundervolles flüsterte, während er mit seinen Lippen über meine strich. Er hatte recht, die Vorstellung half. Ich setzte mich auf und tippte den Beginn einer neuen Szene, zu der mich ein Fremder angeregt hatte, der irgendwo weit weg war und hoffnungslos in eine andere Frau verliebt.

18

Ich wachte davon auf, dass Layla irgendeinen Song jaulte, den vermutlich nur sie kannte. Ich schleppte mich in die Küche, wo sie vor einer Pfanne am Herd stand und Rührei zubereitete.

»Morgen!«, sagte sie. »Eier?«

»Nein, danke.« Ich rekelte mich. »Warum bist du schon wach?« Ich reckte den Hals, um in ihr Zimmer zu linsen. Hatte sie einen heimlichen Liebhaber versteckt? Wer konnte es sein? Soweit ich wusste, hatten Internetmenschen keinen Körper.

Sie machte sich einen Teller zurecht und setzte sich an den Tisch. Ich drehte die Musik leiser, schenkte mir Kaffee ein und setzte mich ihr gegenüber. »Erzähl!«

»Ich habe gute Neuigkeiten!« Sie grinste mich über ihren Becher hinweg an. »Rate mal!«

Ich hasste Raten, darum machte ich keine ernsthaften Vorschläge. »Äh. Du hast ein Treffen mit dem Papst?«

Sie lachte schallend. »Nein. Kein Papst.«

Ich tippte die Fingerspitzen aneinander. »Lass mich nachdenken. Du hast beschlossen, Veganerin zu werden?«

Sie verdrehte die Augen. »Hör auf.«

»Ich sollte doch raten.«

»Sag etwas Realistisches. Ich gebe dir einen Tipp. Es ist etwas, das du mir schon vor einer Weile geraten hast.«

Ich überlegte. Wenn sie das Badezimmer geputzt hätte, wäre sie wahrscheinlich nicht so aufgekratzt. Ich hatte ihr nur eine Sache nahegelegt und dachte an den Lebenslauf und ihr geheimnisvolles Interesse an meinem Kleiderschrank.

»Du hast einen Job gefunden?«

Sie strahlte. »Genau!«

Jetzt grinste ich ebenfalls. »Was? Wo?« Sie hatte geschworen, sie würde nur einen Job in New York City annehmen, aber bislang hatte sie es dort noch nie auch nur zu einem Vorstellungsgespräch geschafft. Ich machte mir Sorgen, dass sie endlich Erfolg gehabt hatte und mich verlassen würde.

»Bei einer Kosmetikfirma am Stadtrand von Indy. Ich fange heute an!«

Sie *würde* mich verlassen. Ich rieb mir die Augen, ich war noch nicht ganz wach. »Wo wirst du wohnen?«

»Entspann dich. Fürs Erste kann ich von hier aus pendeln. Rate, was noch?«

Ich stöhnte, weil sie mich so quälte. »Arbeitest du nachts?«

»Hör auf. Nein. Ich bin in der Social-Media-Abteilung, ich kann also noch einiges lernen. Vielleicht komme ich einen entscheidenden Schritt weiter und kann mich in einem Jahr oder so in Manhattan bewerben.«

»Das klingt perfekt.« Ich ging zu ihr und drückte sie kurz. »Ich freue mich so für dich!«

Sie sprang auf. »Hast du was dagegen, wenn ich mir etwas aus deinem unendlichen Vorrat an Geschäftskleidung leihe, bis ich mir eine eigene pyjamafreie Garderobe zugelegt habe?«

Es war, als hätten wir die Rollen getauscht; sie eilte zielsicher auf das Leben zu, vor dem ich geflohen war. Als wir Kleidung für eine erfolgreiche Frau für ungefähr eine Woche heraussuchten, fragte ich mich, ob ich mich vielleicht zu weit in die andere Richtung entwickelt hatte. Max war immer geschäftsmäßig gekleidet, während ich im Buchladen nur bequeme Sachen trug, weil es wie in meiner Kindheit für mich ein Ort zum Wohlfühlen war. Nachdenklich hielt ich ein rosa Nadelstreifenhemd hoch, das ich immer geliebt hatte, und dazu einen grauen Rock.

Mein Blick glitt zu den hübscheren Kleidern, und zum ersten Mal seit Monaten hatte ich Lust, eins anzuziehen, unwillkürlich stellte ich mir Dylans Reaktion vor. Ich spielte mit dem Saum eines violetten Rocks und platzte mit einem Geständnis heraus.

»Ich überlege, ob ich eine Nacht mit Dylan verbringen sollte.« Ich bereitete mich auf ihre Reaktion vor.

Sie zog nur eine Augenbraue hoch. »Ja. Okay. Vielleicht.«

»Was?«

»Team MadDylan geht nicht. Das klingt zu sehr wie dein Name. Mad Dylan. Madeleine. Das klingt nicht gut.« Sie musterte eine weiße Seidenbluse von Banana Republic, schüttelte den Kopf und ließ den Kleiderbügel zurückschwingen. Abgelehnt.

»Eine Beziehung besteht nicht nur aus einem Spitznamen für das Paar.«

»Ich meine ja nur. Team MadMax. Das klingt nach einer Verbindung für die Ewigkeit.«

»Du bist vielleicht hartnäckig, aber Max und ich würden uns gegenseitig umbringen.«

Sie begutachtete eine hellblaue Bluse von Ralph Lauren. »Ihr seid euch zu ähnlich. Darum bringt ihr euch gegenseitig auf die Palme.«

»Es ist nicht nur das.« Ich setzte mich auf die Bettkante und dachte darüber nach, wie oft er mich verrückt machte. »Wusstest du, dass er versucht hat, mich davon abzubringen, Peter zu heiraten?«

»Also ...«

»Was also?«

»Äh.« Sie zog unterschiedliche Grimassen, erst riss sie überrascht die Augen auf, dann wirkte sie schuldbewusst und blinzelte, als rechnete sie damit, von einem unbekannten Flugobjekt getroffen zu werden.

»Spuck's aus, Miss Beckett.«

Sie entspannte sich und setzte sich neben mich. »Das war nicht nur Max.« Sie faltete die Hände auf den Knien, als würde sie verhört. »Die Leute in dieser Stadt wollen dich beschützen. Sie haben sich Sorgen um dein Glück gemacht.«

»Was willst du damit sagen? Hat man Max vorgeschickt?«

Sie zuckte die Schultern.

»Wer?«

»Ich weiß es nicht genau, aber ich habe Max gesagt, dass es deine Entscheidung ist. Dass du ein kluges Mädchen bist und du es ihm niemals vergeben wirst, wenn er sich einmischt.«

»Danke!« War das so schwer vorstellbar? Trotzdem. »Hattest du dieselben Sorgen?«

»Ich mache mir immer Sorgen. Aber wer weiß, was die Zukunft bringt? Gab es Warnzeichen? Ja. Aber ich wollte dich nicht wegen irgendeines Typen als Freundin verlieren.«

»Das hättest du nicht.«

»Bei Max ist es jetzt irgendwie so.«

Ich machte ein verächtliches Geräusch. »Das ist nicht das Gleiche. Ich kann nur nicht glauben, dass alle dieselben Bedenken hatten und es mir, abgesehen von Max, nur ein Mensch ins Gesicht gesagt hat.«

»Dylan?«

»Nein. Charlie. Er sagte, Peter sei ein Alpha-Arsch, und in ein paar Jahren würde ich vermutlich meinen eigenen Tod vortäuschen und in die Freiheit schwimmen.«

Layla schien verwirrt, darum fügte ich hinzu: *»Der Feind in meinem Bett*. Julia Roberts erfindet ein ausgeklügeltes Schiffsunglück, um ihrem Ehemann zu entkommen, der sie verprügelt und erniedrigt.«

»Das weiß ich, aber Alpha-Arsch?«

»Alpha-Oberarschloch. Kontrollierend, herrschsüchtig.« Ich hielt inne und überlegte, ob das auf Peter zutraf. »Ich dachte, Charlie wäre aus Prinzip gegen jede Hochzeit. Du hast doch nicht gedacht, Peter würde mich misshandeln, oder?«

Sie schüttelte den Kopf. »Aber vielleicht manipulieren. Ich fand ihn vor allem kühl, und irgendwie wirkte er immer ein wenig abwesend.«

»Er war seriös und zuverlässig.«

Sie rümpfte die Nase. »Das sind die meisten Vibratoren auch.«

Ich schnaubte. »Na, also die Wichtigtuer hatten recht. Jetzt bin ich allein und kämpfe darum, den Buchladen irgendwie zu retten. Sie haben den Verlauf meiner Geschichte geändert und mich zur Fußnote gemacht.«

»Maddie, ist es so schlimm, wenn ein Roman so endet? Meinst du wirklich, dass du glücklich bis ans Ende deiner Tage mit deinem Prinzen auf einem Schloss leben würdest, wenn Peter nicht die Flucht ergriffen hätte, als er feststellte, dass all deine hübsch gekleideten Freunde in Wahrheit Emporkömmlinge sind?«

Ich kicherte und wuselte durch ihr rotes Haar. »Und ein Kürbis.«

»Aber verstehst du, was ich meine? Auf der großen Landkarte deines Lebens gibt es einen dicken Pfeil, auf dem steht: *Sie befinden sich hier.* Und der zeigt auf jetzt. Nirgendwo anders hin. Die Frage ist, ob du im Hier und Jetzt leben oder ob du weiterhin vor der Realität in eine Fantasiewelt flüchten willst.«

»Verstanden. Ich versuche es. Aber der Pfeil zeigt in keine Richtung. Und die Karte muss neu gezeichnet werden, weil alle Orientierungspunkte weg sind.«

Sie nahm meine Hand. »Niemand ist auf die Orientierungspunkte angewiesen, Maddie. Die sind selten von Dauer.«

Angesteckt von Laylas neu entdeckter Professionalität zog ich einen blau-weiß gestreiften Bleistiftrock und eine hellgelbe Seidenbluse an. Damit sie lässiger wirkte, ließ ich die obersten Knöpfe offen. Anstelle meines geflochtenen Zopfes steckte ich die Haare im Nacken zu einem Knoten zusammen. Auf schicke Schuhe verzichtete ich zugunsten bequemer Sandalen, dann ging ich mit frischer Energie zur Arbeit.

Trotz meiner neuen Motivation fühlte sich der Morgen unheilvoll an. Es war drückend, und keine Menschenseele war auf der Straße. Nicht einmal Charlie tauchte auf, was beunruhigend war. Ich hatte ihm unterschiedliche Signale gesendet, war jedoch überzeugt, dass er kein einziges wahrgenommen hatte. Doch vielleicht hatte ich unserer Freundschaft geschadet. Sollte er irgendwann auftauchen, sollte ich mich zu ihm setzen und Klartext mit ihm reden.

Die unheilvolle Stimmung hielt sich den Vormittag über. Beunruhigt sah ich nach draußen, ob sich vielleicht ein Unwetter zusammenbraute und alle für den Rest des Tages in ihren Häusern blieben. Als Max in seinem Lieferwagen vorfuhr, war ich beruhigt, dass der Jüngste Tag wohl noch nicht gekommen war und mich als Einzige zurückgelassen hatte. Aber als er auf den Bürgersteig sprang und ohne irgendwelche Schachteln in den Laden stürzte, das Geschlossen-Schild umdrehte und die Tür verschloss, fragte ich mich wieder, ob womöglich gerade die Welt unterging.

»Was ist los, Max?«

»Hast du keine Meldung erhalten?« Er lief durch den Laden und sah sich um. »Für unser Gebiet liegt eine Tornadowarnung vor. Ist außer dir noch jemand hier?«

Die Fenster klapperten, und hin und wieder prallten Zweige oder Abfall gegen die Tür. Ich stellte die Bücher ab, die ich gerade zum Tresen trug. »Nein. Mist!«

Ohne Vorwarnung ergriff er meine Hand und zog mich mit sich in Richtung Lagerraum, wie ein Gauner, der mich auf sein schwarzes Ross warf und geradewegs in seine Höhle entführte. Oder in meine, um korrekt zu sein. Er riss die Tür zu dem selten benutzten Keller auf, einem Raum, der zu klein war, um ihn als Untergeschoss zu bezeichnen, und feucht – ein Loch. Ein Loch war unser sicherster Platz.

Mein Herz raste.

Wenn man in Indiana lebt, werden einige Dinge selbstverständlich. Dazu gehört, dass man in einem Keller hockt, wenn Tornado-Saison ist. Die eigentlich das ganze Jahr dauert. Wir gehen kein Risiko ein. Wir haben alle gesehen, welche Verwüstung ein Tornado anrichten kann. Zwischen Dutzenden von Häusern kann er ein einziges wegreißen. Oder er macht eine ganze Stadt dem Erdboden gleich. Ich würde mich nie mit einem Tornado anlegen, auch wenn es bedeutete, dass ich mit Max eingekerkert war.

Max drückte den Lichtschalter. Nichts passierte.

Es war so dunkel im Raum, dass ich mich an der Wand entlangtasten musste, um nicht über das Klappbett zu stolpern, das ich geerbt hatte. »Irgendwo habe ich eine Taschenlampe.« Kurz darauf stieß ich mit der Hüfte gegen einen alten Arbeitstisch, der vor der rückwärtigen Wand stand, und suchte in der obersten Schublade, bis meine Hand auf Metall stieß. Ich schaltete die Taschenlampe ein und richtete sie auf die nackte Glühbirne, die von der Decke hing.

Max streckte den Arm hoch, doch die Metallkette war zu kurz. Auch auf Zehenspitzen kam er nicht an sie heran. Er ging in die Hocke und klopfte auf sein Knie. »Hier. Stell dich auf meinen Oberschenkel und versuch, sie zu erreichen.«

Ich legte meine Hände auf seine Schultern und stieg auf sein Bein. Er hielt mich an der Taille fest, während ich die Kette fasste und daran zog. Ohne Ergebnis. »Mist! Wahrscheinlich ist die Birne kaputt.«

Die Taschenlampe lag auf dem Tisch und warf unsere Schatten an die Wand.

Ich stieg hinunter, und Max richtete sich auf. Doch anstatt die Hände sinken zu lassen, zog er mich dichter an sich. »Das erinnert mich an die Tanzstunde.«

Das musste an meinem Rock liegen.

»Max.« Ich bemühte mich um einen strengen Ton, musste bei der Erinnerung allerdings kichern. Etwas linkisch nahm ich die Position ein, legte meine linke Hand auf seine Schulter, hielt die rechte hoch und wartete, dass er sie nahm. Stattdessen presste er die Lippen auf meine Stirn.

Überrascht ließ ich die ausgestreckte Hand auf seinen Oberarm sinken und stutzte. Er hatte feste Muskeln. Meine Finger spielten mit dem Rand seines Ärmels. Wie fühlten sich wohl seine Schultern an?

Ich hätte ihn zurückstoßen sollen, doch mein Griff verstärkte sich, und als hätte er das als Einladung verstanden, drückte er die Lippen auf meine Schläfe.

Diverse Befehle schossen mir durch den Kopf. *Halt! Das ist Max!* Mein Mund formte schon die Worte, doch als Max mich sanft auf die Wange küsste, schwieg ich.

Dann strichen seine Lippen über meine, und mein Hirn versagte komplett. Das einzige Wort, das mir durch den Kopf ging, klang wie *Hm*. Meine ganze Aufmerksamkeit war auf seine köstlichen Lippen gerichtet, die sich leicht öffneten. Wir passten wie zwei Puzzleteile zusammen. Ich sog an seiner Unterlippe, und seine Zunge suchte meine. Blitze schossen durch meinen Bauch, und der Rest meines Körpers erwachte Stück für Stück zum Leben, als würde die Energie des Kusses in sämtliche Glieder fließen.

Ich grub die Finger in seine Muskeln, die ich eben zum ersten Mal bemerkt hatte, und er stöhnte leise. Sein aufgeflammtes Verlangen hätte mich warnen müssen, doch ich wollte nur noch mehr.

Er schob den Fuß einen Schritt nach vorn, und wie eine gehorsame Tanzpartnerin folgte ich ihm und ließ mich von ihm führen, bis ich mit dem Rücken gegen die Wand stieß und er sich an mich presste, hart, ziemlich hart. Mein Kopf sandte eine dringende Botschaft an meinen Körper: Diese

Erektion, die sich an mich presste, gehörte Max. Doch ich wollte nicht, dass er aufhörte.

Ich legte ein Bein um ihn und drängte meine Hüften gegen seine. Mein Rock rutschte nach oben.

Aus dem leisen Knistern zwischen uns wurde ein Lodern, und eine andere Art von Tornado kam über uns. Seine Finger strichen durch mein Haar und lösten die Spange, dann neigte er meinen Kopf nach hinten und strich mit den Lippen über meinen Hals. Meine Hände suchten den Saum seines Hemds und glitten unter den Stoff, ich wollte seine Haut spüren, die verführerischen Muskeln auf seinem Rücken ertasten. Er kam wieder nach oben, drückte seine Wange an meine und flüsterte: »Maddie.«

Ich brachte ihn mit meinen Lippen zum Schweigen und genoss es, ihn zu schmecken. Seine Hände strichen über meine Bluse, ein Gebiet, das er noch nie erforscht hatte. Nicht ein Mal. Dass er mit diesem Tabu in unserer Beziehung brach, schwächte meine Lust keineswegs, sondern heizte sie im Gegenteil nur noch mehr an.

Er zögerte und wartete, dass ich protestierte, doch das tat ich nicht, dann ließ er vorsichtig eine Hand unter meine Bluse gleiten. Er konnte nicht mehr an sich halten und strich über meinen Bauch, die Rippen, die Spitze meines BHs. Ehe einer von uns aus dem Rausch erwachte, führte ich ihn zu dem alten Klappbett, und er fiel mehr, als dass er sich setzte, auf das wackelige Ding.

Als ich mit alles anderen als unschuldigen Absichten auf seinen Schoß stieg, ertönte von oben ein heftiger Knall und riss uns aus unserem Fieberwahn.

Ich entzog mich ihm und sprang auf. »Was war das?«

Max keuchte und fuhr sich durchs Haar. »Wahrscheinlich nichts.«

Es hatte sich ziemlich gefährlich angehört. Ich strich meinen Rock glatt und ging in Richtung Treppe.

Max seufzte. »Warte!« Er holte sein Smartphone heraus und tippte, bis er fand, was er gesucht hatte. Mit einem resignierten Gesichtsausdruck stand er auf. »Okay, ich glaube, es ist sicher. Wir können hochgehen.«

Er richtete seine Hose und lachte nervös. Als wir die Treppe hinaufstiegen, zitterten meine Hände vor unerfülltem Verlangen.

Ich machte mir Sorgen, dass der Tornado womöglich eine Wand oder Decke eingerissen hatte, doch es brannte überall Licht, und draußen schien der Sturm vorbeigezogen zu sein. Im Café fanden wir die Ursache des Lärms. Ein Ast lag inmitten von Glas und grünen Holzsplittern auf dem Boden. In dem Sprossenfenster klaffte ein großes Loch.

Das würde teuer werden. Seufzend holte ich den Besen.

Als ich mich hinunterbeugte, um eine große Glasscherbe aufzuheben, beugte Max sich ebenfalls vor, um den Ast zu nehmen. Unsere Blicke trafen sich. Max schluckte, dann richtete er sich auf und ging nach draußen, um die Scheibe von außen zu begutachten.

Während ich Scherben und Splitter zusammenfegte, rief Max durch das Loch: »Komisch. Hier draußen ist kein Schaden zu sehen.«

»Wie meinst du das?« Ich spürte meinen Puls bis in die Fingerspitzen und hätte mir gern eingeredet, dass es nur von dem Schrecken kam, von nichts anderem. Ich verdrängte das Bild von Max auf dem Klappbett aus meinem Kopf, konzentrierte mich auf meine Aufgabe und beförderte den Inhalt des Kehrblechs in den Müll.

»Ich meine, hier liegen zwar Blätter herum, aber keine anderen Äste. Noch nicht einmal ein Zweig.« Er musste genauso verwirrt sein wie ich, aber auch er bemühte sich um einen unverfänglichen Ton.

»Wie sehen die Blätter aus?«

Vor so langer Zeit, dass ich mich kaum noch daran erinnern konnte, hatte man im Zuge eines Stadtverschönerungsprojekts Bäume entlang des Bürgersteigs gepflanzt. Sie waren riesig, nach einem starken Sturm lagen oft Blätter und kleine Zweige überall auf der Straße. Es kam mir merkwürdig vor, dass ein ganzer Ast heruntergefallen war, insbesondere wenn sonst nichts herumlag.

»Was sind das noch mal für Bäume?«, fragte Max.

»Linden.«

Er kam wieder herein und stieß mit dem Fuß gegen den Ast. »Und das hier?«

Ich war kein Gärtner, aber auch ich erkannte, dass die Blätter an dem Ast nicht dieselben waren wie die draußen an dem Baum auf der Straße. Ganz zu schweigen von dem, der direkt vor meinem Laden stand. »Keine Ahnung.«

Konnte es sein, dass einer der kleinen Hooligans meine Scheibe eingeworfen hatte?

Als wir über dem Ast hockten und die lange, dünne Form der Blätter musterten, meldete mein Telefon *Sie haben Post!*, und ich entschuldigte mich, um zu sehen, ob ich eine Nachricht von Silberfuchs hatte.

Als ich den Namen meiner Lektorin sah, erstarrte ich vor Schreck. Ich hatte immer noch nicht das Ende des Romans in den Griff bekommen.

Maddie,
ich wollte nur fragen, wie es läuft. Ich will Ihnen keinen Druck machen, aber wie Sie wissen, erwarte ich Ihr Manuskript am Freitag. Ich wünschte, ich könnte

die Deadline verlängern, aber der Produktionsplan
steht. Meinen Sie, Sie werden rechtzeitig fertig?
Beste Grüße,
Liz

Max trug den Ast nach draußen, und ich setzte mich ins Café und verfasste eine kurze Antwort.

Liz,
ich bin fast fertig.

Lügnerin.

Aufgrund einer Rückmeldung zum ersten Buch versuche ich, die Liebesgeschichte im zweiten Band etwas zu verstärken. Lassen Sie mich wissen, ob Sie damit einverstanden sind.
Und wissen Sie zufällig, ob ein Leseexemplar von *Lehrling des Schattens* zu einem Blog namens *Bücherbrigade* geschickt wurde?
Maddie

Ich schloss die E-Mail-App und bemerkte, dass ich eine Textnachricht hatte. Ich klickte auf das Symbol und sah Nachrichten von Gentry und Peter.

Zunächst las ich die von Gentry.

Tornado-Warnung. Suchen Sie Schutz.

Ich löschte sie.

Drei waren von Peter und über eine Woche alt.

Sorry. Ich musste kurz weg.

Willst du, dass ich zu deinem Buchclub komme?

Maddie?

Verwirrt starrte ich auf die Nachrichten. Wie wäre es gewesen, wenn er letzte Woche zum Buchclub erschienen wäre? Was bedeutete es, dass er überhaupt fragte?

Ich antwortete:

Wir lesen jetzt *Betty und ihre Schwestern*. Wenn du Lust hast, freu ich mich, wenn du dabei bist.

Wenn er bereit war, herzukommen und sich zu integrieren, bestand vielleicht noch Hoffnung. Für uns. Es könnte ein Schritt in Richtung Wiedergutmachung sein.

Max kam zurück in den Laden und ging ins Lager. Er kehrte mit Klebeband und Plastikfolie zurück und flickte das Fenster provisorisch.

»Ich ruf Jack an und frage ihn, ob er jemanden kennt, der das reparieren kann«, sagte ich.

Nachdem ich mit Jack gesprochen hatte, meldete mein Telefon eine weitere Nachricht von Liz, also setzte ich mich.

Maddie,
das klingt spannend. Ich kann es kaum erwarten,
es zu lesen. Mir ist auch aufgefallen, dass die Leser sich
mehr Romantik zwischen den Charakteren wünschen,

was gut ist. Ich bin sehr dafür, der Liebesgeschichte im zweiten Buch mehr Gewicht zu verleihen.

Was die Kritiken angeht, schicken wir über hundert Exemplare an verschiedene Blogger. Bei dem Blog, den Sie erwähnen, bin ich mir nicht sicher, aber Glückwunsch. Es ist ein gutes Zeichen, wenn Ihr Buch sich durchgesetzt und einen Kritiker gefunden hat, der es rezensiert.

Schicken Sie mir das zweite Buch bis Freitagmorgen.

Beste Grüße,

Liz

Klar, kein Druck.

Als Jack endlich auftauchte, sagte er: »Da ist ein Loch in der Scheibe, Maddie.«

Ich erwiderte nichts auf seine Feststellung und begutachtete mit ihm den Schaden. »Der Wind hat den Ast gegen die Scheibe geschleudert«, erklärte ich.

Jack sah nach draußen. »Welcher Wind?«

»Von dem Tornado vorhin?« Ich sah fragend zu Max.

Max hielt sein Smartphone hoch. »Ich habe eine Warnung erhalten.«

Jack schüttelte den Kopf. »Unterwegs gab es ein paar Schauer, aber nichts Ernstes.« Er löste die provisorische Reparatur und sah sich das Loch noch einmal an. »Ruf deine Versicherung an und melde den Schaden. Ich kann dir jemanden schicken, der das repariert. Allerdings nicht vor morgen.«

Wir taten, was Jack mir geraten hatte, doch die kaputte Fensterscheibe lieferte mir einen Vorwand, mich nicht mit Max auseinandersetzen zu müssen. »Ich mach den Laden zu und geh nach Hause.«

In der Stadt waren kaum Leute unterwegs, und der Buchladen war leer. Bei einem nur behelfsmäßig geflickten Loch die Klimaanlage laufen zu lassen, reizte mich kein bisschen.

Max rieb sich den Hals, wo sich wie ein peinliches Polaroidbild langsam ein Knutschfleck abzeichnete. Die Erinnerung an das, was wir eben getan hatten, war noch zu frisch. Ich hätte lügen müssen, hätte ich behauptet, dass ich Max nicht am liebsten zurück in den Keller gezerrt hätte, aber das war pure Lust. Ich hatte mich wieder so weit im Griff, dass ich dem körperlichen Impuls widerstehen konnte. Andererseits, wenn er den Anfang machen würde, ließe ich mich vielleicht überreden. Aber es waren außergewöhnliche Umstände erforderlich gewesen, ihn dazu zu bringen, diese Grenze einmal zu überschreiten, aus Respekt vor mir würde er die Hände bei sich behalten. Schließlich war er nicht Dylan.

Er schüttelte sich und stieß die Luft aus, als beschäftigten ihn dieselben komplizierten Gedankengänge wie mich und als hätte er seine eigenen Schlüsse daraus gezogen. »Warum machen wir nicht einfach ...«

Ich unterbrach ihn. »Ich will nicht reden.«

Ich konnte mir nur vorstellen, unsere Beziehung wieder auf den alten Stand zu bringen, ehe ich mich von der Leidenschaft des Moments hinreißen ließ und etwas sagte, was ich später nicht mehr zurücknehmen konnte.

Er zuckte zusammen. »Ich wollte sagen, warum machen wir nicht zuerst noch sauber?«

Ich konnte es nur etwas aufschieben, ich konnte ihn nicht ewig vertrösten, aber für den Moment hatte ich Wichtigeres zu tun. Ich scheuchte ihn hinaus und ging nach Hause, um auf meinen blinkenden Cursor zu starren.

Ich wollte vergessen, was im Keller vorgefallen war, aber

als ich die Treppe zu meiner Wohnung hinaufstieg, wurde ich von Bildern bombardiert, die mich überforderten.

Die Erinnerung an seine Lippen auf meinen kehrte schlagartig zurück und bereitete mir körperliche Schmerzen. Mir war flau im Magen, und meine Brust schnürte sich zusammen. Ich fühlte mich schuldig, ein Gefühl, das ich verdrängt hatte, seit wir uns das letzte Mal geküsst hatten und unsere lockere Freundschaft so kompliziert geworden war. Auch wenn die Fensterscheibe nicht kaputtgegangen wäre, hätte ich aus dem Laden flüchten müssen, um einer schwierigen Auseinandersetzung zu entgehen. Klar, wenn das Fenster nicht kaputtgegangen wäre ...

Was, wenn wir nicht unterbrochen worden wären? Wären unsere Kleider am Ende auf dem Boden gelandet? Ich stieß heftig die Luft aus, um meine Fantasie in Schach zu halten. Wie sah er unter diesem Hemd aus? Meine Libido war ein brodelnder Vulkan, und niemand war sicher vor der fließenden Lava meines Verlangens. Dylan hatte damit angefangen, aber ich durfte nicht ignorieren, dass Silberfuchs mir den entscheidenden Impuls zum Handeln gegeben hatte.

Als ich mich schließlich zum Schreiben hinsetzte, flossen die Worte wie durch ein Wunder nur so aus mir heraus, und ich beendete die neue scharfe Version der Szene, die mir nicht hatte gelingen wollen. Wollte ich Silberfuchs' Meinung vor Ende der Deadline haben, blieb mir keine Zeit, das Kapitel noch einmal zu lesen, um die Reihenfolge zu überprüfen, Wiederholungen und schwache Ausdrücke zu überarbeiten oder Grammatikfehler zu korrigieren. Ich schrieb ihm schnell eine E-Mail.

Schlaufuchs,
das hier ist in mehrerlei Hinsicht Neuland für mich. Erstens ist es unfassbar, dass ich eine Sexszene geschrieben habe. Zweitens, dass ich sie für Sie geschrieben habe. (Das werden Sie überall merken, Sie werden einen grausam langsamen, quälenden Tod durch wilde Klammeraffen sterben. Ich habe Sie gewarnt.) Drittens ist es nicht zu glauben, dass ich sie Ihnen schicke. (Im Ernst, das darf nirgends auftauchen, sonst wird das mit den Klammeraffen ernst.) Also los. Bitte seien Sie milde. O Gott, ich kann nicht glauben, dass ich Ihnen das schicke. Alle Mann in Deckung!

Ich hängte die Datei an, und ehe ich den Mut verlor, schickte ich die E-Mail ab.

Soll er doch vor unstillbarer Lust brennen.

Plötzlich wurde mir klar, was ich getan hatte. Ich hatte einem Kritiker, einem Typen, der meinen letzten Roman verrissen hatte, die erste Fassung einer neuen Szene geschickt. Er würde mich hart rannehmen.

Trotz Liras Bemühungen, ihn wiederzubeleben, rührte sich Rane nicht. Das Durchqueren des Tores hätte einen von ihnen oder beiden das Leben kosten können, aber dieses Risiko hatte sie eingehen müssen. Wenn sie ihn verlassen hätte, wäre er sicher umgekommen. Er hätte sie niemals zurückgelassen. Sie war wütend, dass er sich fast geopfert hatte, um sie zu retten.

Entweder lebten sie zusammen, oder sie starben zusammen.

Sie legte die Hände um seinen festen Bizeps und zog ihn zur Seite, was schon eine Herausforderung bedeutete, wenn sie im Vollbesitz all ihrer Kräfte gewesen wäre. Erschöpft sank sie auf die Knie, vergrub das Gesicht an seiner Schulter und atmete sei-

nen Geruch ein. Sie hatte keine Zeit, dort zu verweilen, an dem einzigen Platz, an dem sie sich jemals zu Hause gefühlt hatte. Sie strich mit den Fingern über den Stoff seines Hemds, bis sie einen kleinen Riss fand, schob die Daumen hinein und erweiterte den Riss, bis sie ihn von den Fetzen befreit hatte. Sein Oberkörper war wie gemeißelter Marmor. Wie oft hatte sie sich danach gesehnt, mit den Händen über seine Haut zu streichen?

Sie verdrängte den Gedanken an das, was hätte sein können, und begann mit der Behandlung, die sie ihre letzte Magie und vielleicht das Leben kosten würde. Wenn es bedeutete, dass sie für immer allein bliebe, wollte sie dieses Leben nicht haben. Wenn Rane lebte, wäre es den Preis wert. Und wenn auch nur einen einzigen weiteren Tag.

Obwohl sie sich beeilen musste, achtete sie sorgsam darauf, die richtigen Formen auf seine Brust zu malen, und hinterließ einen makellosen Halbmond. Sie langte tief in ihr Innerstes, nach der Quelle ihrer Magie, die einst nie zu versiegen schien. Jetzt war sie fast ausgetrocknet. Sie suchte nach einem Tropfen hier und dort, holte sie an die Oberfläche und rieb sie in Ranes Haut. So nah, so nah war sie jetzt. Die Rune nahm Gestalt an.

Als sie den letzten Strich tat, leuchtete das Symbol für einen Moment golden, und sie konnte nichts mehr tun als abwarten. Ihre Magie war fort, doch das scherte sie nicht. Solange sie Rane hatte, brauchte sie nichts anderes.

Sie küsste ihn sanft auf die Schläfe. »Verlass mich nicht, Rane!«

Die Endlichkeit lastete auf ihr, und beinahe verlor sie das Bewusstsein. Sie sackte nach vorn, doch eine Hand fasste ihre Schulter und hielt sie fest. Arme umschlossen sie und drückten sie an die Brust, die sich mit jedem Atemzug hob und senkte. Lira strich mit den Händen über die Rune, über Ranes feste Muskeln.

Sie hob den Kopf und sah in seine stahlblauen Augen.

»Lira. Was hast du getan?«

»Ich bin wie du geworden.«

»Wie ich?« Er verstand, und seine harte Miene wurde weich. »Deine Magie?«

»Sie ist weg, Rane.« Sie war sich sicher, dass sie keine Magie mehr besaß und dass mit ihr das Tabu fort war, das sie für immer verbunden und zugleich für immer getrennt hatte.

Aus rein egoistischen Gründen war sie froh. Wenn sie keine Göttin mehr war, konnte sie sich ihm ganz hingeben.

Rane sah Lira tief in die Augen. »Geht es dir gut?«

»Ja. Und dir?«

Zur Antwort zog er sie an sich. Einen Herzschlag lang zögerte sie. Was würde geschehen, wenn noch etwas Magie übrig war? Doch seine Lippen waren unwiderstehlich, und sie sehnte sich danach, sie zu berühren. Sie hatte nie geglaubt, dass sie jemals seine Haut auf ihrer spüren würde. Ihr Herz raste, als sie sich zu ihm beugte, als seine Finger sich in ihr Haar woben, als sich ihre Lippen zum ersten Mal trafen. Sie hielten inne und genossen die Berührung, ihr Herzschlag war eins. Rane stöhnte, reizte sie, den Mund zu öffnen, und liebkoste ihre Zunge mit seiner.

Sie spürte frische Energie, als er flüsterte: »Ich begehre dich schon so lange.«

Lira ließ den Kopf in den Nacken sinken, und er öffnete ihren Umhang. Er befreite sie von ihrer Tunika und ließ seinen Blick über ihren Oberkörper gleiten, dann zog er an ihren Beinlingen. Er riss sich die eigene zerfetzte Hose vom Leib und ließ sich auf sie sinken. »Geht es dir gut, Lira?«

Diesmal war die Frage ein Antrag.

Sie hatte die Magie eines ganzen Lebens gebraucht, um sie beide durch das zerfallende Tor zu tragen, und Dane hatte die allerletzten Tropfen aufgesaugt. Sie musste geschwächt sein, doch Ranes Körper lag auf ihrem, er stützte sich auf den Ellbogen ab und wollte sie. Und sie wollte ihn.

»Mir geht es sehr gut.« Ich legte die Hände um seinen Hals und zog ihn zu mir, um ihn zu küssen.

Er saugte an meinen Lippen, und ich schlang mein Bein um seinen Schenkel. Als er in mich eindrang, bog ich den Rücken durch, und unsere Hüften trafen sich. Er verlor die Kontrolle und ritt mich, bis ich aufschrie. Mein Schrei wurde lauter und verband sich mit seinem, die Lust wuchs, bis jedes Atom meines Seins sich nur noch auf dieses alles umfassende Verlangen konzentrierte.

Jedes Atom, bis auf eins.

Auf dem Höhepunkt von Ranes Lust wurde Liras Geist in ihr tiefstes Inneres gezogen, wo noch ein winziger Tropfen Magie überlebt hatte und pulsierte. Sie wollte ausrufen: »Halt, Rane!«, doch ihr Körper stieß gegen seinen, ebenso unfähig, sich von ihm zu lösen wie er sich von ihr. Ihre Nägel gruben sich in seine Arme, und er ließ seinen Saft in sie fließen.

Er verlangsamte seine Bewegungen, lächelte, keuchte, lachte, überglücklich, befriedigt, schweißüberströmt. Lira lag mit weit geöffneten Augen unter ihm und suchte nach Worten, um ihm zu sagen, dass sie noch immer eine Göttin war und dass sie gerade jedes Gesetz gebrochen hatten.

19

Mein Kopf pochte, als wäre ich betrunken ins Bett gegangen, dabei hatte ich nicht ein einziges Bier getrunken. Ich hatte bis tief in die Nacht geschrieben und das letzte Drittel meines Buches vollständig überarbeitet. Die Szene zwischen Rane und Lira hatte den Bann gebrochen.

Ich setzte mich auf. Hatte ich die Szene wirklich an Silberfuchs geschickt?

Oje!

Mein Smartphone lag auf dem Nachttisch, und das Licht leuchtete grün. Grün wie die Farbe meines Mageninhalts, der mir wieder hochkam. Grün wie der Neid, den ich auf den Tod hatte.

Grün wie das Signal, das mir gesagt hatte, ich sollte es tun. Das mich gedrängt hatte, eine *Sex*szene zu schreiben. Mich aufgefordert hatte, sie an einen professionellen Kritiker zu schicken. Mich gelockt hatte, die Grenzen zu sprengen.

Würde er dafür mir gegenüber milde sein?

Diesmal konnte ich nicht Layla bitten, die E-Mail für mich zu lesen, darum zwang ich mich, auf das Display zu tippen.

Doch die E-Mail, die ich erhalten hatte, war nur ein Google-Alert. In einer eBay-Auktion wurde ein Leseexemplar meines Buches angeboten. Ich knurrte. Was war an dem Hinweis *Nicht zum Verkauf bestimmt* so schwer zu verstehen?

Sosehr mich die eBay-Auktion auch ärgerte, mehr Angst machte mir Silberfuchs' Schweigen, und ich überlegte mir alle möglichen Gründe, die ihn bewogen haben könnten, nicht zu antworten.

Der offensichtlichste war, dass er einfach noch nicht dazu gekommen war. Vielleicht pendelte er, hatte den Text gestern Abend auf dem Rückweg von der Arbeit gelesen und würde mir heute Morgen schreiben. Oder vielleicht hatte er endlich mit der Frau angebändelt, die er mochte, und er war anderweitig beschäftigt.

Aus irgendeinem Grund überkam mich bei diesem Gedanken ein Anflug von Eifersucht.

Entschieden verdrängte ich den Gedanken, dass er den Text derart schrecklich fand und sich deshalb vor einer Antwort drückte. Ich wollte nicht über die Möglichkeit nachdenken, dass ich ihn vergrault hatte. Was, wenn meine Sexszene noch weniger überzeugend war als meine Liebesszenen?

Ich setzte mir ein zeitliches Limit. Wenn ich bis heute Nachmittag nichts von ihm gehört hatte, durfte ich ihm eine lockere Direktnachricht auf Twitter schicken.

Zum Beispiel: *Hey, ich hab Ihnen eine E-Mail gesendet.*

Nein, zu offensichtlich.

Vielleicht: *Hatten Sie einen schönen Unabhängigkeitstag?*

Noch schlimmer. Er würde mich durchschauen. Vielleicht sollte ich einfach direkt sein. *Na ... war es so schlecht?*

Ich entschied mich für Letzteres, speicherte es sogar ab,

dann ging ich zu meinem Laptop, um weitere fünfhundert Wörter für das letzte Kapitel zu produzieren, doch eine Nachricht von Jack zwang mich, die Arbeit zu unterbrechen.

> Der Handwerker kommt heute Morgen vorbei.

Ich sah noch einen Moment auf meinen blinkenden Cursor, dann wählte ich ein weiteres geschäftsmäßiges Outfit, graue Hose und ein blassrosa Strickoberteil. Auf dem Weg zum Laden bedauerte ich, dass ich keine gute Ausrede hatte, nicht zu öffnen, bis die letzten Überarbeitungen gemacht waren.

Dan, der Handwerker, wartete bereits vor der Tür. Sobald ich ihn einließ, maß er das Fenster aus, und ich schaltete das Licht ein. Ich hatte mit der Versicherung gesprochen, die die Kosten abzüglich eines Eigenanteils übernehmen würde. So knapp, wie ich derzeit bei Kasse war, wusste ich allerdings nicht, ob ich auch nur den Eigenanteil bezahlen konnte. Ich erwog, auf meinen Morgenkaffee zu verzichten, um Geld zu sparen, doch das wäre unvernünftig. Schließlich musste ich für die Gäste ohnehin Kaffee kochen.

Vielleicht sollte ich Peter um Hilfe bitten. Würde er mir aus der Patsche helfen oder zusehen, wie ich unterging?

Der weiße Kastenwagen fuhr vor, und ich bereitete mich schon auf eine Auseinandersetzung mit Max vor, stellte dann jedoch etwas enttäuscht fest, dass Mrs Beckett aus dem Wagen stieg. Seit gestern Morgen hatte ich nichts von Max gehört. Er hatte mir noch nicht einmal eine Nachricht geschickt. Vielleicht war ihm peinlich, was passiert war. Oder vielleicht war er sauer auf mich, weil ich tat, als wäre nichts gewesen. Es *war* nichts gewesen.

Zumindest hätte nichts gewesen sein sollen.

Okay, es fühlte sich toll an, ihn zu küssen, aber es fühlte sich auch toll an, Dylan zu küssen. Und ein Kuss war noch kein Wendepunkt in einer Beziehung, ganz gleich, was die Romane mich glauben machen wollten.

Doch als ich mich an den Kuss mit Max erinnerte, glühten meine Wangen, und ich konnte das Gefühl seiner weichen Lippen nicht verdrängen oder das der Jeans, die sich hart an meine Hüfte gedrängt hatte. Meine armen Lenden brannten.

Und alles wegen Max.

Was hatte er sich dabei gedacht?

Wenn ich meine Freundschaft mit Charlie mit nichts als einem Handschlag gefährden konnte, was hatte dann ein weiterer Kuss in meiner ohnehin schon angespannten Freundschaft mit Max angerichtet? Ganz gleich, wie sehr er mich manchmal ärgerte, ich wollte ihn nicht auf diese Weise verlieren. Ich wollte ihm nicht wehtun.

Ich verbot mir, mir Max nackt vorzustellen. Insbesondere nicht, während seine Mutter mir erklärte, warum es heute keine Apfel-Muffins gab.

Charlie kam, während ich mit der Lieferung beschäftigt war. Als alles eingeräumt war, machte ich ihm seinen üblichen Latte macchiato und legte einen Muffin auf einen Teller.

Dan stand im Fenster, entfernte Glassplitter und machte Lärm. Charlie saß in der Ecke, das Gesicht vom Licht des Laptops angeleuchtet, und hielt die Hand vor seinen offensichtlich lächelnden Mund, als er anscheinend etwas Unterhaltsames las.

Ich schlich mich zu ihm und stellte den Kaffee ab. »Was Lustiges?«

Er klappte den Deckel zu und errötete. »Eigentlich nicht.«

Ich seufzte. Er hatte mich noch nie ausgeschlossen, das fühlte sich nicht gut an. Er war ein wichtiger Teil meines Lebens geworden, und ich hoffte, dass ich nicht unwiderruflich zerstört hatte, was immer zwischen uns war. Es war eine schlechte Idee, Freundschaft mit Liebe mischen zu wollen. Es konnte nur eins überleben.

Ich musterte ihn einen Moment, um herauszufinden, ob er sauer auf mich war. Vielleicht hatte ich ihn dabei erwischt, wie er über mein WLAN einen Porno anschaute. Ich war mir nicht sicher, ob Charlie Pornos mochte. Ich war mir nicht sicher, ob er mich überhaupt auf diese Art ansah. Er hatte nie von anderen Frauen gesprochen. »Also nur Katzenvideos?«

Er lachte. »Genau.«

Ich nahm seine Reaktion als Zeichen dafür, dass zwischen uns alles okay war.

Nachdem Dan das Fenster repariert hatte, kamen allmählich ein paar Kunden herein. Den ganzen Vormittag hatte ich der Versuchung widerstanden, auf mein Telefon zu sehen, aber jetzt musste ich wissen, ob Silberfuchs den Kontakt abgebrochen hatte. Oder noch schlimmer, mich mit Kritik überschüttete, die ich nicht brauchen konnte.

Das Licht leuchtete grün, aber das hieß nichts. Ich hielt den Atem an und tippte auf das Display. Kein E-Mail-Zeichen.

Enttäuscht wischte ich über die restlichen Benachrichtigungen und merkte dann, dass ich eine Direktnachricht auf Twitter erhalten hatte. Mit einem schwachen Grinsen im Gesicht rief ich sie auf, ängstlich und aufgeregt.

Ich hatte fünf Nachrichten.

Ich hätte nicht gedacht, dass Sie die Szene tatsächlich schreiben würden. Ist es falsch, dass ich mir wie ein allmächtiger Puppenspieler vorkomme, der eine Autorin dazu bringt, seinen Anweisungen zu folgen?

Ich antworte nicht als Kritiker, weil ich glaube, dass Sie das jetzt nicht wollen, aber genau so hatte ich es gemeint.

Sie sind übrigens hier und da versehentlich in die Ich-Form gerutscht. Ach, und überprüfen Sie noch mal die Namen. Sie haben sich mindestens einmal vertippt, woraufhin ich sie noch mal nachgesehen habe. Ich habe die Figuren die ganze Zeit mit falschen Namen zitiert. Kein Wunder, dass Sie dachten, ich hätte das Buch nicht gelesen. Tut mir sehr leid.

Nur damit das klar ist, ich brauche jetzt unbedingt eine kalte Dusche. Darf ich das zugeben?

Ich freu mich auf Ihr nächstes Buch und würde gern ein Leseexemplar haben.

Es war ein sonderbares Gefühl, dass ich einen Typen irgendwo weit weg körperlich erregt hatte, es sei denn, das war nur Spaß. Mit diesem Vorsatz hatte ich noch nie etwas geschrieben. Wenn er sich allerdings mächtig fühlte, weil er mich dazu gebracht hatte, es zu schreiben, fühlte ich mich wie eine Göttin, etwas geschaffen zu haben, das ihn körperlich berührte.

Hastig tippte ich eine Antwort.

Ich werde rot, bin aber erleichtert. Jetzt sind Sie dran. Ich würde gern etwas von Ihnen lesen. Vielleicht könnten Sie auf diese Weise etwas Druck abbauen.

Kaum hatte ich auf Senden geklickt, presste ich mir die Hand auf den Mund. Ich wusste nicht, woher ich den Mut nahm, quasi ein literarisches Penisfoto von ihm zu fordern. Was würde ich tun, wenn er es schickte? Ich kicherte bei der Vorstellung, dass unser E-Mail-Austausch einmal in historischen Dokumenten über mein Leben veröffentlicht würde – wenn ich irgendwann berühmt sein würde, versteht sich. Zahlreiche Autoren pflegten platonische Brieffreundschaften mit Leuten, die sie inspirierten. Wo war dieser Austausch einzuordnen?

Silberfuchs war auf jeden Fall eine Art Muse für mich. Er half mir, mein zweites Buch zu verbessern, und er würde nie erfahren, wie entscheidend er zu der Inspiration der Szene beigetragen hatte.

Seine Antwort lautete:

Sie wollen, dass ich eine Liebesszene schreibe? Das ist nur Spaß, oder? Obwohl ich so vielleicht am ehesten meinen Frust loswerden könnte.

Da mir mein Vorschlag etwas peinlich war, konzentrierte ich mich auf seine persönlichen Probleme.

Sie sind es sich selbst schuldig, Ihre Gefühle ein für alle Mal offenzulegen.

Wie meinen Sie das?

Ihre derzeitigen Bemühungen führen ganz offensichtlich nicht zum Erfolg. Bitten Sie die Frau, mit Ihnen auszugehen. Sagen Sie ihr, was Sie empfinden, Schlaufuchs. Schenken Sie ihr Ihr Vertrauen. Wenn sie Sie abweist, ist es so. Zumindest wissen Sie dann Bescheid, oder?

Ich wartete einen Moment, dann fügte ich hinzu:

Und dann schicken Sie mir eine heiße Geschichte.

Gerieten Leute auf diese Weise unabsichtlich in Affären?

20

Der Freitag kam, und mir blieb keine Zeit mehr, noch irgendetwas an dem Roman zu ändern. Ich wusste, dass meine Lektorin mir ohnehin umfangreiche Anmerkungen schicken würde, darum erklärte ich ihr meine neue Vision des Romans, betete, dass sie ihr gefiel und sie mir die Freiheit ließ, dieses Buch emotionaler zu gestalten.

Nachdem ich die Datei angehängt hatte, verspürte ich den Impuls, das ganze Manuskript noch einmal zu lesen. Doch ich hatte die Fehler behoben, die Silberfuchs aufgefallen waren, und Layla hatte gute Anmerkungen gemacht. Die Struktur stimmte. Liz hatte Adleraugen und ein sehr gutes Gespür für Spannung. Sie hatte mich gewarnt, dass das mittlere Buch einer Trilogie das schwerste war, doch die Wendung, die ich auf Silberfuchs' Drängen am Ende eingefügt hatte, würde sie überraschen. Wir hatten nie darüber gesprochen, dass Lira im dritten Band ein Kind von Rane bekommen würde, und ich hoffte, dass sie mir das durchgehen ließ.

Ich ging auf Senden, dann war das zweite Buch weg. Gerade noch rechtzeitig, um verrückt zu werden, weil in gut einer Woche mein erstes erscheinen würde. Mein Bauch rebellierte, und ich fürchtete, mein Frühstück käme wieder hoch.

Liz schrieb mir wenige Minuten später zurück.

Maddie,
danke, dass Sie rechtzeitig abgegeben haben.
Ich verspreche, Ihnen meine Anmerkungen
diesmal schneller zu schicken.
Glückwunsch zum fertigen Buch.
Feiern Sie!
Liz

Jetzt musste ich nur noch warten. Vielleicht konnte ich mich irgendwie ins Koma versetzen, bis ich ihre Notizen erhielt. Ich musste einen Weg finden, mich vom Nägelkauen abzuhalten.

Als ich abends gerade dabei war, den Laden abzuschließen, tauchte die Ablenkung in Gestalt von Dylan vor meiner Tür auf. Es sah aus, als hätte er auf mich gewartet.

»Maddie, können wir reden?«

Ich zuckte die Schultern. »Natürlich.«

»Nicht hier.« Er deutete mit dem Kopf auf meine Wohnung. »Wollen wir zu dir gehen?«

Es war zwar nicht etwa so, dass ich mich in seiner Gegenwart gar nicht beherrschen konnte, aber angesichts des Zwischenfalls mit Max konnte ich nur vermuten, dass mein Körper und seine Hormone neuerdings ein Eigenleben führten. »Essen wir was zusammen.«

»Ach, Maddie.« Er ließ die Schultern hängen. »Muss das sein?«

»Komm. Gehen wir in die Jukebox.«

Wir bekamen einen Tisch für zwei, und ich sah mich um, ob uns irgendjemand beobachtete. Ja, und zwar alle.

»Worüber wolltest du mit mir reden?« Irgendwie hoffte ich, er würde mir einen Scheck über Tantiemen überreichen, weil ich an seinen frühen Werken mitgewirkt hatte. Das könnte meinen Buchladen davor bewahren, diesen Monat unterzugehen.

Er stützte die Ellbogen auf den Tisch und legte die Fingerspitzen aneinander. »Du warst immer da, wenn ich dich gebraucht habe, und ich habe wohl einfach gedacht, wir könnten unsere alte Beziehung wieder aufnehmen.«

»Unsere alte Beziehung?«

»Zwischen uns war es immer so unkompliziert. Findest du nicht? Fehlt dir das nicht auch?«

»Es hat mir gefehlt. Aber ich bin darüber hinweggekommen, als du deiner Wege gegangen bist.«

»Ich möchte dich was fragen.«

Er nahm meine Hände und zog hoffnungsvoll beide Augenbrauen nach oben. Dieses freche Lächeln war mein Verderben. »Was hätte dich davon überzeugt, damals mit mir in den Bus zu steigen?«

Warum fragte er mich das jetzt? »Wenn du nur einmal von der Zukunft gesprochen hättest …«

»Eine Erklärung? Wenn ich dir versprochen hätte, dass wir für immer zusammenbleiben? Dann wärst du mitgekommen?«

»Vielleicht. Aber du hast dich nicht festgelegt. Du hast mir nie gesagt, dass du mich für immer wolltest.«

»Wie meinst du das, ich habe nie etwas gesagt? Ich habe Songs für dich geschrieben.«

Ich zog meine Hände zurück und verschränkte die Arme. »Wunderschöne Songs, aber die zählen nicht.«

Er raufte sich die Haare. »Meinst du, die Texte schreibe ich mal eben so? Das ist meine Seele, Mads.«

Wenn er versuchte, die Vergangenheit schönzureden, dann funktionierte das nicht. »Hättest du mir das versprochen, wäre ich sicher gern mitgekommen, aber ich hätte sowieso nicht gekonnt. Meine Mutter hätte mich umgebracht, wenn ich von der Schule gegangen wäre.«

Jetzt wirkte seine Miene geradezu verschmitzt. »Jetzt könntest du.«

»Wovon redest du überhaupt?«

Er zog einen Umschlag aus der Gesäßtasche und reichte ihn mir. »Ich habe die Videos verschickt, die Layla letzte Woche gemacht hat, und dazu ein paar Demos. Sie finden den neuen Song super.«

Ich zog einen Brief aus dem Umschlag. Auf dem Briefkopf stand *Monday Records,* sein Label. Ich überflog ihn rasch. Die Verantwortlichen wollten, dass Dylan schnell ins Studio zurückkehrte. Er würde wieder unterwegs sein, im Studio, auf Tour, Frauen, Saufen. Als mir die Bedeutung des Briefes bewusst wurde, kniff ich mir in die Nasenwurzel. Ich sah zu Dylan hoch, der mich voller Hoffnung anschaute. Sein Blick flog zwischen meinen Augen hin und her, und er konnte kaum an sich halten.

»Das sind unglaubliche Neuigkeiten, Dylan.«

»Mehr fällt dir dazu nicht ein?«

»Was soll ich noch sagen? Wenn es das ist, was du willst, dann herzlichen Glückwunsch.« Ich faltete den Brief zusammen und steckte ihn in den Umschlag. »Ich dachte, du wolltest hierbleiben. Ein ruhiges Leben führen.«

Er lachte. »Das kann ich doch immer noch. Irgendwann.«

»Dann gehst du wieder weg.« Ich war so froh, dass ich

nicht der Versuchung erlegen war, mich auf ihn einzulassen. Hätte ich wieder nachgegeben, müsste ich mich jetzt durch eine Art Entziehungskur quälen. So würde ich mich immer fragen, was gewesen wäre, wenn. Schon wieder.

Er beugte sich vor. »Ich möchte, dass du diesmal mitkommst.«

Ich bekam Bauchschmerzen bei der Vorstellung, wie ich ihn zwischen seinen Auftritten abfing und mir Gedanken über die anderen Frauen machte. Zu schade, dass Layla damals nicht in jenem Englischkurs gewesen war. Sie hätte dieses Leben genossen. Aber ich konnte das nicht.

Ich musste erst einmal verarbeiten, was er mir da vorschlug. »Dylan.«

»Nein, hör zu. Du willst eine Erklärung, und die sollst du haben.« Er ballte die Hand auf dem Tisch zur Faust. »Ich brauche dich.«

Drei kleine Worte, die sich schön anhörten. Ich legte die Ellbogen auf den Tisch, begierig, noch mehr zu hören, wie unentbehrlich ich für Dylan war, dass er nicht ohne mich leben konnte. Es wäre eine Premiere.

»Ich habe es allein probiert, und es ist in einer Katastrophe geendet. Du warst immer mein Zuhause und meine Muse. Wenn du beim ersten Mal mit mir in den Bus gestiegen wärst, hätte ich nicht die Bodenhaftung verloren und vernünftige Entscheidungen getroffen.«

Einen Moment erfüllten mich seine Worte mit Stolz. Dass Dylan mich brauchte, verursachte mir Freudenschauer. Ich saß etwas aufrechter und versuchte, mir vorzustellen, wie mein Leben mit ihm aussehen würde.

Zum ersten Mal, seit Peter gegangen war, würde ich keine Geldsorgen mehr haben, aber was wurde aus dem Buchladen, wenn ich mit ihm reiste?

Ich wäre wieder in genau derselben Situation wie mit Peter. Wollte ich mein Leben für seins aufgeben?

Er nahm meine Hand. »Maddie, könntest du zumindest darüber nachdenken?«

In dem Moment nahm ein Gedanke in meinem Kopf Gestalt an, den ich nicht abschütteln konnte. Dylan hatte nur davon gesprochen, was ich für ihn tun konnte. Was wollte er für mich tun?

»Warum sollte ich das tun?«

Er schenkte mir ein derart arrogantes Grinsen, dass ich es ihm eigentlich aus dem Gesicht schlagen sollte, doch stattdessen hätte ich wie üblich am liebsten sofort mein Höschen ausgezogen. »Weil ich der interessanteste Mensch bin, den du kennst.«

Das stimmte. Er war interessant und attraktiv, begabt und scharf. Er brachte mich auf schmutzige Gedanken, und ich hatte mir immer gewünscht, zumindest teilweise wieder Kontakt zu ihm zu haben. Aber er hatte sich nicht verändert, und ich wusste nicht, ob er sich jemals verändern würde.

Die Bedienung kam, und wir bestellten, während eine Band laut zu spielen begann.

Dylan saugte an den Zähnen, dann stand er unvermittelt auf und streckte mir die Hand hin. »Tanz mit mir!«

Vielleicht war es dumm von mir, mich darauf einzulassen, aber ich tanzte zu gern. Zum Glück war der Rhythmus einigermaßen schnell, sodass wir uns ein oder zwei Stücke nur locker an der Hand hielten und taten, als würden wir einen Jitterbug tanzen. Nebenbei achtete ich darauf, ob unser Essen kam.

Dann spielte die Band *At Last*. Als hätte er damit gerechnet, zog Dylan mich an sich und drückte mich an seinen

Körper – eine Hand lag in meiner, die andere auf meinem Rücken. Ich atmete seinen Geruch ein, und er wiegte mich in den Armen und bewegte die Hüften in einem gleichmäßigen Rhythmus. Er fühlte sich wie eine zweite Haut an.

Während wir tanzten, beugte er sich vor und sang mir leise ins Ohr. Ich schmolz dahin. Der Saal trat in den Hintergrund, und es gab nur noch uns. Ich stellte mir vor, wir wären allein. Ich würde mit den Lippen über seinen Hals streichen. Dylan würde meinen Namen stöhnen und meine Hand auf seine Erektion legen, die sich gerade gegen meine Hüfte drückte.

Als das Stück zu Ende war, löste ich mich von ihm, doch er strich mit der Hand über meinen Rücken nach oben bis zu meinem Nacken und legte sie um meinen Kopf. Ich wusste, was als Nächstes kam. Schließlich war ich ein ganzes Jahr mit Dylan zusammen gewesen, ich kannte seine Einleitung zu einem Kuss, aber ich konnte ihn nicht zurückstoßen. Ich war magnetisiert von der sinnlichen Magie, die von ihm ausging. Vom Kopf her wusste ich, dass Dylan ein erstklassiger Verführer war, doch körperlich sehnte ich mich danach, dass er mich willenlos machte und mich von dem Bedürfnis befreite, vernünftige Entscheidungen treffen zu wollen.

Er sah mir in die Augen, als genösse er es, meinen Widerstand zu brechen, und mir kam der Gedanke, dass er nicht Rhett Butler oder Rochester war. Er war Casanova oder der Vicomte de Valmont, berauscht von der Macht, die er über mich hatte. Hatte Valmont Madame de Tourvel geliebt? Oder war er bis zum Ende ein Raubtier geblieben?

Dylans Miene verriet mir genau, was er von diesem Moment an erwartete, dennoch ließ ich ihn gewähren. Er küsste mich, zunächst sanft, dann fester, und ich beobachtete die Szene von außen. Küsste er mich? Oder gewann er ein Spiel?

Er löste sich von mir, nicht ahnend, dass ich alles andere als überwältigt war, und warf mir einen Blick zu, der sagte: *Das setzen wir später fort.* Würden wir das?

Unser Essen kam, und als wir uns setzten, fragte ich: »Was wird aus dem Buchladen, wenn ich mit dir durchs Land reise?«

Er trank einen Schluck Bier und leckte sich die Lippen, und ich war mir zu neunundneunzig Prozent sicher, dass er mich damit ablenken wollte. »Kann Max den nicht für dich führen? Oder könntest du ihn nicht schließen, solange du weg bist?« Mein Gesicht musste ihm verraten, wie dumm diese Vorschläge waren, darum fügte er hinzu: »Oder du verkaufst ihn an Gentry, dann müsstest du dir überhaupt keine Sorgen mehr machen.«

»Weißt du eigentlich, was du da sagst?«

»Wieso? Würdest du nicht gern eine Pause machen? Ich weiß doch, wie anstrengend es ist, das Ding am Laufen zu halten.«

Ich streckte die Hand aus und tat, als würde ich ihm eine Kopfnuss geben. »Dylan Ramirez, hast du die leiseste Ahnung, warum Peter und ich uns getrennt haben?«

Er zog eine Grimasse, als wollte er nicht mehr mit seinem echten Namen angesprochen werden. »Klar. Es hat ihm nicht gefallen, dass andere eine große Rolle in deinem Leben spielen.«

Mein Kopf begann zu pochen. »So würde ich das nicht ausdrücken.«

»Was hast du gedacht? Dass ihm die Häuser nicht gefallen haben?«

»Du meinst, er hat sich wegen meiner Freunde von mir getrennt?«

»Sag du es mir. Würdest du es schräg finden, wenn er mir und Max gesagt hätte, wir sollten uns von dir fernhalten?«

»Dir? Vielleicht nicht.« Ich lachte. »Aber Max?«

Er verzog das Gesicht, als hätte er etwas Übles gerochen. »Er hat gedroht, dir den Umgang mit uns zu verbieten, wenn wir uns nicht rarmachen würden.«

»Wie bitte?« Mein Mund wurde trocken.

Dylan drückte seine Faust noch fester zusammen. »Ich hätte es darauf anlegen und ihn herausfordern sollen. Aber ich war sowieso nicht viel hier, darum war es leicht, ihn zu ignorieren.«

»Warum hast du mir das nicht erzählt?«

Er lachte bitter. »Was hättest du getan? Du hast nicht gerade engen Kontakt gehalten.«

Ich umklammerte meine Gabel, auf der ein Häufchen Reis klebte, meine Hand zitterte. »Wann war das?«

»Im Oktober.«

»Ihr habt also nichts getan?«

»Max hat versucht, mit dir zu reden, aber du wolltest nicht auf ihn hören. Auf mich hättest du erst recht nicht gehört.«

Mir wurde übel. »Das war alles?«

Er strich sich mit der Zunge über die Lippe und zögerte, dann gestand er: »Wir haben beschlossen, dass jemand mit Peter reden sollte.«

»Wer hat mit ihm gesprochen? Bitte sag nicht …«

»Ich.«

»Mist!«

Kein Wunder, dass Peter auf und davon war. Wahrscheinlich hatte er während dieser ganzen Quälerei die Zähne zusammengebissen und gehofft, dass wenigstens ich an seiner Seite war. Als er mir nicht wichtiger war als die Stadt, der Buchladen und meine Freunde, hatte er sich gesträubt.

»Ich wünschte, ich hätte das alles gewusst.«

»Hättest du etwas anders gemacht?«

Es war unmöglich, darauf zu antworten. Ich wäre wütend auf jeden gewesen, der sich eingemischt hätte. Und ich wäre wütend auf Peter gewesen, dass er überhaupt alle gegen sich aufgebracht hatte. Hätte ich rechtzeitig den Kurs geändert? Oder wäre ich so oder so gegen den Eisberg gekracht?

»Vielleicht wäre ich durchgebrannt.«

Er schüttelte den Kopf. »Die Maddie, die ich kenne, hätte nicht ohne ihre Freunde geheiratet.«

»Was wolltet ihr dann?«

»Ich wollte, dass du die Welt so siehst, wie sie ist, und nicht so, wie du sie gern hättest. Ohne die Brille, durch die du alle interessanter machst, als sie sind. Ich wollte, dass du verstehst, dass Peter trotz all seines Glanzes und seiner Vollkommenheit vielleicht nicht der Richtige für dich ist.«

»Aber du.«

»Möglicherweise.« Er nippte an seinem Bier. »Ich weiß, ich bin kein romantischer Held und sicher alles andere als perfekt, aber Mensch, wir passen so gut zusammen.«

»In einem Punkt täuschst du dich, denn du bist der Inbegriff eines romantischen Helden.«

Und das stimmte. Er war charmant, sexy, künstlerisch begabt und voller Leidenschaft. Wir waren Freunde. Und wir zogen uns körperlich an. Das hätte genügen müssen. Warum genügte es nicht?

Seine Augen funkelten, aber er lächelte nicht. »Wirst du

wenigstens über meinen Vorschlag nachdenken? Leb ein bisschen, Maddie.«

Bei dem Satz stockte mir der Atem. Genau dieser Ratschlag hatte mich in diese verwirrende Situation gebracht, und er würde mir sicher nicht heraushelfen. Ich dachte über sein Angebot nach, aber es war nicht das, was ich wollte. »Du weißt, dass ich dich sehr gernhabe.«

Er sah mich skeptisch an, als wüsste er, worauf das hinauslief. »Ich hab dich auch sehr gern.«

Das war womöglich das erste Mal, dass er das sagte, ohne dass wir gerade Sex hatten. Es war schön zu hören, aber das hätte er früher sagen sollen. Eine Träne lief mir aus dem Auge und fiel auf meinen Handrücken. Ich wischte mir mit dem Daumen über die Wange und atmete tief durch.

»Ich würde lügen, wenn ich sagte, ich hätte mir nicht vorgestellt, wie es wäre, wieder mit dir zusammen zu sein.« Ganz ehrlich. Ein Teil von mir würde immer bedauern, was ich gleich sagen würde, und ich zögerte so lange, dass eine Andeutung eines frechen Grinsens um seine Lippen spielte. Ich musste eine Entscheidung treffen, jetzt oder nie. »Aber mein Leben ist hier, Dylan.«

Er ließ den Kopf hängen. Dann hob er den Blick und schenkte mir ein bezauberndes Lächeln. »Versprich mir, wenn wir vierzig sind und beide noch Single, dann kommen wir zusammen.«

Ich lachte und schluchzte zugleich. »Abgemacht.«

21

Am Samstagmorgen kam ich gerade aus der Dusche, als mein Smartphone klingelte. Ich rechnete mit einem Werbeanruf von einer unbekannten Nummer aus Colorado und war überrascht, Peters Namen auf dem Display zu lesen.

Fast wäre mir das Telefon aus der Hand gefallen, als ich das Gespräch annahm. Mir war flau im Magen, und ich nagte an meiner Unterlippe.

»Hallo, Maddie. Ich bin ... also ... Ich hab geschäftlich in deiner Gegend zu tun und würde gern vorbeikommen und mit dir reden.«

Ich war sprachlos und schluckte Wut und Tränen hinunter. Eigentlich dachte ich, beides schon überwunden zu haben.

»Bist du noch dran?« Seine Stimme umfing mich weich wie eine abgetragene Jeans. Vertraut und tröstend, obwohl ich ihn seit Monaten nicht mehr gehört hatte.

»Ja.«

»Bist du da?«

»Ich bin den ganzen Tag im Laden.«

»Gegen zwölf?«

»Ja, das passt.«

»Danke, Maddie! Und ...«

Seine Pause regte mich an, mir auszumalen, was Peter sagen könnte, um aus ihm den Helden zu machen, den ich haben wollte. Wenn er nach dem *Und* gesagt hätte: *Ich habe einen Fehler gemacht,* hätte es schon sehr geholfen, die Wunde in mir zu heilen. Außerdem sollte er sich dafür entschuldigen, dass er mich verlassen hatte. Aber wenn Dylan recht hatte, wenn er Peter verjagt hatte, schuldete ich Peter ebenfalls eine Entschuldigung. Vielleicht hätte er die an erster Stelle gebraucht.

Doch er endete mit: »... sag mir Bescheid, wenn was dazwischenkommt.«

Sobald ich aufgelegt hatte, sah ich unschlüssig meinen Kleiderschrank durch. Wollte ich ihn beeindrucken oder lässig tun? Wollte ich, dass er es bitter bereute, gegangen zu sein, oder wollte ich ihn dazu verführen, mich zurückzuerobern?

Ich holte das ausgestellte Kleid mit den Punkten heraus. Das letzte Mal hatte ich es getragen, als wir uns wegen der Tanzstunde gestritten hatten, aber es war um mehr gegangen. Darum, dass er mich nicht nur nicht mit dieser Stadt, sondern auch nicht mit meinen Träumen teilen wollte. Der Streit stand für die Vergangenheit mit Peter, und ich brauchte einen Hinweis, dass es sich noch lohnte, über eine Zukunft mit ihm nachzudenken. Ich wählte ein Kleid aus, das ein stummer Vorwurf war. Nur ein Hochzeitskleid wäre noch deutlicher gewesen. Doch als ich den Reißverschluss hochzog, blieb ich an der ersten Rippe hängen. Ich stürzte in Laylas Zimmer und weckte sie, damit sie mir half.

Ich hielt den Stoff zusammen, und sie schaffte es, den

Reißverschluss noch einen Zentimeter hochzuziehen, doch darüber klaffte immer noch eine breite Lücke.

Ich zog den Bauch ein, als ob das etwas am Umfang meines Brustkorbs ändern würde. »Versuch es weiter!«

Sie sah mich zweifelnd an. »Es passt nicht mehr, Maddie.«

Ich zog den Reißverschluss wieder auf und ließ das Kleid auf den Boden fallen. »Du kannst es haben.«

Sosehr es mich auch reizte, eine bequeme Jeans und ein weiches T-Shirt überzuziehen, so leicht wollte ich Peter nicht davonkommen lassen. Am Ende holte ich einen weißen Rock aus Seidenflor hervor, den er mir für unsere Flitterwochen gekauft hatte. Es hingen noch die Etiketten daran. Dazu kombinierte ich ein ärmelloses knappes Oberteil mit Rüschen, das ihm immer besonders gut gefallen hatte.

Als ich den Buchladen aufschloss, fuhr wieder Mrs Beckett im Lieferwagen vor. Ich holte das Telefon heraus und schrieb eine Nachricht:

> Maximilian Beckett, hast du deinen Job aufgegeben? Lässt du dich gar nicht mehr blicken?

Ich rechnete nicht mit einer Antwort und war darum mehr als überrascht, als er eine Stunde später durch die Tür schlenderte. Als er sah, was ich anhatte, fielen ihm fast die Augen aus dem Kopf. Er machte eine tiefe Verbeugung, und ich stellte mir vor, er trüge einen langen Frack und würde mich auf einem herrschaftlichen Ball zum Tanz auffordern. »Sie haben nach mir verlangt, Mylady.«

»Wo warst du gestern?«

Er setzte eine undurchdringliche Miene auf. »Ich war beschäftigt.«

»Das erklärt nicht heute Morgen.«

»Und ich heiße Maxwell.«

»Wie bitte?«

»Ich dachte, du wüsstest, dass ich Maxwell heiße, nicht Maximilian. Maxwell Jude.«

Ich kannte seinen zweiten Namen. Seine Eltern hatten beide Kinder nach Songtiteln benannt. Layla beklagte sich oft, dass Max mit seinem Namen viel besser davongekommen sei als sie, die mit Layla Prudence leben musste. Ich hatte nie gefragt, nach welchem Song Max benannt war.

»Ich glaube, du hast mich immer an Maximilian de Winter aus *Rebecca* erinnert.«

»Das gefällt mir.« Er lächelte, dann lehnte er sich gegen den Tresen. »Charme schlägt Serienkiller.«

Ich brauchte einen Moment, um im Geiste die Songs durchzugehen, die Mr Beckett oft spielte, dann war es mir sonnenklar. *»Maxwell's Silver Hammer.«*

Max grinste. »Das bin ich.«

»Warum haben deine Eltern dich nach *dem* Song benannt?«

Er hob die Augenbrauen. »Wusstest du nicht, dass ich ein Killer bin?«

Ich biss mir auf die Lippe und versuchte, nicht zu lachen. »Vielleicht habe ich so etwas geahnt.«

»Ich bin ein Ladykiller.«

Ich schüttete mich aus vor Lachen, und sein Gesicht hellte sich auf. Er war wirklich attraktiv, wenn er lächelte. Gott, diese Lippen! Meine Libido schrie verzweifelt auf, als ich daran dachte, wie erotisch er mit diesen Zähnen über meinen Hals gestrichen war, und ich wurde rot.

Max winkte und eilte aus der Tür. Ich hatte ihn schon oft aus dem Laden gejagt, daher verstand ich nicht, warum ich diesmal enttäuscht war, dass er ging.

Als die Kinder zur Lesestunde hereinkamen, zwang ich mich, die anzüglichen Gedanken aus meinem Kopf zu vertreiben. Letzte Woche hatten wir *Klein Stuart* zu Ende gelesen, und Silberfuchs hatte mir einen wunderbaren Vorschlag für das nächste Buch gemacht. Also setzte ich mich und verkündete: »Heute lesen wir *Der kleine Prinz*.«

Ich zeigte den Kindern das Cover, und einige zappelten herum, andere betrachteten es mit großen Augen. Ich hatte dieses Buch immer geliebt, und ich konnte mich noch erinnern, wie ich hier gesessen hatte, als Mrs Moore es mir als Kind vorgelesen hatte.

Ich war fast mit dem ersten Kapitel fertig, als die Tür aufflog und Max hereinstürmte, als wäre er auf der Flucht. Als er merkte, dass er in die Lesestunde geplatzt war und alle Kinder ihn ansahen, zog er eine Grimasse. Übertrieben vorsichtig schlich er auf Zehenspitzen heran und legte einen Finger an die Lippen, um ihnen zu bedeuten, dass er ab nun leise sein würde. Die Kinder lachten sich kaputt, was den Tumult nur noch verstärkte.

Ich blickte Max tadelnd mit hochgezogener Augenbraue an. Er setzte sich wie die Kinder im Schneidersitz auf den Boden, und ich sah ihn als Grundschüler vor mir. Er hatte denselben staunenden Ausdruck wie damals im Gesicht.

Ich tat, als wäre nichts gewesen, räusperte mich und fuhr mit dem Kapitel fort, doch es war zu spät. Ich musste doppelt so schnell lesen, um die Kinder bei der Stange zu halten und fertig zu werden, ehe sie anfingen zu stören.

Als ich das Buch zuschlug, sprang Max auf und verkündete: »Seht her!«

Er griff hinter sich und holte eine Tasche hervor. »Ihr habt gerade erst mit dem Buch angefangen, darum kennt ihr noch nicht all die tollen Figuren, denen ihr begegnen werdet, aber ich lasse euch ein paar ziemlich coole Amigurumi-Puppen da. Wisst ihr, was Amigurumi ist?« Die Kinder schüttelten die Köpfe. Er hielt die erste ausgestopfte Strickpuppe hoch, den kleinen Prinzen selbst. Er sah irgendwie lächerlich aus, aber auch hinreißend. »Seht ihr, dass der gestrickt ist? Den hat meine Mom für mich gemacht, als ich ungefähr so alt war wie ihr. Toll, was?«

Er beförderte ein langes, pummeliges braunes Objekt hervor. »Ist das ein Hut?«

Die Kinder kreischten. »Nein! Das ist eine Schlange!«, riefen sie laut im Chor.

»Richtig. Eine Schlange, die was verschluckt hat?«

»Einen Elefanten!«

»Gut. Und später werdet ihr diesen Typen hier begegnen.« Er zeigte ihnen eine Rose, und dann ... »Das ist mein Liebling.« Er brachte den Fuchs zum Vorschein. »Ihr werdet ihn noch kennenlernen, der wird euch gefallen.«

Die Eltern sahen auf ihre Armbanduhren, darum schaltete ich mich ein. »Bedankt euch bei Max.«

Es folgte eine Kakofonie aus lauten Dankesrufen, und Max lächelte. »Die lasse ich euch hier.« Er setzte sie in das Regal neben die ausgestellten Bücher. »Nicht mitnehmen, okay? Aber ihr dürft sie berühren, wenn ihr wollt.«

Während die meisten Kinder zu ihren Eltern zurückkehrten, wanderten Jason Epstein und Marta Lewis zu den hässlichen kleinen Strickpuppen und stießen den Finger in sie. »Ist da wirklich ein Elefant in der Schlange?«

Marta richtete die großen Augen auf Max, der sagte: »Ja. Natürlich.«

»Wow!« Sie nahm die Schlange in die Hand und drückte sie. »Das ist ein weicher Elefant.«

Jason nahm den kleinen Prinzen. »Wer ist das?«

»Das«, Max schlug das zweite Kapitel auf, »ist der kleine Prinz. Siehst du? Den werdet ihr nächste Woche kennenlernen. Du kommst doch, oder?«

Jason nickte ernst. Dann rief seine Mutter, und er schlenderte davon.

»Das ist toll, Max. Danke!«

Nachdem die Lesestunde vorbei war, drängten Eltern und Kinder durch die Tür nach draußen, ein paar Eltern blieben und kauften etwas, dann war der Laden wieder leer.

Erneut ging die Türglocke. Ich blickte hoch, und da stand Peter und sah aus wie ein Milliardär aus einem Roman. Gatsby persönlich.

Reflexartig strich ich mit der Hand über meinen Zopf und steckte ein paar Strähnen weg.

Obwohl es Samstag war, trug er einen eleganten Anzug und Krawatte, und sein grau meliertes Haar war makellos in weichen Wellen frisiert – ein teurer Schnitt und die besten Produkte. Er war leicht gebräunt, vermutlich von einer Geschäftsreise nach Miami, vielleicht hatte er sich auch ausnahmsweise am Strand in Cancún entspannt.

Peter ließ eine Aktentasche auf den Tisch fallen und sah mich und Max an, als hätte er uns beim Spielen im Sandkasten überrascht. Er musterte Max von Kopf bis Fuß, als überlegte er, ob er die Sachen kaufen sollte, die Max trug.

Max kniff die Augen zusammen und spannte die Muskeln an. Ich wusste nicht, ob er meinetwegen oder seinetwegen beunruhigt war.

»Ich möchte etwas mit dir besprechen.« Peter warf einen Blick zu Max. »Allein, wenn es geht.«

Max verschränkte die Arme und baute sich auf, als wollte er sich einer Anordnung widersetzen. »Nur wenn Maddie will, dass ich gehe.«

Meine Güte! Hoffentlich würden sie nicht irgendwohin pinkeln, um ihr Revier zu markieren. »Schon okay, Max. Wir sehen uns später.«

Er wirkte über alle Maßen enttäuscht, und ich hatte ein leicht schlechtes Gewissen, weil er vermutlich dachte, ich würde mich auf Peters Seite stellen. Aber ich hatte Peter gesagt, dass wir reden könnten. Was auch immer am Mittwoch zwischen Max und mir vorgefallen war, ich musste mich vor ihm ja wohl nicht für alles rechtfertigen, was ich tat.

Von jetzt auf gleich zog sich mein Magen schmerzhaft zusammen, was sich allerdings irgendwie wundervoll anfühlte. Wie wenn wir früher im Winter mit dem Schlitten den schmalen Waldweg hinuntergerodelt waren. Jedes Mal war ich davon überzeugt gewesen, dass einer von uns mit gebrochenem Genick an einem Baum landen würde. Doch es war aufregend, und wir machten weiter, bis die Rodelbahn irgendwann nur noch aus Matsch bestand. Meine Gedanken kehrten in den Keller zurück, zu dem Moment, als Max mit den Lippen über meine gestrichen war, und da war es wieder. Als hätte ich einen Beutel mit Zucker verschluckt, der gerade explodierte.

Was um Himmels willen war das?

Peter, der von meiner Verwirrung nichts ahnte, öffnete derweil seine Aktentasche, holte eine Mappe heraus und legte sie auf den Tisch. »Schau mal hier.«

Ich trat neben ihn und beobachtete, wie er einige Papiere ausbreitete. Ein leichter Zitrusduft umgab ihn wie ein Schutzschild, als könnten normale Gerüche nicht hindurchdringen. Er roch immer, als käme er gerade aus einem Spa. Nach Luxus. Ich beugte mich vor.

Das erste Blatt zeigte das Foto einer Geschäftsstraße, auf den anderen waren Aufnahmen von einem leeren Raum zu sehen.

»Was ist das?«

»Dieses Geschäft liegt direkt im Zentrum von Indy, ganz in der Nähe von meinem Büro. Und man kann es mieten.«

»Aha. Und warum zeigst du mir das?«

Er zog einen Stuhl hervor und bot ihn mir an. Als wir saßen, fuhr er fort: »Ich wollte dir nie das Gefühl geben, dass ich dich nicht bei deinem Traum von einem eigenen Buchladen unterstütze. Ich weiß, wie viel dir das bedeutet.«

»Ach ja?«

»Ich denke schon, aber du musst zugeben, dass ein Laden hier draußen kaum zu halten ist. Stell dir vor, wie viel einfacher es wäre, wenn du einen Laden in der Stadt hättest, wo ständig Betrieb ist.« Er zog die Papiere herüber und hatte dabei dieses Leuchten in den Augen, das er immer hatte, wenn er etwas auf der Spur war. Wahrscheinlich hatte er schon mit den Eigentümern gesprochen und sie davon überzeugt, mögliche andere Mieter hinzuhalten, bis er meine Zustimmung hatte.

»Du hast gesagt, du hättest hier draußen geschäftlich zu tun.«

»Das habe ich auch.« Er seufzte. »Das ist geschäftlich.«

»Du hast das alles auf dich genommen, weil du dir Sorgen um meinen Buchladen machst?«

»Nein.« Er ließ die Papiere sinken und faltete die Hände. Seine Nägel waren sauber und makellos. »Maddie, ich habe einen Fehler gemacht.«

Ich blinzelte ein paarmal. Hatte ich mich verhört? War er bereit, auf mich zuzugehen? »Sprich weiter.«

»Ehrlich gesagt, hoffe ich, dass du deine Entscheidung hierzubleiben noch mal überdenkst. Ich habe auf etwas gewartet, das dich vielleicht bewegen könnte, zu mir zurückzukommen.«

»Du meinst also, du könntest hier hereintanzen und mir ein Geschäft vorschlagen? Ist dir mal in den Sinn gekommen, dass du vielleicht erst mit mir hättest reden können?«

»Um was zu sagen? Du hast klargestellt, ich soll nicht zurückkommen, also habe ich mich ferngehalten, bis ich dir einen echten Kompromiss vorschlagen konnte. Du wolltest mit mir zusammen sein, aber du wolltest auch den Buchladen und diese Stadt. Alle drei kannst du nicht haben, aber wenn du zwei wählen könntest, hoffe ich, dass du dich für die Kombination entscheidest, die mich einschließt.«

Das war zumindest ein Angebot. Am liebsten hätte ich ihn ganz egoistisch gefragt, warum ich nicht alle drei haben konnte, aber ich wusste, dass das für ihn nicht infrage kam. Das nahm ich ihm nicht wirklich übel, aber er stellte mich erneut vor die Wahl zwischen ihm und meiner Heimatstadt.

Doch wenn ich einen Buchladen hätte, könnte ich dann glücklich sein?

»Wieso hast du deine Meinung über den Buchladen geändert? Du hieltest es für keine kluge Investition.«

Er breitete die Hände aus, als hätte er nichts zu verbergen. »Das ist eine berechtigte Frage. Ich habe die Zahlen verfolgt, und mir sind ein paar Trends aufgefallen, höhere Einnahmen zu bestimmten Zeiten. Ich glaube, in einer erstklassigen Lage könnten wir das noch steigern.«

»Welche höheren Einnahmen?«

»Wenn du zum Beispiel Veranstaltungen machst. Stell dir vor, wie viel mehr Signierstunden du in der Stadt haben könntest.«

Das stimmte. Ich lebte sowieso praktisch im Buchladen, was machte es also für einen Unterschied, wo er war? Dylan ging weg. Layla arbeitete. Und Max ... Ich schluckte. Max hatte damit nichts zu tun.

Als ich nichts sagte, sah er mich durchdringend aus seinen stahlgrauen Augen an. »Na komm, Maddie. Denk wenigstens darüber nach. Ich will dich wiederhaben. Du fehlst mir.«

Drei kleine Worte.

Ich war ungewollt auf diese Welt gekommen. Dann hatte meine Mom mich großgezogen und mir erklärt, dass sie sich mich ausgesucht hätte, dass sie mich haben wollte und dass ich zu ihr gehörte. Ungeachtet der Biologie war ich ihre Tochter. Dennoch blieb immer eine gewisse Angst, nicht gewollt zu sein, und zum Teil hing ich so an Orion, weil ich mich hier nie zu fragen brauchte, wo ich hingehörte.

Doch Peter wollte mich auf eine Weise, die sich weniger nach Familie als nach Eigentum anfühlte. Er hatte mich immer glauben lassen, ich würde meine eigenen Entscheidungen treffen, aber er hatte unser Leben bestimmt. Zwei Entscheidungen hatte ich für mich getroffen – Autorin zu werden und diesen Buchladen zu kaufen –, und beides hatte er schrecklich gefunden. Oder zumindest fand er es schrecklich, dass mich beides von ihm entfernte, von dem Leben, das er sich mit mir vorstellte.

Dennoch war er hergekommen, um mir einen Vorschlag zu machen, weil er mich vermisste, und ich konnte nicht leugnen, dass mich das Leben, das ich mir einst mit ihm erträumt hatte, immer noch reizte.

»Zwei Fragen.«

»Ja.«

»Wie lange kann ich es mir überlegen?«

»Ich weiß nicht. Der Laden ist erst seit einer Woche auf dem Markt, und es gibt schon Interessenten. Vielleicht eine Woche. Vielleicht einen Monat.«

»Das ist nicht viel Zeit, Peter. Das ist eine wichtige Entscheidung.«

»Wie lautet die zweite Frage?«

»Könnte ich den Buchladen führen und trotzdem hier wohnen?«

Er sah aus, als hätte ich ihn geohrfeigt, doch er nickte. »Da müsstest du weit fahren.«

»Das hättest du ja auch in Kauf genommen.«

Er wandte den Blick ab, und da wusste ich, dass er nie vorgehabt hatte, in Orion zu leben. Er wollte mich bis nach der Hochzeit hinhalten und mich dann umgehend in die Großstadt holen.

»Also dann. Ich melde mich.« Ich streckte ihm die Hand hin, um das Geschäftsgespräch abzuschließen.

Er legte beide Hände um meine, sie waren ganz warm. »Ich hätte nie weggehen sollen. Das war der größte Fehler meines Lebens.«

Das war der Höhepunkt. Sieben Monate lang hatte ich darauf gewartet, dass er das sagte. Sein Geständnis hing in der Luft. Es war kein Zauberspruch, der alles wiedergutmachte. Es gab mir allenfalls einen kleinen Teil meines Stolzes zurück, aber es machte nicht alles ungeschehen.

Was auch immer er jetzt empfand, er hatte mich damals verletzt. Das war der Tiefpunkt gewesen.

»Warum hast du es dann getan? Warum hast du nicht

einfach alle ignoriert und bist zu deiner Hochzeit erschienen?«

»Weil es offensichtlich war, wann immer wir in dieser Stadt etwas unternommen haben, dass mich hier niemand haben wollte.«

»Außer mir.«

»Noch nicht einmal du. Du warst eins mit dieser verrückten Gemeinschaft. Und ich verstehe den Reiz, Maddie. Hier bist du immer der Star der Geschichte, die du dir selbst ausgedacht hast.«

Als hätte ich einen Schlag in den Magen erhalten, blieb mir einen Moment die Luft weg. »Wie meinst du das?«

»Du bist hier ein anderer Mensch, du bist nicht mehr die Frau, die ich kennengelernt habe. Die Frau, die vorhatte, Karriere zu machen und sich ein Leben mit mir aufzubauen. Du bist hergekommen und wurdest die Königin der Künstler, die um ihre Existenz kämpfen.«

Darüber musste ich laut lachen. »Und du meinst, das ist die Geschichte, die ich mir ausgedacht habe?«

»Ich sage, dass ich hier in einer Dreiecksbeziehung gefangen war, und ich habe dich lange vor unserer Hochzeit verloren.«

»Dreiecksbeziehung? Mit wem? Mit Dylan?«

Er schnaubte. »Nicht mit Dylan. Mit der ganzen Stadt. Ich konnte nicht mit dem konkurrieren, was dich hierher zieht, und hier haben alle dafür gesorgt, dass ich das auch weiß. Ich habe gehofft, dich umstimmen zu können und zurückzubekommen. Ich hoffe es immer noch, aber die Uhr tickt, Maddie.«

»Das ist mein Zuhause, Peter.«

»Ich hatte irgendwie gehofft, das wäre ich.«

Das hatte ich auch einmal gehofft. »Ich denke darüber nach.«

Er zog mich an der Hand zu sich, bis mein Gesicht dicht vor seinem war. »Denk auch *darüber* nach.«

Er gab mir einen Kuss, als würde er mir ein Geschenk überreichen. Er kam genauso überraschend wie der Kuss von Max. Ich dachte: *Das sollte richtig sein. Das sollte in Ordnung sein.* Ich hatte ihn tausendmal geküsst.

In meinem Paralleluniversum wäre der Kuss Teil meines Alltags gewesen, aber an unserem Hochzeitstag, als er die Braut nicht geküsst hatte, als er noch nicht einmal aufgetaucht war, hatte er aus unserer Beziehung eine Erpressungsgeschichte gemacht. *Love me or leave me.* Vielleicht hätte er genauso gut sagen können: *Sie oder ich.*

»Ob du gehst oder bleibst«, hatte ich ihm später gesagt. *»Ich bleibe so oder so hier.«*

Dann teilte sich meine Zukunft und führte mich auf diesen Zeitstrahl. Jetzt wollte er mich zurück durch das Tor tragen. Doch das Tor war bereits zu, und die Welt hatte sich ohne Peter wiederaufgebaut. Und genau wie er gesagt hatte, war ich zur Heldin meines eigenen Abenteuers geworden.

Ich unterbrach den Kuss. »Danke, dass du hergekommen bist, Peter. Ich sage dir Bescheid.«

Er hob den Kopf. »Wir haben Publikum.«

Und tatsächlich spähte Gentry durch das Schaufenster herein. Zufrieden, dass wir den intimen Moment beendet hatten, trat er ein. »Peter! Wie schön, Sie zu sehen!«

Peter streckte ihm die Hand hin. »Freut mich, Sie wiederzusehen, Gentry. Was macht das Geschäft?«

Gentry sah sich um, und sein Blick landete bei den Fotos, die Peter auf dem Tisch zurückgelassen hatte. Rasch schob Peter sie zusammen und ließ sie in seiner Aktentasche verschwinden. »Überzeugen Sie sie, dieses sinkende Schiff endlich zu verlassen.«

Ich richtete mich zu voller Größe auf. »Dieses Schiff gehört immer noch mir, Gentry.«

Er sah erst mich an, dann Peter. »Nun ja, Sie wissen ja, wo Sie mich erreichen.«

»Was wollten Sie, Gentry?« Ich glaubte nicht einen Moment, dass er aus irgendeinem anderen Grund gekommen war, als sich bei Peter anzubiedern und mich zu vertreiben, aber zumindest versuchte er, so zu tun.

»Ach, richtig. Vergessen Sie nicht, dass wir morgen ein Treffen mit dem Stadtrat haben. Wir sehen uns um neun.«

Um Gentry ein Zeichen zu geben und ihn schneller loszuwerden, sagte ich zu Peter: »Ich bringe dich zum Wagen.«

Der Lexus war um die Ecke geparkt. Ich hatte nicht damit gerechnet, dass Peters Auftauchen ein derartiges Interesse wecken würde, doch nachdem Max sich bei dem Ersten beklagt hatte, dem er begegnet war, hatte sich die Nachricht im Nu herumgesprochen. Kein Wunder, dass Gentry herbeigeeilt war. Shawna spähte aus der Tür und machte ein Gesicht, als wären wir zwei Zombies, die mit heraushängenden Eingeweiden über den Bürgersteig spazierten. Das Team von Peter war in Orion nicht vertreten.

Schon bald würde auch die ganze Stadt von dem Kuss wissen. Gentry war ein schreckliches Klatschweib.

Wir kamen von hinten auf Peters Wagen zu, und ich lachte über das Nummernschild, auf dem *Equifox* stand, ein hübsches Wortspiel für jemanden, der im Finanzwesen arbeitete.

»Das hatte ich ganz vergessen«, sagte ich.

»Es war deine Idee.«

»Ach ja?«

Er strich mit dem Finger über meine Stirn und steckte mir eine Haarsträhne hinters Ohr. »Hast du so viel vergessen?«

»Überlebenstaktik.«

»Es war ein schweres Jahr. Ich wünschte, alles wäre anders gelaufen.«

»Es hätte anders laufen können.«

»Ich hoffe, das kann es immer noch.«

Er warf mir einen letzten Blick zu, dann glitt er anmutig in den Wagen und startete den Motor. Ich beobachtete, wie er links aus dem Bild verschwand, dann ließ ich mich auf den Bürgersteig sinken, zog die Knie an die Brust und kämpfte gegen das Verlangen an, ihn zurückzurufen.

22

Nachdem die Leute offenbar fasziniert mein Gespräch mit Peter beobachtet hatten, kümmerten sie sich nun wieder um ihre eigenen Sachen, und alles um mich herum geriet in Bewegung. Köpfe, die aus den Geschäften gelugt hatten, wurden zurückgezogen und Türen geschlossen, sobald sich ihnen kein Drama mehr bot.

Manchmal fragte ich mich, warum ich so hart darum kämpfte hierzubleiben.

Dann kam Layla und setzte sich neben mich. »Hey, ich habe zufällig gerade meinen Nachmittagsspaziergang gemacht. So wie immer.«

Ich lachte. Jemand musste sie angerufen haben, damit sie aus ihrer Höhle gekrochen kam.

»Und ich dachte, weißt du, was toll wäre? Ein Bier. Wollen wir uns bei Wilsons's ein Sixpack holen und uns betrinken?«

Darum war ich geblieben. Wo hatte ich sonst derart neugierige Freunde, die wussten, wen sie anrufen mussten, wenn ich Trost brauchte. »Nein. Schon okay. Ich hatte gerade einen dunklen Moment, aber das bedeutet, dass auf der anderen Seite Tageslicht sein muss, stimmt's?«

Layla sagte, was alle immer sagten: »Können wir wenigstens mit einem Fuß in der Realität bleiben? Komm! Ein Bier?«

»Danke. Ich muss zurück in den Laden.«

Ehe sie darauf etwas erwidern konnte, rief Gentry: »Meine Damen, bitte versperren Sie nicht den Gehweg.«

Natürlich hätte er leicht um uns herumgehen können. Einige Kids bogen auf Skateboards um die Ecke, bemerkten Gentry und sprangen herunter, um in die entgegengesetzte Richtung zu fliehen.

Anstatt mich mit ihm anzulegen, nahm ich Layla in den Arm und verabschiedete mich von ihr. Als sie zu ihren eigenen Dramen zurückkehrte, setzte ein leichter Regen ein und scheuchte mich zurück in die Welt der Bücher, in der ich mich zu Hause fühlte.

Ehe der Regen meinen Büchern schaden konnte, holte ich schnell den Tisch mit den Angeboten in den Laden. Als ich wieder hinausging, um die Tafel zu holen, sah ich, welchen Scherz Max heute irgendwann draufgeschrieben hatte.

> Was kann Bücherfreunde mehr
> entzücken als ein wunderschöner
> Rücken?

Eigentlich hätte ich darüber lachen müssen, doch es erinnerte mich nur daran, dass ich einen Weg finden musste, das Überleben des Buchladens zu sichern, sonst würde ich niemanden mehr entzücken. Weder mit meinem Rücken noch mit den vielen schönen Buchrücken hier. War ich verrückt, das sinkende Schiff nicht zu verlassen? War ich so stur, dass ich lieber ertrank, als mich retten zu lassen?

Gerade wollte ich die Tafel hereinziehen, als ich Max auf den Stufen vor meiner Haustür sitzen sah.

»Warum sitzt du da im Regen?«, rief ich.

Mein Haar klebte mir an der Stirn, und ein Wassertropfen lief mir über die Wange in den Mund. Ich leckte mir die Lippen. Max schritt über die Straße wie ein finsterer Held durch eine Moorlandschaft.

»Willst du reinkommen?«

Er schüttelte den Kopf. »Was wollte Peter?«, fragte er. Einfach so. Als wäre die Frage ganz normal.

»Ich will nicht über Peter reden.«

»Kehrst du zu ihm zurück?«

»Das geht dich nichts an.« Ich ballte die Fäuste und hätte mich am liebsten einfach umgedreht und ihn stehen gelassen.

»Nicht? Meinst du wirklich, dass Menschen, die dich mögen, stillschweigend zusehen sollten, wie du einen Fehler begehst?«

»Ach, und du weißt wohl alles, ja?« Ich wischte mir einen Regentropfen von der Wange. Die Tropfen, die mir über das Gesicht liefen, hätten auch Tränen sein können. »Ich bin schon groß, Max. Ich kann für mich selbst entscheiden.«

Er blickte auf seine Hände, in denen er einen Umschlag hielt. »Hör mir doch jetzt mal bitte zu, denn letztes Jahr wolltest du nicht hören, was ich zu sagen hatte. Dabei hatte ich eine Menge zu sagen.«

Immerhin war ich neugierig genug, weshalb ich mich gegen den Türrahmen lehnte.

»Ich habe dich immer wieder sagen hören, dass du in einer anderen Dimension lebst. Du scheinst zu denken, dass du zwei Welten zusammenbringen könntest. Dass du wieder in Ordnung bringen kannst, was Peter zerstört hat, und mit ihm glücklich werden kannst. Ich weiß, das ist verrückt, und ich sollte dir das nicht zeigen.« Er hob den Umschlag hoch. »Aber das ist der Weg, den du nicht gegangen bist.«

Ich nahm den Umschlag und wollte ihn öffnen, doch er sagte: »Nicht hier. Wahrscheinlich willst du nicht mit mir reden, nachdem du das gelesen hast.«

Als ich zurücktrat, legte er mir eine Hand auf den Arm und sagte: »Es tut mir leid.«

Kaum war ich im Laden, riss ich den Umschlag auf und holte vier Seiten heraus, die in seiner charakteristischen Handschrift beschrieben waren – einer Mischung aus Schreib- und Druckschrift. Ich setzte mich hin und las.

Maddies nicht paralleles Universum

Ohne irgendwelche Einwände von der gleichgültigen Hochzeitsgemeinde geben sich Braut und Bräutigam das Jawort und schließen vor Gott und den Menschen den Bund der Ehe. Fortan kann sie niemand mehr auseinanderbringen. Das Paar hat sich unter das Ehejoch begeben. Wo der Bräutigam hingeht, geht auch die Braut hin.

Sie verlassen die Kirche als Mann und Frau und eilen zur Hochzeitsfeier. Die Braut tanzt vor den Hochzeitsgästen mit ihrem Bräutigam. Als ein Freund der Braut sie ablösen will, sieht der Bräutigam ihn finster an, stimmt jedoch zu. Er bleibt auf der Tanzfläche stehen, ohne eine andere Frau zum Tanzen aufzufordern. Bei der nächsten Gelegenheit verlangt er seine Braut zurück und gewährt nur widerwillig anderen, seinen Platz einzunehmen. Bald bittet keiner mehr die Braut um einen Tanz,

und er ist zufrieden. Sie gehört ihm allein, er teilt nicht gern.
Als die Feier schließlich zu Ende ist, läuft das Paar in die Nacht hinaus zu einer gemieteten Limousine, die sie in die Flitterwochen entführt, die er sorgfältig geplant hat. Während die Braut immer von einer großen Reise nach England geträumt hat, um all die Orte zu besuchen, die sie aus Büchern kennt, findet ihr Bräutigam traditionelle Flitterwochen auf St. Lucia passender. Die Braut stimmt zu, das ist vernünftig. Sie können die Zeit an dem romantischen Ort nutzen, um wieder zueinanderzufinden. Schließlich geht es bei dieser Reise nicht um sie, denkt sie.
Leider ruhen die Geschäfte nie. Nach der ersten Nacht ehelichen Glücks, die sich im Grunde nicht von einem normalen Mittwoch unterschied, geht sie allein zum Frühstück und bringt ihm einen Teller mit lokalen Spezialitäten aus dem Hotelrestaurant mit. Er schickt sie weg, um in Ruhe seine Telefonkonferenz zu führen und den mitgebrachten Kaffee zu trinken. Jeden Morgen verbringt sie etwas mehr Zeit allein und beobachtet neidisch andere flitternde Paare, die sich gegenseitig mit Obst füttern oder sich zwischen den Bissen verstohlen küssen. Sie sagt sich, dass diese Leute noch nicht so lange zusammen sind wie sie mit ihrem Bräutigam, darum ist es klar, dass sie nicht mehr so innig miteinander sind wie einst. Werden nicht alle Beziehungen mit der Zeit nüchterner?
Bald darauf kehren sie nach Hause zurück, nur nicht in das Zuhause, das sie erwartet hat. Während

der zahlreichen geschäftlichen Telefonate hat der Ehemann nebenbei ein Haus gekauft, das näher an der Stadt liegt, in der er arbeitet. Es ist meilenweit von dort entfernt, wo sie eigentlich hinziehen wollte. Er weiß, wo sie am liebsten leben würde, hat ein Jahr dort verbracht und sie davon träumen lassen, ein himbeerfarbenes Haus in ihrer Heimatstadt zu kaufen. Er hat ihr Häuser vorgeschlagen, die sie nicht mochte und in denen sie nicht leben wollte.
Was soll sie jetzt tun? Sie ist seine Frau.
Was wird aus dem Buchladen, den sie in der kleinen Stadt führt? Wird sie pendeln müssen?
Vielleicht ist das nur fair, schließlich hat sie dasselbe von ihrem Mann verlangt. Sie müssen beide Opfer bringen. Natürlich kann sie immer noch Zeit mit den Freunden von früher verbringen. Natürlich kann sie ihre Freunde zu sich in ihr neues Haus einladen.
Doch ihr Ehemann will, dass sie nach der Arbeit nach Hause kommt. Er mag ihre Freunde nicht und gibt ihnen das Gefühl, nicht willkommen zu sein.
Irgendwann kommen sie nicht mehr. Und sie fragt sich: Bin ich noch ein eigenständiger Mensch, oder bin ich sein Eigentum geworden?
Wenn ihre Freunde das doch nur vorausgesehen und sie gewarnt hätten. Warum haben sie sie nicht gewarnt?
An dem Tag, an dem sie den Buchladen an den Geschäftsmann von nebenan verkauft, denkt sie: »Vielleicht habe ich zu viel gewollt. Vielleicht bin ich nicht so etwas Besonderes. Vielleicht verdiene ich nicht mehr.«
Aber da täuscht sie sich.

Der Brief war zu Ende. Ich faltete die Seiten zusammen und schob sie zurück in den Umschlag. Max dachte, ich wäre wegen dieser Zeilen wütend auf ihn, doch mir war zum Heulen zumute. Schwarz auf weiß zu lesen, wie sehr er sich um mich sorgte, zeigte mir, wie gut er mich verstand, wie viel ihm an meinem Glück gelegen war. Ich konnte nicht sagen, dass seine Vision von meinem angestrebten Leben vollkommen falsch war. Mich hatten ähnliche Ängste beschlichen. Im Grunde bestätigte er die Zweifel, die mich ursprünglich davon abgehalten hatten, mit Peter wegzugehen, und derentwegen ich wollte, dass er mir mehr als nur auf halbem Weg entgegenkam.

Vielleicht dachte Max, ich wäre sauer auf ihn, weil er mir vor Augen führte, wie gern ich Peters Verhalten verteidigte und die Schuld auf meine unrealistischen Erwartungen schob. Doch er hatte recht. Peter schien der romantische Held aus einem Liebesroman zu sein. Er schien alles zu haben, und ich hatte einmal gedacht, das würde genügen. Doch ganz gleich, wie sehr ich mich bemühte, alles zu bekommen, bei Peter musste ich mich immer entscheiden.

Peters Vorschlag war eine weitere Weggabelung. Er hatte recht, in der Stadt konnte ich erfolgreicher sein. Es würde mir die Illusion geben, dass ich hätte, was ich wollte: Peter und den Buchladen. Dafür würde ich allerdings meine Identität verlieren.

Nein. Solange ich einigermaßen über die Runden kam, reizte mich nichts, den einen Buchladen gegen einen anderen zu tauschen oder meine Stadt gegen seine. Nicht einmal, wenn es bedeutete, Einsamkeit gegen Gesellschaft zu tauschen. Der Bann war gebrochen. Meine Entscheidung gefallen. Ich war bereit, diese neue Welt zu meiner Realität zu machen.

Ich holte mein Telefon hervor und verschickte eine Nachricht.

Ich habe mich entschieden.

Keine Antwort. Wahrscheinlich fuhr er Auto. Er musste mich auch nicht erst um weitere Erklärungen bitten. Ich spielte keine Spiele mehr.

Danke, dass du extra hergekommen bist, aber ich bleibe hier.

Obwohl ich wusste, dass ich die richtige Entscheidung getroffen hatte, verkrampfte sich mein Magen. All das Warten war umsonst gewesen. Es hätte so schön sein können, und ich gab diesen Traum nur äußerst ungern auf, aber solange keiner von uns einlenkte, mussten wir getrennte Wege gehen.

Ich schuldete Max eine Entschuldigung und sollte mich bei ihm bedanken, dass er sich getraut hatte, mir ungefragt seine Meinung zu sagen. Ich war froh, ihn zum Freund zu haben.

♥

Als ich den Laden abends abschloss, hatte es aufgehört zu regnen, und der Himmel war aufgeklart. Der Regen hatte besser zu meiner Stimmung gepasst, aber da es sich etwas abgekühlt hatte, beschloss ich, einen Spaziergang am Bach zu machen und nachzudenken. Ich hielt an der Brücke, setzte mich und ließ die Füße baumeln. Als ich auf das Wasser unter mir schaute, überlegte ich, was ich tun sollte.

Peter wollte sehr wahrscheinlich, dass ich ihm seinen Anteil am Buchladen abkaufte, was ich nicht konnte.

Meine schlimmsten Ängste würden wahr werden.

Von der anderen Seite der Brücke sagte jemand: »Nicht springen.«

Ich drehte mich um und sah Max die Auffahrt von meinem himbeerfarbenen Haus herunterkommen. »Was machst du da?«

Er zuckte die Schultern. »Ein kleiner Nebenverdienst. Die Palmers brauchten jemanden, der sich um das Haus kümmert, und ich hatte Zeit.«

Ich rutschte ein Stück, sodass er sich neben mich setzen konnte. »Du musst nebenher arbeiten?«

»Ja, ich weiß. Man sollte meinen, Catering in einer Kleinstadt wäre ein Bombengeschäft.« Er runzelte die Stirn. »In Wahrheit habe ich alles Mögliche versucht, Moms Geschäft in Gang zu bringen. Als Gentry einen eigenen Konditor eingestellt hat, haben wir einen Großteil unseres Umsatzes verloren, und jetzt mache ich merkwürdige Jobs, um das Konto auszugleichen und die Miete zu zahlen.«

»Erwachsensein nervt.« Ich seufzte und beobachtete, wie das Wasser die glatten Steine umspülte. »Weißt du noch, wie wir dem Bach gefolgt sind, um zu sehen, wohin er fließt?«

»Ja.« Seine Stimme wurde eine Oktave höher. »Was haben wir für einen Ärger bekommen.«

»Layla hat die ganze Zeit auf uns eingeredet, wir sollten umkehren, aber es kam uns nicht so spät vor.«

»Dann wurde es plötzlich dunkel.«

»Wir haben doppelt so lange für den Rückweg gebraucht, und alle haben nach uns gesucht.«

Wir lachten. Er lehnte sich an mich. »Mit dem Wald sind einige meiner schönsten Erinnerungen verbunden.«

Als Kinder waren Layla, Max und ich überall umhergestreift und kannten alle besonderen Stellen. »Erinnerst du dich noch an das alte, verlassene Betonungetüm? Ich frage mich, ob es das noch gibt.«

Er stand auf. »Sehen wir nach.«

Vom Regen war die Luft feucht. Eine Mücke summte neben meinem Ohr, und im Wald wimmelte es von Insekten, die nur darauf warteten, mich bei lebendigem Leib zu verspeisen. Ich schlug nach der Mücke an meinem Hals. »Bist du sicher, dass du bei der Feuchtigkeit herumwandern willst?«

Herausfordernd zog er eine Augenbraue hoch. »Das hat dich früher nicht gestört.«

Das stimmte. Als wir Kinder waren, hatten mir Hitze, Kälte, Regen oder Schnee nichts ausgemacht. Bei allem, was wir anstellten, waren wir so in unsere Welt vertieft, dass uns das Wetter nicht ablenken konnte. Im Winter, nach dem Rodeln, waren meine Zehen so taub, dass ich nichts spürte, wenn ich gegen eine Wand trat. Im Sommer waren Klimaanlagen ein vorübergehender Luxus in Bibliotheken, Lebensmittelgeschäften und zu Hause. An einem feuchten Julinachmittag durch den Wald zu streifen, war normal. Damals nannten wir es auch nicht Wandern.

Ich fächerte mir Luft ins Gesicht. »Ich werde alt.«

»Quatsch.« Er streckte mir die Hand hin. »Komm, Tigger, gehen wir auf eine Expedition.«

Niemand außer Max würde sich auf *Pu der Bär* beziehen.

Der schmale Weg wand sich durch den Wald, der vor Leben brummte – Leben, das ein reges Interesse an mir hatte. Max ging voran und bahnte uns den Weg, während ich die Mücken vertrieb. Und dann standen wir vor dem riesigen Zylinder. Uns Kindern war er ein großes Rätsel gewesen, doch später erklärte man uns, dass er ein Teil eines großen Brunnens oder Grundwasserleiters werden sollte. Jetzt stand er so schief, dass wir auf der einen Seite über die Kante steigen und uns auf der anderen gegen die hohe Wand lehnen konnten.

Es hätte mich nicht überrascht, wenn hinter der anderen Wand ein junger Max aufgetaucht wäre und mich mit der Wasserpistole bespritzt hätte. Das Ding war eine hervorragende Festung, ein Versteck, ein Ort für ein Rendezvous oder zum Herumknutschen. Nicht, dass Dylan jemals einen Fuß in den Wald gesetzt hätte. Und Peter wusste überhaupt nicht, dass es ihn gab.

Max legte die Hände auf die schiefe Rundung. Auf dem Rücken seines Hemds zeichnete sich eine Schweißspur ab.

Ich stieg in den Zylinder und setzte mich so auf den Rand, dass ich die Füße baumeln lassen konnte. Er hockte sich neben mich, ein Stück unterhalb von mir, sodass ich mich automatisch an ihn lehnte. Ich versuchte vergeblich, ein Stück hochzurutschen, doch die Rundung der Wand unterstützte die Schwerkraft.

Wir saßen still nebeneinander. Sicher hätte er mich gern gefragt, was ich von den Seiten hielt, die er mir geschrieben hatte. Ich starrte auf eine Motte, die in einem Spinnennetz gefangen war und um ihr Leben kämpfte.

Schließlich gestand ich: »Du hattest recht. Mit allem, was du gesagt hast. Es stimmt haargenau.«

Er knibbelte an seinem Daumennagel. »Und Peter?«

»Er wollte mir einen Laden in der Stadt zeigen, der zu mieten ist. Es war verlockend.« Vermutlich konnte ich genauso gut zugeben, warum. »Ich mache mir Sorgen um die Zukunft des Buchladens.«

»Ja. Was das angeht …« Er zog die Unterlippe zwischen die Zähne.

Ich trat gegen seinen Fuß. »Du willst mir jetzt nicht ernsthaft einen neuen Geschäftsvorschlag unterbreiten.«

»Das nicht. Ich muss mich bei dir entschuldigen.« Er schloss einen Moment die Augen und atmete tief ein, als würde er meditieren. »Ich weiß, das ist eine Kamikaze-Aktion, aber ich habe die letzten drei Tage darüber nachgedacht, was im Keller passiert ist.«

»Ja.« Ich wusste nicht, was ich dazu sagen sollte. Meine Libido war geradezu wie eine Supernova explodiert, und Max hatte es abbekommen. Was ihn allerdings nicht gestört zu haben schien. Vielleicht schuldete ich ihm auch eine Entschuldigung.

»Ich hätte dich nicht einfach so küssen dürfen. Das tut mir leid. Das war nicht fair.«

Ich legte eine Hand auf sein Knie, woraufhin er seine Hand unter meine schob und die Finger mit meinen verschränkte. Obwohl ich ihn zweimal geküsst hatte, obwohl wir Stunden und Tage zusammen verbracht hatten, hatte er in all den Jahren nie so meine Hand gehalten. Es war schön. Vertraut. Angenehm.

Er strich mit seinem Daumen über meinen, und ein Kribbeln überlief meinen Arm. Mein verrücktspielender Sextrieb würde noch alles kaputt machen. Ich schloss die Augen, bis er wieder zu sprechen begann.

»Vielleicht war es falsch von mir, dich zu küssen, aber es fühlte sich richtig an.« Er saß ganz still. »Sag mir, dass du es nicht auch gefühlt hast.«

Ich schwieg. Wenn ich das sagen würde, müsste ich lügen. Sein Kuss fühlte sich … wie eine Oase in der Wüste an. Aber ich war ausgedörrt und er die nächste Quelle mit kühlem, köstlichem Wasser gewesen. Als ich jetzt auf seine Lippen sah, pulsierten meine Fingerspitzen und meine Schenkel.

Ich konnte nicht länger leugnen, dass mein Körper wie ein Schmelzofen auf ihn reagierte, und es wäre schön zu beenden, was wir letzte Woche begonnen hatten. Aber was ich Silberfuchs geschrieben hatte, stimmte. Ich sehnte mich nach mehr als Leidenschaft.

Er seufzte. »Willst du nichts dazu sagen?«

Ich dachte daran, wie wir an jenem Morgen vor dem Sturm zusammen in den Keller geflüchtet waren. Dass ich nie auf diese Weise an Max gedacht hatte, und wie mich der Kuss gezwungen hatte, es zu tun. Ja, es hatte mir gefallen, aber ich war nicht darauf vorbereitet gewesen. Wie an jenem Abend auf der Brücke hatten wir uns nicht geküsst und dann auf einmal doch. Ohne Einleitung. Ohne ein Vorzeichen.

Oder hatte ich die Zeichen übersehen?

»Warum hast du es getan? Warum hast du mich geküsst?«

»Ich dachte, das wäre offensichtlich.« Als er mich wieder ansah, drückte seine Miene eine Entschiedenheit aus, die ich nicht bei ihm kannte. »Ich liebe dich.«

Mir stockte der Atem. Drei kleine Worte, die meine Welt auf den Kopf stellten und meinen Magen in Aufruhr versetzten wie der Breakdancer auf der Kirmes.

»Das musst du doch gewusst haben, Maddie.« Er hielt meinen Blick fest, und ich konnte nicht wegsehen. »Ich liebe dich, seit ich denken kann.«

Unmöglich. Ich zog meine Hand zurück. »Das kann nicht sein.«

Max ein romantischer Held? Ich schüttelte mich, um

einen klaren Kopf zu bekommen. Max war mein Freund, mein *bester* Freund, und Layla meine beste Freundin. Warum setzte er das aufs Spiel?

Dieser Kuss war eine Sache. Ein schwacher Moment zwischen zwei Menschen, die sich zueinander hingezogen fühlten, diesem Gefühl jedoch nie nachgegeben hatten. Aber Liebe? Romantik?

Ich rieb mir die Augen. Mir kam Silberfuchs' Satz in den Sinn: Romantik, Sex, Herzschmerz. Wenn wir es versuchten und scheiterten, dann würde ich mehr als nur einen Freund verlieren. Ich würde Max verlieren. Was konnte schrecklicher sein?

Max lachte. »Als wir klein waren, habe ich mir zurechtgeträumt, wie du eines Tages vielleicht zu mir herübersehen und mich bemerken würdest. Ich habe es versaut, indem ich dich im Spaß geküsst habe. Ich hatte schreckliche Angst, dir zu zeigen, was ich wirklich empfand. Dass du mich zurückweisen würdest, wenn du es wüsstest. Ich habe mich auf die Schule gestürzt und versucht, die Demütigung zu verwinden.«

Ich schwieg eine ganze Weile und verarbeitete, was er gerade gesagt hatte. Max starrte auf seine Hände und wartete. Hatte ich das Konkurrieren in der Schule so fehlgedeutet? Hatte er versucht, mich zu schlagen – oder mich zu gewinnen?

Das war es. Genau. Wahrscheinlich dachte Max nur, er würde mich lieben, weil der romantische Bereich das einzige Gebiet war, auf dem er nie der Erste gewesen war. Natürlich, dies war einfach nur ein weiterer Wettbewerb.

»Du liebst mich nicht, Max.« Ich wusste nicht, warum ich flüsterte. »Du liebst eine Idee.« Es kostete mich Überwindung, das zu sagen. Vielleicht täuschte ich mich. Die

Welt veränderte sich schneller, als ich begreifen konnte. Meine Kehle schnürte sich zu.

Er atmete aus. »Nein, Maddie. *Du* bist diejenige, die in eine Idee verliebt ist. Du bist so fasziniert von dem, was du dir zurechtgesponnen hast, dass du gar nicht siehst, was vor deinen Augen passiert.«

Das bestärkte mich in meinem Entschluss. Einer von uns musste den Status quo schützen. »Du weißt, dass ich dich von Herzen gernhabe.«

Er lachte laut auf. »Zitierst du gerade *Betty und ihre Schwestern?*«

Erwischt. »Mit anderen Worten.«

»Maddie, ich bin nicht Laurie, und du bist nicht Jo.« Er atmete ein und wieder aus. »Aber Laurie hat mich inspiriert, und ich sage dir, ich habe es satt, danebenzustehen, während du versuchst, dich in einen anderen zu verlieben.«

»Während ich es versuche?« Jetzt wurde ich wütend. »Was fällt dir ein?«

»Ach, komm schon. In deiner Geschichte hat jeder eine Rolle. Sobald du Peter zu deinem romantischen Retter erkoren hattest, wolltest du nicht mehr sehen, dass er gar nicht der Richtige für dich war.«

»Und du bist der Richtige?«

Ich wollte ihm gründlich die Meinung geigen, ihn wegen seines überheblichen Briefes beschimpfen und ihn mit erhobenem Zeigefinger auffordern, mir nicht mehr zu sagen, wie ich mein Leben führen sollte – doch dann stahl sich eine Träne aus seinem Auge und hing in seinen Wimpern. Und ich hatte einen Kloß im Hals.

»Ich dachte …« Er verzog den Mund. »Ich dachte, deine Gefühle hätten sich geändert.« Er sah mir in die Augen und ignorierte die Träne, die jetzt über seine Wange lief. »Weil …

ja, weil ich glaube, dass ich der Richtige bin. Ich glaube nicht, dass jemals jemand richtiger für dich gewesen ist.«

Ich ballte die Hände zu Fäusten. Er meinte immer, er wüsste alles besser. Aber er hatte mir sein Herz geöffnet, darum sagte ich: »Du wirst der Richtige für jemanden sein.«

Gott vergib mir, mein Körper rang mit meinem Verstand und drängte mich, *Ja!* zu schreien, forderte mich auf, mich vorzubeugen und ihn ewig zu küssen. Doch ich musste unsere Freundschaft retten.

Er gab noch nicht auf. »Ich mache dir keinen Antrag. Ich bitte dich nur, dich mit mir zu treffen. Ein einfaches Ja oder Nein. Willst du es nicht zumindest versuchen, willst du mir nicht wenigstens eine Chance geben?«

Treffen. Ich stellte mir vor, wie wir im Kino sitzen und über schlechte Dialoge lachen würden, doch diesmal würde er den Arm um mich legen und mit den Lippen über meine Wange streichen. Er würde mich nach Hause bringen, warten, bis ich die Tür aufgeschlossen hatte, und mir dann einen Gutenachtkuss geben. Der Kuss würde leidenschaftlicher werden, und ich würde ihn in meine Wohnung einladen. Ich hätte die Fantasie unendlich weiterspinnen können, doch dann sah ich ihn an und bemerkte den erwartungsvollen Ausdruck in seinen Augen.

Und erkannte ihn wieder. Es war derselbe Blick, mit dem er mich jedes Mal ansah, wenn er mich dabei erwischte, wie ich ihn beobachtete.

Dieses Gefühl war nicht neu für ihn. Für ihn hatte sich nichts geändert, während sich für mich alles verändert hatte. Ich brauchte Zeit, um das zu verarbeiten.

»Kann es nicht einfach wieder so sein, wie es war?«

Ich wollte ihm eine Hand auf die Wange legen, doch er wandte das Gesicht ab.

»Ich habe es satt, zu sein, was immer ich für dich bin.«

»Du hast es satt, mein Freund zu sein?«

»Wenn es das ist.« Er richtete sich auf und rückte etwas von mir ab.

»Ach, Max. Ich ...«

Er hob einen Finger, und ich bedeutete ihm, dass meine Lippen verschlossen waren.

»Hör zu. Ich wusste, dass du mich wahrscheinlich abweisen würdest. Ich wollte mir nicht vorwerfen müssen, es nie versucht zu haben, aber dies war mein letzter Versuch.«

»Was redest du da?«

»Ich ziehe weg.«

»Weg? Und wohin?«

»Nach Indianapolis.«

Ich erstarrte. *»Indianapolis?* Und was machst du da?« Herrgott! Ich holte zitternd Luft. Er ging weg. Ich würde ihn so oder so verlieren, egal was ich tat.

Er zupfte an seinem Hemd und sah zur Seite. »In Laylas Firma ist eine Stelle in der Marketingabteilung frei. Ich war gestern zum Vorstellungsgespräch dort und bin froh, dass die mich eventuell nehmen wollen. Es ist lange her, dass ich einen richtigen Job hatte, und niemand ist sonderlich beeindruckt von meiner unendlichen Liste an Halbbegabungen.«

»Ich bin beeindruckt.«

Er lächelte schwach. Eine flüchtige Gefühlsregung. »Ja, also. Jedenfalls«, er wurde unruhig, »ich habe dir gesagt, ich kann nicht hierbleiben, aber ich habe festgestellt, dass ich nicht genug Erfahrung damit habe wegzugehen. Es wurde Zeit, dass ich meine Zukunft plane.« Er hob ein Blatt auf und riss es in zwei Hälften.

»Ist es das, was du willst?« Ich blinzelte die Tränen fort. Er verließ mich.

Er wurde ganz ruhig und sagte leise: »Nein, Maddie, das ist es nicht, was ich will.«

»Was willst du denn?« *Sag, dass du bleiben willst!*

»Ich will dich.« Er kniff die Lippen zusammen, dann entspannte er sich. »Ich will bleiben, aber das Cateringgeschäft funktioniert auch nicht. Ich hätte mich gern mit dir und dem Buchladen zusammengetan, und ich denke immer noch, dass wir beide davon profitieren würden, aber du denkst ja noch nicht einmal darüber nach. Und ehrlich gesagt, ich glaube, ich auch nicht mehr. Du kannst unmöglich verstehen, wie schrecklich es für mich ist, ständig mit dir zusammen zu sein und doch nie mit dir zusammen zu sein.«

»Max.« Er würde nie erfahren, wie kurz ich davor war, ihm zu sagen, dass er weiterkämpfen, dass er mich umstimmen sollte.

»Es ist, als ... würde ich ein Buch immer wieder auf derselben Seite aufschlagen und der Rücken würde brechen. Ich muss etwas anderes ausprobieren.«

Die Seite umblättern, zum nächsten Kapitel springen. Er stieg aus unserer Geschichte aus. »Verstehe.«

Ich verstand es vom Kopf her. Schließlich hatte ich im letzten Monat selbst versucht, den Handlungsverlauf meines eigenen Buches zu ändern. Aber ich konnte mir das nicht wirklich vorstellen. Er liebte die Stadt genauso sehr wie ich, und die Vorstellung, dass er meinetwegen wegging, machte mich fertig.

Vielleicht war es Zeit, das Handtuch zu werfen, aufzugeben, an Gentry zu verkaufen und in die Stadt zu wechseln. Ich ließ Gentry nur sehr ungern gewinnen. Und ich kroch nur äußerst widerwillig zu Peter zurück, um ihn zu fragen, ob das Angebot noch stand. Aber wenn ich Max den Buchladen überließ, könnte er bleiben und sein Geschäft auf seine Weise führen. Wenn diese Stadt nicht groß genug für uns zwei war, sollte ich sie Max überlassen. Ihm bedeutete sie mehr.

Er sprang von der Kante und sah mich an. »Wie dem auch sei. Es tut mir leid. Ich wünschte, ich könnte anders empfinden, aber das kann ich nicht.«

Es gab nur einen Weg, der aus dem Wald zurückführte, und ich sah die Bildhaftigkeit darin. Es gab nur einen Weg, weil alle Wege auf dasselbe hinausliefen: Ich würde Max verlieren.

23

Ich deutete es als gutes Zeichen, dass Max am Montagmorgen auftauchte, um mir die bestellten Sachen zu bringen, und nicht seine Mutter. Die Sorge, dass ich unsere Freundschaft unter keinen Umständen retten konnte, hatte mir den Schlaf geraubt. Er hatte es so schwarz-weiß dargestellt: Entweder wurde mehr daraus. Oder weniger.

Ihn nehmen oder verlieren.

Und mir kam der Gedanke, dass er auch nicht besser war als Peter, der mir drohte, mich zu verlassen, weil ich nicht die sein konnte, die er haben wollte. Vielleicht war es kein explizites Ultimatum, aber das hätte es genauso gut sein können. Ich würde mich auf keinen Fall zu einer Liebesbeziehung erpressen lassen.

Nicht einmal, wenn ich es wollte.

Doch als Max durch den Laden kam, folgte ich ihm unwillkürlich mit den Blicken, suchte nach Hinweisen für das, was er mir gestanden hatte, und versuchte, mein Weltbild zu korrigieren. Er sah aus wie immer. Einfach wie Max, der einen Stapel Kartons hereintrug. Doch als er sie auf dem Tresen neben mir absetzte, warf er mir einen derart heißen, verlangenden Blick zu, dass mir beinahe schwindelig wurde. Hatte er immer so dicht neben mir gestanden, wenn ich die Lieferung quittierte?

Der Stift entglitt mir, und er fing ihn auf, ehe er herunterfiel. Als er ihn mir zurückgab, streiften seine Finger kurz meine Hand. Hatte das immer so geknistert?

Als ich mich bedankte, brach meine Stimme, und ich errötete, weil ich mich wie eine unsichere Schülerin benahm. Das war doch nur Max.

Ich hatte mit Leichtigkeit den Annäherungsversuchen des Verführungskünstlers Dylan widerstanden. Peter hatte versucht, sich wieder bei mir einzuschmeicheln, aber ich hatte seinen Vorschlag, ohne groß nachzudenken, abgelehnt. Es war richtig gewesen, Max abzuweisen. Warum war ich mir im Nachhinein auf einmal nicht mehr so sicher?

Es war nicht gerade hilfreich, dass er sich verhielt, als hätte er die Nachricht nicht verstanden.

Er trug einen Kuchen in die Küche. Der Bereich hinter der Kasse war eng, und ich hörte, wie ihm der Atem stockte, als seine Jeans meine streifte. Als er mir nur ganz kurz eine Hand auf die Taille legte, schoss die Energie, die ihn umgab, mein Rückgrat hinauf.

Ich drehte mich zu ihm um, und es war, als stünden wir noch immer in dem Keller, und der Tornado wütete, und ich war machtlos der überwältigenden Lust ausgeliefert. Ich war Francesca da Rimini, die im zweiten Kreis von Dantes *Inferno* festsaß, hilflos ihrem unstillbaren Verlangen ausgeliefert.

Was würde er tun, wenn ich ihn gegen den Kühlschrank drängte, wenn ich einen Kuss auf diese sinnlichen Lippen hauchte? Ich musste knallrot wie die untergehende Sonne sein. Vielleicht ruhte mein Blick zu lange auf seinem Mund, denn er leckte sich die Lippen, und ich musste mich zwingen, hinter dem Tresen hervorzutreten. Es war, als würde ich gegen einen reißenden Strom ankämpfen, der mich hinaus aufs Meer ziehen wollte. Ich wünschte, er käme hinter mir her, würde mich packen und nehmen, aber das war nie seine Art gewesen. Ich bewegte mich außer Reichweite seines Magnetfeldes, und schon bald hatte die Schwerkraft keine Gewalt mehr über mich. Ich driftete in den Buchladen und wurde von Unsicherheit übermannt.

Was sollte ich tun?

Ich hatte ihn so gern, vielleicht liebte ich ihn sogar, aber das hieß nicht, dass wir ein gutes Liebespaar wären. Ich wünschte, er könnte verstehen, dass mir seine Freundschaft wichtiger war als das. Vielleicht war es besser, er ging, ehe ich die Beherrschung verlor und mich meiner ungezügelten Lust hingab. Spürte er, wie sie von mir abstrahlte?

Schließlich ging er, mein Körper pulsierte, und ich arbeitete in einem traumähnlichen Zustand.

Mein Telefon vibrierte, und als ich eine Nachricht von Peter sah, zögerte ich.

> Denk noch einmal drüber nach, Maddie.
> Wir können das schaffen.

Doch Max hatte recht. Peter konnte nicht mein charmanter Prinz sein. Ich musste keinen Kompromiss eingehen, damit er in meinen Traum passte. Ich musste die letzte Brücke zu ihm abbrechen.

> Bitte ruf mich nicht mehr an und
> schreibe mir nicht mehr. Wir müssen
> einen Schlussstrich ziehen.

Jetzt konnte ich nicht länger so tun, als wäre meine Einsamkeit nur vorübergehend. Ich war allein.

Ich schrieb eine Nachricht an Silberfuchs.

Das war ein ziemlich merkwürdiges Wochenende.

Ich fragte mich, ob er mehr Glück gehabt hatte als ich. Ich konnte mir die Szene vorstellen. Vielleicht saß er in einem Café wie Charlie und träumte von einem Mädchen wie mir. Bei der Vorstellung schnitt ich ein Stück Gewürzkuchen ab und brachte ihn ins Café. Charlie schob einen Stuhl zurück und griff in seine Tasche. Als ich mich setzte, zog er ein Buch mit einem roten Ledereinband heraus.

»Sieh dir das an.«

Er biss sich auf die Lippe und lächelte schüchtern, als ich ihm das Buch vorsichtig abnahm.

Auf den Buchdeckel war in goldenen Lettern der Titel geprägt: *Die Abtei von Northanger.* Ich strich mit den Fingern darüber, dann schlug ich vorsichtig die brüchigen Seiten auf, die braun und etwas fleckig waren, mit einer Typografie, die seit einem Jahrhundert nicht mehr benutzt wurde. Unten auf der Titelseite stand das Jahr der Veröffentlichung: 1818. Mein Blick sprang zurück zu Charlie. »Das ist die Erstausgabe.«

Er nickte, und seine Augen funkelten. Ganz offensichtlich genoss er meine Verwirrung und Aufregung.

»Aber wie? Warum?«

Er zuckte die Schultern. »Wie du weißt, bin ich ein Geist, und während ich draußen herumspukte, stieß ich zufällig ...«

Ich warf eine Serviette nach ihm. »Ernsthaft.«

»Ernsthaft.« Er holte tief Luft und ließ sie langsam entweichen. »Meine Familie besitzt eine umfangreiche Sammlung von diesem und jenem.« Er zeigte auf das Buch in meinen Händen. »Über das bin ich kürzlich in der Bibliothek meines Vaters gestolpert, und mir war klar, dass es für ihn nur eine Geldanlage ist. Ich habe es mitgehen lassen, um es dir zu zeigen. Wusstest du, dass dieses Buch, obwohl es ziemlich selten ist, deutlich weniger einbringt als andere Jane-Austen-Bücher?«

Ich schüttelte den Kopf, fassungslos über alles, was er erzählte. Verheimlichte Charlie einen exzentrischen Millionärsvater? War er der heimliche Erbe eines Vermögens?

Mist! Ich tat es schon wieder. Vielleicht hatte Max recht. Vielleicht versuchte ich, mich zu verlieben. Ich legte das Buch auf den Tisch und atmete tief ein. »Charlie, ich wollte mit dir reden.«

»Ja?«

Wie sollte ich anfangen?

»Als du gesagt hast, ich sollte mein Schicksal selbst in die Hand nehmen, dachte ich, du würdest vielleicht mit mir flirten, und meine Fantasie ist etwas mit mir durchgegangen. Ich mache mir Sorgen, dass ich missverständliche Signale ausgesandt habe, und das will ich klären.«

»Maddie ...« Er rutschte unruhig auf seinem Stuhl, und ich machte mich auf das gefasst, was er sagen würde. »Ich mag dich.«

Was drei kleine Worte anging, so waren diese vermutlich die besten, die er hätte sagen können.

»Ich mag dich auch, Charlie. Aber ich glaube, ich habe versucht, aus dem Nichts aus dir einen romantischen Helden zu machen. Dabei hätte ich herausfinden sollen, wie ich mich selbst zum Helden mache.«

Seine Finger strichen über den Rand des Buches. »Hör zu. Ich bin kein Romantiker. Überhaupt nicht. Ich bin nur ein Typ, der in einen Buchladen kommt, um in der Ecke zu sitzen, nachzudenken und zu arbeiten. Egal, wie schwierig die Geschäfte laufen, du hast mir was zu essen gebracht und dich mit mir unterhalten. Das ist nicht nichts. Du hättest reserviert bleiben und mich wie einen zahlenden Kunden behandeln können, aber du machst das alles hier, weil du Bücher und Menschen liebst. Und darum wirst du auch Erfolg haben, Maddie.« Er neigte den Kopf, um sich in mein Sichtfeld zu schieben, da ich auf meine Hände starrte und mit den Tränen kämpfte. »Wenn es nach mir ginge, bist du schon die Heldin dieser Geschichte.«

Das war genau das, was ich hören musste. Erleichtert, dass ich wenigstens eine Beziehung nicht ruiniert hatte, ging ich, um einige Bücher auszupacken und einzusortieren.

Es bereitete mir einfach Freude, mit Büchern zu arbeiten. Wenn ich sie auspackte, las ich gern den Werbetext auf der Rückseite und stellte mir die Welt im Inneren vor. Solange ich ein Buch lesen konnte, war ich nie wirklich allein.

Genau in dem Moment wurde mir klar, dass mir mein Leben gefiel. Das Paralleluniversum, in das ich so unbedingt hatte zurückkehren wollen, war in sich zusammengefallen, doch mir ging es gut. Die Dinge waren keineswegs vollkommen, aber das war zum Teil meine eigene Schuld. Obwohl ich einiges vermasselt hatte, konnte ich mit dem Hier und Jetzt meinen Frieden machen.

Mein Telefon vibrierte, und ich griff in meine Gesäßtasche, um eine Nachricht von Silberfuchs zu lesen.

Inwiefern?

Inwiefern was?

Ich las meine vorherige Nachricht, in der ich mein merkwürdiges Wochenende erwähnt hatte. Ach, richtig. Ich tippte.

Ich bin wieder ganz ohne Helden, aber ich glaube, ich finde es okay, allein zu sein.

Als ich Feierabend machte, entdeckte ich, dass die Tafel wieder verunstaltet worden war.

Frage: Was ist der Unterschied zwischen einem Substantiv und einem Attribut?
Antwort: Das Substantiv kann auch ohne das Attribut bestehen, umgekehrt gilt das nicht.

Ich nahm Max' subtile Spitze stirnrunzelnd zur Kenntnis und wischte die Tafel. Er würde darüber hinwegkommen, und wir würden Freunde bleiben. Nur darauf kam es an.

Silberfuchs' nächste Nachricht traf ein, als ich die Treppe zu meiner Wohnung hinaufstieg.

Ich bin auch raus. Ich habe getan, was Sie gesagt haben, und mich ihr offenbart. Sie weiß jetzt, wie ich empfinde, aber sie hat mich zurückgewiesen.

War es schlimm, dass ich ein bisschen erleichtert war? Es war merkwürdig, einen Anflug von Eifersucht zu empfinden, obwohl ich den Mann noch nicht einmal kannte. Es war, als gehörte ihm ein Stück von meinem Herzen, und als könnte er mich verletzen, auch ohne mich jemals zu Gesicht zu bekommen.

Ich ließ mich aufs Sofa fallen und hoffte, dass er noch online war.

Ich gestand:

Ich bin zu dem Schluss gekommen, dass es romantische Helden womöglich gibt, die moderne Prinzessin will aber vielleicht etwas anderes. Ich will zu viel.

Seine Antwort ließ nicht lange auf sich warten.

Sagen Sie das nicht. Sie wollen, was Sie wert sind. Nicht mehr.

Ach.

Ihre Lizzie ist eine Närrin. Sie sind ein Schatz!

Manchmal wünschte ich, ich könnte ihr einfach so schreiben. Wenn ich nur mit ihr reden könnte, ohne dass sie immer das Bild sieht, das sie von mir hat, könnte ich vielleicht zu ihr durchdringen.

Ich gab einen wichtigen Satz vom Fuchs aus *Der kleine Prinz* wieder.

Unser Herz sieht, was das Auge nicht sehen kann.

Haha! Ja, genau.

Warum schreiben Sie ihr dann nicht?

Ich glaube, dafür ist es zu spät … Sie hat ziemlich entschieden Nein gesagt. Und wie wollen Sie mit Ihrem Experiment weitermachen?

Ich glaube, damit bin ich fertig. Ich habe mich mit verschiedenen Männern getroffen, aber die wollen mich alle zu ihren Bedingungen. Ich will einen Partner, jemanden, der meine Bedürfnisse respektiert. Warum ist der so schwer zu finden?

Dasselbe wünsche ich mir eigentlich auch.

Seine nächste Nachricht folgte direkt im Anschluss.

Wie schade, dass wir nicht näher beieinanderwohnen …

Ich hatte dasselbe gedacht, obwohl Layla mir unzählige Vorträge über die Sicherheit im Internet gehalten hatte, weshalb ich nicht meinen Wohnort oder auch nur ein Foto teilen sollte. Schließlich könnte er ein kranker Stalker sein. Was, wenn er in der Stadt auftauchte und ich ihn nicht wieder loswurde?

Es musste doch einen Weg geben, ihn zu treffen, ohne mein Leben aufs Spiel zu setzen.

Ich stellte eine unverbindliche Frage.

Ja. Wo im Mittleren Westen leben Sie?

In der Nähe von Indianapolis.

So nah. Durfte ich ihm verraten, dass wir Nachbarn waren? Was konnte es schon schaden?

Sie sind gar nicht weit weg.
Ich bin gelegentlich in Indy.

Ich biss mir auf die Lippe und fügte hinzu:

Samstagabend bin ich
dort auf einem Konzert.

Ach ja? Wo?

Ich zögerte. Der Park war groß und voller Menschen, und ich wäre sicher.

Im State Park.

Den kenne ich gut. Fühlen Sie sich nicht unter Druck gesetzt. Aber falls Sie Lust haben, mich zu treffen, lassen Sie es mich einfach wissen. Dort kann ich leicht hinkommen.

Ich holte tief Luft. Ich wollte es. Aber langsam, kein Druck. Noch hatte ich Zeit, es mir zu überlegen.

Mutig geworden fragte ich:

Was ist aus der heißen Szene geworden, die Sie mir schreiben sollten?

Es folgte peinliche Stille. Warum musste ich immer wieder so einen albernen Mist schreiben?

Beschämt schickte ich eine weniger anzügliche Nachricht hinterher.

Ach, und ich habe mich gefragt – Sie haben nicht zufällig das Leseexemplar von meinem Buch auf eBay angeboten?

Zu meiner Erleichterung vibrierte mein Telefon.

Oha. Ja. Ich habe diese Szene geschrieben. Sie ist … äh … von der Szene inspiriert, die Sie geschrieben hatten.

Eine Viertelstunde später erhielt ich eine E-Mail mit Anhang. Obwohl ich Silberfuchs noch nie zu Gesicht bekommen hatte, war ich genauso aufgeregt, seine Szene zu lesen, wie ich es vielleicht früher war, wenn ich Dylans neue Songs gehört hatte. Aber das eine war real, das andere nicht. Wie war es möglich, dass ich etwas für Silberfuchs empfand, ohne ihn wirklich zu kennen? Ich wusste ja noch nicht einmal seinen Namen. War das Verblendung? Oder streichelte er mein ausgehungertes Ego und setzte in meinem Hirn Dopamin frei, sodass ich das Gefühl hatte, mich zu verlieben?

Sobald ich konnte, schloss ich den Buchladen und ging

mit meinem Laptop in die Wohnung. Um Putzen, Kasse und Lagerbestand konnte ich mich später noch kümmern. Ich starb vor Neugier.

Claire,
um Ihre erste Frage zu beantworten – nein. Ich würde Ihr Buch nicht versteigern. Es erscheint nächste Woche, oder? Wie aufregend!
Nun zu Ihrer anderen Frage ...
Ich wollte Ihnen die Szene nicht schicken, weil es sich falsch anfühlte, solange ich mich ernsthaft um meine Lizzie bemüht habe, aber das scheint vorbei zu sein. Hoffentlich finden Sie es nicht gruselig. Denken Sie daran, Sie haben mich darum gebeten.
Während Sie fiktive Charaktere hatten, von denen Sie eingebettet in Ihre Geschichte erzählen konnten, ist dies eine losgelöste Szene. Als solche liest sie sich wie ein Brief an Penthouse. Dennoch musste ich sie irgendwie schreiben. Wenn Sie mögen, stellen Sie sich vor, dass es so hätte sein können, nachdem ich ihr meine Gefühle gestanden hatte.
Ich weiß nicht, ob es das ist, was Sie erwartet haben, aber es ist, was es ist. Sollten Sie meine Identität herausfinden und das hier veröffentlichen, kann ich mich nicht mehr um ein politisches Amt bewerben. Aber im Ernst, ich hoffe, Sie wissen, dass das nur für Ihre Augen bestimmt ist.
Ich gestehe, ich bin nervös. Fühlen Sie sich so jedes Mal, wenn Sie Ihre Arbeit jemandem zum Lesen schicken? Wenn dem so ist, fühle ich plötzlich mit Ihnen und möchte mich offiziell entschuldigen, dass ich Ihr Buch in meiner Kritik nicht mehr gelobt habe. Wenn ich Ihnen

jetzt sage, dass Sie eine begabte Erzählerin und Sprachkünstlerin sind, werden Sie dann milde sein? Ich kann gut austeilen, aber nicht einstecken.
Lange Rede, kurzer Sinn – in der Annahme, dass Sie diese E-Mail noch lesen und nicht direkt zum Höhepunkt springen ... Viel Spaß!
SF

Ich öffnete die angehängte Datei und betete, dass der Text nicht ganz und gar unterirdisch war.

Nur eine halb leere Weinflasche auf dem Nachttisch war Zeugin, wie ich auf der schwarz-weiß karierten Decke lag und wartete, dass sie aus dem Bad zurückkehrte. Würde sie vollständig bekleidet sein und ihre Schuhe anziehen, als hätte sie nicht gerade ein neues Kapitel aufgeschlagen? Würde sie eine Ausrede erfinden und mich voll unbefriedigtem Verlangen zurücklassen?

Ich war nicht gierig. Solange sie blieb, würde ich nicht um mehr bitten.

Die Tür ging auf, und sie stand im Gegenlicht. Bei unserem ersten Kuss hatte sich ihr Haar aus dem geflochtenen Zopf gelöst, und ein braungoldener Nimbus umgab ihr Gesicht. Ihre verheißungsvolle Silhouette reizte mein Begehren nur noch mehr.

»Schalte das Licht aus«, sagte ich, von ihrem sinnlichen Blick ermutigt.

Ein Klicken, schon lag der Raum im Dunkeln. Erst langsam gewöhnten sich meine Augen an die Dunkelheit. Ich spürte mehr, als dass ich es sah, wie sie sich neben mir niederließ. Die Matratze sank ein. Die Decke bewegte sich. Sie verschränkte ihre Hand mit meiner, und ich richtete mich halb auf und zog sie zu mir.

Wenn sie Zweifel am Gang der Ereignisse hatte, zeigte sie es nicht. Ehe ich mich ganz aufsetzen konnte, war ihr Mund schon auf meinem, befriedigte das eine Verlangen und gebar zugleich ein anderes, weitaus stärkeres. Unsere Körper suchten sich, ein Gewirr aus Gliedern und Händen. Finger nestelten an Knöpfen, Hände griffen nach Stoff, Hemden fielen auf den Boden, gefolgt von Hosen, die unerträglich langsam die Beine hinunterglitten.

Die Gier verebbte, als ich sie endlich zum ersten Mal so sah, wie sie mir in meinen Träumen erschienen war. Ich genoss den Moment, ihren Anblick, ihre unendliche Schönheit, die meine ärmliche Vorstellung bei Weitem überstieg. Auch sie zögerte und musterte jeden Zentimeter meines Körpers, wobei sie an einigen Stellen länger verweilte als an anderen. Mehr als ihr schalkhaftes Lächeln brauchte ich nicht.

Als sie sich schließlich bewegte, war es wie ein sinnlicher Tanz. Sie hob den Arm und ließ ihn auf meine Schulter sinken. Ihr Finger, der langsam den Weg zu meiner stetig wachsenden Leidenschaft beschrieb, trieb eine Gänsehaut über meinen Leib. Ehe sich die Spannung noch weiter verstärkte und entlud, hielt ich ihre Hand auf. Sie schmollte, doch ich küsste sie, bis sie schnurrte, und dann berührte ich sie endlich.

Ihre Haut war wie Creme, seidig weich und zart, und sie reagierte auf jede meiner Berührungen. Als ich mit dem Daumen ihren Nippel streichelte, formten ihre Lippen ein vollendetes O. Machtlos legte ich die Hände auf ihren Rücken und zog sie näher an mich, und als ich meine Lippen um ihre Brust schloss, stöhnte sie auf. Ihre Hüften drängten sich einladend gegen meine, und ich seufzte. So lange hatte ich von ihr geträumt, jetzt war sie tatsächlich hier.

Meine Finger glitten über ihre Haut und berührten sie zwischen den Beinen. Schweren Herzens löste ich mich von ihren Lippen, um zu beobachten, wie mein Mittelfinger über ihre feuchte Lust strich. Sie bog sich mir entgegen wie eine Weide im Sturm, und aus ihrem leisen Stöhnen wurde ein raues »Ich brauche dich«.

Ich wollte in ihr sein, doch nachdem ich auf ihrem Gesicht gelesen hatte, welche Lust ich ihr bereitete, würde ich auch so als glücklicher Mann sterben. Sie streckte die Hand nach mir aus, doch ich fing sie auf und presste meine Lippen auf ihren Handteller.

»Ich will dich berühren«, sagte sie.

Stattdessen entzog ich mich ihr und beugte mich nach unten. Als ich einen Finger in sie gleiten ließ, raunte sie meinen Namen. Und als ich mit der Zunge über sie strich, schrie sie auf.

Die Zeit stand still. Ich verlor mich in einem köstlichen Rausch voller Begehren, und sie gab sich mir hin, stöhnte und schrie lustvoll auf. Sie krallte sich in das Laken, ermunterte mich mit ihren Hüften und mit sehnsüchtig gehauchten Lustlauten. Das Bett erbebte, und schließlich schlug sie die Schenkel zusammen.

Allmählich kehrte ich ins Hier und Jetzt zurück und kroch neben sie. Ihre friedliche Ruhe nach dem Höhepunkt hätte jeden Mann mit Befriedigung erfüllt. Langsam öffnete sie die Augen und sagte: »Ich will dich.«

Als ich begonnen hatte, Silberfuchs' Szene zu lesen, hatte ich irgendwie damit gerechnet, dass er sich ganze Absätze lang über die Vorzüge der Brüste auslassen würde, doch als ich am Ende ankam, war ich – wie hatte er sich ausgedrückt? –, brauchte ich dringend eine kalte Dusche. Dieser Austausch war nicht förderlich für meine Gesundheit. Ich hoffte fast, Dylan würde auf seinem Motorrad auftauchen und mich zu sich einladen.

Oder Max. Wenn ich ehrlich war, hatte ich beim Lesen

von Silberfuchs' Fantasie überhaupt nicht an Dylan gedacht.

Die Tür schlug zu, Layla kam herein und redete mit jemandem. Als ich mich räusperte, fuhr sie zu mir herum und sagte ins Telefon: »Ich muss Schluss machen. Ich bin jetzt zu Hause«, dann legte sie auf.

»Wer war das?«

Sie telefonierte so gut wie nie. Klar, sie tippte Nachrichten auf dem Smartphone, aber mit jemandem zu sprechen lag ihr nicht so.

»Eine meiner Moderatorinnen. Auf dem Heimweg ist etwas passiert, darum hat sie angerufen.«

»Was denn?« Ich stellte mir vor, dass die Band sich getrennt hatte oder eine Bühne zusammengebrochen war.

»Ein paar Trolls haben den Kommentarbereich des Blogs mit widerlichen Beiträgen überflutet. Ashley flippt aus.« Sie lachte. Die Verrücktheit der Internetwelt begeisterte sie. »Wir sind aber gegen Trolls gesichert. Meine Posts überleben Flamewars.«

Sie ging zu ihrem Zimmer, doch ich wollte sie noch etwas fragen. »Hey, Layla?«

Mit der Hand auf dem Türknauf sagte sie: »Ja?«

»Hast du dich schon mal im Internet in jemanden verliebt?«

Nachdenklich verzog sie den Mund. »Nein. Jemanden gehasst, ja. Ich war schon in jede Menge Fehden verwickelt. Mit einigen habe ich geflirtet. Wahrscheinlich waren es Männer. Das weiß man ja nie mit Sicherheit.« Sie musterte mich von der Seite. »Warum, benutzt du eine Dating-App?«

»Ich war nur neugierig. Du triffst dich nie mit jemandem, und du bist immer online. Ich dachte nur ...«

Sie kam zurück, setzte sich zu mir aufs Sofa und schob einen Fuß unter ihr Knie. »Nun ja. Anders als du habe ich nicht vor hierzubleiben. Darum will ich mich nicht binden.«

»Auch nicht an jemanden aus dem Internet?«

»Die Leute, die auf meiner Seite mit mir flirten, haben es meist auf etwas abgesehen. Sie meinen, ich hätte Beziehungen, Backstage-Ausweise und so etwas. Habe ich zwar nicht, aber ich glaube selten, dass jemand nur um meinetwillen hinter mir her ist.«

»Was, wenn ich jemanden übers Internet kennenlerne?«

Sie zog eine Augenbraue nach oben und sah mich verblüfft an. »Erzähl!«

»Da gibt es nicht viel zu erzählen. Erinnerst du dich noch an diesen Kritiker?«

»Den Drei-Sterne-Typen? Hast du immer noch Kontakt zu ihm?«

»Verrückt, oder? Er hat sich als ziemlich toller Typ entpuppt.«

»Sei bloß vorsichtig! Ich habe erlebt, wie im Internet echte Beziehungen entstanden sind, aber meistens präsentieren die Leute eine Idealvorstellung von sich.«

Ich dachte darüber nach. »Vielleicht, aber merkwürdigerweise bin ich zu ihm ehrlicher und offener gewesen als zu Leuten, die ich im echten Leben kenne.«

»Das klingt logisch. Wenn man sich nicht mit Small Talk aufhalten muss oder mit den Gegebenheiten der realen Welt, kann man gleich zum Kern einer Unterhaltung vordringen. Das beobachte ich häufig, und durch eine gemeinsame Ansicht entstehen Freundschaften zwischen den unterschiedlichsten Leuten. Ich bin immer wieder überrascht, wie schnell sich völlig Fremde online gleich die intimsten

Dinge erzählen. Dinge, die du nicht deinem Nachbarn erzählen würdest, den du seit zwanzig Jahren kennst.«

Das kam mir bekannt vor. Es war einfach gewesen, Silberfuchs Sachen über mein Liebesleben zu erzählen, die sogar Layla nicht wusste. »Und was ist daran falsch?«

»Es ist leicht, in den anderen hineinzuprojizieren, was du in ihm sehen willst.«

»Wie die Leute, die meinen, du wärst allmächtig.«

»Ja. Vielleicht holst du dir bei diesem Kritiker etwas, das du eigentlich in der realen Welt suchen solltest?«

»Ich glaube, mit der realen Welt bin ich fertig. Die finde ich etwas enttäuschend.«

Sie tätschelte mir das Knie. »Wem sagst du das!«

Mit diesen Worten stand sie auf, um sich in ihr Internetreich zu begeben, in dem sie uneingeschränkt herrschte, aber ich hatte noch eine Frage. »Hast du zufällig noch das Leseexemplar, das ich dir gegeben habe?« Ich wollte nicht direkt fragen, ob sie es auf eBay verkauft hatte. Natürlich würde sie das nicht tun.

Sie zog die Nase kraus, und ich machte mich auf eine Enttäuschung gefasst. »Sorry! Das habe ich Letitia geliehen.«

Mir zog sich der Magen zusammen. »Wie bitte? Warum?«

»Entspann dich! Ich habe ihr nicht erzählt, dass es von dir ist. Sie war hier, weil sie sich auf ihrem Laptop einen Virus eingefangen hatte. Als ich ihn entfernt hatte, lag sie auf dem Sofa und war schon beim dritten Kapitel. Sie wollte es gern weiterlesen.«

Das beruhigte mich, und ich überließ Layla ihrem Game of Trolls und schnappte mir mein Smartphone, um auf Twitter zu gehen.

Ich habe die Szene gelesen, die Sie mir geschickt haben. Wie ich sie liebe? Lass mich zählen wie?

Punkte erschienen, und ich wartete auf seine Antwort.

Wirklich? Darf ich Sie bitten, mir zu zählen wie? Ich habe eine Zeit lang versucht, echte Prosa zu schreiben. Ich weiß nicht, wie die Leute das machen. Mir kommt alles, was ich schreibe, unterirdisch vor.

Dieses Gefühl kannte ich gut.

Das geht uns allen so. Aber Sie haben mich in die Szene hineingezogen, und obwohl ich sie erregend fand, haben mich auch die Gefühle fasziniert. Würden Sie eine Frau tatsächlich so behandeln? Denn, meine Güte!

Ich spürte ein Ziehen zwischen den Schenkeln. Wäre es schräg, wenn ich mich, angeregt von den Worten, die Silberfuchs über eine andere Frau geschrieben hatte, selbst um meine Bedürfnisse kümmerte?

Seine Antwort erfolgte schnell:

Warum sagen Sie das? Haben Sie andere Erfahrungen gemacht?

Ich lachte.

Das kann man wohl sagen.
Ich meine, Sie haben kein Wort über
Ihre eigene Lust geschrieben.

Hatte ich das wirklich abgeschickt? Ich errötete.

Ja, doch. Ich habe Frauen
schon so behandelt.

Ich schlug mir mit dem Handrücken gegen die Stirn und wurde beinahe ohnmächtig.

Holen Sie das Riechsalz heraus,
ich werde ohnmächtig.

Der Gedanke an Laylas Warnung, mich nicht täuschen zu lassen, brachte mich auf den Boden der Tatsachen zurück.

Sie können nicht echt sein.

Ha! Zugegeben, ich bin nicht immer so aufmerksam gewesen, aber das entschuldige ich mit Jugend und Unerfahrenheit.

Was hat sich geändert?

Ich sehe in Sex jetzt nicht mehr die einmalige Befriedigung von Lust. Es ist ein langsamer Tanz. Denken Sie jetzt nicht, dass ich von einem marathonmäßigen Tantra-Liebesfest rede. Ich kann mir nur nicht mehr vorstellen, mich auf eine Frau einzulassen, ohne mir Zeit zu nehmen, sie wertzuschätzen, sie zu würdigen, sie glücklich zu machen.

Herrgott!

Was machen Sie am Samstagabend?

Im Ernst?

Meinte ich es ernst? Oder war ich einfach nur geil? Nein, es war mehr als das. Wir hatten eine echte Verbindung aufgebaut. Oder zumindest eine virtuelle. Das machte für mich keinen Unterschied mehr.

Wäre es falsch, sich zu treffen?

Layla würde mich umbringen.

Wo?

Ich atmete tief durch.

Wie schon gesagt, ich bin doch im White River State Park auf diesem Konzert.

Dort kann ich hinkommen. Wo wollen wir uns treffen?

Was, wenn das eine schlechte Idee war? Was, wenn er ganz anders war, als ich ihn mir vorgestellt hatte? Andererseits, was, wenn er genauso war, wie ich ihn haben wollte?

Kennen Sie den großen Totempfahl?

Neben der NCAA Hall of Fame?

Genau. Könnten Sie um sieben dort sein?

Keine zehn Pferde könnten mich davon abhalten.

Ich legte das Telefon weg und durchlief verschiedene Gefühlszustände – von nervös zu neugierig und schließlich aufgeregt. Wahrscheinlich würde ich den Rest der Woche nicht gut schlafen können.

24

Ich war mir nicht sicher, ob Dylan oder Max am Freitag zum Buchclub erscheinen würden. Schließlich hatte ich ihnen in der letzten Woche einen Korb gegeben, doch aus irgendeinem Grund kamen sie beide.

Da mein Leben in letzter Zeit ein kompliziertes Spiel aus Dreiecksbeziehungen geworden war, beschloss ich, dieses Gebiet zu umschiffen und mich auf andere Aspekte von *Betty und ihre Schwestern* zu konzentrieren.

»Wer findet, Jo hätte sich für Laurie entscheiden sollen, hebe bitte die Hand.« Ich wartete, bis alle zustimmten und ich sagen konnte: *Toll. Dann können wir ja weitermachen.* Doch nur Midge und ich meldeten uns.

Ich seufzte. Da mussten wir wohl durch. »Gut. Also Shawna und Charlie, ihr findet, Jo hätte allein bleiben sollen. Max ist der gegenteiligen Ansicht.« Ich hob eine Augenbraue. »Und Dylan ist es wahrscheinlich egal. Also warum reden wir nicht über ...«

»Falsch.« Charlie hob die Hand, um die Aufmerksamkeit auf sich zu ziehen. »Ich hatte das Gefühl bei Scarlett O'Hara und Jane Eyre, aber Scarlett war eine verzogene Göre und Rochester ein Unmensch. Jo ist klug, und Bhaer ist feinsinnig, er passt gut zu ihr. Jos Welt ist nicht Lauries. Mit ihm wäre sie niemals glücklich geworden.«

Ich sah ihn aus schmalen Augen an. »Wenn Bhaer so gut zu ihr passt, warum gibt Jo dann ihre Karriere als Schriftstellerin auf, um mit ihm eine Schule zu leiten? Warum opfert sie ihre Identität für ihren Ehemann?«

Dylan schaltete sich ein. »Findet ihr nicht, dass Laurie ein alberner Schwächling ist? Bhaer ist künstlerisch veranlagt wie Jo. Und er hat die Welt bereist, was Jo gern getan hätte. Er ist ihr intellektuell gewachsen und macht ihr Leben interessant. Alles, was Laurie zu bieten hat, ist Treue seit der Kindheit. Warum sollte Jo das genügen?«

Verdammt! Sie brachten gute Argumente.

»Ach, aber liebt sie Bhaer?«, fragte Midge.

Genau mein Punkt. »Genau!«

»Deine Frage ist unwichtig. Sie liebt Laurie nicht«, sagte Max, ein Wink mit dem Zaunpfahl.

»Aber ...« Mir fiel keine Antwort ein.

»*Du* liebst Laurie, aber Jo nicht. Sie hätte es versuchen können, aber es war richtig, dass sie ihn nicht glauben ließ, zwischen ihnen könnte jemals mehr sein.« Er sah mich ebenso finster an wie ich ihn.

Nutzten alle den Buchclub, um sich an mir zu rächen?

Schließlich erhob Shawna die Stimme. »Du hattest recht, was mich angeht, Maddie. Bhaer überrascht sie und überzeugt sie trotz ihres Widerwillens, ihn zu nehmen. Das ist eindeutig eine Basis für eine gute Freundschaft, aber für mich hat Jos Entscheidung immer etwas Trauriges. Ihre Fantasie ist so stark, dass ich nicht glaube, irgendein Mann könnte sie jemals ganz befriedigen. Ich frage mich, ob sie mit einem der beiden Männer wirklich glücklich sein könnte oder ob sie besser dran wäre, wenn sie in einer eigens geschaffenen Fantasiewelt leben würde.«

Ich hörte ihre Worte und verstand die Bedeutung. Mir war klar, dass alle Anwesenden wussten, dass ich jeden Mann aus Fleisch und Blut abgewiesen hatte, der an mir interessiert war. Anstatt auf den Subtext einzugehen, warf ich allen einen scharfen Blick zu. »Könnten wir jetzt wieder über das Buch sprechen?«

Alle sahen sich an, als wäre ich im Unrecht.

»Gut. Dann unterhaltet euch weiter. Ich bin fertig.« Ich stand auf und ließ mein Buch auf den Stuhl fallen. Sobald ich draußen war, wurde mir klar, dass ich überreagiert hatte, aber sie konnten nicht so tun, als würden sie nicht über mich reden.

Die Tür ging auf, und Shawna kam heraus. »Willst du mir erklären, was gerade los war?«

»Ihr gebt mir alle als Literaturanalyse verkleidete Ratschläge.«

»Ach, Maddie. Du identifizierst dich viel zu sehr mit den zentralen Figuren.«

»Siehst du? Hast du das nicht gerade gesagt?«

»Fast. Aber ich habe auch gesagt, dass Jo wahrscheinlich besser ohne einen der Männer in ihrer Welt dran ist. Du weißt, dass ich das von dir nicht denke.«

Meine Stimme klang rau. »Findest du, ich sollte mit Dylan weggehen?«

Sie legte mir eine Hand auf die Schulter. »Damals warst du glücklich mit Dylan. Aber ich weiß nicht, ob du jetzt mit ihm glücklich wärst. Ich würde nur gern erleben, dass du es überhaupt mit jemandem versuchst. Du misst alle Typen an deinen unrealistischen Erwartungen, da kann keiner bestehen.«

»Nun ja, es wird dich freuen zu hören, dass ich einen Versuch starte.«

Sie zog eine Augenbraue hoch. »Mit Max?«

Ich lachte. »Nein.« Dann stutzte ich. »Nein, nicht mit Max. Aber das wäre einfach, oder?« Es würde neunundneunzig Prozent meiner Probleme lösen. Er wäre glücklich. Er würde bleiben.

Ich stellte mir vor, wie ich Hand in Hand mit Max am Bach spazieren ginge und wir uns im Sonnenuntergang auf der Brücke küssten. Bei der Vorstellung, wie schön das sein könnte, schnürte sich mir die Brust zusammen, doch dann stellte ich mir vor, wie ich allein auf der Brücke säße, nachdem es zwischen uns schiefgelaufen war und wir alles verloren hatten. Wir fühlten uns zueinander hingezogen, aber passten wir als Paar zusammen? Waren wir mehr als nur Freunde? Ich durfte nicht das Risiko eingehen, es herauszufinden.

»Also wer?« Shawna holte mich in die Realität zurück.

»Würdest du mir glauben, dass ich diesen Typen im Internet kennengelernt habe?«

»Über Letitias Dating-Dienst?«

Ich verzog das Gesicht. »Nein, wir haben uns bislang nur geschrieben und treffen uns jetzt. Morgen Abend.«

Sie machte ein zweifelndes Gesicht. »Ist das sicher?«

»Keine Sorge. Ich habe Layla versprochen, morgen Abend mit ihr auf ein Konzert im State Park zu gehen. Wir haben uns vor dem Konzert in aller Öffentlichkeit verabredet. Kennst du diesen Totempfahl?« Sie nickte. »Es wird wie bei *Schlaflos in Seattle.*«

Sie wirkte nicht überzeugt. »Was weißt du über ihn? Habt ihr Fotos ausgetauscht?«

Ich lachte über ihre durchaus berechtigten Fragen. »Ich

weiß nicht viel, und ich habe ihn noch nie gesehen. Ich kenne noch nicht einmal seinen wahren Namen. Verrückt.«

»Dann gehst du also einfach hin und wartest? Was, wenn er nicht auftaucht? Oder was, wenn er, ich weiß nicht, ein Teenager ist?«

Ich gluckste. »Das glaube ich nicht, aber ich habe mir das auch überlegt. Ich kann mir alle genau ansehen, die sich dort aufhalten, und abhauen, wenn er mir zweifelhaft erscheint.« Ich versuchte, mir das Treffen vorzustellen. »Ich glaube aber nicht, dass er irgendwie zweifelhaft wirkt. Hoffentlich nicht. Daran, dass er gar nicht auftaucht, habe ich nicht gedacht. Was, wenn er kommt, *mich* genau unter die Lupe nimmt und dann geht?«

»Das wird nicht passieren. Sieh dich doch an. Dieser Typ hat keine Chance.«

Ein Scheppern aus der Gasse sagte uns, dass wir nicht allein waren. Ich spähte um die Ecke und entdeckte Gentry hinter den Mülltonnen, der gerade den Deckel zuklappte.

»Guten Abend, Gentry! Netter Abend, um zu lauschen.«

Er machte ein missbilligendes Geräusch und ging an uns vorbei in sein Restaurant.

»Viel Glück morgen«, sagte Shawna. »Du weißt, ich will nur das Beste für dich. Hoffentlich findet sich alles.«

Das hoffte ich auch.

25

Sosehr es mich auch reizte, Silberfuchs am Samstagmorgen eine Nachricht zu schicken, wollte ich nicht übereifrig erscheinen. Ich wünschte, ich hätte ihn gedrängt, mir seinen Namen zu verraten oder mir ein Bild zu schicken, doch dann hätte ich ihm auch eins schicken müssen. Ich ging früh in den Laden, um neu eingetroffene Bücher einzuräumen, damit wir rechtzeitig zum Konzert aufbrechen konnten. Als ich die Toilettenspülung hörte, setzte ich die Bücher, die ich gerade auspackte, vorsichtig ab, um keinen Kunden zu verpassen.

Von hinten sah ich Gentry, der gerade auf dem Weg zur Tür war, und rief nach ihm.

Er wirbelte herum. »Ach, da sind Sie ja. Ich habe versehentlich Ihre Post bekommen.«

Ich streckte die Hand aus und nahm den Umschlag entgegen. Es wäre mir gerade recht, wenn die Stromrechnung verloren ginge. Doch ein kurzer Blick verriet, dass es nur ein Kreditkartenangebot war.

»Danke, Gentry!«

Er drückte sich weiter an der Tür herum. »Ich habe mich gefragt, ob Sie mir heute Abend vielleicht einen kleinen

Gefallen tun könnten. Ich bitte Sie nur ungern, aber mein Konditor hat Schwierigkeiten.«

»Ach?« Die Richtung dieses Gesprächs gefiel mir nicht.

»Er braucht zusätzlichen Kühlplatz. Nur für heute Abend. Ich dachte, vielleicht …«

Ich unterbrach ihn. »Heute Abend bin ich nicht da. Vielmehr schließe ich den Laden heute sogar etwas früher.« Ich tat, als hätte ich ein schlechtes Gewissen. »Sorry! Hat das bis morgen Zeit?«

»Ich fürchte, nein.« Sein Gesicht hellte sich auf. »Vielleicht nach Ihrer Rückkehr. Wann kommen Sie wieder?«

»Das weiß ich nicht, Gentry. Spät.«

Er blinzelte. »Wenn Sie mir einen Schlüssel …«

Auf gar keinen Fall. »Nein.«

Er schmollte. »Was, wenn Sie ihn Max geben?«

»Sorry! Er fährt mit.«

Denn natürlich hatte Max sich selbst mit zum Konzert eingeladen. Insgeheim war ich froh, weil ich eine Freundschaft zu kitten hatte, und das war leichter in unserem bewährten Trio von früher. Wir könnten so tun, als wäre es wie in alten Zeiten, und vielleicht wäre es das auch. Vielleicht würde er seine Meinung noch einmal ändern und doch nicht weggehen.

Als Gentry den Laden verließ, tauchte Dylan auf, und mein Herz setzte kurz aus.

»Hallo«, sagte er. »Ich wollte nur nach dir sehen.«

Ich zog einen Stuhl für ihn heran und setzte mich ihm gegenüber. »Ist zwischen uns alles in Ordnung, Dylan?«

»Klar.«

Seine leidenschaftlichen Augen weckten in mir den Wunsch, er hätte mich etwas härter bedrängt. *Eindeutig zweideutig,* dachte ich. »Ich wünschte …« Ich stockte und wollte ihm erzählen, welche Möglichkeit ich gern in unser Buch geschrieben hätte, doch ich befürchtete, dass solche Geständnisse eine Tür öffneten, die ich schon geschlossen hatte.

»Ich auch.« Er zuckte die Schultern, als müsste ich es nicht in Worte fassen. »Aber du hattest recht. Ich hätte dich nicht bitten sollen, dich nach meinen Zielen zu richten.«

»Dylan ...«

Er schob seine Hand in meine. »Weißt du, als ich das erste Mal weggegangen bin, war ich voller Selbstbewusstsein, doch dann bin ich schnell vom Weg abgekommen. Ich dachte, diesmal bräuchte ich dich, weil du mir immer Mut machst.« Er richtete sich etwas gerader auf und verstärkte seinen Griff. »Aber ich kann es allein schaffen.«

»Ganz bestimmt kannst du das.«

»Versprichst du mir, dass du mich besuchst, wenn du Zeit hast?«

»Natürlich.« Mein Herz bekam einen Riss, und plötzlich wünschte ich, ich könnte mich klonen, damit eine Maddie mit Dylan weggehen und ein abenteuerliches Leben führen könnte. »Wann fährst du?«

»Dienstag.« Er sah auf die Uhr. Dylan war die Art von Mann, der noch eine trug. Sie war nicht teuer, ein Modell mit einem schlichten schwarzen Lederarmband und einem funktionalen Ziffernblatt.

Ich drückte seine Hand. »Sehen wir uns noch mal?«

»Heute Abend habe ich etwas vor, aber ich versuche, dich noch zu erwischen, ehe ich fahre.«

Ich wusste nicht, ob er heute meinte oder für immer, und plötzlich wurde mir schlagartig bewusst, dass er wieder wegging. Was, wenn er diesmal nicht zurückkam? Doch ich hatte meine Entscheidung getroffen, darum durfte ich jetzt nicht weinen, weil ich ihn verlor.

♥

Layla breitete Decken aus und machte Fotos. Ich überprüfte mein Smartphone. Es war fast sieben Uhr, und ich wusste nicht, wie lange es dauerte, zu dem Totempfahl zu kommen. Beiläufig streckte ich mich und wollte mich gerade entschuldigen, als Max aufsprang.

»Ich glaube, ich drehe eine kleine Runde. Ich will sehen, wie klein das Kinderlabyrinth jetzt wirkt.«

Perfekt. Bis dorthin konnte ich mit ihm gehen und ihn dann zurücklassen. Ich stand auf. »Ich komme mit.«

»Bleibt nicht zu lange. Ihr wollt doch das Konzert nicht verpassen«, rief Layla uns hinterher.

Wir liefen gegen den Besucherstrom an, bis wir den Ausgang des Konzertgeländes erreicht hatten und uns auf dem Weg wiederfanden, der zum Totempfahl führte.

Max machte Fotos. »Warum bezeichnen sie das überhaupt als Labyrinth?«

Gute Frage. Es waren nicht mehr als ein paar kniehohe längliche Steine, die in konzentrischen Kreisen arrangiert waren. Während er seine Fotos sichtete, lief ich vor und hoffte, er würde zurückbleiben, doch er holte mich ein und blieb bei mir. Ich machte mir Sorgen, dass er das hier vielleicht eingefädelt hatte, um mit mir allein zu sein, doch er sah nicht von seinem Telefon auf, und ich musste ihn um ein Paar mit einem Kinderwagen herumlenken.

Etwas weiter kamen wir an einer hohen modernen Skulptur vorbei. Wieder blieb Max stehen, um ein Bild zu machen, dann tippte er in sein Telefon. Ich versuchte, die

Gelegenheit zu nutzen und ihn erneut zurückzulassen, doch er sagte: »Warte!«

Seinetwegen würde ich noch Silberfuchs verpassen. »Kannst du Facebook nicht später machen?«

»Ich bin nicht auf Facebook, ich habe Layla nur ein Foto geschickt.«

»Ich bin mir sicher, auf das Foto kann sie warten, aber wenn wir die Vorgruppe verpassen, bringt sie uns um.«

»Du kannst ja zurückgehen.«

Das kam nicht infrage. Von unserem Standort aus konnte ich den Totempfahl schon sehen. Eine Reihe schmaler Kanäle verlief links von unserem Weg und endete genau am Treffpunkt. Wir gingen weiter, bis wir bei der Hall of Fame direkt gegenüber dem Totempfahl ankamen, und ich stieg die Stufen hinauf, als hätte ich mein Ziel erreicht. Ich spähte durch die Glastüren, dann sah ich zu der Statue.

Würde ich Silberfuchs sofort erkennen?

Eine Frau posierte für ein Foto, ein Paar schlenderte Arm in Arm vorbei. Meine Angst, dass ein ganzer Pulk möglicher Füchse auftauchen könnte, war unnötig gewesen. Stattdessen war ich womöglich versetzt worden. Ich sah auf meinem Smartphone nach der Uhrzeit. Kurz nach sieben. Vielleicht war er gekommen und wieder gegangen. Vielleicht kam er zu spät. Oder vielleicht hatte er dieselbe Idee wie ich und stand etwas entfernt, um mich zu beobachten. Wenn Max bei mir war, würde ihn das verwirren. Er würde nicht nach einem Paar Ausschau halten.

Max ließ mich zurück, um am Kanal entlangzugehen und einige Bilder zu machen, dann blieb er stehen, um sie hochzuladen.

Er tat, als wäre letzte Woche nichts zwischen uns passiert, wie immer, und ich begriff, dass es stimmte, was er gesagt hatte. Er hatte jahrelang mit der Realität gelebt und getan, als würde er nicht unter den unerwiderten Gefühlen leiden.

Ich öffnete meine Twitter-App und schrieb eine Direktnachricht.

Wo sind Sie?

Kurz darauf erhielt ich eine Antwort.

Ich bin da.

Ich rieb mir die Stirn und schrieb.

Ich sehe Sie nicht.

Wartete ich auf Godot?

Max ging um das Ende des Kanals herum, doch ich folgte ihm nicht. Jetzt war ich zu neugierig, herauszufinden, wo Schlaufuchs war. Mein Telefon vibrierte.

Sehen Sie mich jetzt?

Dort war immer noch nur Max. Ich schrieb:

Nein.

»Maddie?« Die Stimme kam von links.

Ich drehte mich um, und dort stand Peter und kam die Stufen hoch auf mich zu. Max wollte gerade zurückkommen, doch als er Peter sah, blieb er wie angewurzelt stehen.

Peter hatte lässig eine Hand in die Hosentasche gesteckt

und wirkte entspannt. Er schien nicht überrascht zu sein, mich zu sehen.

Ich ging ihm entgegen. »Was machst du hier?«

»Ein Vögelchen hat mir gezwitschert, dass du vielleicht hier bist.« Er zwinkerte mir zu, als müsste ich das verstehen.

Wer wusste, dass ich heute hier war außer ... »Layla?«

»Nein.«

Ich ließ den Blick noch einmal über das Gelände wandern, sah jedoch niemanden, der nach mir Ausschau zu halten schien. Außer Peter. Der Einzige, der abgesehen von Layla und Shawna wusste, dass ich heute hier sein würde, war ... Silberfuchs.

Ich presste mir die Hand auf den Mund. *Nein!*

»Silberfuchs?«

Er lachte und strich sich mit der Hand durchs Haar. »Na, danke.«

»Wie?«

»Wie was?«

»Wie ist das möglich? Du bist ... Bist du ...?«

»Du wolltest mich treffen. Ich bin Peter.« Er streckte mir die Hand hin, als würde er sich zum ersten Mal vorstellen, und ich schüttelte sie benommen. »Was für ein merkwürdiger Zufall.«

Ich blinzelte und versuchte, meinen Kopf von Annahmen und Vorurteilen zu befreien. Hatte ich die ganze Zeit mit Peter geschrieben?

Nichts ergab Sinn, und warum war ich so enttäuscht? Was hatte ich gehofft? Dass Silberfuchs jemand Neues war, jemand, der mich überraschen konnte. Doch wenn Peter in der Lage gewesen war, diese Dinge zu schreiben, hatte ich ihn vielleicht unterschätzt.

Ich war von einer weiteren verwirrenden Wendung völlig aus der Bahn geworfen und versuchte, eine zusammenhängende Frage zu formulieren, doch Peter hob nur verschmitzt eine Braue.

»Ich verstehe das nicht.« Ehe ich ihn weiter verhören konnte, sagte mir das Kreischen der Gitarren, dass das Konzert anfing. Ich hatte Layla versprochen, es von Anfang bis Ende mit ihr durchzustehen. »Hast du eine Karte für das Konzert?«

»Ich kann mir eine besorgen.«

Ich rief nach Max, und er sah sich noch einmal um, als hätte er seine Schlüssel verloren oder so etwas. Er wedelte uns fort. Ganz offensichtlich wollte er nicht das fünfte Rad am Wagen sein.

Ehe wir außer Sichtweite waren, drehte ich mich noch einmal um. Max lief auf und ab und schlug wahrscheinlich die Zeit tot, um mich nicht mit Peter sehen zu müssen. Ich hatte ein schlechtes Gewissen, weil es schmerzhaft für ihn sein musste, mich nicht zu bekommen.

Doch wenn ich ehrlich war, fand ich es auch schmerzhaft.

Als Peter und ich uns auf ihre Decke setzten, warf Layla mir einen bösen Blick zu. Vielleicht weil ich den Großteil der Vorgruppe verpasst hatte oder aber weil ich Peter mitgebracht hatte. Nachdem Peter eine Karte gekauft hatte, hatte ich noch vier Becher Bier besorgt, weil Max vermutlich irgendwann seine Enttäuschung überwinden und zurückkommen würde. Als ich Layla ein Bier reichte, nahm sie es widerwillig entgegen und grinste spöttisch.

Ich wollte Peter zu jedem Aspekt unseres E-Mail-Austauschs befragen. Es gab so vieles, das keinen Sinn ergab. Wann hatte er angefangen, Bücher zu rezensieren? Warum hatte er eine derart strenge Kritik geschrieben? Wie war er überhaupt an ein Leseexemplar gekommen? Hatte er die ganze Zeit gewusst, dass es mein Buch war? Er wusste, dass ich schrieb, aber ich hatte ihm nie mein Pseudonym verraten.

Und diese Chats ... Noch nie hatte er in Textnachrichten so mit mir geflirtet. Silberfuchs sagte, er habe sich verändert. Hatte Peter sich verändert?

Schuldete ich ihm die Chance, es herauszufinden?

Ich hatte Silberfuchs' Frau gerügt, weil sie nicht an ihrem vorgefassten Bild von ihm vorbeisehen konnte. Hatte ich Peter falsch eingeschätzt? War es bei Lizzie Bennet ... immer um mich gegangen?

Sobald die Vorgruppe die Bühne verließ, hob Layla zu einem Monolog an, um mich über die Hauptband in Kenntnis zu setzen, die wir hören würden. »Also, der Sänger ist der Bruder der Freundin des Sängers der Band, von der ich das Fan-Forum leite. Verstanden?«

Ich tauschte einen Blick mit Peter. »Äh. Klar.« Meine Fragen mussten wohl bis später warten.

»Micah ist erstaunlich attraktiv, aber sein erster Gitarrist auch, Noah. Noah ist eher wie ein Mädchen, wie ein Duran Duran. Wie ein Hanson. Er ist hübsch.«

»Wie Scarlett Johansson?«, fragte ich.

Peter kicherte. »Hören wir eine Boygroup?«

Layla bekam große Augen und rote Wangen. »Auf keinen Fall! Das ist ein Rockkonzert.«

Als sie aufhörte zu schwärmen, drehte ich mich um, um mit Peter zu reden, doch in dem Moment passierten zwei Sachen gleichzeitig. Zuerst erschien Max und trat das Bier um, von dem er nicht wusste, dass es dort stand. Dann lief die Band auf die Bühne und begann zu spielen.

Wir verpassten die Hälfte des ersten Songs, weil wir das Bier von den Sachen wischen und die Decke ein Stück verrücken mussten, woraufhin Layla uns beschimpfte, weil wir während des Konzerts redeten.

Schließlich saßen wir und verfolgten das Konzert. Ich kannte die Songs nicht und war mit mir selbst beschäftigt. In Gedanken ging ich den ganzen Austausch mit Silberfuchs durch. Hatte Peter mir eine Sexszene geschrieben? Hatte ich ihm eine Sexszene geschickt? Ich wurde rot.

Als die Musik verstummte und die Menge nach einer Zugabe brüllte, war ich überrascht. Ich wollte aufstehen und gehen. Zugaben waren die Gelegenheit, vor den Massen am Parkplatz zu sein, doch Layla hielt mich am Handgelenk zurück. »O nein, auf keinen Fall.«

Als wir schließlich gingen, mussten wir wie Zombies zum Ausgang schlurfen und einen schleppenden Schritt nach dem anderen tun. Peter war mit dem eigenen Wagen da, doch Layla würde mir niemals verzeihen, wenn ich nicht mit ihr zurückfuhr und mir die obligatorische Analyse des Konzerts anhörte. Peter fragte, ob er uns in die Stadt folgen durfte. Und ich stimmte zu.

Wir hatten eine Menge zu besprechen.

26

Es war spät, als Max am Straßenrand parkte, um Layla und mich rauszulassen. Als Peters Scheinwerfer um die Ecke bogen, ließ er den Kopf hängen. Ich verabschiedete mich von Max und schlug die Tür zu.

Als ich auf dem Bürgersteig auf Peter wartete, bemerkte ich, dass im Buchladen Licht brannte und sich dort drinnen jemand bewegte. Ich rannte hinüber und stellte fest, dass die Scheibe in der Eingangstür zerbrochen war und die Tür aufstand.

Max stieg aus dem Wagen. »Was ist los?«

Ich ging hinein und schaltete das Deckenlicht ein. Dann blieb ich wie erstarrt stehen. Ich stand in einem Rinnsal, das sich über den Boden wand.

»Maddie?« Es überraschte mich nicht, dass Gentry den Kopf hereinsteckte. »Ich habe draußen auf dem Bürgersteig Wasser gesehen und Jack angerufen. Wir mussten die Scheibe einschlagen, um hereinzukommen. Wenn Sie mir einen Schlüssel dagelassen hätten …«

Wie hätte das verhindert, dass mein Laden überschwemmt worden wäre?

Jack kam in Gummistiefeln und mit einer Werkzeugtasche in der Hand aus dem Bad. »Das Ventil im Spülkasten war nicht richtig zu. Sieht aus, als wäre das Wasser seit Stunden gelaufen.«

»So ein Mist!«, sagte Max, drängte an den anderen vorbei und trat vorsichtig um die Pfützen herum. Der Holzboden war mit Sicherheit für immer ruiniert. Gott allein wusste, ob das Wasser bis in den Lagerraum vorgedrungen war, wo die ganzen Bücherkartons auf dem Boden standen. Jetzt musste ich den Laden dichtmachen.

Ich konnte von Glück reden, wenn ich ihn überhaupt noch verkaufen konnte.

Andererseits wollte Gentry ihn ohnehin abreißen.

»Das ist zu viel«, sagte ich zu niemandem im Speziellen. »Ich kann das nicht mehr.«

Ich wich rücklings aus dem Laden und stieß gegen Peter, der auf dem Bürgersteig wartete. Er legte einen Arm um mich. »Morgen früh rufen wir die Versicherung an und ...«

»Ich verkaufe. Du hattest ganz recht.«

»Wie bitte?«

»Seit du weggegangen bist, hat der Buchladen mich behandelt wie ein Körper, der ein Transplantat abstößt. Er will mich hier einfach nicht haben.«

»Maddie, du stehst unter Schock.« Er strich mir über den Rücken. »Komm. Ich bring dich nach Hause, morgen früh sehen wir weiter.«

Ich ging in Richtung meiner Wohnung, doch er verstärkte den Griff um meinen Rücken und schob mich zu seinem Wagen. »Peter, das ist nicht der Weg nach Hause.«

Er blieb stehen, fuhr zu mir herum und packte mich an den Schultern. »Komm mit mir nach Hause, Maddie. Du kannst hier heute Abend nichts ausrichten, und wir müssen uns unterhalten.« Das stimmte. Ich musste ihn so vieles fragen. Er trat dicht vor mich und ließ seine Stirn vorsichtig gegen meine sinken, wie ein Astronaut, der den Mond betrat. Etwas an dieser zärtlichen Geste berührte mich, und ich begann zu schluchzen.

Er strich mit den Daumen über meine Wangen, dann steckte er mir eine Haarsträhne hinters Ohr. Er schob die Finger in meinen geflochtenen Zopf, der sich nun in Auflösung befand, und legte meinen Kopf in den Nacken, damit ich ihn ansehen musste.

Er presste die Lippen auf meine, doch sie hätten genauso gut aus Wachs sein können. Er hatte gewonnen. Nach all meinen Anstrengungen hatte er alles, was er wollte.

Und warum nicht? Alle Leute, die mir wichtig waren, würden mich sowieso bald verlassen. Ich konnte einen neuen Buchladen eröffnen und noch einmal von vorn beginnen. Vielleicht konnten Peter und ich dort weitermachen, wo wir aufgehört hatten.

Alles, was er als Silberfuchs zu mir gesagt hatte, bewies, dass er zu mehr in der Lage war, als ich ihm zugetraut hatte. Ich hätte nie für möglich gehalten, dass er zu jener Bewunderung fähig wäre, die aus der erotischen Szene sprach. Am Ende hatte ich mich durch seine Worte doch wieder in ihn verliebt.

Ich löste mich von ihm und seufzte. »Es ist so merkwürdig, mir vorzustellen, dass ich die ganze Zeit deine Lizzie gewesen bin.«

Er sah mich skeptisch an. »Meine was?«

»Lizzie? Aus dem Buch? Du weißt doch …« Wusste er es? *»Stolz und Vorurteil?«*

Er zielte mit zwei Fingern auf mich. »Ach ja! Weil Elizabeth Bennet so stur ist.«

Wie konnte er etwas so Entscheidendes vergessen?

Ich trat einen Schritt zurück. »Erinnerst du dich, dass wir uns darüber ausgetauscht haben?«

Er legte die Stirn in Falten. »Also …«

Ich kniff die Augen zusammen. Die Rädchen in meinem Kopf begannen zu arbeiten. Vielleicht fühlte sich das alles so falsch an, weil es das war.

»Hast du irgendwann mal Mais geerntet?«

»Was?«

»Und was hältst du von *Der kleine Prinz?*« Ich dachte an die kleinen hässlichen Strickpüppchen, die im Buchladen im Regal saßen.

»Ich habe das Buch seit Jahren nicht gelesen. Warum fragst du mich das alles? Geht es um den Buchladen? Du weißt doch, dass ich dich unterstütze, wenn du …«

»Hast du mein Buch gelesen?«

»Also, ja, natürlich.« Er kratzte sich am Hals. »Ich meine, die Teile, die du mir vorher gezeigt hast. Es ist wirklich toll. Ich war überrascht, wie gut es ist.«

»O Gott!« Ich schlug die Hände vors Gesicht und ließ die Schultern hängen. Es war ein Wunder, dass meine Knochen mich überhaupt noch aufrecht hielten. Ich sah zu ihm hoch. »Würdest du mich entschuldigen? Ich muss nachdenken.«

Ich ging den Bürgersteig hinunter und am Buchladen vorbei. Max hatte irgendwo einen Nasssauger aufgetrieben und saugte das Wasser ab. Ich ging weiter, bis der Bürgersteig zu Ende war. Wie hatte Peter erfahren, wo er mich treffen konnte, wenn ich mir nicht mit ihm geschrieben hatte?

Unter einer Straßenlaterne holte ich mein Smartphone heraus und öffnete Twitter, wo ich eine Reihe Nachrichten von Silberfuchs vorfand.

Die letzte, die ich gelesen hatte, bevor ich Peter getroffen hatte, lautete:

Sehen Sie mich jetzt?

Ungefähr zehn Minuten lang setzte sich die Nachricht in verschiedenen Varianten fort.

Ich bin an dem Totempfahl. Bei der Hall of Fame. Gibt es noch einen?

Und die letzte:

Ich weiß nicht, warum Sie mir nicht mehr antworten. Ich muss annehmen, dass Sie gekommen sind, aber Ihre Meinung aus irgendeinem Grund geändert haben. Es tut mir leid. Ich dachte, wir hätten eine ziemlich gute Bindung aufgebaut. Aber es ist okay. Passen Sie auf sich auf!

Mist! Ich hatte meine Chance, ihn zu treffen, total verpatzt. Wo war er gewesen? Was spielte Peter für ein Spiel?

Ich ging auf Antworten.

Es tut mir ja so leid. Ich habe Sie nicht gesehen, obwohl Sie direkt vor mir gestanden haben müssen.

Als ich über den Bürgersteig zurückschlenderte, fing ich den Fetzen einer Unterhaltung auf und blieb stehen.

»Ich verspreche, sie wird verkaufen.« Peters Stimme.

Er stand nicht mehr, wo ich ihn zurückgelassen hatte. »Sie müssen ihr nur genug bieten, damit sie den Kredit tilgen kann. Meine Güte, Sie könnten ihren Kredit auch einfach übernehmen. Das würde noch schneller gehen.«

Ich schlich auf die Stimmen zu und stoppte, als ich nah genug bei ihnen war – sie standen bei den Mülltonnen in der schmalen Gasse neben meinem Laden. Wie passend!

»Also, halleluja! Es hat ja lange genug gedauert. Dann bleibt sie heute Nacht bei Ihnen? Und Sie halten sich an unsere Abmachung? Ich habe alles getan, worum Sie mich gebeten haben.« Das war Gentry.

»Wir unterhalten uns morgen. Ich muss erst dafür sorgen, dass sie es sich nicht noch einmal anders überlegt.«

»Ich würde gern so bald wie möglich den Papierkram erledigen.«

Ich bog um die Ecke. »Hallo, Jungs!«

Gentry drehte sich mit derart überraschter Miene um, dass ich beinahe lachen musste. Ich verkniff es mir, drohend mit dem Zeigefinger zu fuchteln und zu fragen: *Was für eine hinterhältige Sauerei ist hier im Gange?* Doch was ich gehört hatte, genügte, um mir alles zusammenzureimen.

Ich machte auf dem Absatz kehrt, ehe ich völlig die Beherrschung verlor, doch Peter eilte mir hinterher und legte mir eine Hand auf die Schulter. Ich schüttelte ihn ab und stürzte weiter den Bürgersteig entlang.

»Maddie, du verstehst das nicht!«, rief er.

Daraufhin blieb ich abrupt stehen. »Ach nein?«

»Es ist nicht so, wie du denkst.«

»Wenn du weißt, was ich denke, muss ich auf der richtigen Spur sein.«

»Maddie, du hast mir einfach gefehlt.«

»Aber du interessierst dich doch überhaupt nicht für

mich. Machst du dir Gedanken, was ich brauchen könnte? Über meine Träume? Wie ich mir die Zukunft vorstelle? Oder suchst du nur nach Wegen, mein Leben zu manipulieren, um dein Glück zu bekommen, ganz egal, was ich will?«

Er schüttelte den Kopf. »Ich dränge dich nur zu etwas, das ohnehin unvermeidlich ist. Ich habe mir deine Finanzen angesehen, Maddie. Du steuerst auf einen Konkurs zu. Besser, du steigst aus, solange du noch kannst. Gentry ist bereit ...«

»Hör mir auf mit den Finanzen und mit Gentry. Hat er an meinem Stromkasten herumgespielt? Hat er einen Ast durch meine Schaufensterscheibe geworfen? Wer von euch entschädigt mich für die Überschwemmung, die zerstört, was von meinem Laden noch übrig war?«

Er hob die Hand. »Ich weiß nicht, wovon du sprichst.«

»Ach nein? Dann sag mir eins. Wer war der kleine Vogel, der dir gezwitschert hat, du würdest mich im Park treffen?«

Er wandte den Blick ab. »Du. Im Internet.«

»Quatsch. Du weißt doch noch nicht einmal, was wir uns angeblich geschrieben haben. Wer war es?«

»Können wir das vergessen? Du übertreibst. Du machst es immer dramatischer, als es eigentlich ist.«

»Mache ich das? Lass mich raten. Gentry hat gehört, wie ich Shawna erzählt habe, dass ich mich mit jemandem treffe. Und da habt ihr beide gedacht, wenn du auftauchst, könntest du mir weismachen, ich würde auf dich warten.«

Er schluckte. Ich hatte ins Schwarze getroffen. Er trat näher. »Maddie, hör zu. Du wolltest noch nicht einmal mit mir reden.«

Ich sah zu dem dunklen Himmel hoch und suchte nach einem Stern, damit ich mir etwas wünschen konnte, doch die Lichter der Stadt machten sie unsichtbar. Passend. »Es hätte fast funktioniert, aber ich weiß nicht, wie lange du dachtest, das durchziehen zu können. Du warst nicht derjenige, nach dem ich gesucht habe.«

Das trieb immerhin eine Falte über seine makellose Stirn. »Maddie, mit wem genau wolltest du dich treffen?«

»Mit einem Freund. Mit jemandem, der mich versteht. Jemandem, der mir zugehört und mein Herz berührt hat.« Ich ließ die Gedanken zum Park wandern, wo ich Silberfuchs getroffen hätte, wenn Peter nicht gekommen wäre. Wenn ich gewartet hätte. Er hatte geschrieben, er sei genau dort. Doch der Einzige, der dort gewesen war … Ich presste mir die Hand auf den Mund und flüsterte: »Jemand, der sich für mich interessiert.«

Ich wich zurück, und Peter streckte die Hand aus, als wollte er einen fliehenden Geist aufhalten. Doch ich befand mich noch nicht einmal mehr auf derselben Existenzebene. »Maddie, komm zurück! Lass uns reden.«

Ich wäre gern davongelaufen, aber solange ich ihm Geld schuldete, würde ich nicht frei sein. Bei der Vorstellung, wie viel schwieriger mein Leben würde, wenn ich noch mehr Schulden machen musste, um ihn auszuzahlen, zog sich mein Magen ängstlich zusammen. Ich musste einen Weg finden. »Ein Steuerberater oder Anwalt oder irgendjemand wird sich wegen deiner Anteile am Buchladen mit dir in Verbindung setzen. Du willst ihn nicht. Bitte stell dich nicht quer.«

Er lachte. »Das kann nicht dein Ernst sein. Du hast kein Kapital. Du verfügst über keinerlei Sicherheiten. Du kannst das Geld nicht aufbringen.«

Ich würde einen Weg finden. »Auf Wiedersehen, Peter!«

Ich wünschte, ich würde mich so selbstsicher fühlen, wie ich tat. Ich hatte es nur geschafft, nicht zu weinen, weil ich so wütend war. Als ich mich von Peter entfernte, diesmal endgültig, schlug eine Welle aus Verzweiflung und Bitterkeit über mir zusammen – wegen meiner unsicheren Zukunft und meiner verlorenen Vergangenheit. Ich zweifelte an meiner Urteilsfähigkeit, weil ich mich immer wieder manipulieren ließ und dachte, ich würde meine eigenen Entscheidungen treffen. Dabei waren selbst die, die ich für meine eigenen hielt, Teil eines doppelten Spiels. Wie konnte ich noch irgendjemandem trauen?

Doch es gab einen Menschen, der mich gewarnt hatte, einem Kerl wie George Wickham zu trauen. Ich hatte ihm vorgeworfen, dass er mir die Geschäftsführung streitig machen wolle, dass er mein Leben aus egoistischen Motiven manipulieren wolle, aber Max hatte unsere Freundschaft aufs Spiel gesetzt, um mich vor mir selbst zu retten.

Ich eilte zurück, blieb in der Tür stehen und beobachtete ihn. Zum ersten Mal sah ich ihn richtig. Silberfuchs. Er musste es sein.

Er sah auf. »Du bist noch da?«

Ich trat in den Laden und nahm ihm den Scheuerlappen ab. »Nun ja, es ist schließlich mein Laden.«

Wir krempelten die Ärmel hoch und begannen, gemeinsam zu putzen. Zum Glück war die Tür zum Lagerraum fest verschlossen gewesen. Max hatte bereits die schwere Arbeit erledigt, das Wasser abzusaugen und zu entsorgen. Wir wischten die Böden, und ich beobachtete ihn aus dem Augenwinkel und versuchte, zwei verschiedene Personen zusammenzubringen.

Wie würde er sich fühlen, wenn seine Identität aufflog? Wenn ich ihm gestand, dass ich sein geheimes Alter Ego kannte, musste ich ihm auch meins verraten. Er würde erfahren, dass er mir eine schlechte Kritik geschrieben hatte.

Und noch schlimmer, dass er mir eine erotische Szene geschickt hatte.

Er tauchte den Scheuerlappen in den Eimer und wrang ihn aus, seine Muskeln spannten sich an und erinnerten mich daran, wie ich sie durch sein Hemd gespürt hatte, als er mich im Keller geküsst hatte. Mein Atem beschleunigte sich, und ich rieb den Lappen mit mehr Kraft über das Holz, als ich daran dachte, wie er ausnahmsweise die Kontrolle verloren hatte, als er mich in seinen Armen gehalten hatte.

Ich rang nach Luft, als mir klar wurde, dass er mich dazu inspiriert hatte, eine Sexszene zu schreiben. Ich hatte ihm eine Sexszene gemailt. Das konnte ich ihm doch nicht sagen. Oder? Wenn ich ehrlich war, war der einzige Grund, weshalb ich meine Blockade überwunden und die Szene geschrieben hatte, genau dieser Kuss gewesen.

Mir wurde immer mehr klar. Wie hatte ich nur so dumm sein können?

Ich drückte den Lappen aus und machte mir noch einmal bewusst, was ich herausgefunden hatte. Max war Silberfuchs. Mein Max. Der Junge, der mich auf der Brücke geküsst hatte, als wir Kinder gewesen waren. Der Mann, der mir letzte Woche seine Gefühle gestanden hatte, jener Max war die Ursache meines pochenden Herzens.

Ich brauchte Zeit, um diese neue Situation zu begreifen. Hatte ich so etwas schon einmal in irgendeinem Buch gelesen? Bestimmt konnte ich in der Literatur ein Beispiel finden, das mir zu einigen Antworten verhalf. Hatte sich so Simon in *Nur drei Worte* gefühlt?

Es war schon spät, als wir den Laden erschöpft verließen. Ich ging Layla aus dem Weg. Wenn ich ihr alles erzählte, würde sie mich bedrängen. Ich musste erst darüber nachdenken, wie Max wohl reagieren würde. Ich fiel ins Bett, ging alle Nachrichten durch, die ich mir mit Silberfuchs geschrieben hatte, und versuchte, mir Max als die flirtende, selbstbewusste, schöne Seele vorzustellen, in die ich mich verliebt hatte. Denn so war es. Ich hatte mich in Max verliebt.

♥

Max half mir am Sonntag und am Montag beim Ausräumen. Der ganze Laden musste leer geräumt werden. Ich zog die Ware aus den Regalen und warf Max verstohlene Blicke zu, der die Bücher in Kartons packte. Er war noch derselbe, den ich immer gekannt hatte, warum flatterte jetzt auf einmal ein ganzer Schmetterlingsschwarm in meinem Bauch?

Seit ich ihn in unserem Gespräch zurückgewiesen hatte, war er distanzierter, als würde er sich darauf vorbereiten, mich aufzugeben und auf den richtigen Moment warten, ein neues Kapitel aufzuschlagen.

Was, wenn ich ihm die Wahrheit sagte? Dass wir uns wochenlang anonym geschrieben hatten? Ich konnte ihn nicht dazu bringen, mir in die Augen zu sehen, geschweige denn, mir zuzuhören. Was, wenn es keine Rolle spielte?

Wie ich erst jetzt begriff, hätte es gar keine Rolle spielen dürfen. Silberfuchs hatte mir lediglich die Scheuklappen abgenommen, den Schleier um mein Herz gelüftet. Silberfuchs hatte mir gezeigt, was ich längst hätte wissen müssen, denn ich liebte Max schon sehr lange.

Am Montag kam Ross, der Versicherungssachverständige, und nahm den Schaden auf. Zum Glück war ich gegen Überschwemmung versichert. Ich konnte nicht beweisen, dass Gentry an der Toilettenspülung herumgepfuscht hatte, doch ich nahm ihm nicht ab, dass er zufällig vorbeigekommen war und die Scheibe eingeschlagen hatte.

Nachdem Ross alles untersucht hatte, setzte er sich mit Max und mir zusammen.

»Ich habe gute Neuigkeiten.« Er holte einen gelben Notizblock hervor. »In einigen Tagen haben wir konkrete Zahlen, aber ich empfehle, dass der ganze Boden hier«, er zeigte auf die Bohlen vom Eingang bis hinter die Kasse, »ersetzt werden muss. Er ist alt und hat eine Menge Wasser gezogen. Weil der Boden einheitlich aussehen sollte, erneuern wir alle Dielen. Und Sie müssen eine Aufstellung der beschädigten Waren machen. Die beste Neuigkeit ist, dass Sie auch von der Geschäftsausfallversicherung Gebrauch machen können. Die ersetzt Ihnen die Einnahmen, die Ihnen durch die Reparaturen entgehen.«

Meine Güte!

»Das ist ja großartig.«

Wir sprachen eine weitere Stunde die Details durch und erhielten eine Liste mit Handwerkern, die die Versicherung akzeptierte. Dann waren Max und ich allein im leeren Buchladen.

Ich starrte auf die Papiere, die Ross zurückgelassen hatte. »Ich weiß nicht, was ich tun werde. Auch wenn mich das am Ende keinen Cent kostet, kann ich mich kaum über Wasser halten. Und jetzt muss ich auch noch Peter auszahlen. Warum tue ich mir das alles an?«

Plötzlich schien alles hoffnungslos zu sein. Ich würde nie aus diesem Tief herauskommen.

»Was, wenn …« Ich konnte nicht fassen, dass ich das dachte. »Was, wenn ich an Gentry verkaufe und mir dann einen anderen Laden suche, vielleicht zur Miete?« Allein würde ich niemals einen Kredit erhalten. Peter hatte mit seiner Unterschrift für mich gebürgt. »Vielleicht die leer stehende Videothek in der Wabash.«

Max saß zusammengesunken auf seinem Stuhl. »Ja. Das könntest du tun. Aber es wäre eine Schande. Kein anderer Laden hat die Geschichte dieses Buchladens.«

Wir sahen uns um, von dem Café, in dem wir saßen und das nicht existiert hatte, als Mrs Moore noch lebte, bis hin zu den Reihen jetzt halb leerer Bücherregale. Max lächelte. »Weißt du noch, als wir an Regentagen immer da drüben auf den Sitzsäcken gesessen haben?«

»Ja. Wenn die Sonne schien, sind wir mit den Rädern in die Stadt gefahren. Ich kann gar nicht fassen, dass unsere Eltern uns das erlaubt haben.«

»Ich glaube, wir haben ihnen erzählt, wir gingen ins Schwimmbad.«

Ich lachte. »Ja.« Manchmal waren wir auch ins Schwimmbad gegangen. Und manchmal waren wir einfach in den Wald oder über irgendwelche Nebenstraßen gefahren. Im Umkreis von einer Meile kannten wir jeden Zentimeter. An keinem Ort der Welt würde ich mich jemals so zu Hause fühlen wie hier.

Max veränderte seine Haltung und sagte: »Du könntest mit meiner Mutter sprechen. Vielleicht kauft sie sich in den Laden ein, um dir zu helfen. Wobei sie das Geschäft, ehrlich gesagt, eher herunterfahren will, wenn ich weg bin.«

Ich machte große Augen. »Wie bitte?«

»Keine Sorge. Sie beliefert dich weiter, aber sie überlegt, sich wieder nur auf Hochzeitstorten zu spezialisieren. Die ganze Expansion der Bäckerei war hauptsächlich meine Idee.«

Ich hätte früher auf ihn hören sollen. »Erzähl mir von deiner Idee.«

Er schielte zu mir herüber. »Jetzt?«

»Bitte.«

Er deutete auf den Kassenbereich. »Also, zuallererst hast du diese wunderbare Küche. Ich weiß, dass sie funktioniert, weil ich sie getestet habe, als ich die Ingwerkekse gebacken habe.«

»Ach, deshalb hast du die also mitgebracht?«

»Ich wollte sichergehen, dass mein Plan durchführbar ist. Jetzt verkaufst du bloß eine winzige Auswahl an Gebäck, um deinen bereits vorhandenen Kunden etwas anzubieten. Ich habe überlegt, dass meine Mutter oder ich frühmorgens herkommen und deine Theke mit den köstlichsten Backwaren befüllen könnten. Wir könnten weiterhin Bestellungen annehmen, aber wir würden mehr wie eine echte Bäckerei arbeiten, zu der die Leute kommen, um sich ihr Zeug zu holen. Und ich hatte noch mehr Ideen ...« Er stockte.

»Wie zum Beispiel?«

»Du hast eine Menge ungenutzten Raum.« Er blickte zur Decke hoch. »Oben ...«

»Das ist ein Büro.«

»Ein ungenutztes Büro. Ich bin oben gewesen. Da stehen nur Kartons und ein Schreibtisch. Du könntest den Raum nutzen.«

»Als was?«

»Ich weiß nicht. Was, wenn du die Kinder-Ecke nach oben verlegst?« Offenbar hatte er noch eine andere Idee. »Oder wenn du einen Raum für Jugendliche einrichtest? Die brauchen einen Platz, an dem sie sich treffen können.«

»Dann wolltest du den Laden also übernehmen.« Ich stieß mit meinem Fuß gegen seinen, damit er wusste, dass ich nur scherzte, denn in Wahrheit hatte er vollkommen recht. Ich hatte mich auf die kleinen Kinder fixiert, weil die Mütter samstagmorgens immer nach einer Beschäftigung suchten, doch die Jugendlichen der Stadt langweilten sich nach der Schule. Die Jugendlichen waren es, die anzügliche Bilder auf meinem Schaufenster hinterlassen hatten.

Oder war das auch Gentry gewesen?

Vielleicht konnte es funktionieren.

»Was, wenn wir es einfach machen? Was, wenn wir uns zusammentun und deinen Plan in die Tat umsetzen?«

Sein Lächeln erstarb, als hätte ich ihm Säure ins Gesicht geschüttet. »Ich habe dir doch schon erklärt, warum ich das nicht kann.« Er schob seinen Stuhl zurück. »Ich räume besser noch die Regale hier aus.«

Ich blieb sitzen und sah Max bei der Arbeit zu. Er war nicht sehr effizient, holte vier oder fünf Bücher heraus und blätterte dann eins durch. Entweder lächelte er, als würde er sich an etwas erinnern, oder er zog eine Augenbraue hoch, als wollte er sich das Buch für später merken. Irgendwann fragte er: »Hey, kann ich vielleicht ein paar von denen mit nach Hause nehmen?«

Für seine Hilfe hatte er sich ein paar Bücher verdient. »Klar, warum nicht?«

Ich schnappte mir ebenfalls einen Karton und packte die Kinder-Ecke ein. Dabei stieß ich auf die hässlichen Strickpuppen vom *Kleinen Prinzen,* die Max mitgebracht hatte, und fragte mich, wie ich es geschafft hatte, derart viele Zeichen zu übersehen. Ich versank in schönen Erinnerungen, die Jahre zurücklagen.

Mrs Moore hatte uns zusammengerufen und uns die Geschichte vom Zähmen des Fuchses vorgelesen. Ich hatte verwundert gelauscht, wie der Prinz mit dem klugen Fuchs sprach, der darauf bestand, dass der Junge ein Niemand sei.

Der Fuchs brauchte den Jungen nicht, weil der Junge den Fuchs noch nicht gezähmt hatte. Der Fuchs sagte, wenn der kleine Prinz ihn zähmen könne, sei er für den Fuchs einzigartig in der ganzen Welt. Sobald der Fuchs gezähmt sei, sei er von dem Jungen abhängig, und im Gegenzug sei der Junge für den Fuchs verantwortlich. Der Fuchs erzählte dem Jungen, wenn er gezähmt sei, würde sein Leben heiter wie die Sonne sein.

Die Schritte des Jungen würden ihn wie Musik aus seinem Bau locken.

Ich verstand, warum Mrs Moore geweint hatte, als sie es uns vorlas. Ich verstand nicht, warum ich jetzt weinte. Hatte man mich gezähmt? Oder hatte ich den Fuchs gezähmt?

Die ganze Zeit hatte ich nach einem romantischen Helden gesucht. Und nicht bemerkt, dass er längst auf mich wartete.

27

Am frühen Abend klebte ich im Lagerraum Kartons zu und beschriftete sie, als die Türglocke ging. Ich hörte Stimmen und ging nach vorn, wo sich Dylan und Max freundlich unterhielten.

Dylan lächelte mich an. »Hallo! Layla hat mir erzählt, was passiert ist. Ich stehe zu deinen Diensten.«

»Danke, dass du gekommen bist, Dylan!«

»*Eindeutig zweideutig*, oder?« Er hielt die Hand hoch, um sich mit Max abzuklatschen, doch der verdrehte nur die Augen und ging zu den hohen Regalen, die noch weggeräumt werden mussten.

»Meinst du, wir können die zusammen tragen?«

Die Türglocke ging erneut, und Charlie trat in den Laden. »Ich habe gehört, ihr braucht noch einen starken Mann.«

Auch wenn der Witz von Charlie selbst kam, versuchte ich, nicht über ihn zu lachen. Er war vielleicht nicht so stark wie Dylan oder Max, aber allemal stärker als ich. »Ich fasse es nicht, dass du da bist.«

»Warum nicht? Eine Jungfrau in Nöten braucht Helden, die sie retten.« Er zwinkerte mir zu. »Obwohl ich genau weiß, dass du das auch allein hinkriegst.«

»Ihr seid alle meine Helden.« Meine Stimme brach.

»Und deine Freunde.«

Daraufhin umarmte ich ihn.

Zuerst schien er nicht zu wissen, wie er reagieren sollte, doch dann erwiderte er meine Umarmung. »Ist es das, was man als Freunde mit gewissen Vorzügen bezeichnet?«

Lachend schob ich ihn fort. »An die Arbeit!«

Sie brauchten einige Anläufe, um herauszufinden, wie sich die Regale am besten tragen ließen, doch dann lief es wie am Schnürchen, und in weniger als einer Stunde waren die Regale im Lagerraum. Kurz bevor sie fertig waren, bestellte ich bei Anderson's Pizza und Bier.

Als das Essen eintraf, hatten die Jungs allerdings auch alle Tische und Stühle nach hinten geräumt, und wir konnten uns nirgendwo hinsetzen.

»Hey, habt ihr Hunger? Dann lasst uns woanders hingehen«, rief ich.

Max schnappte sich den Karton mit den Büchern, die er abgestaubt hatte. »Wenn ihr mir helft, den hier zu tragen, können wir zu mir gehen.«

Und so wurde es gemacht.

Ich sagte, er würde es nie schaffen, die ganzen Bücher zu lesen, doch dann fiel mir ein, dass ich ihn noch nie ohne Buch gesehen hatte, außer er las auf seinem Smartphone, auf dem wahrscheinlich weitere Bücher gespeichert waren. Oder schrieb er darauf seine Rezensionen?

Oder tippte er Nachrichten an mich?

Ich konnte immer noch nicht fassen, dass ich mir die ganze Zeit mit ihm geschrieben hatte und was das bedeutete. Sein Alter Ego hatte mich gewarnt, dass ich ein verzerrtes Bild von ihm hätte, weil er für mich jahrelang der Bruder meiner besten Freundin gewesen war. Mein bester

Freund. Mein Bruder. Doch zwischen uns war mehr. So viel mehr. Ich hatte so lange nicht wahrhaben wollen, wie sehr ich ihn liebte, dass ich gar nicht mehr wusste, wie lange eigentlich schon. Ich hatte einen ganzen Schrank mit meinem Verlangen gefüllt, bis die Tür aus den Angeln geflogen war.

Ich musterte ihn von Kopf bis Fuß und versuchte immer noch, Silberfuchs mit dem Mann in Einklang zu bringen, in dem ich einen guten Freund gesehen hatte. Der Mann, der so etwas wie ein Bruder für mich war, hatte mich sozusagen unmerklich verführt.

Als wir die Straße überquerten, holte ich Max ein und folgte ihm die schmale Treppe zur Wohnung hinauf. Die Tür war nicht abgeschlossen, doch offenbar waren in dieser Gegend Geschäftsnachbarn die Einzigen, die Straftaten begingen. Und für Gentry gab es in Max' Junggesellenbude nichts zu holen.

In der Wohnung stellte ich die Pizzen auf den Küchentisch. Ich war seit fast einem Jahr nicht mehr hier gewesen, nicht mehr, seit alles aus den Fugen geraten war. Doch die Wohnung sah noch ziemlich genau so aus, wie ich sie in Erinnerung hatte.

Auf einem Eckschreibtisch standen sein Laptop und ein Bücherstapel, in dem sich nun offenbar auch ein Exemplar von meinem Roman befand. War es merkwürdig, dass ich einen Anflug von Eifersucht auf die Frau empfand, der er geschrieben hatte, auch wenn ich diese Frau zufällig selbst war?

Ich entschuldigte mich und ging ins Bad. Auf der Schwelle zum Schlafzimmer blieb ich wie angewurzelt stehen. Auf dem Bett lag eine schwarz-weiß karierte Bettdecke, die ich noch nie gesehen hatte. Sofort dachte ich an die Geschichte, die Silberfuchs mir geschrieben hatte. Und erst in diesem Moment wurde mir richtig bewusst, was Max mir nichts ahnend offenbart hatte.

Er hatte Fan-Fiction geschrieben. Und zwar über mich.

Mir war nicht klar gewesen, dass man einen spontanen Höhepunkt erleben konnte, wenn man ganz allein in einem Zimmer stand, doch der Gedanke daran, was er sich mit mir ausgemalt hatte, ließ meine Knie weich werden. Es erforderte meine ganze Willenskraft, dem Impuls zu widerstehen, Dylan und Charlie auf der Stelle fortzuschicken.

Als ich zurück an den Tisch kam, aßen die Jungs, lachten und unterhielten sich.

»Hey, Maddie«, sagte Max. »Wir hatten gerade eine Superidee. Wir sollten uns eine Schanklizenz besorgen und anstelle des bisherigen Buchclubs einen Abend mit Essen und Getränken veranstalten. Über Bücher könnten wir trotzdem noch reden.«

Er sagte *wir,* als würde er unbewusst den Plan weiterspinnen, den er eigentlich aufgegeben hatte. Ich zog einen Stuhl heran und nahm mir ein Stück Pizza.

»Und was ist mit Filmen?«, fragte Dylan.

Ich blendete die Unterhaltung aus und beobachtete Max – wie seine Augen leuchteten, wenn er sprach, wie sich die Muskeln an seinem Hals bewegten, wie er mit seinen langen Fingern die Bierflasche hielt. Ich wünschte, meine Hand wäre anstelle der Flasche, und stellte mir vor, wie er mit seinen Fingern meine Haut berührte, so wie er es im Keller getan hatte. Wie er über meinen Bauch strich, zwischen meine Schenkel, auf einer schwarz-weiß karierten Bettdecke. Ich stellte mir vor, wie ich in seinem Bett lag.

»An Abenden, an denen Musiker auftreten, könntest du

besser mit der Jukebox konkurrieren, wenn du auch Bier anbieten würdest«, sagte Charlie.

Max hielt seine Flasche hoch. »Und Gentry würde sich schwarzärgern.«

Als er Gentry erwähnte, erlosch meine Lust, und ich wurde wütend. »Was soll ich nur mit ihm machen? Ihr wisst, dass er für mein Desaster verantwortlich ist. Was, wenn er nicht damit aufhört?«

»Nur ein Wort«, sagte Max. »Überwachungskameras.«

Ich seufzte. »Kann ich ihn nicht verklagen?«

»Nur, wenn du ihn erwischst.«

Dylan beugte sich vor und zeigte mit seinem Pizzastück auf mich. »Du solltest gegen ihn im Stadtrat kandidieren. Du könntest ihn locker schlagen. Alle mögen dich, und du bist länger hier als er.«

Max nickte. »Du könntest versprechen, diese alberne Sonntagsregelung aufzuheben. Dann könntest du die Leute, die auf Antiquitätenjagd sind, bewirten. Und den Kindern ist immer langweilig.«

»Ich wäre froh, wenn du sonntags geöffnet hättest«, bemerkte Charlie. »Bei dir im Laden kann ich einfach viel besser schreiben.«

Wir sahen ihn alle an. »Du schreibst?«

»Nun ja. Was denkt ihr, was ich die ganze Zeit mache? Korrigieren?«

Das schien mir ein guter Zeitpunkt, mein eigenes Geheimnis zu lüften. Ich holte tief Luft und öffnete den Mund.

»Ich schreibe auch«, sagte Max in dem Moment. »Oder zumindest versuche ich es.«

»Ich auch«, sagte Dylan. »Hauptsächlich Gedichte. Und Songtexte natürlich.«

Ich lachte. »Und ich schreibe Romane.«

»Also, verdammt!« Charlie schüttelte den Kopf. »Wir hätten schon die ganze Zeit einen Autorenclub gründen können.«

Max stützte sich auf die Ellenbogen. »Damit könntest du auch Leute in den Laden bekommen, Maddie. Gründe eine Schreibgruppe. Wenn wir hier alle schreiben, gibt es sicher noch mehr.«

Diese Augen. Waren sie immer schon so grün gewesen? Waren sie immer so schön gewesen? Wie gern hätte ich bei dem Anblick seines Bartschattens auf den sommersprossigen Wangen mein Gesicht an seinem gerieben.

In den letzten Wochen hatte ich mehr über ihn erfahren als in unserem ganzen bisherigen Leben. Was verheimlichte er noch? Was musste ich noch über ihn lernen? Er lachte über etwas, das Dylan gesagt hatte, und ich versuchte, wieder in das Gespräch zurückzufinden, doch bei seinem Anblick hörte ich nur weißes Rauschen. Er sah zu mir, dann zu Dylan, dann wieder zu mir und erwischte mich dabei, wie ich ihn mit Blicken verschlang.

Als er ein drittes Mal zu mir herübersah, blieb sein Blick an mir hängen.

Konnte er meine Gedanken lesen? Spürte er, welche erdrutschartige Veränderung in unserer Beziehung vor sich ging? Sah er die überwältigende Lust von mir abstrahlen wie die flirrende Luft über einer heißen Straße im Sommer? Seine schwarz-weiße Decke war nur wenige Meter entfernt. Mein Begehren wuchs.

Was würde er tun, wenn ich über den Tisch auf ihn zukroch und die Hand in sein Hemd krallte?

Stuhlbeine schabten über den Boden.

Dylan sagte: »Äh, ich glaube, wir sollten gehen.«

»Bis später«, sagte Charlie.

Eine Tür fiel ins Schloss, und ich konnte den Blick nicht von Max lösen.

Max.

Ich holte tief Luft, als wäre ich gerade aus dem Wasser aufgetaucht.

Er stellte seine Bierflasche ab, und das genügte mir als Einladung. Ich stand auf, doch überall auf dem Tisch lagen Pizzakartons, sodass ich mich nur vorbeugte und seinen Hemdkragen packte. Weiter hatte ich nicht gedacht, und wie sich herausstellte, konnte ich seinen Mund nicht erreichen. Er schien nicht zu wissen, was ich vorhatte, und sah mich mit dem panischen Blick eines Mordopfers an. Verzweifelt schob ich mit dem Arm Flaschen und Kartons auf den Boden. Erst da fiel mir auf, dass ich auch einfach um den Tisch hätte herumgehen können.

Ich ging zu ihm, doch er wich zurück, als erwartete er, dass ich ihn schlagen würde. »Was hast du ...?«

»Ich versuche, dich zu küssen.«

»Warum hast du das nicht einfach gesagt?«

Er packte mein Handgelenk und zog mich auf seinen Schoß. Unsere Gesichter waren nur Zentimeter voneinander entfernt. Für einen Moment wollte ich ihn nur ansehen. Seine Gesichtszüge waren mir so vertraut, doch irgendwie auch ganz und gar neu.

Ich strich mit dem Finger über die Narbe auf seiner Wange, die von einem missglückten Salto rückwärts vom Sprungbrett stammte. Ich fand sie so sexy. Sie hätte auch von einem Motorradrennen stammen können. Ich fuhr mit den Lippen darüber, und er schloss seufzend die Augen.

Ich stand auf, schwang ein Bein über ihn, setzte mich rittlings auf ihn und ließ keinen Zweifel an meinen Absichten.

Dann strich ich mit den Fingern durch seine Locken und zog ihn zu mir. Als ich ihn küsste, ließ er die Hand über meinen Rücken zu meinem Nacken gleiten und griff in mein Haar. Ich schob die Hüften vor und rieb mich an ihm, erregt von dem Stöhnen, das sich aus seiner Kehle löste.

Sein Stuhl kippte gegen den Kühlschrank, und fast hätte ich gelacht, als mir ein Satz aus seiner Kritik einfiel: *Da knistert es zwischen meinen Küchengeräten mehr.*

Ich spürte ein heftiges Knistern zwischen seinen Küchengeräten.

Ich griff nach dem obersten Knopf von seinem Hemd.

Er stöhnte. »Hör auf, Maddie!«

»Hör auf?«

»Oder mach langsam. Ich komme nicht ganz mit. Was ist hier los?«

»Ist das nicht offensichtlich? Haben deine Eltern dir nicht erklärt, was passiert, wenn sich zwei Menschen sehr lieb haben?«

»Nein, die Schule.« Er lächelte, und ich strich mit dem Daumen über seine Unterlippe und genoss das Gefühl, dass sein Widerstand schmolz. Er hielt meine Hand fest. »Was tust du, Maddie?«

»Ich verführe dich.«

»Warum?«

»Weil ich es will.« Warum wehrte er sich? »Ich dachte, das wolltest du auch.«

Er packte fest meine Unterarme. »Ich will dich so sehr, dass es wehtut.«

Das spürte ich durch meine Jeans. Sein Schmerz war meine Qual. »Was ist dann das Problem?«

»Nur nicht so.«

»Nicht wie? Ich weiß nicht, was du meinst.«

Er ließ mich los, schlang die Arme um meinen Rücken und ignorierte seine eigenen Worte. Er legte den Kopf schief. »Erinnerst du dich noch an das erste Mal, dass du mich geküsst hast?«

»Natürlich.« Im Rückblick hatte sich dieser Kuss vertraut angefühlt.

»Du hast gesagt, es sei nie passiert. Weißt du das auch noch?«

Bei der Erinnerung wurde ich rot. »Ja.«

»Also, es ist aber passiert, und ich habe mir gesagt, ich müsste es vergessen, doch mein Körper wollte es nicht vergessen. Ich habe mir etwas vorgemacht, damit ich es aushalten konnte, dich mit Dylan zu sehen und dann mit Peter.«

»Ich habe mich in Peter getäuscht. Das weiß ich jetzt.«

»Maddie, das weißt du schon seit einer ganzen Weile. Wenn du ihn wirklich geliebt hättest, meinst du, dann hätte dich ein heruntergekommener Buchladen in einer Kleinstadt davon abgehalten, mit ihm zusammen zu sein? Warum bist du geblieben?«

War ich wegen des Buchladens geblieben?

Statt auf seine Frage zu antworten, sagte ich: »Ich will nicht, dass du aus Orion weggehst. Ich will nicht, dass du mich verlässt.«

Er strich sich durchs Haar. »Warum auf einmal?«

»Ich hatte unrecht, Max.« Wie sollte ich ihm erklären, was ich gerade erst selbst begriffen hatte? Ich öffnete den Mund, um ihm zu sagen, dass ich mich in ihn verliebt hatte, doch er kam mir zuvor.

»Ich versuche, es zu verstehen. Sosehr ich dich will, ich muss es verstehen. Du kannst mich küssen, ohne hinterher zu leiden. Aber umgekehrt hast du die Macht, mich zu vernichten. Wenn wir noch weiter gehen, bin ich dir mein Leben lang verfallen.«

Ich schnaubte. Mit seinem Kuss im Keller hatte er alles ausgelöst. »Vor einer Woche schienst du nicht solche Bedenken zu haben.«

Er hob verzweifelt die Hände. »Verstehst du, dass ich mich jeden Tag und jede Sekunde beherrschen muss, dich nicht zu küssen? Letzte Woche habe ich die Beherrschung verloren, und du kannst mir nicht erzählen, dass es dir nicht auch so ging. Ich dachte, vielleicht, nur vielleicht könnten sich die Dinge ändern. Dann habe ich dir alles erzählt, dir mein Herz ausgeschüttet, und du hast mich abgewiesen. Das ist eine Woche her, Maddie. Verstehst du, warum ich zögere?«

Ich wusste, dass ich seinen Widerstand brechen konnte. Wenn ich ihn küsste, mit den Zähnen über seinen Hals strich, mich an ihm rieb, würde er einknicken. Er hatte zugegeben, dass er sich nur mit äußerster Beherrschung zurückhalten konnte. Vielleicht würde er nachgeben, wenn ich ihm sagte, dass ich ihn liebte, aber ich respektierte, was er gesagt hatte. So schwierig das für mich war, ich war bereit, ihm zu zeigen, dass es mir ernst war. Darauf konnten wir aufbauen. Wenn er hierblieb.

»Dann bleibst du?«

Er ließ die Schultern sinken. »Geht es hier nur darum? Ist das so eine Art Trick?«

»Im Ernst?« Ich stieg von ihm herunter und plapperte los: »Ich dachte, du liebst mich. Ich dachte, du würdest dich freuen, wenn ich dich auch will. Ich dachte ...« In dem Moment entdeckte ich am Kühlschrank einen Magneten mit einem Zitat aus *Der kleine Prinz* und war kurz verwirrt. »Ich dachte, du würdest hierbleiben wollen. *Bei mir.*«

Er trat hinter mich und strich mir über die Schulter. »Du hast recht. Ich liebe dich. Natürlich will ich, dass du mich auch willst. Aber, Maddie, ich stehe vor einer Entscheidung und muss an meine Zukunft denken. Was ich dir neulich über meine berufliche Zukunft erzählt habe, ist das Ergebnis eines längeren Prozesses. Ja, ich will hier bei dir bleiben, aber wenn das der einzige Grund ist, weshalb ich bleibe ... Ich weiß, das hört sich jetzt furchtbar an, aber dann ist mir das Risiko zu groß.«

Ich drehte mich zu ihm um. Er fand, ich sei ein zu großes Risiko. Konnte ich ihm das verübeln? Ich hatte mich wie eine Oberidiotin verhalten. Sein Blick war sanft, traurig, aber ohne Vorwurf. Vielleicht musste ich härter kämpfen, um ihn umzustimmen.

»Du hast hier nicht nur mich. Deine Freunde sind hier, deine Familie. Dein Zuhause. Du könntest den Buchladen haben. Ich würde dir den Buchladen geben. Du könntest dort mit mir arbeiten. Mit mir zusammen.«

»Ich sage nicht Nein, Maddie. Wie könnte ich dir etwas abschlagen?« Er wischte mir eine Träne von der Wange. »Heute Morgen war ich mir so sicher mit allem. Du bringst meinen Entschluss heftig ins Wanken. Ich kann es nicht fassen, dass ich dich nach all dieser Zeit bitten muss, auf mich zu warten. Aber ich muss mich um mich kümmern. Verstehst du das?«

»Oje, Max! Was für eine Wendung.« Zärtlich legte ich ihm eine Hand auf die Wange. Ich wollte ihn nur trösten, auch wenn ich mich schrecklich fühlte. »Früher habe ich gedacht, du wärst mein Laurie, dabei bist du immer mein Gilbert Blythe gewesen, stimmt's? Gilbert sollte immer mit Anne Shirley zusammenkommen.«

»Maddie, ich bin nie Gilbert Blythe gewesen. Ich bin immer Max Beckett gewesen.« Er blies die Nasenflügel auf, doch seine Stimme blieb ruhig. »Ich bin kein Held aus einem Buch. Ich bin einfach nur ich. Ich habe gewartet, dass du den Kopf lange genug aus den Wolken steckst, um mich zu sehen, einfach nur mich. Ich wollte dich.«

Ich strich mit dem Daumen über seine Wange, vielleicht ein kleines bisschen hinterhältig. »Du musst mich einfach nur bitten, Max.«

»Das wäre das Einfachste auf der Welt.«

»Also bleib.« Es klang eher nach einer Frage als nach einer Aussage. Meine Stimme zitterte und hörte sich jämmerlich an.

»Sosehr ich dich will, ich kann nicht. Ich muss an morgen denken.«

Verdammt! Ich hatte die Chance verpasst, sein Vertrauen zu gewinnen. Jetzt musste ich es mir erkämpfen. Na gut. Ich würde ihm meine Liebe mit Geduld und stoischer Entschlossenheit beweisen. Schließlich hatte Max so lange auf mich gewartet.

»Dann geh! Ich werde auch morgen noch hier sein.« Ich legte die Hand um seinen Nacken, grub die Finger in seine Haut und genoss die roten Flecken auf seinen Wangen, die zeigten, wie sehr es ihn anstrengte, mir zu widerstehen. »Ich spiele keine Spiele. Ich bin bereit, wenn du es bist.« Ich richtete mich auf und küsste ihn auf eine Art, die ihn hoffentlich umhaute. Vielleicht war das ein bisschen hinterhältig, aber wie es heißt: »Im Krieg und in der Liebe ist alles erlaubt.«

Ich ließ von ihm ab und wich zurück. »Bitte nimm die Stelle nicht gleich an. Bitte warte noch bis zum Ende der Woche und sieh, wie es dir dann geht.«

Er zuckte die Schultern. »Das kann ich machen. Man hat mir die Stelle noch nicht angeboten.«

»Dann besteht die Chance, dass sie dich nicht wollen?« Ich wackelte mit den Augenbrauen und hoffte inständig auf einen Deus ex Machina, der mich rettete.

»Wenn nicht, muss ich weiter nach einem Job suchen.«

»Du hast einen Job.« Wenn er blieb.

»Ich habe beruflich noch nichts erreicht, Maddie.«

Darauf hatte ich keine Antwort. Ich hatte einst beruflich etwas erreicht. Vielleicht war ich immer noch beruflich erfolgreich. Ich liebte so sehr, was ich tat, dass es sich nicht wie Arbeit anfühlte. »Nimm dir nur die eine Woche.« Ich nahm ihn in den Arm, und er ließ es zu. »Sehe ich dich morgen?«

»Klar. Ich helfe dir, den Boden auszusuchen.«

Das erleichterte mich. Es tat mir um all die Male leid, die ich seine Vorschläge im letzten Jahr zurückgewiesen hatte. Die ganze Zeit hätten wir schon auf ein gemeinsames Ziel hinarbeiten können. Ich könnte auch noch weiter gehen und mir überlegen, wie viel Zeit ich durch meine Blindheit überhaupt verloren hatte. Doch das durfte ich nicht, sonst wurde ich verrückt. Ich musste mich darauf konzentrieren zu kitten, was zerbrochen war, ehe wir noch mehr Zeit verloren.

Als ich auf die Straße trat, blieb ich einen Moment stehen und blinzelte die Tränen fort. Kein Wunder, dass er eine Kritik zu meinem Buch geschrieben hatte. In gewisser Weise war er immer ein Leser meines Lebens gewesen, hatte meine Entscheidungen kritisiert und mir ehrlich seine Meinung gesagt. Nachdem er jetzt selbst eine Rolle in meiner Geschichte übernommen hatte, hatte er den Handlungsverlauf geändert. Was für eine Ironie war da sein Vorwurf, dass mein Liebesstrang Mängel aufwies.

Darüber musste ich so heftig lachen, dass meine Tränen versiegten. Schließlich war morgen ein neuer Tag.

Vielleicht würde er mir glauben, dass meine Absichten ernst waren, wenn ich ihm erzählte, dass wir uns wochenlang geschrieben hatten. Ich überlegte, gleich zurückzugehen und ihm alles zu gestehen, doch vielleicht hatte ich zu lange gewartet. Würde er sich nicht hintergangen fühlen, weil ich es ihm nicht sofort erzählt hatte? Oder würde er es lustig finden, so wie ich? Ich wünschte, ich wäre an jenem Abend in den Buchladen gegangen und hätte ihm wie eine Erwachsene gleich alles erklärt.

Was würde eine kluge Heldin tun?

Ich holte mein Telefon heraus und tippte schnell eine Direktnachricht an Silberfuchs. An Max.

> Wären Sie bereit, sich noch einmal mit mir zu treffen? Nennen Sie Zeit und Ort, ich werde dort sein.

Wenn er einem Treffen zustimmte, würde ich überrascht tun, wenn er kam. Wenn er dachte, ich habe es zum selben Zeitpunkt herausgefunden wie er, konnte er nicht sauer sein. Und dann würde er verstehen, dass meine Gefühle aufrichtig waren. Er würde verstehen, dass ich ihn nicht benutzte, um meinen Laden zu retten. Er würde mir glauben müssen, dass er mir viel mehr bedeutete.

Am nächsten Morgen wurde ich von einem vertrauten Gruß geweckt: *Sie haben Post!*

Ich rekelte mich und griff nach meinem Telefon, in der Hoffnung, dass Max alias Silberfuchs geantwortet hatte.

Seit Samstag war Silberfuchs auf Tauchstation gegangen. Vielleicht weil er mir geholfen hatte, den Buchladen auszuräumen.

Stattdessen hatte ich eine E-Mail von meiner Lektorin, die mir zum Erscheinen meines ersten Buches gratulierte. Irgendwie hatte ich vergessen, dass mein Roman heute erschien. Warum fühlte es sich nicht aufregender an? Richtige Leser würden mein Buch kaufen, Rezensionen hinterlassen, über meine Arbeit urteilen. Und dennoch war ich seltsam gelassen. Nachdem Silberfuchs bzw. Max mir die Augen geöffnet hatte, war ich bereit, mich allem zu stellen, was das Leben bereithielt.

Ich war gerade auf dem Weg in die Küche, als Layla aus ihrem Zimmer kam. »Hallo!« Sie rieb sich die Augen und schlurfte zur Kaffeekanne, um sich für die Arbeit fertig zu machen. »Ach, gestern Abend habe ich Dylan getroffen. Ich soll dir ausrichten, dass er heute Nachmittag nach New York aufbricht.«

»Gestern Abend? Das hätte er mir doch selbst sagen können.«

»Hm.« Layla warf mir einen bedeutungsvollen Blick zu. »So etwas Ähnliches hat er auch gesagt.«

»Was hat er gesagt?« Als ich daran dachte, wie auffällig ich mich verhalten hatte, wurde ich rot. Ich war zu einigem bereit gewesen, wenn Charlie und Dylan der Erfüllung meines Verlangens im Weg gestanden hätten.

Layla holte eine Tüte Bagels aus der Speisekammer. Nachdem sie einen aufgeschnitten und in den Toaster gesteckt hatte, ließ sie sich auf einen Stuhl fallen. »Also ... was läuft da mit meinem Bruder?«

Warum hatte ich darauf bestanden, in dieser Stadt zu leben? Konnte denn nichts geheim bleiben?

»Nichts. Wir haben uns nur unterhalten. Wir brauchen Zeit, um uns über einiges klar zu werden.«

Sie kreischte: »Also doch nicht nichts.«

Ich wollte vernünftig sein und ihr erklären, dass zwischen Max und mir nichts war, doch mir gefiel die Vorstellung. Ihre überschwängliche Freude entsprach meiner eigenen Aufregung, seit ich den Gedanken zugelassen hatte, dass ich tatsächlich in Max Beckett verliebt sein könnte.

Doch meine Sorge drohte die liebeskranken Schmetterlinge zu verscheuchen. Was, wenn ich den Kerl sofort wieder verlor, nachdem er mich gewonnen hatte?

»Nach der Arbeit besorge ich uns eine Flasche Sekt! Ich will genau wissen, wie das passiert ist.« Sie zog eine Grimasse. »Aber keine Details, bitte. Schließlich ist er mein kleiner Bruder.«

Ich hob drohend den Finger. »Jetzt verstehst du es.«

Sie legte die Stirn in Falten. »Was verstehe ich?«

»Warum ich so lange gebraucht habe, um es zu begreifen.«

»Eigentlich nicht. Ich war immer die andere Hälfte deines Gehirns, aber Max ist die andere Hälfe deines Herzens.«

Sie hatte die ganze Zeit recht gehabt, ich hätte auf sie hören sollen. »Aber er geht weg.«

»Und? Du kannst ihn doch sicher überzeugen zu bleiben. Er gehört hierher zu dir.«

Ihre Worte hatten nicht die beruhigende Wirkung, die sie offensichtlich beabsichtigt hatte. Dafür sorgen, dass Max blieb? Wenn ich Max nicht gehen ließ, wäre ich doch kein Stück besser als Peter, oder?

»Oder du könntest dich damit arrangieren. Er könnte mit mir pendeln. Nur weil er die Stadt verlässt, ist er doch nicht für immer verschwunden.«

Ich lachte erleichtert. Sehr pragmatisch. Laylas Beziehungen waren erklärtermaßen alle Fernbeziehungen. Auch wenn Max umzog, würde er nicht weit weg sein. Wir würden uns immer noch sehen. Es klang klug und praktikabel. Doch nachdem mir meine Gefühle jetzt bewusst waren, wollte ich nicht warten. Ich wollte alles, und ich wollte es jetzt.

28

Ehe ich in den Laden ging, öffnete ich Twitter und verschickte als Reaktion auf die netten Glückwünsche meiner Lektorin eine Handvoll Werbetweets und Danksagungen. Als mein Telefon *Sie haben Post!* verkündete, war ich begeistert, endlich eine Nachricht von Silberfuchs in meinen ungelesenen E-Mails zu finden.

> Claire,
> ich habe die ganzen Tweets über Ihre heutige Buchveröffentlichung gesehen. Wie aufregend! Mein einziger Beitrag zu Ihrem großen Tag ist eine überarbeitete Kritik. Ich habe Ihr Buch noch mal gelesen. Vielleicht bin ich etwas befangen, nachdem ich Sie jetzt kenne, aber ich glaube, es verdient eindeutig mehr als drei Sterne. Schließlich haben Sie mir am Ende mehr über Liebe und Romantik beigebracht, als ich in meinem ganzen Leben gelernt habe. Ihnen habe ich es zu verdanken, dass ich etwas riskiert habe.

So hatte ich mich zumindest zu vier Sternen hochgeflirtet. Ich bezweifelte, dass es ein sehr wirkungsvoller Weg war, mein Rating zu verbessern, aber ich strahlte. Wenn Max die Wahrheit herausfand, würde er mir sicher nicht weniger als fünf Sterne geben.

Darum fällt es mir sehr schwer, Ihre Einladung abzulehnen. Ich wollte Sie treffen, aber ich glaube, es ist besser, wenn wir es nicht tun. Ich hoffe, Sie verstehen das.

Nein, das verstand ich nicht. Wie sollte ich sonst auf sichere Weise sein Geheimnis lüften?

Ich habe Sie wie eine Stellvertreterin dieser Frau behandelt, und das ist weder Ihnen noch ihr gegenüber fair. Ich weiß nicht, was Sie erwartet haben, aber ich hätte das Gefühl, sie zu betrügen.

Ich stellte mir vor, zu seiner Wohnung zu gehen, an seine Tür zu klopfen und ihm zu sagen, dass ich keine Stellvertreterin war, doch ich las weiter.

Sie haben mich dazu gedrängt, ihr meine Gefühle zu offenbaren, und dadurch weiß ich jetzt zumindest eher, wo ich stehe. Können Sie sich vorstellen, dass sie gesagt hat, sie liebt mich? Genau das habe ich mir immer gewünscht, und trotzdem bin ich verwirrter als je zuvor. Ich habe mir jetzt schon zweimal die Finger verbrannt. Will ich es noch ein drittes Mal riskieren?
Wissen Sie, ich habe mich schweren Herzens entschieden wegzuziehen, doch jetzt will sie, dass ich bleibe – bei ihr. Ich bin zwischen Kopf und Herz hin- und hergerissen. Soll ich mich von der Angst von dem abhalten lassen,

was ich wirklich will? Oder bin ich pragmatisch? Um ehrlich zu sein, bin ich kurz davor, meine Meinung zu ändern, aber ich habe schreckliche Angst, einen Fehler zu begehen.
Was, wenn ich die berufliche Chance verstreichen lasse und hinterher wieder genau dort lande, wo ich vorher war?
Ich kann hören, wie Sie fragen, warum nicht beides geht. Warum ich nicht die Chance ergreife und die Frau nehme. Das überlege ich. Ehrlich gesagt, wenn ich wüsste, dass ich dieser neuen Sache mit ihr vertrauen kann, würde mich nichts wegziehen. Ich liebe mein Leben hier. Ich brauche nur ein Zeichen, dass ihre Gefühle echt sind. Ich stehe an einer Weggabelung, und ein Weg führt zu einem verheißungsvollen Paradies.
Ich möchte zu gern glauben, dass es nicht nur eine flüchtige Illusion ist.
Beste Grüße,
SF

Ich kam mir wie eine schreckliche, schmutzige, nichtsnutzige, miese Spionin vor, dass ich all das gelesen hatte. Vorher, als ich nicht wusste, dass Silberfuchs Max und ich seine Lizzie war, war nichts Unmoralisches dabei gewesen, mir diese Dinge von ihm erzählen zu lassen. Mit einem derart offenen Geständnis hatte ich nicht gerechnet. Ich machte mir schwere Vorwürfe, dass ich ihn in die Situation gebracht hatte, sich zwischen dem greifbaren Glück und einer Rettungsleine entscheiden zu müssen, falls ich ihn erneut untergehen ließ. Ich konnte es ihm nicht verdenken, dass er schreiend vor mir davonlaufen wollte.

Wie sollte ich das nur in Ordnung bringen? Ich musste

es ihm erzählen, auch wenn er ziemlich sauer sein würde, dass ich ihn dazu verleitet hatte, mir seine Gefühle zu offenbaren, obwohl ich wusste, wer er war.

Aber würde ihn das überzeugen zu bleiben?

Ich ersann einen neuen Plan, um die Wahrheit auf eine Weise ans Licht zu bringen, die mich aus der Schusslinie hielt. Ich würde ihn mithilfe meiner Buchveröffentlichung dazu verleiten, Claire seine Identität und seinen Wohnort zu verraten.

Ich würde einen Flyer fälschen, der eine Signierstunde mit einer Claire Kincaid ankündigte. Max würde sich fragen, wie ich das organisiert hatte, aber da mein Buch bereits im Laden stand, könnte ich ihm erklären, ich hätte eine lokale Autorin entdeckt. Ich würde so tun, als wäre mein Telefon kaputt, und ihn bitten, ihr mitzuteilen, dass die Veranstaltung abgesagt sei. Er würde die E-Mail schicken, und sie würde auf meinem Autoren-Konto landen, und ich konnte sagen: *O mein Gott! Du bist Silberfuchs!*

Wir würden lachen, und alles würde sich fügen.

Was konnte schiefgehen?

Ich klopfte schnell auf Holz und ignorierte meine flatternden Nerven.

Ich musste rasch handeln. Also druckte ich ein falsches Flugblatt und kündigte eine Signierstunde von *Lehrling des Schattens* an. Als ich zum Buchladen kam, klebte ich es an den Kassentresen neben den von Dylan und die anderen lokalen Anzeigen.

Die Handwerker sollten um zehn Uhr eintreffen, und Max schlenderte einige Minuten früher herein. Er sah aus, als hätte er schlecht geschlafen.

Ich beherrschte mich, zu ihm zu stürzen und ihm die Arme um den Hals zu werfen. Ich wusste nicht, ob er dafür empfänglich oder noch im Widersteh-Maddie-Modus war.

Mir blieb keine Zeit, mich weiter um ihn zu kümmern, weil die Handwerker kamen. Ich betrachtete Dielenmuster und gab vor, etwas von den unterschiedlichen Fasern und Farben zu verstehen. Als ich Max nach seiner Meinung fragte, zeigte er auf irgendein Muster, das ich auch okay fand. Nachdem sie alles Nötige hatten, schwärmten die Tischler aus, um alles zu vermessen. Da ich nicht im Weg stehen wollte, kauerte ich mich in die Ecke auf den Hocker.

Und um mir die Zeit zu vertreiben, nahm ich mein Telefon zur Hand und entdeckte eine E-Mail von Peter. Vielmehr hatte er mir einen Brief von seinem Anwalt eingescannt und geschickt. Peter schrieb:

Das findest du nächste Woche in der Post.
Ich gebe dir einen Monat Zeit einzuwilligen.

Als ich den Anhang öffnete, rutschte mir der Magen in die Kniekehlen. Er wollte aus dem Geschäft aussteigen und forderte sein Geld zurück. Mit anderen Worten, er hatte meine Drohung, ein Anwalt werde sich wegen der Geschäftsanteile bei ihm melden, ernst genommen und wendete sie gegen mich. Ich würde den gesamten Kredit übernehmen müssen. Ich wusste nicht, ob er rechtlich überhaupt so einfach aus dem Darlehensvertrag aussteigen konnte, den er mit unterzeichnet hatte, und musste über die Absurdität der Situation lachen. Handwerker bereiteten die Renovierung meines Ladens vor, den ich gar nicht halten konnte, wenn Peter seinen Willen bekam. Ich konnte mich darüber noch nicht einmal vor Gericht mit ihm streiten. Meine Reserven waren aufgebraucht.

Max kam aus dem Hinterzimmer. »Was ist so lustig?«

Max hatte einen Plan, wie er hier wegkam. Ich würde ihn verlieren, den Buchladen und überhaupt alles. Peter hätte gewonnen, aber es wäre ein Pyrrhussieg. Am Ende würde er mich zwingen, all meine Träume aufzugeben, aber er würde mich trotzdem nicht zurückbekommen.

Was konnte ich tun?

Im Laden herrschte rege Geschäftigkeit – es wurden Maße genommen, Formulare unterschrieben und ein Zeitplan festgelegt. Als die Tischler fertig waren, wurde es Zeit, meinen Plan in die Tat umzusetzen.

»Hey«, sagte ich. »Ich habe ein kleines Problem.«

»Ja?«

»Ich habe vergessen, dass ich heute eine Signierstunde mit einer Autorin geplant hatte. Könntest du ihr vielleicht schreiben und ihr sagen, dass wir das absagen müssen? Mein Telefon ist tot. Sonst würde ich es selbst machen.« Ich zeigte auf den Flyer und beherrschte mich, nicht zu lachen. »Ich will nicht, dass sie den ganzen Weg umsonst macht.«

Er ging zum Tresen und las den Flyer. Dann bekam er große Augen. »Diese Autorin kommt heute her?«

»Ja. Aber ganz offensichtlich haben wir ja nicht geöffnet.«

»Wie zum Teufel hast du …?«

»Hoffentlich ist sie nicht schon unterwegs. Das wäre echt unangenehm.« Ich faltete die Hände und machte eine flehende Geste. »Bitte? Ihre E-Mail-Adresse steht da auf dem Flyer.«

Er schnaubte, holte jedoch sein Telefon heraus und begann zu tippen. Sobald er auf Senden geklickt hatte, meldete mein Telefon *Sie haben Post!* und entlarvte meine Lüge.

Ich zitierte die *Die Brautprinzessin* und sagte: »Es ist nur zum größten Teil tot.«

Er verzog das Gesicht und ließ das Telefon in die Hosentasche gleiten. »Du musst deine Abneigung gegen Technik überwinden. Wie bist du überhaupt an diese Autorin gekommen?«

»Äh.« Ich entschied mich für eine Antwort, die nicht ganz falsch war. »Letitia kennt sie.«

»Ah, okay, das ergibt Sinn.«

Puh! Ich ging um den Tresen herum, um verstohlen auf mein Smartphone zu sehen. »Warum?«

Ich öffnete die Nachrichten. Als ich den ersten Haken an meinem Plan bemerkte, sank mir der Mut. Max hatte mir von seinem persönlichen Account geschrieben, nicht von seinem Silberfuchs-Konto. Warum hatte ich angenommen, dass er die Silberfuchs-Adresse benutzen würde?

»Ach, stell dir vor, ich hab ihr Buch gelesen.«

Ich öffnete seine E-Mail und erwartete nicht viel, darum war ich nicht enttäuscht. Sie erklärte nur, dass wir den Termin verschieben müssten. Nichts weiter. Er gab keine Verbindung zu Silberfuchs preis.

Abwesend fragte ich: »Wie hat es dir gefallen?« Mir schwirrte der Kopf.

Vielleicht könnte ich antworten und so tun, als hätte Claire die E-Mail erst bekommen, als sie schon in der Stadt war. Ich wusste allerdings nicht, wie ich das nutzen sollte, um ihn zu einem Treffen mit ihr zu locken – mit mir. Ich würde mich nur noch mehr in Lügen verstricken.

Max war verstummt, und ich blinzelte ein paarmal, um mich zu fassen.

Er lehnte am Tresen. »Warum fragst du mich das, wenn du mir gar nicht zuhörst?«

»Ich habe zugehört.« In Gedanken ging ich die Kritik durch, die er im Internet veröffentlicht hatte. »Dir hat der Aufbau der Welt gefallen, aber die Liebesgeschichte fandest du nicht gut erzählt.«

»Das stimmt zwar.« Er kniff die Augen zusammen. »Das habe ich gerade aber nicht gesagt.«

Ohne den Blick von mir zu lösen, zog er das Telefon aus der Hosentasche. Dann sah er kurz hinunter, um etwas zu tippen, und ich merkte zu spät, was er tat. *Sie haben Post!*

Als ich den Klingelton eingerichtet hatte, fand ich ihn witzig. Jetzt vereitelte er meinen Plan. Ich hustete und hoffte, den verräterischen Ton zu überspielen, doch Max strich sich mit der Zunge über die Zähne und tippte erneut. »Mal sehen, was passiert, wenn ich diesmal auf Senden gehe.«

Er pfiff, als würde eine Bombe niedergehen, und ließ den Finger in einer dramatischen Geste auf die Taste sinken. »Bum!«

Sie haben Post!

Er machte große Augen. »Die ganze Zeit? Claire Kincaid?« Er taumelte rückwärts, und auf seinem Gesicht erschien ein Ausdruck äußerster Verwirrtheit, als ihm all das dämmerte, was ich bereits wusste. Ich hielt den Atem an und wartete, dass er lachen oder weinen würde. »Das warst du?«

Während Max darauf wartete, dass ich etwas sagte, wurde es totenstill im Raum. Geduldig verschränkte er die Arme. Und meine Fantasie streikte. Mir fiel keine Geschichte ein, mit der ich das Ganze plausibel erklären konnte. Er hatte mich erwischt. Dies war die Realität, und keine Szene aus irgendeinem Buch oder Film konnte mir hier helfen.

Also versuchte ich es zur Abwechslung mit etwas Neuem – mit der Wahrheit.

»Also. Habe ich dir erzählt, dass ich ein Buch geschrieben habe?« Ich steppte ein paar Schritte und hob die Hände. Ta-da!

Er lächelte, doch dann besann er sich und fragte misstrauisch: »Wie lange weißt du es schon?«

»Seit ich angefangen habe, es zu schreiben.«

Dieser Scherz entlockte ihm noch nicht einmal ein Stöhnen. »Seit wann spielst du Spiele mit mir?«

»Seit wir Kinder waren.«

Diesmal stöhnte er. »Gott, beantworte doch einfach meine Frage.«

»Das ist keine Frage. Das ist ein Befehl.« Ich biss mir auf die Lippe und versuchte, nicht zu lachen.

Er holte tief Luft und machte zwei Schritte vor, bis er direkt vor mir stand. »Das ist nicht komisch.«

Er versuchte, einschüchternd zu wirken, doch das war Max. Ich schnaubte. »Doch. Irgendwie schon.«

Erst als er sich umdrehte und in Richtung Tür ging, wurde mir klar, wie sehr ich mit dem Feuer spielte. Ich folgte ihm und hielt ihn am Handgelenk zurück. »Max.«

Er fuhr herum, den Mund bereits geöffnet. Ich verzog das Gesicht und rechnete damit, dass er seinem Frust Luft machen würde, seiner Wut über meine Täuschung, und sein Versprechen erneuern würde, wegzugehen und nie mehr zurückzukommen. Doch er sagte nur drei Worte: »Erzähl es mir.«

»Ich wusste es nicht, Max. Ich habe es erst am Samstag herausgefunden.«

»Deshalb ...«

»Deshalb wusste ich, dass ich mich in dich verliebt habe. Du warst für mich ein Freund. Familie. Ich musste dich erst übers Internet kennenlernen – deine Worte, deine Seele, dein Wesen –, um es zu begreifen.«

Er blinzelte schnell. »Verliebt in mich?« Er schlug sich die Hand vor den Mund. »O mein Gott, was habe ich dir geschrieben?«

Ich trat näher. »Ziemlich viel.«

»Und diese Szene. Die hätte ich dir nie geschickt, wenn ich gewusst hätte, aber ...«

Ich trat noch einen Schritt näher. »Aber du hättest nie gedacht, dass ich so für dich empfinde. Ich weiß.«

Er presste sich den Handballen gegen die Stirn. »Und alles, was ich dir gestern Abend geschrieben habe. Maddie ...«

»Ja, das tut mir leid. Das wollte ich nicht. Ich wollte dich nur zu einem Treffen locken, damit du herausfinden kannst, was Verrücktes passiert ist.«

Er warf die Hände in die Luft. »Das soll wohl ein Witz sein. Du wolltest mich austricksen? Ist dir nicht mal in den Sinn gekommen, einfach zu sagen: ›Hey, Max, weißt du was? Wir haben uns wochenlang im Internet geschrieben. Lustig, was?‹«

»Ja, das ist mir in den Sinn gekommen. Mein Weg gefiel mir aber besser.«

»Und wie endete deine Szene?«

»Vielleicht mit einem Kuss.«

»Und dann?«

»Glücklich bis in alle Ewigkeit.«

Er schüttelte den Kopf. »Das ist der Knackpunkt. Denn an diesem Punkt waren wir schon öfter.«

»Ich verstehe, warum du mir nicht vertraust. Wirklich. Ich kann nicht glauben, wie blind ich gewesen bin. Dass ich mir erst mit einem vermeintlich Fremden schreiben musste, um zu begreifen, was du für mich bist. Ich will dich nicht überreden, dich zwischen mir und einem anderen Weg zu entscheiden, Max. Nutze ruhig die Chance mit der

Stelle, und ich schwöre dir, ich werde da sein und ausnahmsweise mal auf dich warten.«

Irgendwie hatte ich offensichtlich endlich die richtigen Worte gefunden, denn er lehnte sich vor und legte seine Stirn gegen meine. »Du heimliche Autorin.«

Es war eine kleine Geste, aber ich war gegen einen starken Sturm angeschwommen und hatte endlich das Festland erreicht. Erst als er mir so nah war, dass ich ihn hätte küssen können, merkte ich, wie sehr ich mich nach seiner Berührung sehnte. Was musste ich tun, damit er noch ein Stück näher kam?

Ich seufzte, mein Körper schmolz dahin. »Heimlicher Kritiker.«

Fast berührte er mich mit den Lippen, doch dann zuckte er zurück. »Erwartest du, dass alles wie im Märchen wird? Was passiert, wenn wir uns streiten? Was, wenn das Geschäft schlecht läuft und wir in wirtschaftliche Schwierigkeiten geraten? Bist du darauf vorbereitet?«

»Max, du hast gerade die letzten sechs Monate beschrieben. Ich will es trotzdem. Ich will dich nicht zu etwas zwingen, aber ich wünschte, du würdest das Risiko eingehen und dich auf mich einlassen.«

Ein Lächeln spielte um seine Lippen. Er legte die Hände um meinen Nacken und küsste mich. Es war kein verführerischer Kuss. Er presste nur die Lippen auf meine, dann löste er sich von mir. »Merk dir, wo wir stehen geblieben sind.«

Dann ging er und ließ mich zurück, ohne dass ich wusste, ob er wiederkam.

Komm zur Brücke.

Mehr stand nicht in seiner Nachricht.

Ich raste aus der Tür und rannte den ganzen Weg, ohne einmal anzuhalten und zu verschnaufen. Ich traf vor ihm ein und lehnte mich keuchend über das Geländer, in der Hoffnung, dass der Wind meine schwitzende Haut kühlen würde.

Die Sonne ging gerade unter, und der Himmel über den Bäumen färbte sich in Rosatönen. Grillen und Frösche sangen im Chor im Wald und am Bach. Als wir noch Kinder waren, hatte sich die Dämmerung magisch angefühlt. Das letzte Tageslicht, das letzte bisschen Freiheit, bevor die Dunkelheit uns nach Hause trieb. Ich konnte fast das Lachen von Max, Layla und mir hören, wenn wir auf unseren Rädern über die Brücke gerast waren, damit wir zu Hause keine Schwierigkeiten bekamen. Dann sah ich uns an einem anderen Tag vor mir, als wir alt genug waren, um länger draußen zu bleiben, die Füße von der Brücke baumeln ließen, Zukunftspläne schmiedeten und träumten, wie unser Leben wohl verlaufen würde.

Das Licht ging von hellem Rosa in tiefes Violett über, und ich bemerkte eine dunkle Gestalt, die am Ufer des Bachs entlangschlenderte, die Hände in die Hosentaschen geschoben, als hätte er alle Zeit der Welt. Sein selbstsicherer Gang verlieh ihm etwas Adeliges, er wirkte wie ein Herzog, der sich als Bürger getarnt hatte. Ich bremste mich. Max war kein heimlicher Herzog, kein abtrünniger Ritter oder vom Glück verlassener Milliardär. Er war überhaupt kein romantischer Held. Er war mein bester Freund, mein Seelenverwandter und der Mann, den ich liebte. Mehr brauchte er nicht zu sein.

Als er die Brücke erreichte, sagte er: »Hast du über meinen Vorschlag nachgedacht?«

Ich lachte. »Ist das alles ein kompliziert vorbereiteter Trick?«

»In der Tat.« Er nahm meine Hand. »Aber wir sind auf unterschiedlichen Wegen hergekommen.«

»Wo bist du langgegangen?«

»Ich habe mit meiner Mutter gesprochen.«

»Und?«

»Sie würde sich riesig freuen, wenn du dich mit uns zusammentun würdest. Wir könnten Peters Anteile übernehmen und an seiner Stelle in den Kredit einsteigen.«

»Was, wenn der Buchladen scheitert? Dann seid ihr mit dran. Ihr würdet alles verlieren.«

Er küsste mich auf den Handrücken. »Nicht, wenn ich dich nicht verliere. Und außerdem werden wir nicht scheitern. Wir machen aus beiden Geschäften so viel mehr als bisher.«

Meine Gedanken rasten. Wenn ich nicht ständig meine Ersparnisse anzapfen würde, um Peter zu bezahlen ... »Und wir können meinen Vorschuss nutzen.«

Er blinzelte verwirrt.

»Für mein Buch. Ich erwarte einen weiteren Scheck. Es ist nicht viel, aber wir könnten davon ein paar Renovierungen bezahlen.«

Sein Gesicht hellte sich auf, und er legte mir eine Hand auf die Wange. »Habe ich dir eigentlich gesagt, wie stolz ich auf dich bin?«

Ich wurde rot. »Max.«

»Maddie.« Er lächelte. »Team MadMax.«

Ich lachte nicht, ich war zu sehr auf seine Lippen fixiert, die nur Zentimeter von meinen entfernt waren. Als er sich vorbeugte, hämmerte mein Herz. Ich sah mich um, ob irgendetwas den Zauber des Moments verderben konnte – ein Auto, ein Jogger, eine laute Gans. Doch wir waren ganz allein mitten auf der Brücke. Der Himmel war tiefdunkel, als ich mich in einem Kuss verlor, der so magisch war, dass ich alles um mich herum vergaß – bis auf Max.

29

Nachdem der letzte Kunde vom Buchclub gegangen war, schloss ich die Tür ab. Max sah von der Kasse auf. »Kannst du fassen, wie viele Leute heute Abend hier waren?«

Er hatte recht gehabt, Neuerscheinungen zogen ein gemischteres Publikum an. Und Dylan hatte recht gehabt, dass Alkohol alle anderen interessierte. Sogar meine Mutter und ihre Bunko-Freunde waren heute Abend gekommen, weil wir einen neuen Roman von Kelly Siskind gelesen hatten, der just erschienen war. Ich hatte mir Stühle von Letitia borgen müssen. Ich musste in eigene investieren, denn wir hatten eine Menge Leute für die Schreibgruppe am Dienstag und den Jugend-Leseclub am Sonntag gewinnen können. Ja, als neue Vorsitzende des Stadtrats hatte ich als Erstes das Sonntagsverkaufsverbot aufgehoben. Wir hatten uns darauf geeinigt, dass jeder Geschäftsinhaber für sich entscheiden konnte, ob er öffnen wollte oder nicht.

Den neuen Buchclub hatten wir mit meinem eigenen Buch eröffnet (dazu gab es Wein umsonst). Ich hatte Angst gehabt, mich der Kritik der Leute direkt auszusetzen, doch fast alle hatten mich gelobt. Vielleicht fühlten sie sich dazu auch verpflichtet. Zwei Wochen vorher war fast die ganze Stadt zu meiner Signierstunde erschienen, als wäre es ein Konzert von Dylan. Ich weinte, weil mich alle so unterstützten, und tat, als würde es mich nicht ärgern, wenn mich Freunde um Freiexemplare baten oder sagten, sie würden es sich aus der Bücherei leihen, oder noch schlimmer, sie würden warten, bis es als Film herauskomme. Sie meinten es alle gut, und am Ende verkaufte ich alle Exemplare, die ich im Lager gehabt hatte. Es machte Spaß, jeden Roman persönlich zu signieren, als wäre ich eine echte Autorin. Ich fühlte mich noch nicht wie eine. Kam das mit der Zeit, oder hatte Jane Austen auch unter dem Hochstaplersyndrom gelitten?

Während sich Max um das Geld kümmerte – eine Aufgabe, die ich ihm nur zu gern überlassen hatte –, holte ich mir den Besen. Max' Vater hatte uns noch geholfen, die Stühle zusammenzuklappen, und zog sich jetzt im Lager die Jacke an. Seit Max und ich in jeder Hinsicht Partner geworden waren, war seine Familie auf eine Art zu meiner geworden, die ich nie für möglich gehalten hatte. Ich war nie allein. Ich hatte nicht nur drei Paar zusätzliche Hände gewonnen, die mir im Buchladen halfen, sondern auch ein Paar zusätzlicher Eltern.

Max' Vater hielt inne und drehte sich um. »Maddie, du bist eine bemerkenswerte junge Frau. Sieh nur, was du alles erreicht hast.«

Ich errötete. »Dein Sohn hat mir geholfen.«

Er schüttelte den Kopf. »Max hat dir vielleicht geholfen, aber du bist das Risiko eingegangen. Du hast all das bewirkt. Ich bin so stolz auf dich.«

Meine Kehle war wie zugeschnürt, und ich wusste nicht,

was ich sagen sollte. Ich nahm ihn in den Arm. »Danke, Dad!«

Er lachte. Das war noch ungewohnt, aber es gefiel mir. Sehr sogar. Ich glaubte, ihm auch. Er drückte mich besonders fest und sagte mir Gute Nacht.

Ich begann vorne zu fegen, doch Max schlich sich von hinten an, nahm mir den Besen ab und lehnte ihn gegen die Wand.

»Das kann warten. Machst du einen Spaziergang mit mir?«

Den ganzen Tag hatte ich davon geträumt, endlich die Fantasien auszuleben, zu denen er mich anregte. Am liebsten wollte ich mit den Lippen über den Bartschatten streichen, den er sich hatte wachsen lassen. Er hatte schnell gelernt, wie sehr mir das gefiel.

»Ich will keinen Spaziergang machen.« Ich fasste seine Hand. »Bring mich nach Hause.«

Er zog mich für einen flüchtigen Kuss an sich und rückte rasch wieder von mir ab, ehe ich leidenschaftlicher werden konnte. Er wusste aus Erfahrung, dass ich nicht zögern würde, ihn im Buchladen zu verführen. Niemand würde je erfahren, was wir oben in dem Aufenthaltsraum für die Jugendlichen angestellt hatten. Und ich konnte nicht an der Kellertür vorbeigehen, ohne rot zu werden.

»Ich möchte ein bisschen frische Luft schnappen.« Er machte einen Schritt in Richtung Tür. »Komm! Nur bis zur Brücke.«

Schmollend zog ich eine Jacke über und bereitete mich auf die eisigen Temperaturen vor. Trotz der klirrenden Kälte war der versprochene Schnee noch nicht gekommen. Ich schob einen Arm unter Max' Jacke, um seine Wärme und ihn zu spüren. Nach einem halben Jahr hatte ich immer noch nicht ganz begriffen, dass das alles real war – dass Max mir gehörte, ganz und gar mir.

Während wir gingen, sagte ich: »Hast du gesehen, dass Dylans Song in den Top 40 ist?«

»Oh, hey! Wie toll für ihn.« Das sagte er nur mir zuliebe. Dylans Karriere bedeutete ihm nichts. Layla hatte auf ihrem Blog jedoch seine neue Single beworben und hielt mich auf dem Laufenden.

»Layla hat erzählt, dass er in einigen Monaten in der Market Square Arena als Vorgruppe einer Band auftritt.«

Schweigend gingen wir an dem Pavillon vorbei. Dann sagte Max: »Du weißt ja, dass Layla auszieht.«

»Ja.« Sie hatte genug vom Pendeln. »Das war abzusehen.«

Ich hatte mich gefragt, wann Max mir vorschlagen würde, die Wohnung aufzugeben und zu ihm zu ziehen. Es wäre sinnvoll, nachdem meine Mitbewohnerin jetzt auszog. Es wäre sinnvoll und schön, weil es schön mit uns war.

Auf der Brücke hüpfte ich auf die Brüstung, um Max näher an mich heranzuziehen. Er wollte reden. Ich wollte meine Beine um seine Taille schlingen. Früher hätte ich mich vielleicht nach Zeugen umgesehen, doch jetzt konnte ich nicht widerstehen, ihn zu küssen, sobald wir auch nur einen Moment allein waren. Wenn er in der Küche stand, bis zu den Ellbogen im Seifenwasser, schlang ich von hinten die Arme um ihn und legte meinen Kopf auf seinen Rücken. Noch nie hatte sich Motorradfahren so sexy angefühlt.

Heute Abend war der Mond unser einziger Zeuge. Ich knöpfte sein Hemd auf und küsste ihn auf die Brust. Er lachte. »Du willst es gleich hier tun?«

Als würde er mich nicht kennen. »Hm.«

»Ich habe eine Idee.« Er griff in seine Hosentasche und holte einen Schlüsselring heraus. »Gehen wir ins Warme.«

Er lief los, und ich rannte hinter ihm her die Auffahrt zu dem himbeerfarbenen Haus hinauf und lachte, als er die Tür aufschloss. »Wir können doch nicht einbrechen.«

»Wenn ich einen Schlüssel habe, ist es doch kein Einbruch, oder?«

Mir war nicht klar gewesen, dass Max sich immer noch für die Palmers um das Haus kümmerte. Ich konnte mir nicht vorstellen, dass sie mit dem einverstanden wären, was wir gerade vorhatten.

Sobald wir durch die Tür waren, presste er mich gegen die Wand und gab mir den Kuss, zu dem ich ihn schon hatte verführen wollen, seit der Buchclub zu Ende war. Sosehr ich ihn begehrte, ich konnte nicht darüber hinwegsehen, dass es falsch war, in diesem Haus etwas so Anstößiges zu tun, und löste mich stöhnend von ihm. »Max, wir können nicht in der Halle der Palmers Sex haben.«

»Da hast du recht.«

Anstatt die Tür zu öffnen, um wieder zu gehen, packte er mich und schob mich rücklings weiter in das Haus. In der Küche zog er mir die Jacke aus und ließ sie, gefolgt von seiner eigenen auf den Holzboden fallen. In seinen Augen lag ein entschlossener Ausdruck, und ich sagte: »Max, wir dürfen auch nicht in der Küche der Palmers miteinander schlafen.«

Er zog sich die Stiefel aus und ließ sie nacheinander fallen. »Wir werden nicht in der Küche der Palmers miteinander schlafen.«

Ohne Vorwarnung legte er die Hände um meine Taille und hob mich hoch. Ich stieß einen erschrockenen Schrei aus und schlang die Beine um ihn, während er den Flur hinunterstolperte. Als ich verstand, wohin er mich trug, sagte ich: »O Gott, Max! Wir werden ganz bestimmt nicht im Bett der Palmers miteinander schlafen.«

Trotz meines Protestes hatte ich bereits sein Hemd aufgeknöpft und es ihm halb die Arme hinuntergezogen, als er mit dem Fuß die Tür aufschob und mich auf das Bett fallen ließ. Als er mir die Schuhe auszog, sagte er: »Nein, wir werden nicht im Bett der Palmers miteinander schlafen.«

Er ließ die Hände unter meine Bluse gleiten und zog sie mir über den Kopf. Ich sagte mir, dass die Palmers schließlich nicht mehr hier wohnten, öffnete Knopf und Reißverschluss seiner Hose und zog sie ihm aus. Als er aufstand und meine Jeans an den Knöcheln fasste, hob ich die Hüften, um ihm zu helfen, und bemerkte eine Weinflasche neben dem Bett.

Er kniete sich hin und küsste die Innenseite meines Schenkels. Ich schloss die Augen und genoss es, wie er mich mit jeder Berührung der Ekstase entgegentrieb. Wenn ich ihn ließe, würde er mich eine ganze Nacht lang verführen, doch ich brauchte ihn neben mir, in mir.

Ich grub die Finger in sein Haar und drängte ihn, zu mir aufs Bett zu kommen. Dann stieß ich ihn um und setzte mich rittlings auf ihn. Er war so hart, dass er problemlos in mich hineinglitt. Ich lehnte mich zu ihm hinunter, um ihn zu küssen und ihm vorzuwerfen, dass er mich belogen hatte. Wir hatten eindeutig Sex im Bett der Palmers. Doch da bemerkte ich, dass er auf einer schwarz-weiß karierten Bettdecke lag.

Ich schnappte nach Luft. »Das ist nicht das Bett der Palmers.«

»Nein.« Er warf mich auf den Rücken.

Während ich diesem Gedanken zu folgen versuchte, drang er erneut in mich ein.

»Was geht hier vor? Hast du das Haus etwa gekauft?«

»Fürs Erste gemietet.« Er presste die Lippen auf meinen Hals. »Kaufen können wir es später.«

Als er mich küsste, setzte mein Gehirn komplett aus. Es war kein kurzer neckender Kuss. Er saugte an meiner Unterlippe, dann drängte er mich, die Lippen zu öffnen, und liebkoste meine Zunge mit seiner. Mein Körper reagierte, als bestünden wir aus derselben kosmischen Energie. Wenn wir zusammen waren, explodierten Sterne, bildeten Konstellationen, Planeten verschoben sich. Ich grub die Finger in die Muskeln an seinen Armen, strich über seine Schultern, kratzte über seinen Rücken und folgte der Neigung seines Rückgrats bis zu seinem Hintern. Schweißperlen tropften aus seinem Haar auf meine Schläfe, als er den Rhythmus beschleunigte, stöhnte, Gebete murmelte und meinen Namen flüsterte.

Das Universum schrumpfte zum kleinsten Atom zusammen und explodierte dann, als würden alle Feuerwerke zugleich losgehen. Mein Körper erstarrte, als Max aufschrie und wir zusammen kamen. Wir ließen uns nebeneinander sinken und sahen uns in die Augen.

»Ich liebe dich«, sagte er. Er war so süß mit seinen wuseligen Haaren und dem sexy Schweiß auf der Stirn.

Ich berührte seine Nase. »Ich dich auch.« Dann stützte ich mich auf den Ellenbogen hoch. »Hier wohnst du jetzt also?«

Er nahm mein Gesicht in seine Hände. »Ich habe gehofft, dass *wir* hier wohnen könnten. Willst du hier mit mir wohnen?« Er zog die Augenbrauen zusammen, und seine Unterlippe verschwand zwischen seinen Zähnen. Gott, er war hinreißend!

»Aber du kennst mich doch eigentlich gar nicht.« Ich tat cool, aber ich wollte auch, dass er glücklich war. »Willst du das wirklich?«

Er strich mit einem Finger durch mein Haar. »Ja, unbedingt. Mir ist ganz egal, wo.« Er drückte die Lippen auf meine. »Aber ich kann mir keinen passenderen Ort vorstellen, an dem ich mit dir leben könnte.«

Schmetterlinge flogen in meinem Bauch auf. Silberfuchs wäre zufrieden. Ich sollte es ihm erzählen …

»Weißt du, dass ich Schmetterlinge im Bauch habe?«

Er grinste. »Am Ende bin ich doch noch dein romantischer Held.«

»Du bist mein Glücklich-bis-in-alle-Ewigkeit.«

Zu guter Letzt hatte ich alles, was ich je gewollt hatte, wenn auch etwas anders, als ich es mir vorgestellt hatte. Die Dinge, gegen die ich mich gewehrt hatte, stellten sich als die Dinge heraus, die ich am meisten brauchte. Und alles, weil ich das Glück gehabt hatte, meinem besten Freund als völlig Fremdem zu begegnen und herauszufinden, wie perfekt er zu mir passte.

»Also, Lizzie …«

»Darcy?«

»Sieht aus, als wären wir von jetzt an Co-Autoren.«

Ich stöhnte. Wie kitschig! »Bist du bereit für die Fortsetzung?«

»Die Fortsetzung? So schnell?« Er zog eine Augenbraue hoch. Stets auf Wettbewerb aus.

»Ich fange gerade erst an.«

Dank

Zur Entstehung eines Buches gehören viele Charaktere, viele Plotwendungen, schwarze Momente und schließlich ein befriedigender Schluss.

Die Idee zu diesem Buch entstand in einem Gespräch mit meiner Lektorin Wendy McCurdy. Damals wurde der Samen gesät. Wie eine Göttin sagte Wendy: »Dies soll ein Buch werden«, und eine Welt ward geboren. Ohne ihre Hilfe bei der Entwicklung des Konzeptes und ihrer fortwährenden Unterstützung beim Schreiben gäbe es diesen Roman nicht. Ich bin so dankbar für die Chance, ihn zum Leben zu erwecken.

Auf dem Weg dahin hatte ich die Unterstützung einer bunt gemischten Truppe mit ganz unterschiedlichen Begabungen, die mir geholfen hat, Hindernisse zu überwinden, damit ich die schwere Aufgabe bewältigen und die erste Fassung schreiben und überarbeiten konnte. Ein Riesendank gilt meiner Magierin Kelli Newby fürs Wahrsagen und ihre Plot-Hexerei. Und meiner ständigen Begleiterin Kristin Wright, die immer weiß, wo der Schatz vergraben ist, und mir den Weg dorthin weist. Summer Spence, du bist der kluge Verwalter an den Kreuzungen und zeigst mir, welchen Weg ich nehmen muss (auch wenn sie verboten aussehen). Elly Blake, du bist das so niedlich wirkende Waldwesen, das sich um Mitternacht in ein gefährliches Biest verwandelt und meine Worte verschlingt. Ron Walters, du sorgst für den dringend benötigten Humor. Und an die CD-Autorensoftware, ihr seid ein magisches System, das mein Universum mit Kraft versorgt.

Mein ganz besonderer Dank gilt Riki Cleveland, die das Buch als Kritikerin gelesen und mir Einblicke in das Leben einer echten Buch-Bloggerin gewährt hat. Ich habe an den Nägeln kauend auf dein Urteil gewartet. Dein Beitrag hat mir sehr geholfen, irgendwelche Ungenauigkeiten gehen auf meine Kappe.

Es gibt viele nicht genannte Helden, die an diesem Prozess beteiligt waren, von Korrektoren bis hin zu Coverdesignern. Ich bin äußerst beeindruckt, wie hart sie arbeiten, damit aus einem Manuskript ein Konzept und schließlich ein fertiges Produkt wird. Ich danke Jane Nutter, Norma Perez-Hernandez und Paula Reedy für die unzähligen Dinge, die sie tun, um meine Bücher in die Welt zu bringen. Und ich danke meinem Agenten Mike Hoogland für seine Unterstützung.

Meinen Kindern Eve und Zoe danke ich dafür, dass sie das Autoren-Alter-Ego ihrer Mutter akzeptieren.

Und zu guter Letzt, da dieses Buch von Büchern handelt, darf ich nicht vergessen, euch Lesern zu danken, dass ihr euch die Zeit nehmt, diese Seiten zu lesen. Und den Kritikern, die ihr eure Meinung auf Amazon oder Goodreads oder in euren Blogs teilt. Kritiker sind so wichtig für Autoren, weil sie den Lesern helfen, das richtige Buch für sich zu finden. Vielen Dank!